U0579789

昙花现

2023
中国年度短篇小说

中国作协《小说选刊》 ▪ 选编

TAN
HUA
XIAN

漓江出版社
·桂林·

目　录

contents

小亲疙瘩

莫言[*]

从前，有一个老婆婆，住在一个小山村里，寂寞地生活着。

有一天她切菜时，不慎将中指切破，流了很多血。她顺手将这些血抹在一个用秃了的炊帚疙瘩上，然后把这把炊帚疙瘩扔到院子里的鸡窝旁边。

许多天后的一个月圆之夜，老婆婆被鸡的尖叫声惊醒。她知道是黄鼠狼来偷鸡了，便从炕边抓起一把扫炕用的笤帚疙瘩，哆哆嗦嗦地走到院子里。她看到一只肥胖的黄鼠狼正从鸡窝门的缝隙往里钻。窝里的鸡发出阵阵惊叫。

老婆婆将手中的笤帚疙瘩对准黄鼠狼投过去，同时怒骂着："该死的话痞子，滚！"

为什么老婆婆骂黄鼠狼为话痞子呢？因为这窝黄鼠狼住在破庙里的供桌后，偷偷地跟着那些寄宿在破庙里的流浪汉学会了说人话，它们不但会说人话，而且话还特别多、特别贫，特别会装腔作势，特别喜欢使用大词儿。老婆婆曾经看到一个话痞子站在她家院墙上做人立状，一只前爪叉着腰，另一只前爪挥舞着，嘴巴像小喇叭一样哇哇哇地喊着："滚滚长江东逝水，浪花淘尽英雄……天下大势，分久必合，合久必分……乱拳打死老师傅，骗子最怕老乡亲……人靠衣裳马靠鞍，快马也要打三鞭……酒逢知己千杯少，话不投机半句多……此处

---

* 莫言，男，1955年2月出生于山东省高密东北乡，中国作家协会副主席，中国艺术研究院文学艺术创作研究院名誉院长，北京师范大学国际写作中心主任。长篇小说《蛙》获得第八届茅盾文学奖。2012年获得诺贝尔文学奖。

必须有掌声……"老婆婆捡起一块石头投过去,骂道:"掌你娘的腿!"话痞子跳下墙头跑了。从此,这窝话痞子就跟老婆婆结了仇,经常来偷她的鸡。

笤帚疙瘩落到话痞子背上,它从鸡窝里把头退出来,立起身体,一爪扶腰,一爪指着老婆婆骂道:"死老婆子!我跟你没完!"然后便一溜烟地跑了。

老婆婆捡回笤帚疙瘩,又找了一块石头将鸡窝口堵严。这时,她发现,在月光的照耀下,有一个小东西在墙脚处蹦蹦跳跳。她近前一步,弯下腰,仔细端详着,原来竟是那个沾了她中指血的小笤帚疙瘩。起初她还有些害怕,但很快就发现那小笤帚疙瘩浑身闪烁着浅蓝色的光芒,再仔细一看,竟是一个有胳膊有腿有鼻子有眼的小儿形象。他有板有眼地蹦跳着,同时还发出一种嘤嘤的蜜蜂振翅般的歌唱声。

老婆婆忘了话痞子带给她的不快,高声对小疙瘩说:"大声点儿唱。你不知道我耳背吗?"

那小疙瘩发出的声音大了一些,但老婆婆还是听不真切,于是她又说:"再大点儿声儿!"

这下终于听清楚了,那小疙瘩显然是使出了最大的气力在喊叫:"你好,老婆子!"

"不许你叫我老婆子,我是你奶奶!"

"你不是我奶奶。"

"你是沾了我中指上的血才成为精灵的,所以,我就是你奶奶。"

"好吧,"小疙瘩似乎有些不情愿地说,"奶奶。"

老婆婆孤身生活了好多年,梦里都盼望着能有个小孩子与自己做伴儿。小疙瘩奶声奶气的一声"奶奶"让她的心都蜜了。

老婆婆将笤帚疙瘩夹在腋下,弯下腰,伸出双手说:"好孩子,你跳到我手心里,让我看看你的小模样。"小疙瘩蹦到老婆婆手心,又甜甜地叫了一声"奶奶",她愉快地答应着,眯起眼睛仔细地端详着。只见他有半尺多高,有一颗核桃般的圆头,头上竖着一撮乱蓬蓬的毛,有两只招风大耳朵,两只小眼睛细眯着，一粒花生米般大小的鼻子，还有一张蚕豆大的嘴巴，两条黄豆芽般的小细胳膊，两条豆秸棍儿般的小短腿。

老婆婆双手捧着他，高兴地说："小亲疙瘩，这下好了，我有了做伴儿的了。"

老婆婆捧着小疙瘩回到炕上，给他找了一只袜子当睡袋、一个火柴盒当枕头。

小疙瘩说："我白天睡觉，夜里唱歌。"

老婆婆说："好，你唱吧。"

小疙瘩在炕上一边蹦跳着，一边唱歌："我是小炊帚疙瘩，我是小炊帚疙瘩，唱歌跳舞真快活，唱歌跳舞真快活！"

老婆婆高兴极了，不知不觉地跟着小疙瘩唱起来。小疙瘩调皮地说："奶奶，我是小疙瘩，你是老疙瘩。"

老婆婆被他逗得哈哈大笑。

第二天夜里，鸡窝里的鸡又尖叫起来。老婆婆用笤帚疙瘩敲打着窗棂，并大声吆喝着，想把话痞子吓走，但话痞子根本不理睬。鸡叫声越来越凄惨，好像被话痞子咬住翅膀一样。

小疙瘩自告奋勇地说："奶奶，我去把它赶跑。"

老婆婆看看小疙瘩，叹息道："我的个小亲疙瘩，就你这小身板如何能斗得过它？还是我去吧。"

老婆婆抄起笤帚疙瘩就要下炕，小疙瘩道："秤砣小，坠千斤；胡椒小，辣人心。别看我炊帚疙瘩小，却有武艺藏在身！"

老婆婆笑道："我的个小亲疙瘩，还会数快板儿。好吧，咱俩一起去。"

小疙瘩道："奶奶，你给我一根针。"

老婆婆从针线盒里找出一根纳鞋底子的粗针递给小疙瘩，并说："小心，别扎着自己。"

"瞧您说的，奶奶！"小疙瘩舞弄着手里的针，"您就看我的吧。"然后，一个蹦就跳到炕下去了。

"小心点儿，宝贝儿。"老婆婆担心地说着，紧跟着小疙瘩来到了院子里。

今夜的月光比昨夜还亮，照耀得地上的草棍儿都清晰可辨。只见那话痞子已经将堵鸡窝门口的石头拱开一条缝，大半个身体已经挤进鸡窝，一条大尾巴在左右摇摆着。

小疙瘩喊叫着："呔！话痞子，你疙瘩爷爷来也！"

老婆婆看到小疙瘩挥舞着钢针向话痞子蹦去，那根针在他手里闪闪发光。

那话痞子从鸡窝里退出，身体人立，打量着，冷笑一声道："我还以为来了个好汉，原来是个烂炊帚疙瘩。"说着它就将沾在前爪上的一根鸡毛举到嘴边，噘口一吹，只见鸡毛飘飘摇摇地飞到月光中去了。

话痞子斜着身体，大尾巴拖在身后，一只脚打拍子一样有节奏地点着地，两只前爪抖着腰，嘴里吹出一首欢快的曲子。

它的傲慢和蔑视激怒了小疙瘩，他在地上蹦了一个高，便呐喊着向话痞子冲去。

话痞子一个轻盈的闪身便让小疙瘩扑了空，巨大的惯性让小疙瘩撞到了鸡窝上。他摇摇晃晃地站起来，似乎有些头晕的样子。

老婆婆心痛地大喊："宝贝儿，小心！"

只见话痞子拎着小疙瘩头顶上那撮毛，就像掷铁饼一样悠起来，话痞子的身体快速旋转到三圈半的时候就松开了提着小疙瘩头毛的前爪，小疙瘩喊叫着飞了出去。

如果不是老婆婆用胸膛挡住了他，他还不知要飞多远呢。老婆婆在他的冲击下，连连倒退了几步，一屁股坐在了地上。

老婆婆心疼地抚摸着小疙瘩问道："孩子，你没事吧？"

小疙瘩定了定神，道："没事，奶奶放心。"

话痞子得意地踮着后腿道："孙子，服不服？不服再来！"

小疙瘩蹦跳着向话痞子逼近，他汲取了刚才的教训，没再使用莽撞之力猛冲，而是围着话痞子蹦跳着绕圈子。有时候，他摆出架势，猛地往前一冲，话痦子绷紧身体准备接招时，他却突然又跳了回来。他左转右转，一圈一圈又一圈，挥舞着那根闪光的钢针。他时而似乎逼近了话痦子的身体，时而又退回，就这样一会儿就把话痦子绕得晕头转向。它恼怒地说："孙子，你这是干吗呀？老子不陪你玩了。"

就在话痦子四爪着地准备离开的时候，老婆婆看到她的小亲疙瘩闪电般蹦到了话痦子背上。他手里的钢针一闪烁，就看到一股绿色的液体从话痦子的右眼里滋出来，随即听到话痦子发出一声惨叫。

老婆婆看到她的小疙瘩与话痦子纠缠在一起，在地上翻来滚去，急得不停跺脚，想帮忙也帮不上。突然，她听到话痦子屁股里发出一声闷响，冒出一股黄烟，便大喊一声："小心！"她的话未落音，便有一股浓烈的臭气弥漫起来，老婆婆感到头晕恶心，慌忙掀起衣襟遮住了口鼻。她看到小疙瘩从话痦子背上跌下来，直挺挺地躺在地上，而那受了伤的话痦子歪歪斜斜地逃跑了。老婆婆屏住呼吸，移步向前，弯腰把小疙瘩捡起来，走到那盘石磨前，把他放在磨盘上躺着。

老婆婆以为小疙瘩死了，难过地哭起来，她一边哭，一边叨念着："小亲疙瘩，我的孩子，我们才认识两天，想不到你就被话痦子的臭屁给熏死了。都怪我没事先提醒你……"

小疙瘩从磨盘上慢慢地爬起来，他脚步踉跄，差点儿跌到磨盘下。他捂着嘴，干呕了几声，又用小手扇了扇鼻子前的空气，喘息着说："我的个天哪，这臭气实在太冲了呀！"

老婆婆道："奶奶知道这些话痦子会放臭屁，但想不到这么厉害。"

小疙瘩道："我刺瞎了它一只眼睛，只怕它明天晚上会来报仇，这可怎么办呢？"

"是啊，这可怎么办呢？"老婆婆忧愁地说。

第二天，老婆婆让小疙瘩在炕上睡觉。她自己用砖头和石头加固了鸡窝，又从邻村的猎户家借来了几个夹野兽的铁夹子。等晚上鸡进了窝后，老婆婆把铁夹子支起来，安放在鸡窝的周围。

月亮升起来了，光线透过窗棂，把屋子里都照亮了。老婆婆坐在炕上，不时地探头到窗棂边，透过窗户纸上的破洞往外张望着。小疙瘩扛着那根钢针在炕上蹦着，一边蹦一边说："不怕天，不怕地，就怕话痞子放臭屁；不怕地，不怕天，就怕话痞子喷黄烟……"

老婆婆忧虑重重地说："是啊，这可怎么办呢？"小疙瘩突然停止了蹦跳，一只手扛着钢针，一只手拍了一下脑门，说："奶奶，我想出了一个办法。"

"小亲疙瘩，快说，什么办法？"老婆婆兴奋又焦虑地问。

小疙瘩说："奶奶，您能不能找几块蚊帐布叠起来，两边缝上带子挂在耳朵上，这样，蚊帐布遮住了口鼻，就不怕话痞子放黄烟臭屁了。"

老婆婆一想，说："我的小亲疙瘩，这主意太好了！箱子里正好有一块去年缝蚊帐时余下的布头，奶奶这就缝起来。"

老婆婆年轻时是做针线活儿的好手，虽然老了，但技艺还在。

小疙瘩趴在她的前面，双手支着下巴，观看着她的裁剪缝纫，并不时发出赞叹之声。

老婆婆先做了一个小口罩，让小疙瘩试戴，小疙瘩说："带子长了一点儿。"老婆婆调整了一下，让小疙瘩再戴。

"这下正好了！"小疙瘩戴着口罩愉快地说，"不怕话痞子喷烟放屁了。"

老婆婆动手为自己做口罩。

院子里传来一阵喧哗。

老婆婆和小疙瘩透过窗纸上的窟窿，看到院子里聚集了几十个话痞子，领头的就是昨晚那个。只见它戴着一个黑色的眼罩，像人一样立着，前爪挥舞着一面黑色的小旗，对着窗户骂阵："烂炊帚疙瘩，臭老婆子，滚出来，今天老子要与你们决一死战！"

老婆婆飞针走线缝制着口罩。

话痞子们在院子里发出阵阵鼓噪。

戴眼罩的话痨子一挥小黑旗，喊道："孩儿们听令！"

话痨子们列成一队，齐声回应："有！"

"向鸡窝发起进攻！"

"冲啊！"话痨子们争先恐后地向鸡窝冲去，但紧接着传来几声铁夹合击的巨响和被夹伤的话痨子的哀号。

戴眼罩的话痨子慌忙下令撤退。它远远地看着那两个被夹死的小话痨子和那两个被夹住了腿哀鸣不止的小话痨子，气急败坏地骂着："你这个心狠手毒的臭老婆子，老子跟你拼了！有种你出来，躲在屋子里干啥？还有那个烂炊帚疙瘩，你刺瞎了老子一只眼睛。今儿晚上，咱们新仇旧恨一起算！"

在独眼话痨子的指挥下，话痨子们对着窗户发动了进攻。它们用前爪捡起石子、挖起泥土，对着窗户投掷、抛撒，窗户纸被打得啪啪响，有两块小石子穿透窗纸，落在了炕上，还有一只胆大的小话痨子竟然跳到外面的窗台上，手扶着窗棂立起来。老婆婆和小疙瘩清楚地看到了它的影子。又跳上来一只，竟然把尖尖的嘴巴从窗纸的窟窿里伸进来，似乎要闻什么味道似的。小疙瘩对准那黑黑的鼻尖猛刺了一针，外面那个话痨子痛苦地喊叫着："亲娘哎……疼死我了……"接着，就听到一声闷响，似乎有一股液体滋到了窗纸上，臭气从窗纸的窟窿里钻进来，小疙瘩戴着口罩，没闻到什么气味。老婆婆赶紧把刚刚缝好的口罩戴上。老婆婆和小疙瘩听到独眼话痨子训斥那个被扎了鼻子的小话痨子："混蛋，谁让你放屁的？"

"他扎了我的鼻子！"小话痨子哭泣着说。

"我再重复一遍，"独眼话痨子说，"屁是我们救命的武器，不到紧急关头不许放！"

小疙瘩对老婆婆说："奶奶，我明白了。"

老婆婆道："你明白了什么？"

"它们好多天才能憋一个屁，放出来之后就没有了。"

老婆婆说："我们有了口罩，不怕它们了。"

小疙瘩说："我们出去与它们打仗吗？"

老婆婆说："小亲疙瘩，别急，让它们先闹腾着，待会儿我们再出去。"

那些话痞子，为了引诱老婆婆与小疙瘩出屋，一会儿排队骂阵，用尽了所有的肮脏语言；一会儿又合伙抬出一根木棍，在头儿的指挥下冲撞那个安放在梨树下的大水缸。它们倒退十几步，然后猛力前冲，再后退，再前冲，木棍撞着缸壁，发出咚咚的响声。

水缸终于被它们撞破了，一股汹涌的水奔流出来，小话痞子们兴奋得嗷嗷叫。有一只小话痞子被水流冲倒，冲出去好远才爬起，浑身湿漉漉的，大尾巴的毛都贴在了尾骨上，于是那尾巴就成了一条死蛇的样子。

老婆婆心痛地说："我这个大水缸用了五十年了，今日竟被这帮话痞子给毁了。"

小疙瘩说："奶奶，我们冲出去给水缸报仇！"

老婆婆说："孩子，沉住气，我倒想看看它们还能做什么！"

水缸里的水流尽了，半个院子都湿了。在月光照耀下，明晃晃的一大片。只见那些话痞子围在石磨周围，独眼头儿举着一把生锈的破剪刀，扔到磨眼里，说："孩儿们，毁了她一口缸，让她没水喝，再毁了她这盘磨，让她没面吃。渴死她，饿死她！"

"渴死她！"众话痞子举爪呼喊着，"饿死她！"

"孩儿们，上！"

那些话痞子纷纷跳到磨盘下的圈板上，有的推着磨棍，有的直接推动磨盘。那盘石磨，竟然转了起来，不但转了，而且越转越快。独眼头儿蹲在磨眼旁边，用力往下按着那把破剪刀。只听到磨眼里发出刺耳的声音，伴随着声音，还有一些灿烂的火星子，从磨眼里飞溅出来。其实，小话痞子都是些爱玩闹的小动物，像调皮捣蛋的坏孩子一样，它们看到从磨眼里溅出的火星子，一个个兴奋得嗷嗷叫。为了让更多的火星子溅出来，它们把吃奶的劲都使了出来，磨盘飞快地旋转着，火星子一阵阵往外迸，把月光都照暗了。终于，小话痞子们都累了，一个个东倒西歪，哼哼唧唧、嘻嘻哈哈，你捅我一下，我戳它一下，滚成一大团，似乎忘了此行的目的。

"好了，小亲疙瘩，"老婆婆说，"我们该出去了。"

老婆婆攥着笤帚疙瘩，小疙瘩握着他的钢针，悄悄地到了门口。

老婆婆轻轻拉开门闩，猛地拉开门，月光像水一样扑进来。他们冲到院子里，冲到磨盘边。老婆婆把两个躺在磨盘上的小话痞子打翻在地，小疙瘩与独眼话痞子单打独斗。因为戴上了口罩，不惧臭屁，小疙瘩把一根钢针耍得如风轮一般，银光闪闪，水泼不进。独眼失去一目，视野受限，虽然身躯比小疙瘩大了许多，但明显地落了下风。它的耳朵上又挨了小疙瘩一针。它尖叫着，撅起屁股，正要放屁，就听到墙头上传下来一声威严的话语：

"住腔，憋着！"

大家都抬头往墙头上看，只见有两个小话痞子，一个举着一柄斧头，一个举着一柄方天画戟，护卫着一个身披红斗篷的大话痞子，它的身体比那个独眼头儿还要大一倍。它身上的毛看上去十分华丽，放着金灿灿的光芒。

众话痞子一起趴在地上，齐声呼唤："大王威武！威武大王！"

只见那大王将斗篷往后一抖，身后的侍卫熟练地接了。

大王纵身跳下墙头，气势汹汹地说："臭老婆子，你暗设铁夹，伤害了我的子孙，该当何罪？"

老婆婆冷笑道："话痞子戴上金冠，也还是个黄鼠狼！"

大王又居高临下地问小疙瘩："烂炊帚疙瘩，你刺伤了我的部下，该受什么惩罚？"

小疙瘩笑嘻嘻地说："你的部下咬伤了我奶奶的鸡，该当何罪？"

大王一举手，它身后的话痞子便把方天画戟递了过来。

大王挥舞着画戟，果然身手不凡。小疙瘩蹦跳着朝大王冲去，但每次都被大王的画戟拨到了一边去，有好几次还差点儿被刺中。

老婆婆生怕小疙瘩受伤，便挥着笤帚疙瘩冲上去，但她的脚踩在泥里，一下子滑倒了。她听到自己的脚骨节响了一声，知道自己受了伤。她瞄准大王，将笤帚疙瘩投了过去。大王用画戟轻轻一拨，笤帚疙瘩便落在了地上。大王一脚将笤帚疙瘩踢到了话痞子群里，它们一拥而上，口咬爪挠，将笤帚疙瘩撕成了条条缕缕。

大王挺着画戟，率领着小话痞子们一步步向瘫坐在地上的老婆婆逼近。

小疙瘩奋不顾身地冲向大王。他撞在了大王肚皮上，同时迅速地在大王肚子上刺了一针。大王怪叫一声，扔掉画戟，用两只前爪抓住了小疙瘩，然后在他的脑袋上狠狠地咬了一口。

老婆婆惨叫一声，晕了过去。

第二天早晨，太阳升起来时，老婆婆醒过来了。她用悲哀又愤怒的眼光看着院子里被撞破的水缸、被掀翻的磨盘、被拆毁的鸡窝、被咬死的鸡，还有被撕碎了的小疙瘩与笤帚疙瘩。

她爬行着，将小疙瘩与笤帚疙瘩的碎片收拢在一起，用衣襟兜着。

她爬到墙根，手扶着墙壁站起来，然后扶着墙，一瘸一拐地回到屋里，爬到炕上。她将小疙瘩与笤帚疙瘩的条条缕缕分开，然后刺破左手中指，让血珠儿滴到那些碎片上。她从针线盒里找出红线、蓝线与黄线，将小疙瘩与笤帚疙瘩捆扎起来。

最后，她又刺破了自己右手中指，让晶莹的血珠儿滴到小疙瘩与笤帚疙瘩上。

老婆婆感到累极了，她把两个小宝贝放在自己胸口搂着，然后便睡着了。

她仿佛是在梦里，又好像亲眼看到，两个疙瘩活了。他们在她的两个手心里，跳着唱着："我是炊帚疙瘩，我是笤帚疙瘩，我们唱歌，我们跳舞，我们好快活……"

玉兰花瓣

朱 辉[*]

天很热。午后的阳光下，院子里的青砖地明晃晃的，有一些砖头竟像脱落的小镜子。厨房边有一片阴凉，玉兰花开得旺盛，绿叶森森，白花朵朵，在燠热的空气中散发着幽香。

远处的大街上，有市声隐约传来，小巷深处的院子更显幽静。没有风，花叶纹丝不动。除非你看见厨房外墙上的水龙头还在滴水，半晌一滴，落在水盆里。眼前的景象就像是一张照片，一个已经死了的院子。

莲香坐在西房里，不紧不慢地做着针线。头顶上是一个微风吊扇，吹得头发不时耷拉到眼前，她抬手捋捋，把针插到手里的衣服上，站了起来。这是一套棉衣，靛蓝色里杂着一些白色的碎花。布料是她自己挑的，里面的中空棉是她在街上买的。她开始准备料子没人知道，自己动手裁、缝，个把月的工夫也就差不多完工了，直到现在也没人知道。她把棉袄和棉裤摆在床上，摆成一个人的样子，恍惚中她已经穿了进去，躺在里面。

这是莲香最后一套衣裳。是寿衣。她不想麻烦别人。幸亏她年轻时在服装

---

* 朱辉，男，1963 年生，江苏省作家协会副主席，《雨花》杂志主编。著有长篇小说《我的表情》《牛角梳》《白驹》《天知道》，中短篇小说集《红口白牙》《我离你一箭之遥》《要你好看》《和辛夷在一起的星期三》《看蛇展去》《夜晚的盛装舞步》《午时三刻》等多部。曾多次获得紫金山文学奖长篇小说奖和短篇小说奖、《作家》"金短篇"小说奖、《小说选刊》年度短篇小说奖，摘取第五届汪曾祺文学奖、首届高晓声文学奖等奖项。短篇小说《七层宝塔》获第七届鲁迅文学奖。

厂做过，落得了全套手艺，虽有些手生，但还拿得起来。寿衣都是棉衣，不管什么季节用上，都是冬衣，难不成那边总是百花凋零的寒冷冰窟吗？

不知道是不是这个理由，总之这是规矩，自古以来就是这样。除了棉衣，其他的衣裳，内衣、棉毛衫、毛衣等等，莲香也备好了，都是新的。她专门腾了一个小箱子摆好。不用明说，到时候女儿自然能够看懂。

太静了。耳朵里有幽远的嗡嗡声，仿佛是蝉鸣，却没有蝉鸣的那种断断续续。耳鸣的毛病已经很久了，自从马老师去世，她的耳朵里就钻进了蝉的鬼魂，一边耳朵一只。这倒也好，至少有两只虫子一直陪着她，还不用喂，也不担心它们冬天会死。

想到这里，莲香脸上露出了一丝笑容。她笑起来是很好看的，年轻时像一朵花，招人喜欢；老了的笑容也不难看。她很少大笑，只是眉头稍稍舒展一下，嘴角翘起来，笑容就像水波那样漾开来。此时她的笑容有点苦涩，木木的，像玉兰花临近凋谢的样子。

她喜欢花。这里的人都喜欢花，老早还没有指甲油的时候，小女孩就用凤仙花染指甲；长大一些，她们高兴起来就会在头上簪花，栀子花、月季花、蔷薇花；结婚成家当妈妈了，一般就不再在头上戴花，只别在衣襟上，玉兰花，一枝三两朵，好闻还又好看。莲香家原本种了好几种花，马老师走了后，莲香精心侍弄着，但第二年，还是悄悄死了不少。只剩一丛玉兰花，大概因为那里阴凉好，倒长得更盛了。

莲香也是这么过来的，染指甲，簪花，别花。花开花谢，慢慢就老了。也不算很老，也才过六十，可是马老师走了后，她一下子觉得自己彻底地老了。玉兰花每年春天就开，有的到秋天还零零星星地绽花。去年，莲香以为花期已经过去，却在早晨刷牙时突然看见又一朵玉兰花从绿叶深处探出头来。她又惊又喜，回头喊：马老师！这一声喊出，突然愣住了。她把最后一朵玉兰花摘下来，摆在一个水碗里，放在家神柜上。家神柜上是马老师凝固的笑脸。

玉兰幽幽。屋子里显得阴凉，外面依然火辣辣的。莲香跑出去，摘了几朵花，添在水碗里。马老师的笑容在玻璃里闪烁了一下。莲香拈一朵花，别在衣襟上，镜框里的玻璃里出现了她的身影。她轻轻骂一声：笑，你就知道笑！好看吗？

好看。真好看。莲香似乎听见了马老师的声音。当年她参加镇上的文艺宣传队，马老师负责辅导，第一次排练，莲香有事去迟了，马老师一眼看见她，上下打量了她一下，自己脸倒先红了。莲香耳鬓插了一朵玉兰花，马老师笑道：真好看。他声音不大，但莲香听见了，其他姑娘也听见了。她们起哄，要莲香问清楚，他是夸人好看，还是花好看。莲香也想问的，但终于不好意思。

马老师是镇上中学的老师，英俊挺拔，吹拉弹唱样样精通，莲香能跳能唱，身材又好，也是宣传队一枝花。先是，马老师指导莲香格外用心，以表扬为主，领唱，独唱，领舞，马老师扬着嗓子，举起右手一扬一扬地教她唱，又低下身子纠正她的腿姿。莲香簪的花掉了下来，落在他面前，他随手捡起，抬手就要给她戴上。莲香一把就推开了，抢过花自己胡乱插好。他怔在那儿，周围不少姑娘哧哧地笑。至此，他们就好上了。后来，就结婚了。

他弯腰捡花的时候，莲香看到他白衬衣的领子里有点黑。他们好了后，他的领子就总是洁白的。那时候男人穿不起白衬衣，戴假领子。假领子小，搓几把就好了，莲香把他的假领子和自己的胸衣一起洗，两人的身上就有了一样的味道，是莲香用的玉兰花味的香皂。现在想起来，她自己也奇怪，怎么就没有问他一下，他们第一次见面，他脱口而出的"真好看"，究竟是夸人还是夸花。

一直没有问。现在已没处再问了。

家神柜上摆着一碗菜，红烧排骨，是马老师喜欢吃的。早前拮据，难得吃，后来宽裕了些，莲香每星期总要做个一两回。不知道是不是因为营养太好，马老师后来很胖，突然有一天睡下后就没有醒过来。不到七十，真是早了。可莲香现在倒羡慕他有福气，没有受罪。除了清明、中元、寒衣和冬至供饭，莲香时不时也会在马老师照片前摆上一碗红烧排骨。不再管他是不是要降脂减肥，既然已经成了鬼，还是随他的口味吧。

莲香做排骨很拿手。做姑娘时，她不怎么会做家务，只看母亲做过，轮到她自己了，她不知道要焯水，腥气；收汤常常过了火，焦了。试了几回才掌握了窍门，还无师自通地用老抽加点冰糖上色。莲香的耳朵里一直有蝉鸣声，嗡嗡的，她其实听不见苍蝇飞，可苍蝇不知道，它躲在排骨上一动不动，看见有手伸过来，才吓得腾空而起。莲香的手挥一下，端起碗，撩开门帘往厨房去了。

她没有胃口，但饭总还是要吃。

爬过苍蝇，必须要热透。莲香刚把排骨倒进锅里，院门那里有了动静。抬眼一看，毛豆已经站在厨房门口，哈哧哈哧地摇着尾巴。它是从围墙下的狗洞进来的。紧接着院门一响，门开了，小宝进来了。毛豆是家里的狗，马老师走了后莲香捡的。小宝是巷子对面邻居的小孩，毛豆是他的玩伴。这一人一狗也不怕热，头上都沾着树叶，小宝手上抓着一把蝉蜕。厨房里灶头燃着火，很热，莲香让小宝去堂屋里待着。小宝去了，毛豆蹲在地上不肯动，眼巴巴地看着莲香。莲香懂了，假装做一个揭盖起锅的架势，毛豆嗖地蹿了出去，头在纱帘上一顶，进了堂屋等着，还探出脑袋朝这边看。

纱帘下面早被它顶坏了，苍蝇就是这么进来的。莲香第一次看到毛豆时，它还有点奶憨憨的，看不出品种，正在翻一堆垃圾。莲香给了它一根火腿肠，就跟着走了。莲香加快步子，假装赶它离开，可它一直跟到了家。跟到家莲香也还没有决定养，直到看出它是只母狗。她是个寡居女人，养只公狗会被人笑话的。

毛豆长得很快。也看出来了，是土狗。土狗也不能不养了，有感情了。莲香请人在院墙上开了个洞，毛豆就能随时进出了。土狗性子野，关在家里是养不成的。独居的莲香养个狗看家，也能解闷做伴。毛豆一般待在院子里，东转转西嗅嗅，无聊了就趴在厨房外的狗窝边睡觉。但一不留神就会跑出去，不是有狗洞嘛。它跑出去莲香也不操心，到时候它自己会回家。小宝家只隔一条巷子，到了放学时间，毛豆耳朵就会竖起来，小宝家门一响，它嗖地就钻出去了。

再回来时，常常后面就跟着小宝。

毛豆很聪明。莲香并没有教它握手作揖之类的把戏，但莲香说话它好像全懂。小宝是真喜欢这只狗，常常带东西给它吃。还买了小球、假骨头之类的几样玩具逗狗。他把球远远地扔出去，毛豆乐颠乐颠地捡回来，交到他手上。这把戏人和狗总也玩不厌，乐此不疲。

莲香听说小宝功课并不太好。他憨乎乎的，是个小胖子，未见得很聪明，见他老夸毛豆聪明，莲香忍不住想笑。也亏得有了毛豆，这院子才有了一丝活气。毛豆单独在家，院子是半死不活，小宝来了，这院子才像活了过来。

小宝在学校的时候，毛豆有时也悄悄跑出去，不知道到哪里去晃荡。它出去时一声招呼也不打，回来时却一定要找到莲香，在院子里叫，四处找，围着莲香摇尾巴，又蹦又跳。有一年春天，它回来后却不找莲香，自己钻到狗窝里睡觉。后来发现，毛豆怀孕了，两个月后生了三只小狗，虎头虎脑的，跟毛豆被捡回来时差不多的样子，只是身上多了几块白色，不知道是哪个白狗下的种。小狗满月后，莲香悄悄把小狗全送了出去。她只想养一只狗。小宝也想要一只，被他奶奶骂了一顿。小宝奶奶和莲香不怎么来往，莲香听见她在巷子对面说：你去玩玩还不够啊，带回家，想都别想！

也说不上有什么矛盾。小宝奶奶一直跟莲香同事。镇上先后办过许多镇办厂，磨刀石厂、文具厂、服装厂等等，后来都倒掉了。原因很多，主要是因为产品好，实用，镇上家家户户都有办法免费使用，源源不断，还能惠及四乡八舍。最后一家镇办厂做的是橡皮筋，这下子女人们阔绰了，头发上扎着，手腕上还戴着，小男孩们几乎人人一把橡皮筋弹弓，树上的鸟儿遭了殃，厂子当然也倒掉了。莲香在几个厂里都做过，最后在供销社落了脚，直到退休。小宝奶奶也几乎同一个轨迹，莲香在供销社站糖烟酒柜台，小宝奶奶卖布。本来也没有竞争的，但就是不怎么亲热。还是邻居哩，这就更亲热不了。这不奇怪，镇上的女人们大都是这样的。

但小宝到莲香家玩，他奶奶并不反对。他把橡皮筋套在毛豆脖子上，毛豆用爪子又拨又扯，啪地一弹，吓得一愣一愣的；再一扒拉，皮筋绷断了，不知飞到了哪里，毛豆还要在地上找，小宝笑道：我多哩。他手腕上果然还有好多，还想给毛豆套上一根，毛豆头一歪，跑开了。莲香热好了排骨，做好了饭，端到堂屋里来，小宝说：好香。却不肯吃。莲香皱皱眉，自己吃饭。她夹起一块排骨，还没送到嘴边，一阵反胃。胃里像翻江倒海。她忍住，放下了筷子。小宝奇怪地看着她，问：马奶奶，你怎么啦？

莲香苦笑道：没怎么，这排骨变味了。她一点小宝的额头说：难怪你不吃。

倒说得小宝咽了咽口水。莲香喊一声：毛豆！

哪里要喊呢。毛豆早就急不可耐了。它扒在条凳上，尾巴摆得像个扫帚。莲香捏一块排骨往前一送，毛豆头一点，进嘴了。咬得嘎嘣嘎嘣的。

莲香说：小宝，你来喂毛豆好不好？

小宝说好。左右手各拿一块排骨，蹲在地上，左右开弓地逗毛豆。莲香说：小宝，我把毛豆送给你养，好不好？

小宝迟疑一下道：我奶奶不让养狗。

莲香说：毛豆还住在这院子，还睡它的狗窝，你过来喂它好不好？

小宝说：这好呀！又迟疑道，马奶奶，你为什么不喂它？

莲香说：奶奶老了，喂不动啦。

这话小宝不怎么懂。喂狗需要力气吗？不好懂的话小宝是不深想的，况且毛豆也不允许他想，它吃完了两块排骨，把地上的骨渣子都舔干净了，抬起爪子又去挠小宝。小宝问：都给它吗？莲香说：不。留一点。狗也会吃撑的。

小宝奶奶在巷子对面喊他吃饭了。

莲香说，她喂不动了。当然不是喂不动，是她知道自己喂不久了。她得了治不好的病。医生看着报告单说：你家里人呢？我想跟你家里人说说。莲香说：家里人来不了啦。医生似乎明白了，歉疚地苦笑一下，不知道说什么才好。莲香拿过单子说：我明白了。我回去想想再来找你。实际上她没有再去医院。活到这么大，她有什么不明白的？她只是羡慕马老师命好，抢先走了，还一点罪都没受。

出了医院她在台阶上坐了很久。想给女儿打个电话，想想还是罢了。不难受到那个份儿上，她也不会去查，这报告其实只是个印证。这样的检查，人家都有儿女陪着，莲香从来没有想过要女儿陪。她这辈子最大的遗憾就是没有能够生养。起先，还认为是自己的问题，马老师也认为问题出在她身上，有一阵子，态度都不好了，最后竟摔锅打盆的。他那么个斯文人，赌气起来是很可怕的。后来悄悄去医院查了，她一切正常，只能是马老师的问题。莲香有了底气，劝他也去查。不肯，就逼他，逼了也没用，她就激将他。从医院出来马老师就蔫了。这一蔫就是好多天。莲香心疼了。她有点后悔逼他去医院检查了，如果不查，就让马老师认为是她的问题好了，他也就是个赌气，她习惯了也就罢了。现在这样，还是个不能生，倒把个男人逼成了蔫货，有什么好呢？

这事外人不知道。娘家人终于还是晓得了，劝莲香离了算了，莲香想都没想一口拒绝。不能生养也不是无路可走，他们可以抱一个。马老师心情郁郁，莲香就老扯着他出去散步。他们走在高高的河堤上，野风飒飒，莲香老觉得听到堤边的茅草里有孩子啼哭。其实不是的，是野猫。野猫嗖地蹿远了，还回头望望他们。回到家，却接到个电话，说镇医院有个女婴没人要，一生下来她妈就跑了。莲香就这么着得了个女儿。

跟亲生的一样，除了没有奶。莲香喂她喝奶瓶，忍不住，解开衣襟羞羞地把奶头送到女儿嘴边，女儿一口就叼住了。痒痒，还疼，莲香忍着，嘴里还一吮一吸替女儿使劲，奶头居然被吸出了血。

莲香心里快快的，很内疚，顿时觉得自己很没用。马老师看见这一幕，笑话她，话里还带着点讽刺。但慢慢也喜欢上了这个女儿，取个名字叫马莲。

马莲长大了。会叫爸爸妈妈了，会走路了，上幼儿园了……很幸福。但半懂不懂事的时候，也耍过脾气，怪爸妈不给她生个哥哥，要是有个哥哥，她在幼儿园就威武了;识字后很喜欢自己的名字，还喜欢"莲子莲子"地自己喊自己。

莲香怎么也不会想到，有一天莲子竟会嫌自己的名字不好，土气，她说：马莲，马莲，还不如叫我马蹄莲！她嚷着要去派出所把名字改了，叫马莲子，至少还有点日系风。当然没有真改，但莲香意识到出问题了，从莲子的眼神里就能看出，她知道了自己的身世。不知是哪个缺德的告诉了她。

这父母做得小心翼翼的，可管教时又会忍不住表现得理直气壮。终归，莲子还姓马，没有叛出家门，也长大了，但总觉得不那么亲。马老师突然离世，莲子哭也哭的，但却没做到每年清明都回来祭扫。理由是很多的，她说出了一些，还有一些莲香都代她想好了，知道她以后会说。想到自己的病，莲香心里有点冷。

她没有再去医院看。不是信不过医院，不信她就不会先把寿衣备好。她是对医院有点怕。像马老师那样多好啊，不去医院，一觉就睡过去了，居然还白白胖胖的。莲香知道自己会瘦，会枯萎，寿衣她就故意做小了一些，到时候才更合身。换内衣寿衣终究还是要麻烦莲子了。这也是该当的，她的乳房毕竟被吸出过血。

马老师的照片左上方，挂的是一个镜框，里面整齐地排列着他们一家的很多照片。有一张是莲香和莲子的合影，两个人的衣襟前都戴着玉兰花，莲子的头上也插着。照片是黑白的，雪白的玉兰花反倒成了最真实的颜色。莲子在上海工作，莲香相信如果她把病情告诉莲子，莲子会让她去上海看病——肯定的，她一定会这么做。但万一她不接话呢？所以莲香还是不开口的好。

等莲香去镇北的墓地与马老师团聚了，不知道莲子会不会去扫墓。清明时节，她会不会还那么忙？

莲香强忍着反胃，扒了半碗饭。这算又多吃了一顿人间的饭食。

刚把剩下的排骨放进冰箱，毛豆就在院子里叫了起来。这狗精得很，莲香以为是自己收排骨的动作被它看见了，不是的。是一只猫，小宝家的，站在围墙上虎视眈眈，毛豆愤怒地朝着猫吼，在院子里飞奔。它在花丛里钻进钻出，身上沾了不少树叶花瓣。猫不敢下来，狗也上不去，这局面维持了不久，猫尾巴一闪，倏忽不见了。毛豆得意扬扬地又在院子里叫几声，回到了堂屋。

毛豆蹲在莲香面前，舌头伸得老长，这是热的。它蹲了一会儿，不见主人有它期待的动作，失望地打了个哈欠。莲香撩开门帘，到花丛那里掐了两朵玉兰花，别在衣襟上回来了。她站在马老师的照片前，站直了身体，挺挺腰肢，相框里出现了两个人奇异的合影。莲香说了句什么，毛豆听不懂。它心心念念地惦记着那碗排骨，也知道是摆在冰箱里，但它不会开，会开也不敢擅自动爪，只能在冰箱前乱转，蹦蹦跳跳地想引起注意。主人今天很笨，什么也不懂，毛豆颠颠地跑出去，钻进了花丛。

莲香的遗像挑好了，也放大了，照片比现在年轻得多，跟一点也不显老的马老师很般配。镜框也做了，等着那一天莲子把照片装进去，这件事不作兴自己动手。莲香似乎看见自己已与马老师并排而立，她怔怔地坐着，直到感到毛豆在抓她的腿。她奇怪地问：你干什么？

毛豆哈哧哈哧伸着舌头，看看她，又看看地下。它的面前，摆着一朵玉兰花。这是毛豆叼来的，不用拿起来她也知道，上面肯定沾了不少它的口水。这没什么，难得的是，花朵一点没破，半开的玉兰花，每一片花瓣都是完整的。

地上印着凌乱的狗足迹。隔着纱帘看出去，玉兰花点点如星，看不出少了一朵花，但显然，这朵花是毛豆从花枝上咬下来的。拿起来，你能看见新鲜的断茬，微有叶汁。莲香大喜过望，兜起它的两只前腿，在它脑门上亲了一口。让它学会叼花就不容易，学会自己从枝丫上咬下一朵花就更难了。虽然排骨对毛豆有无与伦比的吸引力，但它会偷懒，总是会偷偷捡落在地上的花。排骨扔在地上和拿在手上，它都是一样吃，它怎么能理解人不喜欢凋谢的花呢？今天算是误打误撞吧，莲香高兴极了，她立即从冰箱拿来排骨，挑一块往毛豆鼻子前一送。毛豆期待已久，脑袋闪电般一抖，哈喇子甩了莲香一手。

毛豆吃得嘎嘣嘎嘣的，还抬起头看看，奇怪怎么这一块里面一点硬骨头都没有。这是寸金骨，没有硬骨，毛豆今天配得上这个待遇。毛豆趴在地上，抬起头，又要。再给。莲香看见毛豆的爪子缝里夹着不少青苔。马老师走后，莲香也一直给花浇水，常去侍弄，但院子里的青苔还是渐渐多了，从围墙下向中间蔓延。她不愿意沤臭肥，只会浇水，顶多有时埋一点鱼肠子。玉兰花的最后一次底肥还是马老师施的，冰箱里十几个鸡蛋坏了，马老师把它们全部埋在花根下。这玉兰吃的还是马老师施的肥，但旺盛得很。

寸金骨算是奖励，再给是为了复习。莲香捏起一块排骨，走到玉兰花边，指着枝丫上的一朵玉兰花说：摘下来，才有得吃。

太阳稍稍弱了些，但还是热。毛豆抬眼看看别处，朝围墙上张望。没有猫。莲香摇摇手里的排骨，还在它鼻子前绕绕，毛豆半懂不懂的。莲香抱起它，把它的嘴凑到花枝前，用手捏着它的嘴用力一合，一拽，花枝断下来了，可是掉到了地上。莲香指着地上的花说，给我！毛豆迟疑一下，一口叼了过来。莲香往后退退，毛豆朝前跟跟。莲香接过花，立即把排骨托到它嘴边。

它吃得那么香。莲香干呕了几下，压住了反胃。刚才这一阵子折腾，她累极了。这样的训练早已开始，明显地，她的体力日渐衰弱。面前的毕竟是只狗，她几乎可以肯定，它基本学会了叼花换肉，但难保它每次都从花枝上折花。只能这样了，走到哪里算哪里吧。

确知了自己的病情后，莲香反复思量，也曾向女儿提出一个要求。女儿秋天时回过一趟家，跟莲香话不多，却喜欢逗毛豆。也许，逗狗恰好可以减少跟母亲谈心的时间。莲香不敢询问她几年清明为什么没回来，也不敢问她什么时候再回家，只试探着问莲子：你这么喜欢毛豆，你把它带走吧。莲子很诧异，说它不是正好跟你做伴吗？又说他们两口子都上班，没法子养的。还说，这是土狗，土狗耶，土狗城里就没见人养过。见母亲讪讪的，连毛豆好像都不高兴了，又解释道：土狗一个人在家是待不住的。自己笑道，不是一个人，是一只狗。莲香微笑道：一只土狗。

毛豆蹲在两人中间，看看这个，又看看那个。见她们不再说话，扑通趴在莲香脚边，不时抬起眼皮，看看莲子。莲香叹口气道：不知道你爸在那边穷不穷？她这话没头没脑的，莲子有些发愣。莲香说：四时八节我都没少给他烧纸，可我昨夜还是做梦了，他说他手头有点紧。莲子说：那他还手紧啊，我爸他是不会管账吧。话一出口自己被吓住了，立即闭嘴，但说出去的话收不回来了。她故作镇定地看着母亲。莲香脸上看不出波澜，像无风的玉兰花。她知道这不是诅咒，莲子只是嘴快，而且也不信烧纸。果然莲子说：妈，你相信活人烧了纸，亲人能收到吗？

莲香还没搭话，毛豆霍地站了起来，是小宝来了。他已在门边站了一会儿了，正朝毛豆打手势。毛豆欢快地钻出去，就着台阶人立起来，双爪搭在小宝手上。小宝有点认生，轻轻朝莲子喊了声阿姨。他进屋找个小杌子坐下，毛豆摇着尾巴跟在他身后，一起身，双爪又搭在他肩膀上。莲香接着刚才的话茬，看看莲子说：我信，我要给你爸多烧点，让他存起来。

小宝突然说：我也去烧过纸的。我奶奶说，火堆上起了旋风，就是爷爷来拿钱了。我一点也不怕。

莲子笑道：你那么大胆？吹的吧？

小宝还要争辩，莲香伸手摸摸他的头说：你看毛豆跟你这么好，你还要对它再好一点哦。

毛豆见莲香摸着小宝的头，双爪落地，挨过来，也把头伸向莲香。莲香摸摸毛豆的脑袋，使劲抓挠了几下，笑道：你也就是个土狗！心里苦笑着对自己说：总要分开的，终有这一天的。

莲子在家住了两天就走了。毕竟是自己的女儿，莲香打起精神做饭，还做了一顿红烧排骨。莲子边吃边夸，却也没有吃几块，她怕胖。莲子在家的时候，莲香忍住咳，躲着咳。莲子走了她才没有顾忌，但也不想声音太大，还是收着一点，痰在极深处，她没有力气咳出来，直到咳出血丝。

日渐枯槁。自己都觉得身子在缩小。日子越来越快了，但每个日夜却都漫长。毛豆常常倚在她脚边，她咳得那么厉害，腿一抖一抖的，毛豆都习惯了，倚着她抖动的腿，很舒坦的样子。

太阳西斜了。厨房的影子漫延开来，半院阴影。莲香起身，撩起了门帘，毛豆一闪就出去了。

院子里还热，但有了一丝凉风，与热气混杂了，像热水刚倒上了凉水的样子。才半天工夫，玉兰花似乎又长高了些，顶上又一批花蕾绽开了。这院子终究要留给莲子的，连同这丛玉兰花。玉兰还能开多少年？她不知道。总归比她更长久。

莲香朝毛豆扬了扬手。毛豆显然注意到她手里的排骨，它兴奋了，开心得一蹦一跳的。莲香指着玉兰花朝它示意，毛豆歪着头，似乎在思考。它好像明白了，朝玉兰花那边凑了过去。

莲香等待着，眼巴巴地看着它，那眼神很像当年注视着莲子吮吸自己的乳头。莲香把排骨凑到一朵玉兰花上，等着毛豆来咬。这笨狗，终于还是明白了，它飞快地朝花一咬一扯，花朵被叼到了嘴上。莲香站起身，左手捏着它的嘴，右手举起排骨朝院门一指，径直出了院门。

小巷里没有人。再晚一点出来，下班回家的人影就会杂沓地在青石板路上晃动。毛豆跑在前面，时不时地站下，回头等待莲香。它嘴边的白花让莲香安心。可是她走不快，虽瘦了，身子却沉重。拐上北大街的时候，毛豆犹豫了一下，莲香不理它，继续向北。毛豆终于想起了什么，飞跑着往前去了。

一座小桥连着一条大堤。一只狗，领着一个人。

墓地阒无人迹。按老风俗，除了清明节和前后半个月，一般不去墓地。可别人家的墓地这会儿没人来，不代表就没人祭奠。莲香和毛豆已经来过许多回，毛豆早已认路了。果然，莲香沿着墓间的大路一排排看过去，一眼就看见了毛豆正蹲在马老师的墓前。玉兰花已被丢在墓前的小祭台上。祭台上有些斑驳，那是莲香清明来供饭时留下的痕迹。

莲香有些发怔。微风在墓道间穿行，一阵凉，一阵热，转到某个角度，耳边才会掠过些微的风声。莲香掏出毛巾，打算把墓碑擦一擦。毛豆忽然叫了一声，蹦跳着仰头看她。莲香明白了，打开手里的塑料袋，拿出一块排骨送了过去。毛豆大嚼，半闭着眼睛，很享受的样子。

这是重复了很多次的程序。莲香把那朵玉兰花摆摆好，动手擦墓碑。碑上齐头刻着马老师和莲香的名字，只不过马老师的名字填了黑色，而她的还是石头的本色。这真不好看，但只是暂时的。莲香知道，不久以后的某一天，那个镇上专做这行生意的老张，会来把她名字涂黑。

风大了些。天色向晚，晚霞满天。蚊子聚拢过来了。无数的蠓虫聚成一团团云，在周围飞舞。毛豆吃完了排骨，无聊地在小径交叉的墓地里乱转。莲香抚了抚祭台，石板温温的，比人的皮肤还热一点。玉兰花已经萎了，耷拉着，颜色也泛了黄。莲香看着墓碑上马老师塑封着的照片，想说什么，却什么也说不出。恍惚中，穿着寿衣的她已经缩小了，成了灰，装进了匣子，也封在了墓穴里。

一钩明月，淡淡地挂在天边。

立秋了，天还是热，小镇被晒得蔫巴巴的。但毕竟已是秋天，太阳下山后也有了一丝凉意。做生意的人家打起精神头，吆喝起来。傍晚时分，他们又能迎来一拨生意。

一只大黄狗轻快地走在街道上，它毛色糟乱，机警地避开一条条移动的人腿，悄没声地从一个个恨不得摆到大街中央的摊子前跑过去。有人认出来了，这是莲香家的狗。毛豆！毛豆！有人喊它，它回回头，继续跑。喊它的人说：你看你看，这狗又叼了花！顾客听不懂，老板解释道：它会叼花，它嘴边是白的！那顾客确实看到了狗嘴边的白色，他笑道：哪是花呀，那是狗嘴里的象牙嘛！

毛豆听不懂这些，它在众人的视线中拐向北街，一眨眼不见了。通往墓地的小桥很窄，桥面的缝里都望得见水，毛豆走惯了，轻快地蹿了过去。墓地很拥挤，像个迷魂阵，毛豆甩着大尾巴在里面拐来拐去。它找到了目的地，仰头嗷呜了几声，低下头嘴一松，一朵玉兰花落到了墓碑前。

它有点累了，张着嘴喘气，没人搭理它，它快快地又汪了几声。有人看到过这样的场景，看到它撩着大尾巴在墓地间穿梭，一道黄光一闪，不见了。

都知道了，这只狗通人性。狗很瘦，肋条都露出来了。有人看了可怜，会扔根火腿肠给它，但除了看到它叼着花在大街上跑，平时它很少出来，它似乎只在小镇与墓地间往返。如此过了半年多，有一天这狗忽然不见了。好几天没看到，好长时间都没看见。莲香家同一条巷子的那个小宝委屈地告诉人家，他天天往狗食盆里倒饭的，他说他天天都喂，有的时候一天喂两回哩，可它还是跑了。

都奇怪这只狗到哪里去了，正如他们奇怪这狗怎么就会叼花。只有做殡葬品生意的老张知道一点端倪。半个月前，前村一个老头死了，也葬在镇上的墓地里。人家供了饭，那狗冷不丁不知从哪里钻出来，当着众人抢了一嘴排骨。那家刚死了人，气不过，几个愣头青抄起棒子砖头就围着打。要不是老张出来阻止，说这个日子杀不得生，那狗就没得命了。那黄狗跛着一条腿，嗖地蹿进了草丛里，草丛分开一条线，很快就合拢了。

那黄狗钻入草丛时，最后消失的是一条黄尾巴，像只黄鼠狼，本地叫"大仙"。老张这行当有个规矩，东家的事绝不对西家说，尤其是怪事，为鬼神所忌。老张明面里守着这行当的所有规矩，但私底下百无禁忌，还惯吃狗肉。他舔舔嘴唇，想起了红烧狗肉，看起来糟乎乎的，其实比红烧猪排美味得多啦。他咽一下口水，继续守口如瓶。渐渐地，没有多少人记得这只黄狗了。小宝想起毛豆曾生过几只小狗，他去抱了小狗的人家看过，并没有发现毛豆来看它的小孩。他无聊地在街巷里闲逛，右手不断扯着左手腕的橡皮筋，啪，啪，很疼。他忍住怕，悄悄去了墓地。墓地四周的杨树风声呼啸，小鸟在草丛中啁啾，可他连毛豆的影子也没有看见，祭台上光溜溜的，比他的课桌还干净。祭台下散落着很多玉兰花，都是毛豆叼来的，有的还能看出曾是一朵花，更多的已成了枯叶。玉兰花萎了枯了轻了，风乍起，像有一只无形的手圈着枯花打起旋来，小宝一怔，也不怎么怕，有杨树顶上的喜鹊嘎嘎大叫着在给他壮胆。大街上还时常有黄狗出没，小宝看到黄狗就会喊——毛豆，毛豆！那狗理也不理。其实小宝知道，黄狗跟黄狗不一样，每只狗都有自己的长相和表情，他只是看见黄狗就忍不住要唤。小宝奶奶见孙子有点魔怔，给他买了只小泰迪。

清明节到了。有人在马老师夫妻的墓前看见了一束玉兰花。细雨清晨，玉兰花洁白欲滴。镇上人说，是那黄狗又来了。小宝的奶奶说：你们不要瞎三话四的，狗会在花枝上缠皮筋吗？

知名不具

鲁　敏*

1

他的死讯，来自儿子替他发布的最后一条朋友圈，大意是家父因病不幸去世，享年六十九岁，特告诸位亲友，感念感谢等。现在这已成为民间讣告的一种形式，梅楠周围，陆陆续续这样离开的熟人，能数出两位数了。或者也算死神的善意，时不时以此提醒它在路上，从而进一步拨动或麻痹着人们的欲望神经。碰到这些个，梅楠要么发三根蜡烛，或给其家人留言，或者到某个群里去回忆亡者一二，听大家互相说些保重身体享受当下的口水话。主要是太闲了——刚刚退下来，对"闲"的感受是深刻和残酷的，人们常说忙得受不了，那是他们还没有到这一步，闲到最后，真是宁愿去死。

但闲得要死的梅楠没有给这条发布留言志哀，也不打算跟任何人谈起。他，是她一个孤岛式的朋友，这世上没人知道。

---

* 鲁敏，女，1973 年生。江苏省作协副主席。现居南京。1998 年开始小说写作，已出版《金色河流》《奔月》《六人晚餐》《梦境收割者》等三十余部作品。曾获鲁迅文学奖、庄重文文学奖、冯牧文学奖、人民文学奖、十月文学奖、郁达夫小说奖、汪曾祺文学奖、《中国作家》奖、中国小说双年奖、《小说选刊》读者最喜爱小说奖、《小说月报》百花奖、2007 年度青年作家奖，入选"《人民文学》未来大家 TOP20"、台湾《联合文学》华文小说界"20 under 40"等。有作品译为德、法、瑞典、日、俄、英、西班牙、意大利、阿拉伯、土耳其等文字。

2

不，没有任何背德之事。就梅楠而言，从头到尾，她始终都没有见过他，连他确切的年纪，也是今天才从死讯里得知。当然，从他那边说来，他们可能已见过许多次。毕竟在同一个系统，这么多年总有各样的机会踏入共同的人群。迄今为止，梅楠唯一可以确定的，是二十多年前那个华东片会，某个家电品牌组织的地区代理与分销渠道大会，与会者从各个地方赶到广州，近百号人，白天开会，晚上聚餐，最末一天闹哄哄游玩，反正就是从前那种模式的行业会。那时她刚工作五六年，才在柜面销售这一块崭露头角。

会议结束回到南京不久，梅楠就收到一封信。那是九十年代中期，电话已普及，寻呼机像丑陋但时髦的大蜘蛛一样，爬满人们的腰带，也还是有不少人写信，稿件、家书、情书、笔友之类。梅楠从无这样的情趣，真要有事情，打电话好了，家电部的前台、售后维修，随便哪个号，都能够找到她。也许是厂家的直邮广告？梅楠狐疑地撕开，是一封没头没脑的手写信。也不准确。有头，抬头是：你。也有尾：知名不具。

这谁啊，故作神秘。梅楠是硬邦邦的务实风格，毫无浪漫主义成分，甚至很反感拈酸做派。今天柜台要上一批新品液晶电视，广告牌和优惠标签全要重做，正忙得脚不沾地。她皱着眉，不耐烦地把信快速扫了一遍。这人字写得不错，深蓝钢笔水，撇捺之中，还带点笔锋。

写信人说这次在华东片会上，又见到她很开心，听她交流热水器销售经验，觉得她比以前老到多了，真是天生做销售的料子，并预言她将来会有一番作为，等等。看行文口气，像是早就认识，只是梅楠完全想不起来。会上人太多了，有一大半都是面孔和名字对不上。这一行里，哪个不是自来熟？她跟不少人聊过天，游玩时也是三五成群有男有女，几次席上闹酒，有人起哄叫她喝满壶，也有人冲上来相救。这位"知名不具"，是跟她聊过天还是游过园还是喝过酒哇？

梅楠又瞥一眼信封，寄件地址是"内详"，邮票是正的。上学时有女同学常收到一本正经谈学习的信，但邮票倒贴，说那是"我爱你"的间接表白。此信可排除。那此人什么意思呢？细看邮戳，辨认出是广东茂名，翻找出会议上的名册，厂家代表和地区代理的电话地址齐全，并没有来自茂名的。也许对方是出差途中，随手就寄了一封信。

不管怎么讲，如果她对此人没有印象，就说明没有意义，没有意义的事就毫无纠缠的必要，反正也没法回信。管他呢。把信随手一丢，她接着忙柜台上的事。

3

但"知名不具"的来信从此就开始了。

不算太频繁，有时每月一封，也有时隔半年。邮票上的邮戳不固定，江浙安徽一带居多，有时甚至近在南京郊县。这谈不上骚扰或伤害，人家好心好意写信而已，梅楠也没法去责怪。除了抬头的"你"有点怪怪的，行文与口气都很尊重，尊重中带着深切的关心。

"知名不具"总十分了解她的各种情况。比如她各季度业绩排名，所负责柜台的变动，被公司采纳的合理化建议，演讲比赛拿了二等奖等。这也不奇怪，系统内部的报纸、信息和文件，很容易能看到。但他还知道更多。比如她跟某品牌的二级代理商干了一仗，居然给柜台上多争取到 0.3 的提成；她陪总部下来的领导吃饭，醉到送急诊室挂水；她被最要好的同事抢走一个大单；等等。显然，他像雷达一样，从一切角落里收集与她有关的信息，并在信里替她欢呼和鼓劲，也会因为坏消息而忧心忡忡地表达他的感同身受，安慰一番，或是不偏不倚地替她分析下一步策略。紧接着，还会抄录一两段名人名言。司马迁，贝多芬，傅雷，爱因斯坦。哪怕已是人人知晓老掉牙的名言了，他也只字不落甚是认真。

不过总归有一点时间上的滞后，收到信时，梅楠前面所碰到的得意与痛苦，都已过去了，因此他有一大半的话，都像后知后觉，读来十分寡淡。写完关于她的成败得失之后，如同跑完重要景点的游客，他也会礼节性地稍许写几句他的日常。

从这些只言片语里，梅楠得知他妻子是名总账会计，两人是初中同学。儿子性格内向，但脑子很灵光。公司的人事斗争中，他时时处于不利之局。他有痛风之疾，时常发作。写到自己时，他总是点到即止，好像生怕梅楠不耐烦。其实梅楠倒恰恰是这部分读得细一些，还想着，看能不能从这部分内容里，去寻找到他的魅力或异质之处。然而没有，每封信都让她一再地感到，此人无色无味无波澜，也没什么能力和野心。说不定，时不时给"你"写上这样一封信，就是他生活里可堪圈点的重要寄托了。

信写到后面，他会有一个仪式性的收尾，抬头看看窗外，写下所见所得。外面有人叫卖东西，耳里听到蝉鸣，或是看到对面人家晾晒的被单被大风刮下楼。这部分只一两行，读到这里，梅楠就知道，信结束了。总的来说，"知名不具"的来信，不论从信息量、新鲜感或趣味性上来说，都是欠奉的。

尤其没有的，是性别感。性别感是个啥？其实只是梅楠自己的一种感觉。可能因为她当时年轻，自我身份上有点敏感，不管上司、同事、同学、陌生人，或者所谓的追求者，反正只要说到三两句，要不让梅楠明白自己特别是个女人，要不就是明白对方特别是个男人。

这一单拿得爽吧，我就知道，那刘经理只要看你一眼，他的笔头就自动签了。

批准你提前半小时下班，去换上漂亮裙子，晚上来参加一下。有你在，气氛会好得多。

梅楠你见客户要多笑笑，你的笑，那可是销售工具啊！

梅楠啊梅楠，等将来我有本事了，你就不要再跟出去拼酒了，太叫人心疼了。

总是这样的话。有的叫梅楠感动，也有的不以为然，但日常的友谊与爱慕之情，似乎就是这样表达的。相比之下，"知名不具"不写这些，哪怕是一些暧昧意味的节日，也从没有相应的祝福。他十分清晰地，也十分彻底地，去掉了她作为小可爱、小女子、小甜心、小美人的部分。

梅楠对此无所谓，只不过觉得，他既是这样，她应当郑重一些。但这个郑重的"度"一旦过了，似乎又带有女人意味的执着。她没有专门花工夫去查问，只是后来再出去开各种系统会议时，长三角或珠三角，厂家或卖场连锁，她会捎带着暗中观察，看看有没有哪位跟她的对视超过一般长度，谁故意绕开她，或过分热情地找她搭话。她有时也主动出击，跟疑似者闲扯，讲些可以理解为暗号的话题，但是都没有人露出破绽或有接头之意。试了几回，渐渐也就兴味阑珊，知道不会有结果了。

不知是那些会议"知名不具"恰好参加了，还是出于某种推理，后来有一封信，他谈到了这个问题。

"我想你肯定知道我是谁。我在第一封信里就告诉过你，咱们早就认识。我一直在等着你回信，地址就在手册上，清清楚楚，包括电话号码。我还以为你是有意装傻，或者是拿乔、矜持、懒、不信任、反感……没想到你是真的不知道。都这么长时间了，你还没有想起来我是谁吗，就一点心灵感应都没有？哪怕我明明就站在你面前，你都没有注意到我这个人，并意识到那就是我！"难得这么情绪化的，写了一整个段落之后，他另起一行，简短地说，"既然这样，算了，就不说我是谁了，永远不说。我也不再抱有指望，指望你能想起我是谁。"

这封信并不叫梅楠惭愧，反叫她一下决定放弃了，并由此轻松下来。其实她也倦怠于最终的相认，觉得那很庸俗，很寻常，甚至挺煞风景的。就这样，完全同意：他永远都别说出来。她这辈子也不打算知道他是谁。

4

这个小插曲并没有影响到什么，"知名不具"照旧断断续续写信过来，内容也仍是毫无变化的构成：罗列探讨她的成败，名人名言，他的一点近况，窗外风景收尾。

那期间，梅楠先后交往过几个男友。意外怀孕后，就跟那位男友办了婚礼。不久为了一个大品牌的招标项目，她加班奋战，不料致胎死腹中。这些生活上的麻烦，他应当也知道，并不提，重点仍是谈论她的业绩、调动机会、公司人际关系之类。但在名人名言里增加了一些女名人。秋瑾，邓肯，宋庆龄，潘玉良，特蕾莎修女，居里夫人和撒切尔夫人。梅楠发现，她们所流传下来的名言，都不是关于女人的，而是做事业、做人方面的。咂摸咂摸，挺有意思。可能这正是"知名不具"的言外之意？

三十四岁那年，梅楠有过一次大的职务升迁，一跃成为南京公司的二把手经理，在全国同级子公司里，她算是最年轻的。她连年销售飘红，辗转各个分部也都常胜不衰，是应得的。但系统内部的闲话就太难听了，一片声地流传着，说她全是裙下功夫，四面八方睡过来的，等等。反正一个女的，只要五官齐整，不是七老八十，总归是走这种路线。梅楠无处辩解，也不好发作，毕竟，倒在这个竞争里的几位候选人，有外地空降的，有几朝元老，也有谁谁的外甥。她赢都赢了，还不能让人出出气嘛。

可她的气又往哪儿出？这些年，但凡难缠的瘌痢头，全是她上。没有补贴的加班，都得轮她。还有连轴转的出差，到这种程度：天天早上起来都得找着房卡想一会儿，自己是在哪个城市。腊月里在东北催款买不到回程票，被困在小县城一个人看春晚。还有这些年她喝的白酒红酒啤酒，都能汇成半条河了，吸的二手烟都能冒个大烟囱了。是，她确实也热络，主动结交了不少关键人物，可绝对没有那种事情——越是大人物，可越是爱惜自己。记得有次她不小心把茶水洒在前襟，是夏天，白衬衣一下子有点透，对面正坐着的某副总马上就把在谈的事情停下，打开门，让她换件衣服再回来。人们的舌头啊，翻动起来，越是想当然的下流想法，越是吧嗒吧嗒来劲。最没劲的是丈夫，一方面觉得她升级后的薪水不错，可总是放不下奉子成婚的事，胡闹着说是替人背锅。又说起胎儿死于母腹，是她陪领导出差、"不当运动"所致。更不用说那些叽叽喳喳的女朋友了，她们甚至都不愿意跟她一起吃饭买东西，反感她的健身与依然苗条，既然都女强人了，应当发胖长皱纹变得丑才对。伴随着狗屁的成功，梅楠成了孤家寡人。

只有"知名不具"那滞后的来信上，满纸都是为她骄傲的感叹号。他用感慨万千的措辞，重又回忆起当年的华东片会，他那时就从几个细节上，"准确地"预见到她的"远大前程"。他排数她这些年的上升台阶，好像一个圆满的复盘，以证明他的眼光。这封信写得啰里啰唆，可梅楠这回读得甘之如饴，觉得字字都像药粉撒入伤口，疗愈之效十分明显。

看看，到最后，只有这么一个面目不详的"知名不具"，能把升迁归因到这些年步履不停的辛苦。他是真的把她当作一个人哪。她赌气地，也是自我安慰地想，这世上哪怕只有他这么一个绝无仅有的朋友，能理解她、明白她，也够了，她会更加地勇于向前。没的说，她要离婚，继续我行我素。她要高调，决不跟流言妥协。她要终生奋斗，把他们所有人都甩在后头！这些话，只有他会为她鼓掌。她第二遍、第三遍地读这封信，一边在心里大声独白、宣言，甚至有点期待着后面的暴风骤雨，并想象着，等风暴过后，再像此刻这样，从容地收获他迟到但真诚的礼赞……现在，不仅是他的寄托在她身上，她这里，也有要给他看的意思了。

不巧的是，就在她有了这样的一点闪念与一丝萌发之时，"知名不具"的来信却变得稀少，渐至于无了。

5

现在回想起来，可能跟世界的整体速度相关。梅楠可以明显感到，那是一个上升极快的阶段，不管是她本人、南京公司，还是总部，整个行业，包括更大的外部，感觉所有事情都在奔腾乃至沸腾，人人都在小跑步，毛孔里都散发出快，加快一点和多，再多一点的狂呼。添东西总比扔东西快，新朋友总比老朋友多。注定是过渡用品的寻呼机只风光了四五年，就被无情抛弃，人们递出来的名片上统统印起手机号码和电子邮件地址。

不过梅楠记得，那几年风行一种带编号可抽奖的"中国邮政明信片"，邮票是印好的，写个抬头签个名就可以四面八方撒出。她收到的特别多，次年三月份快要兑奖时，统统垒起来，高度能到她小腿肚。她每年都垒着玩，有时齐膝，有时能到大腿。

"知名不具"有两三年都没再来信。也好，别说是信，就是长点儿的药物说明书，梅楠也没时间看了。白天全是见人开会谈合同，晚上也同样是见人吃饭谈事情，还要插空上 OA 系统看文签文，连等飞机、连飞机晚点的时间都要利用上。梅楠想"知名不具"一定会知道的，她现在挺不错，虽然那些流言像红墨水点子一样，怎么着都有个印子在，人们还是会磨牙嚼舌取乐，但又能怎样呢？业绩摆在那儿，她又升了一级，到省公司了，还得到总部的一次全国表彰！

到新千年的那个元旦，可能是世纪之交的说法把所有人都迷住了，除了往来品牌公司、上下游伙伴，连久不联系的同学老乡都发来漫天雪花般的明信片，真是天下谁人不识君，估计最后都能垒到屁股尖了。就是那个元旦，梅楠也收到"知名不具"一张，不是明信片，而是贺年卡，俗气繁杂的折叠式卡片，里头夹了一封手写信，以此延续着他的传统，哪怕已被外部加速度给拉扯得如此之长、如此之细。

估计是许久没写字吧,梅楠觉得他的字迹没有以前流畅,但还是兢兢业业地,以条目梳理出她这几年的重大事项,并在后面写上批语,哪些富有创新,哪些有所错失。可能是出于篇幅考虑,到名人名言这一块,他只写下"谦虚、谨慎、戒骄、戒躁"这一条,单独成行,注明这是毛泽东在哪一年的什么会议上所讲,是他认为最适合梅楠的四个词。读到这里,梅楠腰杆都直了,这多么地高看她!随后,他也三言两语地讲了讲他那边的情况。妻子到了更年期。儿子出国读金融,花费不少。他自己出过一次车祸,身体里多了两个钢钉。在公司里终于有了一次晋升,但明升暗降。写到末一行,照旧还是寥寥数语写景状物:虽然禁放了,外头还是有小孩在扔小鞭炮头子。今年迎春花开得比较早,蜡梅也香着,但桌上的水仙花锈得快。

梅楠匆匆读完三页半的流水账,乍一看有点滑稽,可得承认,这么读下来,心里还是骄傲的,看看哪,蓦然回看,她这几年变化多大,一直在攀升哪,像不断闪耀着冲向高空的火花。可紧接着而来的,是一阵孤清与凄惶感,像是灯影下的那一小方暗黑,"嗤"的一声,被一根小火柴无意中点着了,照到了,不大的一块,但却那样深重且沉重,虽然"知名不具"只字未提,而她自己,也从不曾觉察……又隔了好一会儿,才想起来,哦,这么说,他出过一场车祸,他妻子都更年期了,他们都那样老了吗?可这么些年,他就只有这几样事情想跟她说说?这里面似乎有某种残酷,或者说,平静的生活、普通与不幸,是不适合分享的,在他与她之间……他们的这种联结,一直都是社会性的、向上的、以成败论英雄的,这形成了遮蔽。正是这种遮蔽,使得他们很难抵达体贴的细节和内部。她的孤独,他的孤独,质地、形状全然不同,也全然不通……

梅楠摩挲着带有凹凸手感的贺卡,重新折好信纸,不大习惯这软绵绵的情绪。不管怎么说,这样的信,收一封少一封了。想起分公司一个同事,每次吃完饭,他都会满足地打一个响嗝,然后挤挤眼,半带恶作剧地向大家宣布:吃一顿少一顿啦,同志们!她勉强让自己笑了一下。可不嘛,所有的事都是这样。

6

到"知名不具"再一次出现，已是短信了。当时在开会，她被借调至总部已有半年，会上正在拉锯式地讨论所谓战略转移。"入梅以来一直阴雨不断，草木绿油油的都长疯了。午后突然放晴，阳光太透亮了，叫人睁不开眼。"混杂着咖啡味香水味烟味永远不冷不热的会议室里，嗡嗡嗡的低语中，冷不丁看到这样一条短信。梅楠认出了：多么熟悉又平常的"窗外一瞥"。

午休时间，她又看了一遍那则短信，发现此号前面已发过两条。最早是一条海南岛简介，还引用了苏东坡几句诗。看看日期，想起来了，那期间她正在博鳌参加一个高层峰会，那回她可是出了风头，发言镜头都上了央视的经济新闻，虽然只有几秒……还有一则是半年前发的：欣闻北上，大贺，更高的未来在等着你。怪不得这条也没注意，那阵子涌到两部工作手机上的祝贺短信，每天都有几十条。其实到这一步，并不说明她有多能干，而是有人站错队，有人失了手，有人崩了盘。就这么几条赛道，但凡能留下的，也就自动往前走了。

翻看这几条短信，她意识到，"知名不具"不会写信了，夹在千禧年贺卡里的那几页纸，就是他最后一封手写信了。这是必然之事。所有的模式都会被新的灰尘覆盖，连稍微老点儿的论坛、MSN、QQ、博客，也早都瞬间卸载灰飞烟灭。梅楠竭力回想着，后来她把那些信、明信片、贺卡什么的，给放哪里了，夹在旧报纸杂志里处理掉了？这么些年，办公室和家都搬过好几次，估计早都变成纸浆又变成纸，打几个来回了。也无所谓，谁说非得保存呢？

梅楠知道自己，她那颗心，不仅冷硬，更有一种漂流感。除了整个外部世界的公转，她还给自己加码了一个自转，并已深深埋入她体内，也许类似加速器？她不能容忍自己慢下来、落下来，必须加速跑，拔地起跳，转动，三周、三周半、四周……想起她唯一爱看的花样滑冰，镜头紧紧跟随着运动员起伏伸展的身体，整个背景里所有的面孔都显得那样荒芜、微不足道，只有场中这一个人是清晰真切的，游弋在向心力与离心力之间，获得了一种睥睨人间的自给自足与百年孤独。

梅楠顺手查了一下他的手机号，号段属于浙江萧山。这并不说明"知名不具"就在那里。十几年过去了，他们这个系统调来调去很是常见。她搁下手机假寐，睡意降临中，有种模模糊糊的满意。嗯，还在那儿，一种平淡但稳定的参照物，像是河床底部的石子，不管河水如何湍急，它总归是在的。

7

可他……死了。世上再没有什么是她的参照物了，实际上，她自己也已静止下来了。原来的工作，被一个跟她当年提任南京公司二把手时差不多大的年轻人全面接手。这时段的她，正处于一种很难描述的状况，尽管早已明了人情薄凉，可要说心境与处境上完全处之泰然，还是不大能够。

在她离婚后替补上，也陪伴过她辉煌期的男人，像是及时止损，意料之中地离开了，带走一套房子。养了十四年的老狗去年查出比较严重的心脏病，她在替它寻找安然离开的办法。同学和朋友里，皆是各种退休的终章与回响，聚会仍然不少，大家一坐下来就互相推荐牙医和中药调理膏方。以前人们总等着她第一个进出电梯。以前她随便发一个圈，点赞总是三四百——他见识了她一步步地上坡，可惜不知她这样一刺溜地下坡。真想知道，倘使"知名不具"再次来信，要如何替她总结，又如何评点，并贴上什么名人名言呢？随即又为这样的假设和期待感到羞愧。她软弱了，老了。

有没有可能——梅楠搁下老花镜，突然涌上一丝慌乱与疑心，死去的那位朋友，并不是"知名不具"？万一是她搞错人了呢？当然，这是典型的自救式的条件反射，人们听到坏消息时，常会突然幻想出一种希冀般的全面否认。

可确实，微信里有相当部分所谓好友，都只是萍水之交。每开一次订货会或是 VIP 答谢会，动辄就会加上几十位，销售业的通病：南来北往都是客。梅楠但凡划拉到连备注也没有的昵称，马上改为"不看他（她）"与"免打扰"模式，说不定对方也早都屏蔽掉自己了呢。这没什么，大家心里都明白。

记得那次是要查一份市场报告，就在微信圈里搜"指数"，搜"份额"，搜"供需"，每搜一次，结果不同，但有个叫"顺其自然"的人会反复出现。点进对话框一拉，这人真是发了不少东西给她，全是转帖，贸易环境、原材料价格、管控政策等，都跟她彼时彼境的工作项目有关。在总部就是这样，对有上进心的年轻人，闲不住的老同志，动不动就爱甩来链接，分享其私人成果，也分享他认为重要的业态消息。

梅楠继续往上翻，专业文章之中，也夹着别的内容，政坛或实业界的起伏沉浮与励志故事，比尔·盖茨，乔布斯，董明珠，默克尔，马斯克。她脑中一个闪念，这不是就等于当下的名人名言嘛，虽然也经常有人发这样的，可两个结合起来一看……这就是他吧！她心里一阵得意，更感到一种智力与意志力的愉悦弹性，瞧，就算微信上这样近在咫尺，她仍旧会一声不吭的。

但她即刻就把那人的名字改为"知名不具"，一边在心里粗略推算，他该是早就退休了，系统内的会议上，他们共同出现的可能没有了。他应当好久都没有看到她了——但在他看来，无论梅楠怎么地纵横四海，总还有百密一疏之处、背后中枪之虞，他这么地替她精心搜罗推送，也算仍然在场，仍在助她一臂之力。

感人吗？似乎也不。梅楠始终没太想明白，这么些年，这纯粹单方面的虚拟性参与，对他而言，到底算是什么？反过来讲，对这番不求回报的好意，以她冷然的实用主义，又有几分真的在乎？他们这种淡而细长的交往，恐怕本来就只是诉说与误读、趋近与隔阂的产物。她甚至想过，有一天，当他或她离开人世，他们各自会有多大的概率，能闪过关于对方的念头，而那个念头的轻重程度，是不是也就跟窗外一瞥差不多。毕竟，漫长的生命中，人们各自在窗口看了多少莫名其妙、一闪而过的风景哪。

　　……直到此刻，到这一则死讯，梅楠才有一些新的感受，类似惊讶或遗憾，又近乎一记延时而来的追加打击：她不理解他，正常，但更恐怕，她也没有理解自己。几年前在微信里对"知名不具"的仓促指认，此时此刻的莫名起疑，都经不起推敲，并暗示了另外一些东西，某种始终在场的东西。

　　梅楠有点担心地再次打开他的主页——跟当初第一次点入，以及后来的几次点入一样，几乎是惧怕的，生怕他的旅游照、家庭照或自拍之类赫然在目，好在，除他儿子发布的那条讣告之外，仍跟以前一样空白，无色无味。这无助于任何正向或反向的推断，他就是"知名不具"，或只是另一位对不上号的朋友。

　　就算"知名不具"仍旧活着，并隐身于朋友圈，他们依然会处于遥不可及、互不相认的时间深处，这就是她和他之间的一种界限与约定——只有死亡，与他们并峙而列，是独立第三方，也是唯一的主动者。从这个角度而言，梅楠又觉得，某种打破与跨越，从她看到死讯的这一刻起，已然降临了。

　　梅楠抚摩着光溜溜的手机，陷入一种既矛盾又喜悦的玄乎之中。

　　梅楠望望窗外，就像当年在信的末尾，总归会看到的一些描写。此时正是最惬意的秋季，高高低低的树冠上，有红有绿有黄，新叶子挨着旧叶子，旧叶子挨着枯叶子，一簇簇地在微风中摇动，阳光偶有照射，翻动的新叶子像钻石闪动。也没多想，她顺手把早上收到的每日天气，发到了她从未回复的那个对话框。

　　　9月28日星期二南京天气：阴转雷阵雨，东南风，风向角度120°，风力1—2级，风速5km/h，全天气温21℃—28℃，气压值1005，降雨量0.0mm，相对湿度94%，能见度16km，紫外线指数2，日出时间05：56，日落时间17：55，月出时间22：27，月落时间13：18。

手稿、猴子，或行李箱奇谭

徐则臣 *

　　飞机上睡了一路，我有精神跟他们耗。他们那种吊儿郎当的敷衍态度，让我觉得还有戏，所以见着工作人员，不管是谁，我都要申诉一番，让他们想办法找到我的行李箱。已经来了两茬工作人员。五月夜晚的新德里机场温度宜人，我和恰马尔先生坐在各自的行李箱上，一边聊天一边等他们的寻找结果。

　　恰马尔是个印度作家，我们在刚结束的加尔各答的一个文学活动上认识。他去过两次北京，见到个北京来的，就生出他乡遇故知之感，逮着空就跟我聊。恰马尔住德里，我想在回国之前看看泰姬陵，泰姬陵离德里不远，我们俩就订了同一趟航班。办理值机时，我原想只托运超标的大行李箱，登机箱随身带，恰马尔说，费那事干吗，一块儿托了。他以地主的豪迈把我的小行李箱也拎到传送带上。下飞机取行李，他的行李箱、我的大行李箱都到了，我的小登机箱不见了。恰马尔原本可以取了行李就回家，因为我的登机箱没了，他不好意思一走了之，认为自己负有责任。我们一遍遍嘱咐工作人员帮忙找。恰马尔宽慰

---

* 　徐则臣，男，1978 年生，毕业于北京大学中文系，现任《人民文学》杂志副主编。著有长篇小说《北上》《耶路撒冷》《王城如海》，中短篇小说集《跑步穿过中关村》《如果大雪封门》《北京西郊故事集》等。曾获老舍文学奖、冯牧文学奖、华语文学传媒大奖等多个奖项。2014 年，短篇小说《如果大雪封门》获第六届鲁迅文学奖，同名小说集获中国好书奖。2019 年，长篇小说《北上》获第十届茅盾文学奖、中国好书奖、中宣部"五个一工程"奖。部分作品被译为英、法、意、西班牙、阿拉伯等二十种文字出版。

我，在印度，从没有哪一只行李箱在风尘仆仆的旅行中没被弄丢过。他说的就是机场。

我们已经在行李转盘前坐了一个半钟头，眼见着转盘转了又停，停了又转，乘客们一拨拨来，取了行李又一拨拨走。第四轮了，我的登机箱仍然没有出现在空荡荡的传送带上。从转盘那头走过来两个穿制服的工作人员。之前的工作人员显然已经被我搞烦了，去找了两趟之后，再也不回来了。这两个可能是新当班的，恰马尔示意我继续跟他们理论。

"听说了，"两人中胖一点那个是头目，微笑时油汪汪的腮帮子上还有两个酒窝，他用动感十足的弹舌英语回答我，"他们跟我汇报过。真对不起，我们把机场往下挖了半米，还是没找到。"他看了一下手表，马上零点了："您先回去，找到了我们及时通知您。"

我摇摇头："不行，必须今晚就找到。"

"全是细软？"他又露出职业的微笑，两个油汪汪的酒窝更深了。

"比细软还值钱。"

真的，比细软还值钱。我后悔没有将小行李箱随身携带。在加尔各答临时买的登机箱，淘到两件印度木雕，太占地方，一个行李箱装不下，此外，就是想把小说手稿随身带，搁手边更放心。那段时间正写长篇小说《王城如海》，用八开的大稿纸。我习惯手写，出门带着也方便，一卷纸，铺到桌上就可以开工，不必像电脑那样，开机关机都有强烈的仪式感。想到那烦琐的程序，我就没了写作的欲望。以我的写作习惯，这个手稿一旦丢掉，我肯定不会重写。重写对我来说像背书一样不可忍受。所以，只要不打算扔掉，要确保每个稿子都不能少。丢了，那就找回来。

"今晚就得找回来，"以恰马尔的经验，"今晚找不到，以后更别想了。"我们查过，系统显示，我的登机箱已经跟着这架航班来到了新德里。我的这位印度朋友说，他也一直没弄明白，为什么行李一旦丢了，就永远丢了。

"我们只能承诺您继续找，"胖酒窝说，两手一摊，"别的我也没办法了。"

跟他着急是没有意义的。我拍拍取到的大行李箱："我就坐在这里，直到箱子找到。"

胖酒窝又对我油汪汪地一笑："好吧，您是作家。我们继续找。"带着瘦下属走了。

我突然醒悟过来，问恰马尔："是不是需要这个？"我对他捻动右手的拇指和食指。

通货就是通货，这动作全世界都懂。恰马尔难为情地说："有，当然好啊。"

好，我们坐下来继续聊天。如果他们回来时还是两手空空，我得让他们攥点东西回去，继续找。我和恰马尔聊北京，聊中国和印度，也聊文学。还聊到《王城如海》，故事发生在北京。我没有告诉恰马尔，《王城如海》的写作遇到了障碍，这是我出国也将手稿带在身边的原因。我期待这个神奇的国度能给我灵感，及时地把断掉的情节续上。

二十分钟后，新德里过了零点。胖酒窝没回来，回来的是他的瘦下属，有五十多岁？肤色变了，年龄就很难判断。深棕色的瘦下属对我摆摆手，还是没找到。恰马尔给我使了个眼色，我走到瘦下属跟前，向他伸出手。半晌不夜地握手，他显然没料到，他本能地把右手后撤一下，然后重新犹豫地伸过来。我们在手心里完成了交接。两只手松开后，他又把手递过来。我没明白，分量不够？他半握的拳头固执地杵在我手边，还对我眨了眨他的毛毛眼。这个印度老男人的睫毛是真长。他的眨眼似乎有某种真诚的力量，我握住了他的手。纸币又回到我手心里。

"我再去找。"他用口音极重的英语说。"您能跟我儿子谈谈你们的文学吗？"他做出一个写字的动作，"他马上就来。"

"当然。"

瘦下属去行李房的路上掏出手机开始打。五分钟后，过来一个三十岁左右的小伙子。也可能不到三十，比他爸的肤色浅一点，但依然不足以恢复我的判断力。父子俩穿着同样的工作服。他的英语没他爸的口音重，跟恰马尔的发音比较接近。

他来谈文学，但话不多，席地坐在我和恰马尔对面，开口更多是提问，像个记者。对提问他似乎相当娴熟，每一个问题问得都干净利索，提前备了课一样。问我，也问恰马尔。主要是我，虽然我告诉他，他的同胞恰马尔也是作家，但丢箱子的是我。他问我的问题计有：

印度之行的目的；平常写小说、诗歌、散文还是戏剧；登机箱里的那部长篇小说写的是啥；为什么这个电脑时代还要手写；丢失的箱子里还有什么；这个登机箱的来历，即在哪里买的，为什么要买，从加尔各答到现在，这箱子还有哪些值得一说的故事；如果今天晚上找不到，我会做何感想。关于我屁股底下坐着的大行李箱，也问了几句。

最后他说："这箱子一看就是个好东西。"

就在我认为他只是在做失物招领处的常规调查时，我们聊起了文学。他在写作。"您知道，我的工作就是把一个个托运的行李箱和货物从这里拎到那里，"他出示他手掌关节处磨出的一个个老茧，"再从那里拎到这里，一天到晚。我见过世界上几乎所有品牌的行李箱，但我喜欢写作，写小说、散文，诗也写，像先生您一样，像恰马尔先生一样。您在写作中总能一帆风顺吗？"

当然不能。我告诉他，大部分时间我都写得磕磕绊绊、跌跌爬爬，比如丢失的《王城如海》中，有个坎儿半个月了也没爬过去。小说里写到雾霾和环境污染，除了肉眼所见和 PM2.5 的科学测量，我找不到一种更为独特和形象的表达方式。

"手稿带在身边，没想过会丢？"他问。

"没有人会为了丢一件东西才把它带在身边。"我说，"我得没事就盯着它看，以便及时地找到爬坡过坎的方法。有人跟我说，印度到处都是灵感。"

"您还没找到？"

"目前没有。"

"也可能已经找到，只是您没有意识到。"

这么说也不是没有道理，印度是个神奇的国度。

"假如找到了，你会带着它继续在印度旅行吗？您说您还想去参观泰姬陵。""当然，"我拍拍放在脚边的双肩包，这才是名副其实的随身，"我会把它装进这个包里，晚上睡觉也抱在怀中。"

谈话到此差不多可以结束了，他从裤兜里掏出一个简陋的手机，一通按键。然后我就看见他的瘦父亲眨着毛毛眼从行李大厅的拐角处走过来，推着我的万向轮登机箱。谢天谢地！我从箱子上跳下来。毛毛眼说，我的箱子还是在行李房找到的。一定是我箱子的万向轮太好使，工作人员轻轻一推就跑远了，混进了另外一趟航班的行李堆。能找到，是因为那趟航班的所有行李要么继续托运开始下一个旅程，要么都被放到传送带上被乘客们取走了。我的箱子和另一只箱子被孤零零地推到了遥远的墙角。那只箱子更可怜，托运的票号莫名其妙地消失了，主人是谁都不知道。

"您知道吗，"毛毛眼说，"在我走到墙角之前，至少检查了三百只箱子。"

我向他伸出手，他果断地把右手送过来。握住的那一瞬间，他在我的手心里抓一下。没找着，他迅速松开我的手，嘴角的微笑摊平了。

跟我一样激动的是恰马尔，凌晨一点，他终于可以心无挂碍地回家了。他的新婚妻子已经给他打过两个电话。

"泰姬陵非常伟大，"小伙子也从地上站起来，他的握手远比他父亲持久有力，"不过您也可以关注一下沿途的神牛和猴子。"

小伙子提醒得很好。我把大小行李箱都寄存在酒店，背着双肩包出门去看泰姬陵。包足够大，我把小说手稿带上了，然后是洗漱用品、两件换洗衣服，还空装了两本书，其中之一是奈保尔的《幽暗国度：记忆与现实交错的印度之旅》。泰姬陵在阿格拉，在德里以南两百公里处的亚穆纳河南岸。因为要看沿途的神牛和猴子，我选了长途汽车，晃晃悠悠四个多小时才到。

在印度，坐汽车比火车和飞机看得更清楚。沿途要带客，汽车总往人多的地方钻，从城镇到乡村，两百多公里中的人间烟火我差不多看了一半。在印度，牛享有神圣的地位，谓之神牛，不干活儿，可以自由在大街上走来走去。这我知道，文字和影像资料以及各种传闻里比比皆是，但坐在尘土飞扬的长途车里亲眼见到，还是挺震撼。它们既是神，又是仙。是神，因为印度人供着它们，提供吃喝是义务；是仙，因为它们自在放旷，旁若无人，行当所欲行，止当所欲止。看心情，想歇着了，大马路中间扑通就躺下了，人和车都得绕着它走。拉屎撒尿也一派天然，在哪儿就哪儿，绝不委屈自己半步。

汽车穿过某镇子的一条街巷，前头正好有头雄伟的犍牛横在巷子里，尺寸正合适，把磕磕巴巴的水泥路面占了个完整。来往的行人过巷子，不愿从路两边的泥水里蹚过，都弯腰驼背、手脚并用地从牛肚子底下钻来钻去。他们对这种过路方式毫不经意，犍牛岿然不动，高人一般淡定，显然也习惯了自己的威严。我们的司机示意停车，等犍牛离开。路边有小店，可酌情采购，其他个人事宜，自行解决。我下车买了一瓶水。内急的乘客去了路边，背对我们就解开了裤子。该干的事都干了，犍牛还卡在巷子中间，同车的乘客有急性子的，不去赶牛，只催司机。大胡子的司机连抽两根烟，牛还在，只好上了车，一连串地摁喇叭。那牛傲慢地看看我们的车，完全是瞧不上地晃晃大脑袋，踱着方步让开了道。

路上见到猴子的频率没有牛高，但数量绝对有压倒性优势，一只猴子出现了，意味着接下来会有一群猴子现身。它们不在路面上出没，而是攀在树上、墙头和屋檐上。大小各异，成群结队，搞不清同伙和门派。它们兀自在高处喧嚣追逐，丝毫不惧人间的清规戒律。它们也吃百家饭。有人从车内把面包和饼抛给它们，眼看着掉落地上，猴子们的胳膊好像突然变长，魔术般地就给捞上来了。我喜欢小猴子，最小的只有两三个拳头大，走在墙头和屋檐上还有颤巍巍的胆怯，嫩黄的毛色在太阳下闪着温暖的光。成年猴子大多通体柴灰，长毛被泥水和食物粘成绺、团成坨，整个一副流浪汉的邋遢模样。

从德里和泰姬陵来回的路上，唯一一次看见猴子下地，是在一个叫不上名字的小城。汽车穿过城市的中心大道，在路边一栋建筑的废墟前，一个本地男人正对着墙根撒尿，松松垮垮的裤子吊在屁股后头。不知道从哪里突然钻出一只小猴子，一跃而起，抱住了男人的裤子，然后，它和那条肥大的裤子一起滑落到男人的脚后跟处。很多人看见了男人的光屁股和两条长满黑毛的大腿。

泰姬陵之壮观和漂亮，无须我赘言，关于泰姬陵的故事也很动人，想必很多朋友也知道，我也不必啰唆。我在阿格拉待了两天，然后回到德里。单从旅行观光的角度，我也觉得这时间花得值。我应该看到了一部分真实的印度。回到国内重新开始《王城如海》的写作，我发现更值了。

在印度，小说毫无进展，原封不动带回北京，依然寸步难行，设想出的几种方式最终都过不了我自己这一关。正打算暂时放弃，收到恰马尔一封邮件，此时距我回国已经二十三天了。他说："徐先生，您还记得新德里机场那个跟咱们聊文学的小伙子吗？他很可能是一个潜伏在机场的小说家。他甚至是一个只写'行李箱的故事'的主题小说家。如果我没猜错，他写到了您，当然也可以说，他虚构了您。"

恰马尔用英文写成的信挺长，嘘寒问暖的部分暂且略过，只说那个潜伏的小说家。

两天前，恰马尔陪老婆逛商场。老婆试衣服，他在商场的椅子上坐下，顺手捡起旁边座位上的一张报纸。当天的晚报，有个创作园地，相当于咱们中国报纸的副刊，看到一个专栏的题目：《行李箱的故事》。这天报纸上刊载的是专栏的"之十七"。这第十七个故事讲的是一个突尼斯商人，托运的行李箱丢了。不是丢在新德里机场，而是在迪拜机场分拣错了，被送到了孟买。从孟买转到新德里，他在机场接收时，打开箱子发现多了一万八千美元。若只是天上掉下美元，突尼斯人就闷声笑纳了，问题是包钱的纸上写着一行字：此钱有主，慎毋私吞，否则灭全家！底下附了个号码。突尼斯商人再爱钱，也不敢拿一家人的性命去冒险。此刻，他太太正带着六岁的双胞胎女儿等在酒店，待他取回行李箱后一起出门观光。他跟行李处说明了情况并报了警。

专栏作者作为工作人员之一，参与了处理过程。在文章中，他有节制地介绍突尼斯人的身份、印度之行的打算，以及行李箱里的内容，重点提到一尊写意的甘地半身雕像。这种风格的甘地雕像作者从没见过，他在文中坦诚地表示了一个印度人的惭愧。为此他请教了突尼斯人，这位外国友人告诉他，他是甘地的粉丝，这尊雕像是两年前从阿尔及利亚一位雕塑艺术家那里高价请来的。价格昂贵，因为是限量版。甘地活了七十八岁，该艺术家就做了七十八尊，然后把模子毁了。他的这尊编号三十七。接下来，作者写到美元和包装纸的调查结果。根据威胁电话打回去，顺藤摸瓜抓到了孟买机场的一名工作人员。此人例行开箱检查行李时，在某行李箱里发现了这沓包裹的现金，财迷了心窍，把钱顺自己兜里了。要在往常，他把肚子挺一挺，腰间和鞋子里分别藏一点，没准儿就混出去了，但那天碰上领导突击检查，揣怀里容易露馅，分开藏时间又不允许，只好鬼慌忙写句话，把钱就近塞到旁边一只箱子里。他果然没机会再打开那个箱子，但他依然心存侥幸，甚至为自己的机智得意，万一箱子的主人真被"灭全家"吓着了，拨了电话，他就赚大发了。作者写道：

"此人的确等到了电话，不过是警察打来的。"

花了漫长的篇幅讲完这个故事后，恰马尔说："徐先生，其实我想告诉您的是下面这个故事。"

看过突尼斯商人的故事，恰马尔先生对这个专栏有了兴趣。他在网上搜到这专栏。上一次，也就是第十六个"行李箱的故事"，题为《丢失的手稿、突如其来的猴子，或行李箱奇谭》。恰马尔觉得文中的中国作家很可能是我，便把文章从印地语翻译成英语，发给了我。

有个从加尔各答来的中国作家，在新德里机场落地，发现托运的一个行李箱不见了。他声称箱子里放了一部长篇小说手稿，丢了等于要他的命，所以务必帮他找到。该作家坚决不离开取行李的转盘，从晚上十点一直耗到凌晨一点，四茬工作人员帮他掘地三尺地找。当然找到了。问题在于，箱子找到后，箱体上没有任何托运标识，工作人员监督他开箱验物时，手稿没找到，从箱子里爬出来一只气息奄奄的猴子。那猴子有多小呢，请各位发挥一下想象力。没错，拳头，没有正常人的一个拳头大。作为一个见过不下两万只猴子的印度人，我负责任地说，这么小的猴子我在印度从没见过。我查了资料，世界上最小的猴子叫侏儒猴，主要生活在巴西西部、哥伦比亚南部、厄瓜多尔东部和秘鲁东部的雨林里，体长约十四到十六厘米。那猴子比侏儒猴大一点。我也听说，中国古代的文人喜欢养一种宠物，叫墨猴，平常塞在袖子里，或者放进笔筒里，写毛笔字的时候，它就跳出来给主人磨墨。不知道这种墨猴跟行李箱爬出来的猴子比，谁大谁小。

那只拳头小猴晕晕乎乎地爬出箱子，先是揉鼻子，打完一个尖细的喷嚏后才睁开眼。它缓慢地转动脑袋和小眼睛，又揉起鼻子，再打两个喷嚏。这小东西肯定是对某工作人员身上的气味有了反应，那家伙每天都要往胳肢窝里喷三次香水，靠近了我也晕。

私自在托运行李中夹带活体动物算违法行为。那位中国作家辩解，他根本没有托运过什么活体动物，见到这只猴子他跟我们一样震惊。事实上，他跟我一样，从没见过这么小的猴子，在加尔各答参加文学活动的几天里，一只猴子他都没见到过。他甚至对于猴子如何神奇地钻进他的行李箱完全没兴趣，他关心的是，已经写好的那部分长篇小说手稿去了哪里。他说，以他糟糕的写作经验和习惯，丢失的稿子他不会再重写，也就是说，现有的大约小说篇幅三分之一的手稿如果真的丢失，等于这部小说也就废了。所以，本该活蹦乱跳的猴子此刻病病歪歪，没能缓过劲儿来，而困得眼皮打架的作家先生却急得火烧火燎，差不多要上蹿下跳了。

我们领导，行李管理中心的头儿，嘱咐我好好安抚这位焦躁的中国作家，他和我的同事这就跟加尔各答机场方面联系，一定要搞清楚中间出了什么岔子。接下来的聊天中，我听说中国有一出古老的戏剧，叫《狸猫换太子》，但我认为，手稿变猴子这事儿，比狸猫换太子更神奇。

中国作家喋喋不休地跟我说他的小说，谈起小说时他甚至都不看我，更像是自言自语。他的心思一直在手稿上。这我能理解。写作是创造，辛辛苦苦创造出来的东西不翼而飞，搁我可能比他还着急。他说这部长篇的写作遇到了困境，一个先锋戏剧导演找不到合适的方法，让英国来的教授形象地、超现实地感受北京的气味。我说这事好办啊，就地取材。

"就地取啥材？"他问我。

"猴子啊。"我提醒他，"那活猴爬出箱子先打喷嚏后睁眼，说明什么？对气味敏感。您把这只猴子带回去。"

"往哪儿带？非法托运活体动物我已经说不明白了，还往回带？"

"不是带回中国，是带进您的小说里。"

"一只印度产的猴子，没拳头大，被小说人物带到了中国？"

"完全可能。这只不合适，再换一只，反正咱们印度猴子够用。您不是想去看泰姬陵吗，去阿格拉一路上的村村镇镇，有一棵树，就有一只猴子。"

我们探讨了半天猴子引入小说的可能性，中国作家未置可否。他的心思在别处。如他所说，写就的手稿没了，后面再精彩的故事也等于零。这人的写作习惯真是古怪，为什么就不能重写呢？

同事呼叫，让我带中国作家去行李管理中心。加尔各答方回复，调看了办理值机的现场录像，是一个印度青年男子帮徐先生把登机箱拎上了托运传送带，画面上没看出任何猫腻。安检人员经验丰富，工作十一年从未出过娄子，他郑重声明，过检时没发现任何异常，别说一只猴子，就是一只跳蚤也别想混上飞机。接下来箱子到了分拣中心。现场录像显示，满屋子的行李箱除了被扔来扔去，没人动过。打开某个箱子取出一堆稿纸，再装进一只猴子，此事绝无可能。我们头儿也说，倘若箱子里头真装了一只猴子，被咱们搬运行李的大力士这么个扔法，有九条命也摔没了。

中国作家也一再声称他也莫名其妙，他对猴子不感冒，《西游记》里孙悟空的花果山就在他老家，快四十年了他从没去过。他不关心猴子，他关心的，是如何找回他的小说稿。

天地良心，我们机场也把各个环节的录像调出来查看，同样没见到哪个环节出差错，除了搬运行李时下手重了点。最后警察站出来了，他问中国作家：

"您在印度很有名吗？"

"没有名。"

"那就是了。一个无名的外国作家，放在行李箱里的写了半截的稿子，您告诉我，谁会感兴趣？"

"应该没有人。"

"这不就是了？我再问您个问题，这只打喷嚏的印度猴子珍贵不？"

"这体型，应该比较罕见。"

"您在印度无人知晓，您在印度也没有亲朋好友，存在别人送礼和行贿的可能吗？"

"应该不存在。"

"您看，您什么都懂。我再问您个问题，务请您照实回答：您真是个作家吗？"

"什么意思？"

"不好意思，我不懂文学。但我知道再傻的猴子也不会无缘无故钻到一只行李箱里。如果方便，可能得请您改变一下行程，配合我们调查。我们对出现一只猴子跟您对丢失一份手稿一样感兴趣。请吧。"

亲爱的读者朋友，别问我接下来这位中国作家怎么样了，我不知道；也别问我丢失的手稿和突如其来的小猴子是怎么一回事，我跟你们一样想不通。我的确写过几篇稀奇古怪的旅行箱故事，但这种奇谭，本人也是第一次经历。

文章到此结束。

恰马尔在邮件中先说，真够扯的，跟作者的名字一样，辛格·辛格，一看就不想让别人知道真名。接着他又说，但得承认，写得挺好玩。当然他的阅读体验也挺奇怪，读第一遍觉得荒诞不经，第二遍感到了些许意思，读过第三遍，突然问了自己一个问题：这一定就是假的吗？继而回想我们在加尔各答相识，然后一路同行到新德里机场，直到凌晨一点等来走失的登机箱，他不由得恍惚，他所见的是否只是事情的局部，或者，干脆就是假象？恰马尔是个实诚人，他承认自己到网上搜了是否有我在印度的犯罪新闻，遗憾没找到。他也承认，为了这封信，他特意喝了两罐啤酒，趁着酒劲儿才打开电脑，因为他的一个隐秘的目的是，想证实我是否已经平安回到北京。

接到恰马尔的邮件是在傍晚，饭后例行散步之前。没急着回复，看完就合上电脑出了门，散步时间比平常多了半个钟点。准备往回走时，脑袋里突然一亮，辛格·辛格这文章写得好啊，解决了长久困扰我的问题，为什么不能是一只比拳头还小的、来自印度的、超现实的猴子呢？小说中的教授完全可以把它带进北京，当然首先要从印度把它带回到伦敦。他是如何发现这只猴子的？我想起去阿格拉的半道上，经过一座城市，一个站在路边撒尿的印度男人被一只猴子拽掉了裤子。在小说里，尿急站到路边的不是教授，而是他正值少年心性的儿子。有了！在多出来的那半个钟头里，我反复论证了这段情节的可行性。

没任何问题，我迈开大步往家跑。

我给这只猴子取名汤姆。如果你读过我的长篇小说《王城如海》，你应该会看到这一段：

"……突然，随着一声诡异的尖叫，小汤姆从教授的口袋里钻了出来。这个聪明的小东西，悄没声息地把扣子给解开了。它的尖叫里带着解放和自由的快意，饱含着奔赴新生活的激情。它跳下地，横穿舞台，横穿拥挤喧嚣的咖啡馆，奔向了下一个场景……"

天空划过一道白线

东　西[*]

　　杜八又喝醉了，躺在后山的草地上乱喊乱叫，一会儿骂他老婆一会儿骂他儿子。全村人都听得见，但他们听多了听烦了就下意识地屏蔽他的内容而只听他的声音，好像他的声音是一种自然现象，时不时会来那么一下。也有连声音和内容一起听并听得心惊肉跳的，那是他八岁的儿子杜远方。杜八喷出来的每一个字都跟杜远方有关，哪怕他只喷他的老婆或他的命运，那也是指桑骂槐含沙射影。所以，每次杜八开骂杜远方就远远地躲着，把脖子缩了再缩，恨不得一头钻进泥里。杜八的骂声时高时低时远时近，像锋利的钢针扎得杜远方头皮发麻脊背冒汗全身颤抖。直到杜八骂累了，睡过去了，杜远方才踮着脚来到他身边，把手指伸到他的鼻孔前试探，感觉还有气进气出，心里便又腾起一丝美好的盼望。他像等待一个即将改正错误的孩子那样坐在一旁等待，有时从上午等到傍晚，有时从傍晚等到深夜，没有其他选项，他就他爹这么一个亲人。

　　现在是午后，天空一片碧蓝，干净得像用水刚刚洗过，太阳照得地皮发烫，整个山谷瓦亮瓦亮。阳光树叶青草泥土以及水塘的气味混合发酵，一股熏人的

---

* 东西，本名田代琳，男，1966 年 3 月出生，现任广西文联主席、作协主席，广西民族大学创作中心主任。主要作品有：长篇小说《回响》《耳光响亮》《后悔录》《篡改的命》，《东西作品集》（8 卷）等。中篇小说《没有语言的生活》获首届鲁迅文学奖，《后悔录》获第四届华语文学传媒"2005 年度小说家"奖，《篡改的命》获第六届"花城文学奖·杰出作家"奖。部分作品被译为英、法、俄、瑞典、韩、越南、德、丹麦、日、意大利、希腊、泰等多种文字出版。

天空划过一道白线　　051

杂香弥漫。鸟虫声不时响起，偶尔插入人的呼喊鸡的打鸣和牛马的走动，空气因这些声音的突然闯入产生微妙的气流，即开即合。杜远方坐在后坡的那棵伞状的树下，一团椭圆形的树荫像一滴硕大的墨汁滴在他身上，仿佛一团水珠滴在一只小小的蚂蚁身上。离他十米远的草地上躺着杜八，由于担心他被晒坏，杜远方折了一些枝叶把他覆盖。每次折枝叶时杜远方都一边折一边怨自己不够狠心，想这么丢脸的爹醉死他算了晒死他算了，可每次他所做的和他所怨恨的总是相反。

太阳往西偏了一点，树荫大了一圈，热气在风的吹拂下减弱。杜八已经睡了一个小时，胸腔顶着的枝叶一起一伏。透过枝叶的缝隙，杜远方看见杜八额头上大颗大颗的汗珠。他想帮他擦汗但没带毛巾，他想把他叫醒，但试过多少次了，这种时候即使摇他拍他掐他拉他都是白干。至少他要睡到太阳落山，杜远方正想着，却不料杜八忽地扒开枝叶坐起来，大叫一声儿子哎，快来看啊……他一边呼喊一边指着天空，根本没看见儿子就坐在离他不远的身后。可他知道只要他这么一喊，杜远方无论躲在哪个犄角旮旯，准会停下手里的动作抬头张望，跟他分享这份不期而至的眼福，他也会因为儿子能够分享而产生美妙的获得感和幸福感。

一切仿佛静止了，包括心跳和时间，包括听到呼喊的村人和动物，甚至包括植物和风和那些飘荡的气味……杜远方随着他的手势看去，心里顿时涌起莫名的欢喜。他看见天空划过一道白线，那是一道又直又细的白线，像一条雾一束云一根长长的香烟，在碧蓝的天空无声地迅速地划过，最终两边都看不到头。或一年或半载，村庄的上空就会划过一道白线，而每次划过最先发现的都是杜八，仿佛他对这道白线有第六感。大家都觉得白线好看，比什么彩虹什么火烧云都好看，尤其是在碧蓝碧蓝的晴天，但大家都不知道它是什么划出来的。有人说那是超声速飞机划的，可白线的前方却看不见飞机。有人说那是火箭划的，也有人说那是导弹飞过留下的印子，可谁都说得不够自信，下结论时连舌头都捋不直，每个音节都打飘，仿佛它是无法破解的世界第十大奇迹。

奇迹还发生在杜八的身上，无论他喝得多醉睡得多沉，只要这道白线一出现他就立刻清醒，好像它是他的 Wi-Fi，一下就把他激活了。他突然觉得天空是那么漂亮，好看得都让他想哭，连疙疙瘩瘩的心情都荡平了。他兴奋，好像他是这道白线的发明人，抑或因为自己最先发现它而发现了自己与众不同的天分。我跟他们不一样，他想，我本来就不属于这里，老婆跑了算什么？孤单和被人看不起又算什么？通通都抵不上这道白线，仿佛它把他所有的困难都打败了。

在杜八心情好的时候杜远方会向他打听妈妈的情况。他说你妈好漂亮。说完他得意一笑就咬紧了嘴唇，不愿再多说关于她的任何一个字，好像伤自尊了。但是杜远方忍不住要问，而他有时也忍不住想说，尤其是喝醉以后。于是，他断断续续地像吝啬鬼发红包似的一次说一点点，一次比一次说的信息量少。你妈怪我只讲这里空气好风景好，却没告诉她这里偏僻。你妈是在广东瓦塞皮革厂打工时跟我好上的。你妈说别指望我们家抽屉里会有什么像样的东西，其实我们家连一只像样的抽屉都没有。你妈骂我是酒鬼醉汉。平心而论，你妈没跑之前我也喝酒，可从来没醉过。你妈叫刘丽洲。你妈说我骗了她的感情。儿子哎，长大了你就知道，感情这东西是能骗的吗？谁骗我试试？

从八岁问到十岁，杜远方才获得这些零零星星的信息，但这些信息怎么也不能让他拼凑出一个完整的母亲。他一直在找母亲的照片，装衣服的箱子里没有，装稻谷的木桶里没有，米缸里没有，镜框后面没有，枕头下席子下也没有。家里能藏的就这些地方，他找了不知多少遍，以为只要这么找下去总有一天照片会被感动得跳出来。他找得眼圈都撑大了，眼珠子都定了，杜八才从衣服的夹层掏出一个扎紧的小小的布袋。他接住，手心仿佛被烫了一下，问，这是什么？杜八说你妈走之前把照片烧了。他仔细地打开布袋，里面是一撮纸灰。他把纸灰倒到桌上摊成照片的形状，每天要看好几回，幻想纸灰能变回照片，就像幻想衣服能变回棉花。倒腾中，纸灰越来越少，有的沾在桌面再也装不回去，有的被风吹走，于是，他再也舍不得把纸灰从布袋里倒出来，生怕连这一点纪念也会从指缝里溜掉。

一天晚上，杜八又喝醉了。这次他没骂老婆也没骂儿子，而是一把鼻涕一把眼泪地哭，哭得全村人都不适应，好像发生了自然灾难，连牲口和家禽都竖起了耳朵，连树也静悄悄的，没有一丝风。杜远方突然看不起他，觉得他像个小孩自己反而像个大人，他矮下去了自己却高大起来。他说，你为什么不骂了？语气里除了不习惯他的不骂之外似乎还夹杂着一丝挑衅。杜八心里一阵内疚，说对不起，儿子，有时骂不是骂而是爱。杜远方说那你继续骂呗，骂了你心里会好受些。杜八说你都读初中了，再骂人家就笑话你了。杜远方问，那你为什么哭？杜八说想你妈了。杜远方说，想她为什么不去找她？杜八说我要是去找她了，那你怎么办？杜远方说家里那么多粮食，够我吃两年了。杜八说，你当真？杜远方说当真。杜八不信，久久地盯着杜远方的眼睛。杜远方一点都不露怯，跟杜八对视。杜八第一次从杜远方的眼里看到了一股蛮气。

几天之后的早晨，杜八背起了行李，杜远方站在门口送行。天亮了许久，但太阳还没露出来。山谷腾起一层层雾，把远山近树都染白了。雾越来越宽越来越厚，朝着村庄缓缓飘移。杜八说只要一找到你妈，我就立刻把她带回来。杜远方问，你知道她在什么地方吗？杜八说不知道，然后抬头看了一眼灰蒙蒙的天空，接着说，但我知道她是沿着天空划过的那道白线走的，我会沿着这个方向找下去，直到找到她为止。说完，杜八转身走去，他的背包一耸一耸的，他的铁壳水壶在屁股上一甩一甩的。随着杜八的远去杜远方感到左胸被强大的吸力拉扯，仿佛要把他的皮肤撕脱，仿佛要扯出他的心脏。他用意念按住自己的双脚，但双脚却不由自主地飞奔起来。他叫了一声爹。杜八停住，回过头来，说你要上学，你有你的前途。杜远方说可我想跟你一起走。杜八说如果你要跟着走，那我就不走了。杜远方停住。杜八又转身走去，他走一步回一次头，回一次头说一句你回去，像驱赶一只跟随的小狗。他一连说了五次你回去，就被大雾笼罩了。杜远方再也看不见他的背影，只听到噗哒噗哒的远去的脚步声。杜远方想追，但天上忽然喤的一声，太阳冒出来了，它的万道金光像万道金箭穿雾而下，噼噼啪啪地扎向大地，震得地皮都抖了。真好看，雾里有一条条斜斜的金黄的光线，光线里有一团团一缕缕飘浮的乳白色的雾。儿子哎，快来看啊……杜远方听到从远处传来杜八的呼喊，便坚持着仰视。他知道这一刻不能看爹的方向，否则他又会忍不住追上去。

从杜八离开的那一刻起杜远方就开始了等待。这天，他眼睁睁地看着日光怎么一点点变淡，又怎么一点点变暗，直至整个被夜色吞没。他没开灯，坐在门槛上盯着黑沉沉的坳口，想象他爹像一盏灯那样突然出现，想象他爹带着他妈像两盏灯那样一起出现，他们一边奔跑一边喊他的名字。可是，坳口没有出现他期待的灯，眼前只有萤火虫在飞舞，它们像他爹发回的信号，左三圈，右三圈，亮一下，灭一下，一共三下。它们重复着循环着，让他生起希望又坠入失望。他提醒自己没那么快，爹最多才走到县城，从县城往前走，一边走一边打听，至少要走一个月才走到海边。即使到了海边他也不一定马上能找到，至少要打听一个月吧。掰着指头一算，两个月过去了，就算他爹撞了狗屎运真把他妈找到了，但她还愿不愿意回来？她有没有重新成家？如果她没有重新成家，那得给他爹三天时间劝她。三天后他把她说服了，他们一起坐车往回赶，这得多少时间？至少也得两三天吧？也就是说他们回来至少是两个月之后的事情。那太久了，他恨不得现在他们就回来，恨不得他们从来就没有离开。

杜远方不停地想，竟然忘记了饥饿，虽然有几个瞬间真切地感受到了饿意，但他不愿意承认，也不想生火做饭，好像只有一动不动地坐在门槛上想，他爹才能快点回来。所以，一旦有了饿意他就赶紧想他爹，仿佛想爹能填饱肚子。他一遍一遍地想象他爹寻找他妈的过程，从他爹出村时开始，到他们回村时结束，如此循环反复，想象陷入了怪圈。想到天亮，他满怀信心地认为七天，只要七天时间他爹和他妈就会出现在他面前。他甚至认为这都不是想象，而是伸手可及的真实，因为他连他们的声音表情气味动作都想象出来了，虽然母亲的面貌有些模糊。

可是，他等了两年多时间，把自己等高了，把坳口看矮了，把门槛坐光滑了，也没把他爹等回来。他开始担心爹是不是出事了。有人说两年多时间，即使你爹找不到你妈也应该回来了，他怎么忍心留下你一个人不管？有人说没准儿你爹已经成了孤魂野鬼，也有人说你爹是不是被哪个女的拐走了……不会的，我爹不会不管我的。虽然他总是这么斩钉截铁地回答，但心里却越来越虚，因为他的等待已远远超出了他的预期。他开始感到害怕，害怕自己的等待没有意义，害怕某天突然传来关于爹的坏消息。于是，他自言自语以舒缓压力，有时也跟墙壁说话，好像墙壁能听懂他的心事能录下他的声音。他把想跟他爹说的话全部说完，写了一张字条压在饭桌上，就背起了行囊，锁上了大门。村民们站在路边为他送行，有的人送钱，有的人送食物，有的人送祝福。他把他们送的揣在身上，沿着他爹走的方向去寻找。走着走着，他感到前方的吸力渐渐变弱，身后的吸力却越来越大，忍不住一回头。全村人都在朝他挥手，他们的手像风里翻飞的树叶。而他的家孤独地站在村头，被狂风呼呼地吹着，仿佛快要被吹哭了。

杜家的小屋从此大门紧闭，既没有人的声音也没有烟火气，更没有坐在门槛上的盼望眼神。外墙的颜色越来越深，上面渐渐出现了褐色的水渍。从屋后长出的一株青藤沿着墙壁往上爬，即使枯萎了也仍然紧紧地爬在上面，好像那是它的床。小草从地缝拱出，沿着墙边断断续续弯弯曲曲。天黑以后，屋里屋外被夜虫的声音淹没，每当人们经过它们就停止鸣叫，一旦脚步远去，它们又放肆地歌唱。风吹断了屋角李树的两根枝丫，一枝断落了，另一枝还没有完全折断，吊在树上渐渐枯黄。三格玻璃窗被石头砸坏，一些玻璃磕掉进屋内，一些没有完全破碎的玻璃仍卡在框上。路过的村民偶尔会趴在窗口朝内张望，看着满地的灰尘和零星的鸟粪，感叹这一家子就这么消失了，一个都可能回不来了。

嘭的一声，杜家的大门在杜远方出走两年后的一个深夜被打开，打开它的人是刘丽洲。刘丽洲拿起压在饭桌上的字条，拍掉上面的灰尘，看见一行字：爹，饭我帮你做好了，在锅里。刘丽洲转身揭开锅盖，锅里粘着一坨黑，那坨黑变得已无法辨认，就像一团黑炭。她不知道字条是什么时候留下的，没写日期。他的字写得比她的还工整好看。他该长得比我还高了吧？孩子他爹为什么没回来吃这餐饭？明显，这屋里已经很久没人住了。难道他们进城打工去了？也许我不该回来，也许他们并不欢迎我。但大门的锁头还是原来的锁头，钥匙还放在老地方，这钥匙到底是他们为我放的还是他们其中一个为另一个放的？一时间她竟无所适从，好像她不曾是这里的主人，好像他们就躲在某个角落看着她，考验她，继而再决定接不接纳她。生疏了，这地方，这房子，已经没有她的半点痕迹。要不是老高被人谋杀了，要不是老高被人谋杀后突然冒出三个妻子和六个子女驱赶她谩骂她，让她分不到丝毫遗产，甚至怀疑她是凶手，那她是无论如何也没有脸面回到这里的。人就这么贱，只有落难的时候才想起谁对自己好，才知道自己最想依靠谁。她对着空荡荡的屋子叫了一声远方，叫了一声杜八，说了一声我回来了，就像跟他们打招呼或者给自己壮胆，然后放好行李，打开水龙头，清洗落满灰尘和鸟粪的地板。起夜的人听到杜家有响动，看见杜家的灯突然亮了，便悄悄走过来，趴在窗口一看，当即惊叫：天杀的，你怎么现在才回来？他们都去找你了你怎么现在才回来？你跑到哪里去了？怎么跑了这么多年？她想不清这些问题，更回答不了，只是默默地清洗地板。恍惚间地板一片血迹，她仿佛在清洗老高的被害现场，但再一恍惚血迹消失。

这个刘丽洲和从前的那个刘丽洲有区别了。从前的刘丽洲嫌地面脏整天踮着脚走路，既不下地干活又不做任何家务，大部分时间都跷着二郎腿遥望远方，像一只受伤的鸟在积聚起飞的能量。她是因为怀上了孩子才勉强同意跟杜八回乡的，如果他们不回乡而只靠杜八一个人打工挣钱，那是无法应付一个孕妇在城里的开销的，尤其是像她这种喜欢模仿有钱人生活的孕妇。仅凭怀孕这一条，再凭没来之前杜八对家乡的过度美化，她就有资格做个懒人。但是，现在的刘丽洲勤快得像一支秒针，她把杜家荒芜的田地打理干净，种上粮食、蔬菜和水果，希望用丰收的景象迎接他们回来。然而，一年过去了他们没有回来，两年过去了他们仍然没有回来，她开始担心儿子的命运。闲聊时，村民们跟她讲儿子的可爱，讲儿子如何想念她。他们说他在梦里叫妈妈那是再平常不过的事，用照片的残灰想象照片也不算稀奇，最令人震惊的是他整天照镜子想象母亲的容貌，一照就是几个小时，因为他爹说他长得像母亲。村民们说得越是生动刘丽洲就越挂心，她担心他迷路了，遇上了坏人，被人谋害了。当然她也曾想象他在城里打工发财了，娶上漂亮的老婆了。但是担心总是多于放心，于是她出发了，在一个静悄悄的清晨。她决心把儿子找回来，否则这辈子都内心不安。她想象儿子行走的路线，想象他有可能去的地方，想象这个世界到底有多大，想着想着，天就下起了瓢泼大雨，仿佛在阻止她挽留她。可她不但没有回头，反而加快了步伐。

雨断断续续地下了五天，第六天杜八就回来了。村民们说挨刀砍的，你怎么现在才回来？刘丽洲等了你两年，五天前刚离开。杜八惊呆了，看着刘丽洲留下的字条和那些粮食，满含热泪。这四年多，他找得太辛苦了。他一边寻找一边打工挣钱，干过搬运工、安装工、泥瓦工和油漆工，睡过桥洞、公园和工地。他的皮肤粗糙了，手指变形了，目光里多了一点凶狠或者坚毅。他找到了刘丽洲在海边的家，但她的父母也不知道她去了哪里。他们说她从来没回去过，也不跟家人联系。一个活生生的人失联了，他们竟然说得比丢了钥匙还轻松。他怀疑他们说谎，却没有办法证实。他找到了他们一起打过工的瓦塞皮革厂，她的工友说她回来过，但上了一个星期的班就不再上班了。他每到一个地方就找当地公安局查她的身份证，但都没有查到她活动的痕迹，仿佛连她的身份证都具备隐身功能。他被关于她的假消息指引，又被假消息中的假消息蒙蔽，走了许多弯路，认识了许多不该认识的人。绝望时，他以为她已经退出了这个世界，没想到，真幸运，她还好好地活着，而且还回来了。

这天傍晚他喝了许多酒，喝醉后他就骂老婆和孩子。但他不是真骂，只是用这种方式怀念过去。村庄好久没响起他的骂声了，村民们听得既亲切又伤感。在他的骂声中，西边层层叠叠的山峦上夕阳像一枚软软的蛋黄正在下沉，天边铺出一片霞光，那片霞光像铺满了金黄色稻谷的宽阔无边的晒谷场。在霞光的映衬下，天空忽然划过一道白线，就是过去他经常看见的那种白线。他一激灵，酒醒了大半，对着天空大喊：儿子哎，快来看啊……他一遍一遍地呼喊，越喊越苍凉，仿佛要把杜远方从这个世界的某个角落喊出来。黄昏因为他的呼喊充满感情。

刘丽洲留下的字条是：老杜，别找我，如果三个月之内找不到儿子，我就回来。他把字条装进左胸口袋用力按压，好像那里多长了一块肉。有了这张字条，他的心里多少踏实了一点点，但他不踏实的是不知道儿子在哪里。他以为儿子一直在等他，没想到儿子也离开了。第二天，他到县公安局报案，让他们查查儿子的下落。儿子的下落没查到，杜八又回来了。他坐在门前遥望坳口，等待奇迹出现，甚至把凳子搬到楼顶，好像坐得高看得远就能看到奇迹。可三个月过去了，刘丽洲竟然没回来，他等得脊背直冒冷汗。也许她根本就不想回来，也许她又遇到了合适的男人，也许她被人骗了，也许在寻找过程中她忘记了寻找，这样的遗忘在他寻找时也曾产生。如果说儿子留下的那张字条是盼望，那她留下的这张字条会不会是阻止？难道她在阻止我去找她？他越想越觉得不对劲，后悔回来的当天没有立刻去追赶她。等待变成了煎熬，继而产生恐惧，同时产生屈辱。他重新出发，谁都拦不住，除了寻找他们还想寻找真相。

杜家的大门再次紧闭，由于没有烟火气，墙壁很快就长出了霉斑，风雨放肆地刮淋，外墙的颜色仿佛人的表情越来越凝重、越来越悲伤，好像谁都可以欺负它。然而，一个寒风呼啸的下午，杜远方回来了。因为风太大，吹得树叶门窗喳喳直响，以至于村民都说他是被风刮回来的。这时，离他爹离开只有三个月的时间，村民们为他们父子的错过惋惜得直拍大腿。杜远方同样惋惜，拿着他爹留下的字条，右手微微一抖却马上稳住。他已经学会了掩饰，甚至学会了忍住眼泪，但他却无法掩饰他右手的小指，那里短了一小截，虽不影响工作却略显突兀。他长高了，留着短发，脸部轮廓柔和，皮肤比过去白，眼神里透射出迷茫与忧郁。他讨厌喝酒，却学会了抽烟。

只要他们还活着就会找到我，杜远方说。他如此有信心是因为他带回了一部手机。他说凡是他经过的大街小巷都贴满了寻人启事，上面写着知道杜八和刘丽洲下落者请拨他的号码，有酬谢。村民们问他，有什么酬谢？他说钱，他打工积攒了一些钱，酬谢至少两千块。村里几乎没有手机信号，偶尔有也是一闪即过，就像害羞的姑娘丢给她刚认识且喜欢的男人的眼神。手机一直不响，他每时每刻都盯着，除了睡觉。一天中午，西北风呼呼地刮，他坐在门口遥望枯黄的远山。树叶都落了，光秃秃的树枝张牙舞爪，像坚硬的粗细不一的铁丝在风中震鸣。忽然，他感到脖子的某个点一冷，紧接着脸上也出现了不同的冷点。他缩了缩脖子，知道那是雪。雪零零星星地下着，在风中飘摇，仿佛天上撒落的麦片。这时，手机就像卡了鱼刺似的突然响了半声，他立刻按下接听键，却听不到对方的声音。信号不好，他歪着头用脖子夹住手机，飞快地爬上屋角的那棵李树。当他爬到李树的半腰时声音出现了：儿子哎，我是你妈，你在哪里？他大叫一声妈……失声痛哭，眼泪如雪片簌簌而下。雪越来越大，他就站在雪花飞舞的李树上一边哭一边跟他妈说话。

两天后，刘丽洲回来了，分离了十九年多的母子终于见面。刚见面时他们还不太适应，伸出去的双手只伸到一半就缩了回来，但缩了不到三分之一又立即伸了出去，把对方紧紧拥入怀里。他们有许多话想说却不知从何说起，于是，刘丽洲就变着花样做好吃的，仿佛要用吃的来代替她满腹的语言。他们一边吃一边打量对方，当眼神相遇时都尴尬一笑，都露出友好的表情。几天了，他们仍然没有深度交流，好像交流是敏感部位，抑或彼此都觉得只要待在一起交不交流已不再重要。杜八留下的字条是：找不找得到你们我都会回家过年。离过年还有半月，刘丽洲忙着准备年货清洗被褥打扫卫生。刘丽洲做什么杜远方就跟着做什么，哪怕只需要一个人做的事他也要搭手。空闲时，杜远方会坐下来抽烟。他把香烟叼在嘴里，用镀金的打火机叭地把香烟点燃，又叭地把打火机盖上，仿佛抽烟就是为了听打火机发出那两下动听的金属声，一副很享受的样子。由于他短了一截的小手指过于扎眼，一开始刘丽洲并没有注意打火机。当她习惯了他的小手指后，那只打火机像一声惊雷瞬间把她吓得脸色惨白。

她说，你认识老高？他说我不认识老高。她说老高就是那个死鬼。他说死鬼我也不认识。她说你的打火机是金做的。他说不可能，最多是镀金。她说，镀金的哪有这么沉？他掏出打火机掂了掂，说确实沉。她说，你在哪里拿到的打火机？他说路过一个砖厂时，在路边的草丛里捡到的。她想说当时她就在那个砖厂帮老高管财务，但她没好意思讲，因为她就是被老高从瓦塞皮革厂诓走的，老高有钱而且还说自己单身。他问，你为什么对这只打火机感兴趣？她说，你看没看见打火机上印着一个"高"字？他说看见了。她说那是老高定制的，全世界只有这么一只。他说别人也可以定制，天下姓高的不止他一个。她说老高抽烟时也像你这样叭的一声把火打燃，然后又叭的一声把火盖上。他说，难道我要把它还给老高吗？她说，你不知道他死了吗？他哦了一声，不再说话。她盯着他的眼睛，他迎着她的目光。她想起跟老高相处的日子，想起老高在砖厂附近被谋杀后，身上唯一消失的就是打火机。想到这，她感到脊背冰冷，率先把目光撤回来。

　　她沉默了，忽然被恐惧笼罩，仿佛有两束刀子般的目光在暗处盯着自己。她害怕了，害怕杜八回来后问她这些年是怎么过来的，害怕杜八喝醉了还会像过去那样骂她，更重要的是害怕杜远方的那只打火机不是捡来的。腊月二十八清晨，她清点完所有的年货后便悄悄地走了。杜远方一起床，就看见了她留在桌上的字条：儿子，我找你爹去了。杜远方想爹不是马上要回来了嘛，她为什么还去找他？她在撒谎。杜远方冲出门去，外面已是白茫茫的一片，雪覆盖了山川大地。他沿着她留下的脚印追赶，发誓一定要把她追回来。然而，他们都没有回来。除夕这天，杜八回来了。过完正月十五，他就背上行李去寻找母子俩。

　　杜家的小屋越来越寂静，越来越显得孤独。一年半载，他们中的某位会回来住几天，然后又以寻找其他两位的理由离去。如此循环，他们一个寻找一个，在这个世界上转着圈圈，却没有谁愿意永久地停下来。等待是漫长的，他们没学会等待；寻找是美好的，他们却用来逃避；停止已不适应，他们过惯了流动的生活。每当天空划过那道白线的时候，村民们便倍加思念杜八一家。村民们仍然觉得白线好看，他们仰望着，仰望着，忽然就听到一阵歌声。歌声仿佛来自天上，仿佛是那道白线唱出来的：

　　天空划过一道白线，地面走出许多圈圈……

九三年

肖江虹[*]

一九九三年，四川内江来的建筑队开进了我们无双中学。

那个寒风凛冽的黄昏，父亲站在学校大门口，眼睛不停地往马路尽头眺望，不时抬起手看看他那块掉了秒针的上海牌手表，喃喃自语：根据客车的速度和路况，应该差不多到了呀！

一直等到天黑，客车才带着怒气将一群外乡人吐在学校大门口。三十来人，全都灰头土脸，一人肩上扛着一只鼓鼓囊囊的蛇皮袋。笑逐颜开的父亲赶忙上去握住一个年轻人的手使劲摇，说：辛苦了辛苦了。年轻人戴副眼镜，眼镜右边的架子骨折过，用黑色的棉线实施了包扎。尘灰没能掩住他脸上的羞涩，他慢慢把手抽离，指了指后面一个又矮又黑的中年人对父亲说：他才是工头。父亲愣了一下，看看面前的年轻人，又看看他身后的矮黑工头，扬了扬手说：到了就好，终于可以开干了！

父亲叫许觉民，我们初二（3）班的语文教师，无双中学校长，上任半年来，一直在为学校新建教学楼四处奔走。

他弯着腰觍着脸跑了半年，教学楼建设项目总算获批。父亲说了，要不是

* 肖江虹，男，1976年生，贵州修文人。中国作协会员。鲁迅文学院第十五届高研班学员。作品发表于《当代》《收获》《人民文学》《天涯》《山花》，被《小说选刊》《新华文摘》《小说月报》等刊选载，入选各类选本。曾获鲁迅文学奖、人民文学奖、小说选刊年度奖、十月文学奖、华语青年作家奖、贵州省政府文艺奖等。

县教育局基建科科长是他同班同学，腿跑断了都未必有结果。去见科长那天，父亲把母亲养了三年的两只老母鸡和厨房里最后一块腊肉一并装进蛇皮口袋带走了。

拿着审批文件，父亲表示建筑队一定要请四川的，他说四川人除了勤快，还专业。

建筑队的临时住所安排在学校食堂，和我们学校教职工宿舍一墙之隔。我站在食堂门口，看着这群人默默打着地铺，我惊异于他们随身携带的那个蛇皮袋，仿佛一个聚宝盆，不停吐出来形形色色的物什：铺盖卷、饭盆、卫生纸、瓦刀、麻绳、灰铲……

最后我注意到了他，那个戴着断腿眼镜的人。他一共从包里掏出来几样东西：铺盖卷、一个包子、两套换洗衣服和几本书。

包子他吃掉了，铺盖卷和衣物后来被父亲烧了，那几本书被父亲放到了自己的书架上，我还记得书名：《罪与罚》《几何原理》《我的世界观》《清宫十三朝演义》。我最喜欢那本演义，一直到高中都在看，成为我此后很多年聊天吹牛的重要素材库。

新教学楼建在老教学楼的后面，那里原先是个知青点，石头建筑，知青们淌眼抹泪离开后就被推平了。这块地慢慢荒草丛生，几个潦倒的代课老师却看准了这块福地，刨开荒草种了些白菜、萝卜，去自己地里扯两棵白菜都得偷偷摸摸的，就怕其他老师看见后笑话自己。

四川人就是四川人，半个月不到，教学楼的地基就夯实了。父亲站在地基上，呼呼的北风吹着他瘦削的身子，他拿起钢钎四处乱戳，戳到空洞处就对着工头破口大骂：不马上给老子把空洞处补上，你们休想拿走一分钱。工头点头哈腰连声说好，父亲绿着脸抓起钢钎继续四下乱戳，像极了营养不良的恶毒小地主。

在父亲面前，矮黑的工头是弱者；在工头的面前，其他工人是弱者；在其他工人面前，眼镜是唯一的弱者。通过半个月的观察，我注意到，这个眼镜其实啥都不会干，是典型的混在工人阶级里的寄生虫。他抹不了灰，修不了石，拉不了线，砌不了砖。他唯一能干的就是挑灰浆，一担灰浆在他肩上摇摇欲坠。他的瘦弱比父亲更甚：父亲瘦而矮，底盘低，风要撩起来得抄底；他瘦而高，肩膀以上基本都在风中，所以他的大部分精力都用在如何抵御不被北风带走上了。一担灰浆从挑起到落下短短一百米距离，他能给你走出西天取经的九死一生来。工地上大部分时间是沉默的，但凡有声音响起，那一定是工人们在诅咒这个戴断腿眼镜的四川老乡。

"卢开智，整哪样鸡巴，你是爬过来呢吗？"

"眼镜儿，整快点嘞！你狗日的是蹲在那里吃灰浆吗？"

"挑灰浆的，麻利点嘛！属王八呢吗？"

接下来，就是卢开智不停的应答声：要得要得，马上马上，快了快了——

这个在工地上地位和地基一样低的断腿眼镜，连在娱乐场所都不能翻身。工人们晚上唯一的娱乐活动就是看电视，电视在我家客厅，凯歌牌，黑白的，为了让电视的颜色更加五彩斑斓，父亲在电视屏幕上加了红黄蓝三色卡片。屋子被塞得满满当当，卢开智基本都在靠门的最后一排，脖子不伸长，连包青天和展大侠都分不清楚。

这个时候，我都在里屋做作业，一般先做语文，这是我擅长的学科，翻烂了"飞雪连天射白鹿，笑书神侠倚碧鸳"后，我就成了语文老师眼里的香饽饽。我最怕的是数学，特别是几何，一个扁平的图案，硬是要求你看出三维来，鼓着眼足足瞪了二十分钟，他妈还是扁平的。不得已，只能推开门对坐电视前排的父亲说，爸，这道数学题我不会。父亲还沉浸在刚刚刀铡驸马爷的兴奋中，对我挥挥手说，再想想，独立思考是最大的美德。我走过去把作业递给父亲，指着那道题目说，都美德一小时了，还是不会。父亲拿过作业看了半天，摇着头说，我也不会。

场面尴尬，屋里的氛围瞬间就僵了，四川内江工程建筑队几十双眼睛齐刷刷盯着父亲，所有人的表情都是希望能得到一个合理的解释：你他妈不是人民教师吗？还是校长，你连道初二的数学题都不会？父亲四下环顾，读出了一众人眼神里的恶毒，然后一字一顿说：看哪样看？老子是教语文的。

突然门边一个声音响起：要不我看看？

父亲迟疑了一下，把手里的纸片递了过去，纸片几经辗转，最后到了那只细长粗糙皱皮发白的手中。

卢开智把眼睛凑到纸面看了好半天，一声不吭，父亲走过去一把从他手里抄过纸片，手指隔空对我一戳，说，去问你的数学老师，他一个挑灰浆的懂个球。

卢开智抬了抬鼻梁上的断腿眼镜，仰头看着父亲，轻声说，一共五种解法，我是看哪种解法更适合他。

面对摆在面前的五种解法，我仿佛看到了数学这门学科的不怀好意和诡诈异常，也陷入了如何选择的艰难处境。卢开智应该是看出了我的心思，食指按住其中一种解法，说，这个吧！这是最简单的，也符合你现在的知识结构。我摇了摇头，选了最难的那一种，没其他意思，我就是想让我的数学老师看看，如今，我身后站着的可是风清扬。

那天数学课上，我的数学老师盯着我的作业沉思了八分钟二十五秒，其间共抬起头看了我四次，最后他说，你回去问问教你做题的人，这样简单的一道初中二年级数学题，有必要用到微积分吗？

教学楼一楼完成主体，无双镇下雪了，悄无声息下了一夜，第二天，天地间都是耀眼的白。恰逢周末，静寂的校园里看不见一个人，几只麻雀在雪地上起起落落，那些平日里刺眼的脏乱和坑洼，都被贴心地一一掩盖。

我捏着父亲给我的十块钱，小心翼翼寻找着出去的路，雪很厚，得靠路两边凸出的荆棘判断它的曲折和走向。脚下在试探，心头却在盘算：一盒花溪牌香烟三块五，一瓶酱油一块三，一袋洗衣粉一块二，三块五加一块三再加一块二等于六块，还余四块——这就是我的跑腿钱，父亲让我出门买东西时就谈好的，天寒地冻，我挣的也是血汗钱。

转过蓄水池，我看见肥嘟嘟的操场上立着一架枯瘦的躯体，他正沿着篮球架慢慢挪动着脚步，远远看见我，他朝我笑笑，笑容里掺杂着白色的雾气，笑意也变得若隐若现。我朝他点点头，他扶了扶眼镜，嘴里喷出的雾气更粗壮了：恁个早就出门啊？出去买点东西，我答。今天歇工，雪太大了，大家都还在睡瞌睡哩！他又说。那你跑出来干啥？我问他。他紧了紧身上又皱又薄的西装，拢起手放在嘴边哈了一口气说，雪天多难得啊？不赶紧看看很快就化了。

从镇上回来，雪地上已经看不见他，雪停了，不过风还在，贴着地面跑，吹得雪末子四下乱飞。我嗍了一口嘴里的棒棒糖，又看了看手里另一根棒棒糖，环顾空寂的四野，心里有些失落。走到高处，我回身又看了一眼肥实的操场，居然发现了一朵玫瑰花，对，就是那人用脚走出来的一朵玫瑰花，正在呼啸的风中绽放。

我到家推开门，惊讶地发现断腿眼镜居然坐在我家破了洞的沙发上，手里还端着一杯热腾腾的茉莉花茶，他的脸色还泛着青紫，脚上的解放鞋在水泥地上洇出两摊水迹。

他朝我笑了笑，说，找许校长借本书看。

父亲端着茶杯从里屋走出来，递给他一本书。

父亲坐下来，说，《爱弥儿》，我喜欢"直观教育"这个理念，你认真读一读，对你以后教育孩子肯定有好处。

断腿眼镜放下茶杯，两腿并拢，盯着父亲小声说，我不太赞成他认为《鲁滨孙漂流记》是进行儿童教育最理想的教材这个观点。通过这本书是能认识自然，接近自然，但说到底还是丛林法则，接近和认识的唯一目的还是为了生存。当然，如果卢梭写作《爱弥儿》的时间晚一百年，我相信他会推荐《瓦尔登湖》。

父亲僵住了，愣了一阵，伸手一把从卢开智手里扯过那本书，说，看过早说嘛，我再去给你找一本。趁父亲找书之际，我把手里的那根棒棒糖递给了他。他把糖接过去，朝父亲站立的方向偷瞄了一眼。

那天父亲进进出出拿出来多少本书我不记得了，唯一印象深刻的是卢开智最后拿走了一本黑皮药典，叫《贵州草药》，里面有手绘的草药图。

教学楼主体完工，学校请建筑队吃饭，场面铺得很大，父亲专门让人买回来一头猪。猪肉当然得搭配本地苞谷酒，一块钱一斤，纯粮食酿造，度数高，不上头。才下去两碗，工头就向工人们打招呼：明天要干活，都不要喝了。正在兴头上的工人们面面相觑，咬牙瞪眼看着工头。这时一个声音在食堂西边的角落响起：难得一顿，要尽兴嘛！工头转身一看，那头卢开智满脸通红，工头手指隔空一戳，说：干活懒散，吃饭大碗，你还有脸说？马上放下碗给老子滚回去。卢开智酒碗往桌上一掼，脖子一直，说：你是资本家吗？资本家都比你好。工头眼一横，撩起衣袖就准备冲过去，父亲一把拉住了他，慢条斯理地说：他说得对，要尽兴嘛！工头努力挤出一线笑，两手一摊，说：许校长，你的活路，你说了算。

那晚父亲喝了不少，拉着同样步履跟跄的卢开智到家里，他们俩先是坐在我家破了洞的沙发上骂工头，父亲又红着眼描绘无双中学未来十年的远景规划，他们还花了一个多小时聊周树人，意见大都不合，几乎是在争吵中结束了这个话题。

卢开智打了个哈欠，站起来，我家沙发发出了"唧"的一声长叹。他说：该回去睡觉了，明天贴外墙砖，还要挑灰浆呢！父亲喊住他，从里屋拿出了一副围棋，吹了吹棋盘上的灰尘，说：来一盘？卢开智一看到棋盘，眼睛直勾勾盯着父亲问：校长还会这个？父亲怅然一叹：无双镇地窄人稀，我十年未逢敌手。

父亲执黑先行，落下一子说：就一盘，不影响你明天挑灰浆。

卢开智盯着棋盘摇了摇头说：有棋下，管他妈啥子卵灰浆哟！

父亲哈哈大笑，说：还是第一次听你娃开黄腔呢！

卢开智缩缩脖子，其声如蚊：酒壮尿人胆嘛！

确实不影响挑灰浆，棋局半小时就结束了。无双镇的独孤求败和四川内江建筑工程队的灰浆工人卢开智酒后对弈，行棋未到中盘便投子认负。胜者摇摇晃晃离开后，父亲盯着棋盘足足看了一个小时，还自言自语：为啥子输得他妈这样快哟!

从大门口挪到电视机前排,卢开智花了一个月时间,坐在第一排的灰浆工人显然还不太适应,一集《包青天》要调整五六次坐姿,总觉得如何摆放都不合适。只要我一打开里屋的门,他就一下绷直身子,满脸期待问:哪道题不会?

他做题时不看我,也不问我,低着头自顾自演算,一算就写满好几张草稿纸,很多字母和公式我都不认得,我们数学老师也不认得,做完了他也不问我会不会,用笔勾出一个最简单的答案给我后就回到电视机旁。

那天电视里播的是《包青天》的最后一集,外面展昭带着王朝马汉正和奸臣做最后决战,叮当乱响的兵器撞得人耳膜发麻。卢开智正低头给我演算一道几何题,其间他抬起头嘿嘿一笑,说:恁个久,总算遇到一道拐了弯的题目了。

我歪着脑壳看着他,他突然抬起头问:有啥理想不得?

我说:当无双镇镇长。

他说:就这个?

我说:出门有吉普车,顿顿有酒喝,安逸得很。

他想了想,说:读书呢?有啥想法不得?

我说:想考个电力学校,出来分在供电局,当电老虎,工资比镇长还高。

他说:其实你还可以有更高远点的想法。

我说:那我就上高中,考最好的大学。

我问他:你晓得最好的大学是哪所不?

他说:是不是最好不敢说,但是我觉得校园里应该有湖,湖边还得有松,古松,古画里头才能见到的那种。

我说:具体点嘛!

他笑了笑,说:走之前一定告诉你。

教学楼眼看竣工在即,不料还是被突如其来的事情延缓了进度。

这段时间无双镇发生了两件事,一大一小。

先说小事:镇西头的一个郎姓个体户打了镇文化站的干事,原因不得而知,反正打得挺狠，全家齐上阵，文化干事的肋骨断了好几根。文化干事走路一直都挺拔，经此一劫，撒泡尿都得猫着腰。

再说大事：派出所所长把配枪搞丢了，要命的是弹匣里填满了八发子弹。

丢枪的原因众说纷纭，比较可靠的说法是派出所所长去镇上酒馆喝酒，回家路上醉倒在马路边，迷迷糊糊中有人把枪给拿走了。县刑侦队下来调查，详细盘问了所长丢枪的过程，所长揉着浮肿的双眼很肯定地表示，虽然当时迷迷糊糊，但他可以确定拿走配枪的绝对不是本地人，无双镇谁脸上有颗痦子他都一清二楚。

理所当然，外来建筑队成了重点调查对象。

盘问地点在初一（3）班教室。

我躲在窗户下面偷听了他们对卢开智的讯问，也只听了对他的讯问，其他人我才懒得管。

两个民警先问了姓名、年龄、性别、籍贯、民族，然后进入正题。

民警：六月九号晚上七点到十点之间你在哪里？

卢开智：在床上看书。

民警：看书？

卢开智：《我的世界观》。

民警：没问你世界观，问你在干哪样？

卢开智：我说我看的书名字叫《我的世界观》。

民警：哪个可以证明？

卢开智：狗屁！

民警一声怒喝：你说哪样？

卢开智：哎哟！对不起对不起，我是说翻译水平。

民警：问你哪个可以证明你在看书？

卢开智：嗯！我都盯着书了，具体点不出名字。

盘问时间不长，两个民警估计很难把眼前这个风大都能带走的人跟一把冰冷的制式杀伤性武器联系起来。

最后喊来派出所所长，前前后后上上下下左左右右打量了一番卢开智后，摇着头说：拿我枪的日绝户没戴眼镜，狗日的是个络腮胡。

接下来，镇上唯一的络腮胡被警察带走了，他是镇上的铁匠。传言很快就在镇上传开，说枪是铁匠拿的，熔掉后做成了锅碗瓢盆。

六月的无双镇空气里弥漫着黏稠的沮丧，唯一值得高兴的就是无双中学教学楼最终顺利竣工了。教育局基建科科长带着人仔细检查了一通，微笑着对父亲说这是他见过的质量最好的教学楼。父亲笑逐颜开，又把母亲刚刚养了半年的一只母鸡杀了招待科长，科长抹着油嘴对父亲说：楼再好也只是硬件，老许啊！软件得跟上，升学率冲进全县前三，才对得起这栋楼。

六月末的阳光照在新落成的教学大楼上。教学楼三层高，外墙有雪白的瓷砖，反射着白刺刺的光芒，气势力压镇政府办公楼。父亲站在大楼前，对建筑队一拨人表达了感谢，他两手叉腰，看样子是想说些豪言壮语，突然教导主任跑来对他说县教育局来电话，要他马上去县城开个紧急会。

父亲点点头。

教导主任脸上有了难色，说：你接下来有两节初二（3）班的语文课，我查了一下，所有语文老师都在课上，这个咋整？

父亲指着卢开智说：你去给我代两节课吧！

卢开智往后退了两步，慌忙摇手。

父亲说：正好上到《狂人日记》，就按你的想法上。

教导主任表达了他的担忧，说这厮毕竟不在编制内。

父亲指着自己的鼻尖说，首先我是校长；又指着卢开智说，他能不能上我心里有数。

满头水泥灰、双脚泥汤水的建筑队灰浆工人走进教室的一瞬间，当即惊起一滩鸥鹭。倒不是同学们以貌取人，关键是建筑工人介绍自己时都显得脸色惨白、惊魂未定。

他介绍周树人时才镇定下来，两手撑在讲桌上，先讲了大先生和弟弟以及弟媳的公案。

八卦总能让人聚精会神。

接下来，他在黑板上写下《狂人日记》的标题。灰浆工人没有立即进入课文内容，他先说了一个古怪的名字：尼古拉·亚历山大罗维奇·杜勃罗留波夫（这个名字当时我是没法记住的，很多年后查阅资料才搞清楚全名）。灰浆工人说这个名字很长的人有个观点，文学必须强调真实性和人民性，人民性表现得最充分的地方，也就是生活的真实性最充分的地方。灰浆工人说要反映人民的思想、感情、意志和愿望，就必须抛弃偏见，努力走进他们的精神世界，这里的他们，就是你们无双镇上的每一个人，也包括在座的你们。体验你们的生活和感情，只有平视，也只能平视，才能表达出你们真正的情感，而这种表达如果带有哪怕一丁点认知上的优越感，都是不真实的。

消化这段话，我花了整整十五年的时间。

那堂课具体讲了什么我只能记个大概，但是短短四十分钟，我们初二（3）班的所有人见证了一个灰浆工如何从结结巴巴到自信满满。讲到最后，卢开智把满是尘灰的头发往脑后一拢，大声说：最后送你们一句话，不要相信眼睛和耳朵，要相信脑髓，脑髓才是人最后的篱笆。

从县城回来，父亲让母亲准备了几个菜，打算把建筑队几个管事的叫到家里喝一顿酒。给工头表达了这个意思后，父亲随口说，把他也叫上吧！

工头问：哪个？

父亲：眼镜噻！

工头愣了一下说：肩不能挑，手不能抬，喊他搓球。

父亲依旧坚持，工头只能点点头，临了还小声嘀咕：没得他，活路怕早他妈干完了。

父亲点点头，说：干活路他确实不行。

包工头手一摊，说：都跟我们干了三年了，还是这个卵样，早晓得是这个样子，三年前狗日的找到工地上来的时候我就不该要他。

晚饭还没上桌，卢开智先来了。他身上还是那件窄瘦的西装，还洗了头，一股子洗衣粉味儿。进门他就探头探脑问父亲：你家儿呢？我在里屋应了声，他轻轻推开门走进来，拍了拍我的肩膀说，活路干完了，明后天就得走了，以后作业只能靠自己了。

他从西装口袋里掏出一张纸，展开递给我。我接过来，纸上画了一座拱门，清式皇家风格，门上悬着一块匾，匾上无字。

送给你的，他说。

还没来得及细问，父亲在外喊他上桌。他笑着又拍了拍我的肩膀，便转了出去。

那天是父亲这些年来最快乐的一天，从头到尾都在笑。他们一直喝到深夜，几人才跌跌撞撞离开了我家。

父亲站在月光如银的星空下，一直目送着他们走进临时宿舍。

现在我时常会想起父亲，他的颓伤，他的感奋，他的激越，他的哑默，这些都算常见，也能具体到很多不同的场域；唯独他的惊惶，我只见过一次，因为次数极少，所以想起父亲，总是从那天他的惊惶开始。

酒局次日是个周末，天气很好，我睁开眼就看见了太阳，它卡在我家窗棂上，散着淡淡的柔光，不晃眼，也不灼人。我翻了一个身，想睡个回笼觉，刚闭上眼，父亲咣当一声推开大门，冲进屋子朝着母亲大声喊：拐了拐了，天，咋个会这样嘛？他的声音短而急，充满了惊惶和无助。

还没等母亲发问，父亲嘶哑着说：卢开智死了，狗日的卢开智死了。

卢开智躺在无双镇镇西松林里的湖泊边，那件又短又窄的西装盖在他的脸上，一条黑色的血线沿着湖岸一直向远处延伸，风一过，密集的古松发出呜呜的声响。县里下来的法医用解剖刀剖开了他的胸膛，将他的心肝脾肺掏出来挨个检查了一遍。法医把内脏塞回去缝合好，站起来对几名警察说：典型的贯穿伤，子弹从左胸射入，半扇肺叶碎裂。法医又举起沾着黑血和泥土的弹头，说：

近距离射杀，人没有立即死去，试图爬出森林求救，终因伤势过重死在了这里。

法医朝林子深处看了一眼，说：短短一百多米，他起码爬了三到四个小时。

后来听说经过弹道检测，那颗子弹正是从派出所所长搞丢的那把 54 式手枪里射出来的。

那把枪此后再也没有出现过。

父亲顶着灼热的阳光从林子里慢慢走出来，他的脸上除了汗水，还涂满了哀伤。这时候工头走过来对父亲说：许校长，我们在贵阳三桥还有活路，明天一早就得到位，你看这事情咋个整？父亲说：你先通知他的家人吧！工头摇摇头，说：要晓得我早通知了，三年了，我们也没搞清楚他具体是从哪儿来的，只晓得是四川的。总得把他埋了吧？父亲说。工头怔了怔，从兜里掏出一沓钱递给父亲，说：恐怕只能麻烦你了，我们实在没法子，这是他的工资，一共两千一百六十四块八，几个老乡合计了下，给凑了一千块钱，一起交给你，买口薄皮棺材开个路，或者挖个坑扔进去盖个土，你看着办。

父亲把一千块钱还给工头，说：我们这里物价低，他的工资够埋他了。

无双镇的黄昏很短，眨巴一下眼睛就没了，不过血红的残云却一直都在，月亮起来了，血红的残云还悬在天边。

初二（1）班的教室变成了灵堂，很多老师反对这样做，说教室是教书育人的地方，这样敲锣打鼓成何体统。父亲没有争辩，最后还是教导主任站出来力排众议，说：校长都说了，只需要一个晚上，做完了收拾成原样就行了嘛！

道士先生是从邻镇找来的，他跟父亲说：开个路也行，但需要个孝子送行。

父亲两手一摊，指着躺在教室中间的人说：哪点来的都不晓得，哪来的孝子嘛！

父亲说完转头看着我。

父亲干咳一声对我说：他教你做过题，名义上也算老师了，一日为师，终身为父，你就给他戴回孝吧！

我和父亲蹲在教室外面烧纸，他正了正我头上的孝布，说：去给他磕个头吧！明天一早就要抬出去埋了。

我们慢慢折进教室，道士先生在对着经书念经，我站在道士身后，发现他一直在偷工减料，念错字就算了，还夹着页翻。站了好一会儿，我拍了拍道士的肩膀，指了指门板上躺着的卢开智对他说：他识字的。道士一怔，看看我又看看门板上的人，小声嘀咕：难怪戴副眼镜。然后他正了正身，把经书翻到了第一页从头开始念。

我双膝一软，跪了下去，水泥地有些凉，凉意从双膝处上下蔓延。我抬起头，看见了那张脸，有些胡楂，眼镜片磨损得很严重，脸色乌黑，嘴唇都是黑的，还有那件西装，实在太小了，完全裹不住他的身体。我确定他是死了，那些公式，那些符号，那些将父亲按在黑白世界里使劲摩擦的奇思妙想，那些藏在他脑子里的秘密，跟着他一起死去了。

此刻我只希望能把他埋掉，越快越好。

父亲花了一百二十八块钱和一条过滤嘴香烟，请镇上的风水先生找个下葬地。风水先生很敬业，带着父亲一直从清晨跑进黄昏。余晖中，风水先生抹掉额头上细密的汗珠对父亲说：两个地方，一个在山那头，状如蛇鳝，婉曲而长，体势柔顺，前有笔架砚台，后有扶椅倚身，典型文曲地，后世定能金榜题名，科举高中；另一处就在我们脚下，也算好地，但普通了许多，后世最多也就衣能暖其身，食可果其腹。

父亲想了想，叹口气说：就这里吧！

下葬那天，镇上铁匠赶来蹲在新坟前烧了一沓纸钱，他说要不是这一枪，他恐怕还在看守所呢！头七那天，父亲带着我给他坟前送去了火种，把他的铺盖和几件换洗衣服烧掉，父亲还给他烧了一套新买的西装。父亲说：根据他的身板，估计还是买大了。沉默一阵，父亲又说：大了总比小了好。

从那天开始，无双镇连续下了两个月的雨。我依旧在里屋做作业，父亲还在客厅看电视，包青天走了，许仙和白娘子在西湖开始了人蛇恋，刺耳的喧闹没了，只有父亲连绵起伏的鼾声。我照例有很多不会的数学题，数学老师每次看到我的答案都会长舒一口气。

只是我的父亲，从此变得沉默了。

父亲一直都不明白，那个夜晚，来自四川的灰浆工为啥会出现在镇西松林的湖泊边上。

补　记

新冠肺炎肆虐的第二年，我接到了父亲的电话，说当年卢开智下葬的地方要修高速公路，涉及迁坟，镇政府打听到卢开智是父亲当年负责埋葬的，要他去处理迁坟的相关事宜。电话里父亲表示他身体实在不好，让我回去处理这件事。我当时正开着车穿过北京的街头，摁掉电话，我花了很长时间才想起那张戴着断腿眼镜的面孔，他站在那个冬日的雪地里，远远看着我笑。

车经过海淀区时，我看到了当年卢开智画中的那座拱门，清式皇家风格，正大门上悬着一块匾，匾上有四个字。

杏 园

董夏青青[*]

　　八月初，全营受命执行高原机动任务。上山扎营时，我们支援保障连所在的营房是临时搭建的板房。为了保暖，板房里安装了一个小型锅炉。锅炉的运转开始于九月下旬，散发的热气，一度曾将板房顶的积雪融化。如今融化的雪水早已成冰，牢牢冻在房顶上，冰的上面满覆积雪。

　　十一月上旬，第一批运送冬菜的物资车开到营房点位时是凌晨两点。炊事班里一名绰号叫"狗妈"的下士来连部向我报告，说刚才炊事班班长带他爬上车查看菜质，发现一部分大白菜已有轻微冻损，再放一夜肯定冻烂。我走出去时，看见炊事班班长正披着大衣，在菜车旁来回转圈。

　　不多时，刚整理完白天视频会议记录的连长也裹着大衣出来了。我和连长一合计，吹了紧急集合哨，全连都起床出来搬菜。到早上六点，总算把冬菜都卸下车，按既定的任务时间分了菜。

　　第二天中午开饭时，炊事班班长又来连部找我，说指导员，那些颗大白菜进屋上架储备之前，必须把表面的烂菜叶剥掉，大蒜、大葱也得捆绑编扎。于

*　董夏青青，女，1987年生，祖籍山东安丘，在湖南长沙长大。本科就读于解放军艺术学院文学系，中央戏剧学院戏文系硕士。小说和散文发表于《人民文学》《解放军文艺》《当代》《十月》《收获》《芙蓉》等报刊，部分作品被《小说选刊》《小说月报》《思南文学选刊》等杂志选载。出版有随笔集《胡同往事》、小说集《科恰里特山下》。曾获鲁迅文学奖、"人民文学·紫金之星"奖、解放军"长征文艺奖"、新疆维吾尔自治区"天山文艺奖"、《小说选刊》"禧福祥杯"奖、《小说月报》"百花文学奖"。

是除了执勤官兵，全连又齐齐上手，用了近两天时间才将所有冬菜按要求收拾完毕。接连几天，连队闻起来像个菜市场。

那天，我拿一个摔掉了手把子的瓷缸泡了杯茶，握杯暖手时感到手掌刺痛，发现手已经被烂菜帮子磨肿了。我把军医叫来，告诉他检查一下全连战士的手，弄点防裂膏给大家抹抹。军医说，早就发下去让战士们抹了，可是像炊事班里的人，抹了还得沾水干活，熏肉、腌鱼、泡咸菜的，抹了白抹。

确实，在这个海拔近五千米的地方，只要不停地干活、训练，那么手背开裂、指缝裂开、增厚变形的手指甲开裂、脸被冻裂、耳垂被冻开、脚被冻肿，形形色色的冻伤，应有尽有。弄完菜随后几天，炊事班班长带几个人开始剔骨剁肉、切萝卜条、撕泡菜叶、调制酱汁。有时作业时间会从上午十点一直持续到凌晨两三点。几个人的动作机械麻木，累得脸色发茄皮紫，嘴皮子黏在一起。

去年上山驻训时，炊事班班长有一次端着盆开水冲我喊："菜等不得、肉等不得，我真想一头栽在案板上，一死百了。"讲完这话几天后，轮到炊事班班长和连队另一名战士过集体生日。炊事班班长提前找到那名战士，商量说这回不做蛋糕也不炕饽饽、锅盔，整个新鲜玩意儿。生日那天，炊事班班长把那名战士带到营房外头，指着地上一块圆形的、用刮铲修得很立正还插了根香烟的小雪墩子说，小兄弟，生日快乐，这个雪做的蛋糕也能吃，上面的烟留给你抽。炊事班班长拎着剔鱼鳞的刮刀走过那名战士身边时还塞给他一个小纸包，里面是他从荒滩捡回来的玛瑙石子儿。战士在雪墩子前蹲下来仔细端详，过会儿拔走香烟，藏进冬帽。

就是靠炊事班班长带着手底下几个人这么愣干，从我们连队倒出去的泔水都成了好东西。

去年连着几个晚上，连队的狗狂吠不止，次日清晨，清理营区垃圾池的哨兵都能发现前日清扫规整的垃圾被翻得一塌糊涂。垃圾池旁的雪地里，留着各种动物的脚印。一天夜里，两个下了哨的战士听见垃圾池里有动静，走过去看，发现有三只狼正在翻垃圾，见有人过来，六只发亮的眼睛直勾勾地盯着手电光柱。一名哨兵不由自主地向后退了几步，另一名哨兵赶紧捡起一块石头猛力敲击手里的铁质自卫器材，发出尖锐声响。三只狼迅疾跃出垃圾池，遁入夜色。

驱狼一事后，连长强化了警卫等级，哨位多了防爆盾、防爆棍，两人同行成了硬性规定，出去蹲旱厕的官兵也必须带上自卫器材以防野兽突袭。

可在一个雪夜，巡夜的连长还是发现有一只大狼带着一只小狼，跑进厨房里翻到一条腌制的羊腿，叼起就跑。惊醒的炊事班班长说要牵几条狗去追，小狼跑得慢，如果追，或许还能赶上。连长一听，说算了，大冬天的，都挺不容易。

兴许因为连长这句话，随天气愈冷、食物愈少，跑来营地觅食的冻僵的小鹰、钻进铁丝网被刮伤的狐狸，都曾被连队的战士收治。炊事班班长因此常跟班里人讲要把饭做好，饭做得好，畜生都认。

而今年主要负责熏制腊肉的是狗妈，他连续蹲在炊事班里搞了五天的烟熏火燎，一百多公斤的腊肉出炉时，他的眼睛已经又红又肿。

一天，我们接到上级命令，要派一支供应保障队到西北方向的5410高地执行热食前送任务。原本应由连长带队，但前一天夜里，连长带人到一地平整场地、构筑伪装工事。忙活到深夜，连长突然抱着小腿一屁股坐地，两个战士赶快上前帮他解开裤脚。拉开裤腿一看，一根大约十五厘米长的紫红色血管像条蚯蚓一样钻到皮表。连长狠劲拍击冻伤抽搐的小腿，扯出一根鞋带牢牢扎紧靠近患处的地方，颤颤巍巍地起身，由两名战士架着，蹦着高低加快把活儿干完了才返回连队叫军医。于是热食前送的任务就给了三排长。

队伍集合时，狗妈也背着几十斤重的背囊，端着枪，站到队列里。我叫狗妈出列，说眼睛难受的话可以马上打报告，把任务交给其他人。狗妈大喊了一声，我保证完成任务！随后，我看着三排长和他们几个人抱着提着有把手的、没有把手的各式各样的保温桶，狗妈和另一名战士抬着一只装有米饭的几十斤重的特制高压锅，出发了。

等我回到连部时，军医正在门口等我。

"导员儿，狗妈那几个出发了么？"军医问道。

"刚走。"我说。

"你觉得狗妈最近怪不怪？"

"怪？哪儿怪？"

"前几天叫他熏腊肉，他干到每天早上五点，谁去叫他睡觉都叫不动。前天晚上来了一批药和雨衣，要卸车，本来没有叫他，他又跟着爬起来，三个人通宵把车卸完、入了库房。昨天晚上轮到他们班站哨，他一个人站了三班哨。导员儿，他这个干法不大正常啊。"

今年八月初，连队坐着大厢板上山时，一过海拔四千米的山口，山涧河道与沉积冰雪交相拦阻，行进至坑洼泥泞的搓板路上，坐在驾驶室里都感到剧烈的颠簸。突然车底一声巨响，车子猛地停下。驾驶员赶紧跳下车。山风从他拉开的驾驶室的那扇门外冲进来，像是把我从另一侧车门给推下去的。驾驶员叫出来三个人开始更换轮胎。我绕到车辆后方，看看车里的战士。刚走过去，正好看到狗妈捧着个刚拉开的罐头，罐头里挤出来的肉被冻成了半凝固的胶状物。狗妈从兜里拿出一把铁勺插进罐头，见到我，立刻把罐头递出来给我，说导员儿，您尝尝？我们刚吃一罐了。我接过罐头，看到大块随肉带出来的油脂裹住了勺柄。

这玩意儿不难吃吗？在车上颠着还吃这玩意儿你不难受？我问他。

不难受，像冰激凌。狗妈回答。

能生吃冰肉罐头的人，我想，很难有他吃不了的苦。

晚上熄灯前，供应保障分队的人回来了。狗妈被俩人扶着，搀进了医务室。狗妈嘴唇受伤豁了个小口，右臂的手肘摔破了。

据带队的三排长说，狗妈嘴唇的伤是快到连队门口时，直挺挺朝前扑倒在地时摔的。

食堂里，炊事班班长从后厨端出留好的热饭热菜。其他人狼吞虎咽时，刚从医务室简单处理了伤口的狗妈颤颤抖抖地歪着嘴端起碗。他嘴上的伤口在下唇内侧，没法正常咀嚼进食，只能喝稀汤，还得仰头用小汤勺倒进嘴里。炊事班班长在一旁看了半天，叹着气回后厨给他调了一碗不烫嘴的苞米糊糊。

三排长说，出发热食前送的路上，他们走了近九公里的路程后，缺水、干燥让人的喉咙像被钢丝球刷过一样刺疼。狗妈和另一个战士先是抬着高压锅，之后上山爬坡就开始又扛又抬。走不了几步就面红耳赤、两腿发抖，额头上冒出的汗水流到眉毛处结了冰。三排长原本让另外两个战士去替狗妈他们，但那两个战士刚抬着高压锅走了没几分钟就迈不开脚了。狗妈立刻上去换下一名战士，就在接过高压锅把手的一刻，狗妈身体向左一倾，脚一滑踩进了沟里，被高压锅的重力瞬间压倒在地。可还没等身边人上前扶起，狗妈就像根被压倒的弹簧一样竖了起来，迅速爬起时又抬起了锅，并对另一侧的人说，抓紧啊，前面的兄弟还等着。三排长过去伸手要抢狗妈手里的高压锅，狗妈非但没有领情，还脱掉棉手套甩在地上，冲着三排长吼叫，你是不是看不起我？

等他们将给养送上 5410 高地，不少人都看见了狗妈的手。他的手冻得发紫，手掌上的皮都粘在了高压锅上。

返回途中，三排长带着队伍抄近路，翻过海拔最高处 5376 米的山口就能节省一个多小时的路程。但山口路险，一米多高的雪墙从路沿一侧绵延而上，雪墙外是深渊。出发没多久，慢慢下起了小雪，一行人进入山口后，小雪变成暴雪，能见度降至三米以下，道路冰滑，不到两公里的山路一行人走了半个多钟头。

好不容易到了山谷洼地，就在山中一处一侧通往我们连队，一侧通往河谷地的岔口，三排长一行人遇上了驾驶平地机在执行道路平整任务的工兵团的弟兄。见到三排长他们，工兵团的副连长立即跑上前，说他们出来时人手是够的，可刚才在附近作业的有线班的班长又叫走了两人去帮忙挖埋线沟，目前急需有人帮忙。三排长立刻把人叫到近前，让工兵团的副连长讲具体。副连长说，因为要平整的道路已经跑不动车，必须到别处取土进行平整，他们刚才四处查看，发现离道路最近的一处山坡就可以取土，但山坡上有一道手腕粗的光缆经过，得有俩人举着才行。

三排长问了一句，谁跟我去？没人应声，但狗妈已经向前站了一步。三排长还没爬上取土的山坡，狗妈就已经上前双手举起光缆，示意副连长可以取土作业了。

狗妈和排长在漫天大雪中坚持了半个多钟头才放下光缆。再往连队走的路上，有人要去扶狗妈，都被他甩开了。于是眼瞅还差几步到连队，狗妈就地趴倒。

夜里，军医给狗妈输上了营养液。我去医务室看他时，军医下班排送药，屋里只有狗妈和炊事班班长。

狗妈蜷在椅子上，佝偻着背，抬起硕大的双眼望着我。

"打上多久了？"我问炊事班班长。

"一把牌吧。"炊事班班长说。

"想上厕所吗？"我问狗妈。

"有一点想。"狗妈说。

"那走吧。"炊事班班长说着给狗妈披上大衣，拎起输液瓶，扶着狗妈往屋外走。

外面有些地方的积雪没过了脚腕。从旱厕回来时，炊事班班长在门口猛跺了跺脚，我看见他举着输液瓶的手又紫又青，烂冻疮疙里疙瘩。

"你弄盆温水泡泡手吧。"我说。

"咋了？我这手就是颜色难看一点，好用得很。"炊事班班长说。

"班长，我自己放瓶子。"狗妈嗫嚅地说。

"你快闭嘴吧，一会儿又豁开了。"炊事班班长说着往我跟前踢了一张塑料凳子。

"狗妈，最近遇上啥事情了？"我拉过凳子坐下，"你讲话不方便可以写下来，觉得安排给你的工作太多，任务太重太辛苦，也可以告诉我。"

狗妈看看我猛地摇摇头，又留心看了眼他班长。

"他知道啥叫'辛苦'？"炊事班班长俯下身子扭头看着狗妈说，"比我还扛造，多稀奇。"

狗妈抿着嘴眯缝起眼睛，低头时像笑了笑。

"是最近他家里的事搞得他脑袋发胀心也慌。"炊事班班长指了指狗妈。

狗妈受了伤合不上的嘴唇有些抖动。不置可否。

"家里怎么了？"

"他爹，就是他继父，帮邻居家架太阳能的时候从屋顶摔下去了，只躺了几天就走了。"炊事班班长说道，"他妈想告诉他这个事，打了几十个电话也接不通。上星期排队轮到他打上了卫星电话，联系上他妈想问问家里情况。他妈没有一上来就告诉他继父的事，就老反问他，说这么长时间了你一点感觉都没有吗？一点感应都没有？你总要做个梦……干个啥，是吧？这孩子就问，说咋了妈，你咋哭了？他妈就说，你应该问你爹咋了。他说，我爹咋了？他妈就说，两个多月快三个月了，你一点感觉都没有的吗……"

狗妈被炊事班班长的话激起了回忆和痛楚，伸出没输液的那只手比比画画。

"我后爸……从我九岁……就养起我和我妈，真正的好人……"

随后，狗妈将手搭回座椅扶手，耷着脑袋看自己被雪水浸湿的作战靴。狗妈已经是今年连队里第二个父亲故去时未在其身边的孩子了。

"别太难受。"炊事班班长不带犹豫地说道，"不是和你说过吗？我亲爹就在我旁边五米不到的一条河道里淹死的，我一丁点感觉都没有。"

这时我诧异地抬头，但对面的炊事班班长的表情没有一丝波澜。自从我们于北疆兵团农场的初中学校毕业，再到在连队里见面，仿佛中间这十来年的时间，他都用来消化从前那股子一提到他父亲就烧起来的刺挠劲儿。

"你是该好好干，把家顶起来，但导员儿和我坐在这里陪着你，就是因为你最近这样不叫好好干，你这是糟蹋身体。"炊事班班长接着说道，"你爹对你好天经地义，当老子的都会把最好的东西给儿子，但儿子不一定，儿子不会把最好的东西给老子，只会给自己的儿子、给孙子。这个顺序是天定的，永远不会改变。等你有了自己的孩子，还能想着你妈，让养你的、你养的都有得吃，就算你有良心。"

"我想……"狗妈说，"我想孝顺，他说他不缺钱花，就是缺个说话的人，他说现今找个听你说话的人不容易，去喝茶聊天还要买茶位费。我当了兵，他说的话我就听得懂了。"

狗妈说罢，一时间无人接话。过会儿狗妈扭过头看了一眼快吊完的输液瓶。炊事班班长起身披上大衣正往屋外走时，军医回来了。

军医一手提着药箱，一手拽着自己的袖口，袖子上兜着他要给我们看的东西。

"快看呢哎，今天的雪花有股香气。"军医亢奋地说，"快，你们谁有绿茶？"

炊事班班长从后厨拎出来一只铝皮的烧水壶。军医脱掉手套，拿酒精搓过手，半跪着往搁在门口台阶上的烧水壶里塞入落下不久的新雪。等壶里塞得满满当当，军医吹着口哨，提溜着水壶，往炊事班后厨的方向晃悠而去。

"这是个仙人。"炊事班班长靠近了我，冲着军医的背影说，"前天早上开完饭，他跑到前面沟里没人的地方转了一圈，回来跟我说，探山如访友，这回遇见了三位两百万岁的老哥。"

"蒙你呢。"我说，"他又去捡玉了。"

"我存的小玛瑙子儿都是他带我捡的，这人不自私，不要奸，还可以。"

"你老喝他的茶，当然说他好。"

"你喝过他的普洱茶没有？"炊事班班长说，"那个味道我一直说觉得熟悉，但怎么也想不起来。刚才在屋里和你们一起说话的时候我总算想起来了，是苦杏仁，咱兵团农场那个杏园里的苦杏仁。"

"你还记得那个味道吗？"他问道。

"当然记得。"我不假思索地问答。

他说的杏园，包括杏子、杏仁的味道，我当然都还记得。我十岁之前的童年就是在杏园里，和酸杏子、甜杏子、红杏子、黄杏子、毛杏子、光杏子做伴长大的。在这记忆里，那时候的炊事班班长还是北疆和静县兵团农场三连的外地农民的子弟，因为他和他父亲擅长从灌溉渠里边儿捞鱼，大伙儿都跟着一对四川来的兄妹叫他"鱼伯伯"，后来就叫"鱼伯"。

当时鱼伯把杏园里的大树小树都爬了，还在很多棵杏树上做了记号——这棵是毛杏子，那棵是光杏子；这棵树上苦杏仁多，那棵树上甜杏仁多。可无论怎么挑，吃到嘴里时还得凭运气。有时候谁砸到一颗甜杏仁，嘴巴不停地嚼着给我们说，这个杏仁好甜。有时候谁砸到一颗苦杏仁，一口咬开苦得不行，啪地一口就吐了。

"你在杏园里面……"我对他，就是此时已是炊事班班长的鱼伯说，"你总是后知后觉，你总是吃到那种开始以为是不怎么甜，实际上嚼两口才发现很苦的杏仁。有一次你嚼了半天才吐出来，我们一看，那个杏仁早都已经被嚼碎了。觉得你怎么那么可笑啊，吃那么久才吃出来。"

"你还指挥我上树，记得吗？搞得我摔了腿。"他说。

"是你非要爬到树尖尖上去摘熟杏子。"我说。

"我没有和连队的人说过老早就认识你。"他突然说道，"我不喜欢给别人添麻烦。"

"知道。"我点头，"你比狗妈还能吃苦。"

"有什么办法？"他低声说，"我爹活着的时候好几回讲起，要不是我和我妹还小，他早就不想活了。"

"有时候在食堂看你做了鱼，还会想到你父亲。"我说，"我父母也记得他。每回渠里放水浇麦地，你们都去渠里等着浇完关水上闸，然后捡鱼。我妈有一次路过你们家，看到你们家门口胡杨木的卡盆里全是鱼，黑的、黄的，感觉都挤得不行了。你爸见到我妈就赶紧喊住她，拿一个洗干净的小尿素袋子，装了满满一兜子给她。她晚上就把鱼洗了，裹上面粉炸了给我们吃，那个味道香死人，我现在还记得。"

"那时候你妈妈还没当英语老师，在家门前养了好多花，太漂亮了。"炊事班班长说着，放松地活动了两下肩膀，"我知道那些花都是要拿去巴扎上卖的，但我每回路过就走不动路了，站在那看，她就拔几棵让我带回家去，还告诉我怎么栽花就能活。还有第一次去你们家拜年，真给我惊讶坏了，你妈妈炸了那么高——高——的几摞馓子摆在茶几的水晶盘子里，还有小油饼子、奶皮、酥油好多好吃的。你妈妈包着头巾亮晶晶的，连衣裙艳艳的。后来回去的路上还问我妈，为啥咱不是回族？"

"还有一个事一直想跟你说。"他笑着很快地说道。"虽然炊事班卸菜、分菜的时候活儿不要太多，我不要太累，但是，这里……"他指指胸口的位置，"这个地方太满足了。看着成卡车的菜和肉运到我面前，码好了放在菜窖里，我感觉自己就是昆仑山的神仙，站在菜架子跟前香烟一点，法力无边。"

　

军医煮好了茶水，把我们叫进屋里。拔了针的狗妈正抱着军医的 KINDLE 埋头看。

"行了，明天再接着打，你先回屋吧。"军医抽走了狗妈手里的 KINDLE，打发他回班排宿舍。

狗妈看了一眼正在支起的茶桌，嗅了嗅，慢腾腾地起身。

"是老家的生茶。"军医拿指头关节剋了一下狗妈的额头，"但是你不能喝，喝茶兴奋，你不要兴奋了，你要睡觉。"

狗妈顺从地点头，走出医务室。

　

我和炊事班班长坐在凳子上，等着军医烫洗了两个搪瓷茶缸摆在我们面前。

"不喝绿茶？"炊事班班长问道。

"不知道哪个鬼偷喝了，只剩了普洱。"军医嘟哝，"我就不应该告诉这些鬼，烧不开的水，八十几度泡绿茶最好。"

"这小孩为啥叫狗妈？"我问炊事班班长。

"狗妈狗妈……"炊事班班长狐疑地看看我，又看看军医，"为啥来着？他喜欢养狗，还找你给他的狗看过病吧？"

"他之前养的，兵站送给他那条小白狗，上山以后得的是白内障啊，又不是普通的雪盲症。我跟他讲了他不信，后面军总医疗队上来，他又抱过去找带队的主任看。我就去找他，我说小老乡，你这是侮辱我的专业啊，难道我的二等功是白立的吗？我说看不好，就是看不好。当时他还委屈，气得我……后面他找了锹、镐、雨布和盾牌，非要我帮他给那只狗在前哨点上搭了个窝。你们不知道我那个运气，我在冻土上下的第一锹，一锹砸下去只看见一个白点子，给我右手的虎口都震裂了。"

"他还听得懂狗说话，他们说是真的。"炊事班班长说。

"是我教他的！"军医愤愤地说，"他去扫垃圾池的时候被狗围在中间喊叫，我就告诉他，哎，狗在骂你呢。"

"你咋知道狗在骂他？"炊事班班长问军医。

"有狗朝你乱喊乱叫，你就掏出手机录个音再放给它听，它要是马上跑了肯定是脏话。当时我就教了他这个，往后，狗语十级。"军医说着打了个排凉气的嗝。

"稀奇，军犬还骂人？"炊事班班长慨叹。

"怎？知识分子不打架？"军医反问。

我端起茶缸闻了闻，军医赶忙打开一块棉纸里包着的剩茶叶给我看。

"特级生普。"军医说。

"你尝尝，是苦杏仁吧？"炊事班班长盯着我说。

我嗒了口热气冲他点头。"好像是。"

"今晚上的雪水熬这个茶，出味儿。"军医笑滋滋地捧着茶缸耐心咂摸。

"狗妈身体没别的啥事吧？"炊事班班长问军医。

"没事。"军医说，"二十出头的小伙子能有啥大毛病，作都作不死。"

"是啊，是啊……"炊事班班长在杯沿儿上来回吸溜，过会儿双手捧着杯子放到双膝上，猛吸了一下被热气贯通的鼻腔。

"狗妈和我说，他继父一直不同意他当兵，天天盼他回家。"炊事班班长说，"他讲在老家总有人背后骂他继父，说眼里容不下人，把他撵到部队了。其实好冤枉，最不想他当兵的就是他继父。这次去给邻居安太阳能也是想巴结人家，给狗妈找点门路，让他趁早回家。"

"为啥不让孩子当兵？"军医问。

"一九七九年的时候他继父在南边上过战场，两条腿都被打残了。"炊事班班长说，"他继父看狗妈，还跟过去战场上的老兵看新兵一样，不想看他受罪嘛。"

炊事班班长讲，当年狗妈的继父受伤，医务兵给他包扎完伤口后他就在草窝子里睡着了。这时他们营突然接到急令要赶赴另一个高地，走时太匆忙，狗妈继父睡着的地方草又长得太深太高，没被人注意到。等狗妈的继父醒来一看，队伍走了就剩他一人，手无寸铁，两腿骨折。实在想不到办法也站不起来，狗妈的继父就双手撑地，嚼着草根，一点点地往前爬。爬到一条水沟前，他判断部队肯定是朝南前进，就顺着水流又往山沟里爬。爬了三天才被团里出来清剿的人发现，送回指挥部抢救。腿上的伤口早就烂了，蛆在伤口里团成个球。刚缓过气来，狗妈的继父就掰着腿骂蛆，说老子还活着你们就着急吃。

"想想，狗妈他老子受过那么严重的腿伤，老了腿上更没力气，爬到房顶上能站得稳？"炊事班班长说完朝腿上用力拍打了两下。

军医给每人杯子里添上热水。再饮时，我已感到后脑勺和脚心发汗。

自打每年上山驻训，就没再有过夏天暴汗的概念。此刻看到炊事班班长，鱼伯，才想起小时候干农活时候的那种热。

夏天地里最苦最累的活儿就是打农药。每天中午太阳最大，没有露水和雾气稀释药剂的时候，各家的男劳力就背着四十公斤，按比例兑了药和水的喷雾器下田，人工打药。大片大片的棉花田要反复打好几遍药，有的男劳力忙不过来或身体有病的，就得老婆孩子一起到地里帮忙。

那种晒得人晕头晕脑的热，有时会从夏天一直延续到初秋和秋收时的晌午。

鱼伯的父亲不是当地头一个死在秋收的农民。早年还有一个从江苏来收棉花的工人，女的，有天实在渴得不行，从棉花地里跑出来，看到旱厕墙根底下放着一桶矿泉水，抱起来拧开盖就往下灌。旁边有人看到了跑过来抢夺，她才知道喝下去的是玻璃水。鱼伯的父亲也和这个人一样，在棉花地里突然感到燥热难忍，就跑到田边的河道里下水凉快凉快，不知怎么再没爬出来。为了帮鱼伯和他体弱多病的母亲，老师们在周末时把我们带去地里给鱼伯家摘棉花，把秋收抢完。

等到十一月底，我上学路过棉花地时还见到过鱼伯。那时有人包了地，收得差不多时就不再雇人收尾，觉得劳动力比剩下的棉花贵，不合算。鱼伯就去那些地里捡别人不要了的棉花，捡五公斤就能卖五公斤的钱。可冬天的早晨会打霜、起雾，鱼伯赶在上课前去弄棉花，又怕手套被棉花上的霜打湿，就摘下手套摘，没几天手上就起了冻疮。

我不知道鱼伯家的这件事对我们家有什么影响，我能记得的就是鱼伯的父亲落葬之后，母亲开始准备自学考试，要拿英语教师资格证。中午，我父亲拿上白开水、干馍馍，去跟着人家削甜菜、挖甘草，留母亲在家背书、写笔记。等我上初二时，团场走了一批老师去县城的重点中学教书，那时我母亲正好拿到资格证，就顶上了缺编。团场有三种身份的人：干部、教师和农民，托母亲的福，我们一家人都住进了知青在团场住过的小平房。

准备升初三时，为了突击升学率，校长把我们分成两个班，学习班和平行班。假期时，学习班的孩子每人交五十块钱，就在农场的幼儿园里开始十五天的补习。鱼伯当时分在了平行班，但他听从校长安排，每天一早就来幼儿园的平房里生炉子。鱼伯起初并不太有架炉子的经验，总是弄得一屋子烟熏火燎，后来有经验了，火又被他烧得太旺，结果就是坐在炉子旁边的学生热得出汗，坐在屋子角落的学生冻得发抖。有时候我看到烧完炉子的鱼伯蹲在小小的桌椅板凳后边，缩手缩脚，就觉得好笑。有一天，化学老师来给我们补课，我们在屋外雪仗打得正酣。开课许久，有孩子看到化学老师就站在窗边，才赶忙把我们喊回屋里。化学老师那时说了句话："你们往后印象最深的，和初中同学一起打雪仗的记忆也就这一回了。"

初三正式开学后的一天，鱼伯突然在平行班里带着一帮同学闹意见、罢课，说化学老师只给学习班上课，是看不起平行班的学生。为了让他们赶紧罢休，不要吵到在隔壁上课的学习班，校长那天临时安排化学老师到平行班加一节课。化学老师讲课从来不用课本，那天他也空着手就去了班上。在课上，化学老师说，同学们翻开第三十二页，当大家低下头翻书找第三十二页时，只听到哐当一声，再抬头看，化学老师已经倒在地上。当时我们班上的孩子以为化学老师只是晕倒了，下午上完课才听别的老师们说化学老师已经去世了。那时我们才知道，化学老师有遗传的心脏病，为了带我们考学，一直拖着没去市里做手术。当初县城的重点中学也来请过他，他表示自己是当年知青教育出来的第一批兵团子弟，不能说走就走。

化学老师被葬在兵团一处叫王木槽子的墓地，离鱼伯的父亲不远。化学老师出殡时，同行送别的同学告诉我，鱼伯和母亲搬到兵团另一个连队了。

我有些话还没有和鱼伯说。他惦记的杏园在两片啤酒花地之间，杏树愈生长，愈影响啤酒花的产量。鱼伯和母亲搬离农场后不久，杏园里的杏树就都给挖掉了。

但杏园仍常常被我梦见。梦中，当我看见树上有了像大拇指甲盖大小的青杏子，就赶紧钻进杏园。刚摘下来的杏子在我手中胀大了从青色变为橘黄，叫我狂喜不已，可还来不及咬一口，就从啤酒花丛里传出愠怒的喊声。我慌忙跳进啤酒花丛开始玩命地采摘。啤酒花藤上长满倒刺一样的毛钩子，被我不小心地挂在身上、脸上、腿上、胳膊上，留下一道道红印。

疼痛从梦里一直带到清醒。当我白天把梦说给母亲听时，她说："Happiness follows labour."高一那年的九月份，我们每天下午放学后跟着大人去收啤酒花的时候，我想鱼伯一定也在某地干活，被不是啤酒花的别的什么东西扎得刺疼。

鱼伯曾告诉我，军医去年夏天被直升机紧急送至山下县城，是为对峙时牺牲的一名营长入殓。当军医解开营长的衣物，他和身边的人都震惊得说不出话来。那名营长双眼怒瞪，牙关紧咬，双手攥拳，浑身肌肉死死绷住，完好保持着临终前冲锋的姿态。只有头部被利器砸开的一道伤口和满腿瘀青，提示众人这名营长已不在世。

喝玻璃水的女人、鱼伯的父亲，还有从装了秋收的农作物的车子上被颠下来，又被歪倒的车子砸中身故的，我那从青海迁来北疆的外公，他们也倒在了近似冲锋的时刻。很难说是不是因为对"冲锋"和其后随时失却生命的熟悉感，才让我和鱼伯重逢于这片被军医称作"地球脑袋顶上突兀的隆起、最孤独的犄角"之地。

我、连长和军医一直警惕地观察连队里的每一名战士，唯恐他们会因为吃不了苦而做出自我戕害的举动。但在鱼伯，如今的炊事班班长看来，什么都有吃完的一天，只有苦头吃不完。我们之所以出现在此地，正是血液里带来的世代对苦味的眷念。

可当我也有了孩子，或成为某个孩子的继父，难道能够向其绘声绘色和头头是道地描述的，就只有这份苦味么？

由不得我多想，替连长进行全天讲评的时间到了。我和炊事班班长走出屋子时，军医还在忘情地啜饮杯中余下的苦杏仁汤。

凌晨两点时分。我带两名哨兵绕营区巡夜回到连队，看见炊事班班长正在炊事班的帐篷跟前来回踱步。

"在干吗？"我喊住他。

他像从梦中被人叫醒，抻长了在大衣里缩着的脖子。

"不干吗，晃一晃。"他信步走过来时说道。

"几点了还在乱晃？"我说，"口令！"

他看着我笑起来。

"杏园！"他回答道。

炊事班班长告诉我，方才凌晨一点，他下了哨回到班里。刚钻进睡袋，邻旁伸过来一只手将他一把抓住，吓得他一个激灵。定睛一看，发现是睡在他身旁的狗妈，此时张着嘴，嘶哑断续地朝他说："渴……班长，我想喝水……"他赶紧爬出睡袋，在帐篷里挨个找战士们的水壶，晃了晃发现都没水，就出来到军医屋里倒了点茶水底子回来喂给狗妈。狗妈喝了水，又继续睡了。他进进出出时呛了几口寒风，激得肚子叽里咕噜，索性在帐篷外边晃晃，等肚子不响了再回帐篷。

"你记得小时候去河坝里滑冰不？"炊事班班长说，"刮北风跟下刀子一样，可咱那一帮子人里面没哪个生病的。"

"不知道现在河坝里还能不能捡到野鸭蛋了。"我说，"那会儿捡了的都拿回家让大人卖了，好像我们就尝过一个，是你烤的吗？味道都忘了。"

"是我最早从苇子里捡到蛋的，可我一口都没吃过。"炊事班班长说，"想滑冰吗？"

"滑冰？"我问道，"这会儿？"

炊事班班长看着我点点头。"就在外边的旱厕后头不远，一块儿不大的地方，应该是地下渗出来的一些水给冻上了。但是那块冰和咱小时候在小河坝里滑的地方很像，白天你去看，冰面毛毛的，不平，可对着太阳看，它里面也有蓝色的、白色的和银色的冰花。"

"那怎么滑得起来呢？"我低头看了看鞋，"小孩的脚多大，我这脚多大，滑不动就走几步没意思。"

"也能擦着滑出去十几步。"炊事班班长很快地补充道，"我和军医去旱厕，有时候就滑一会儿，我俩老犯痔疮和前列腺，最近刚消停。"

"没办法，忙起来就记得吃记不得拉。"他又说。

"去看看吧。"我说道，"能滑几步也行。"

走近那块冰面时，一束从山体侧面探来的月光正落于其上，让那块冰面形状看起来像山体裸露的心脏，近乎人性。

而冰面的颜色让我想起自有记忆以来，生命里最为快乐的一天。那是初一下学期一个星期五的早晨，班里一个住在小河坝旁边的同学一大早赶到班上告诉我们，小河坝的水已经冻上了，可以滑冰了。那天下午放学后，我们一路小跑连着快跑，你追我赶地冲到小河坝，看到闸口附近的冰面平滑如镜，之外其他地方的冰面不平、发毛，断裂处挤满了蓝色和白色的雪花。

当时我穿着母亲做的千层底布鞋，滑了几个小时就感觉鞋底被渗进来的水泡透了。当鱼伯听我叫着说鞋子漏水，就从附近的芦苇滩里拣出来一块秋收时落在里面的废塑料薄膜，帮着我赶紧把脚包上。包上脚后，我站起来时还费了点力，但走动了两步，就发现鞋子包上塑料薄膜衣后明显滑得更远。这时我赶紧让鱼伯在身后推我，鱼伯起初小小地使力，过会儿他先从我身后助跑滑行，随后伸长胳膊，用带着速度的惯力推我，于是我就能一直向前，滑出不敢相信的一段距离。

也是在那个下午，一个掉进了被敲开给牛羊饮水的冰窟窿的女孩被我和鱼伯发现。我拽着她的发辫，鱼伯拖搂着她的腰，将她拉上冰面，随后她跟着我们走到鱼伯家，烤干鞋和裤、袜，免去了从父母那里讨一顿打。最近，我们开始了自初中毕业后就再没有过的频繁联系。她会将自己曾被前夫踹倒在地、用脚踩住胸口的事说给我听，也会发来自己与八岁孩子的合影。我在深夜醒来时会第一时间想到她，觉得有些事很操蛋，好像我们在此累死累活就是为了让有的人腾出精力来揍女人。

我知道，如果决定要做她和孩子的倚靠，这身皮暂时就脱不下来了，还得接着干才养得起家。没有什么事是容易的，有人多一点，就有人哪里少一点。我倒不害怕少一点什么，毕竟我和鱼伯早都习惯了。等到真脱下这身皮的一天，自己经过的这点阅历就都讲给孩子，爱不爱听，都得听。

此刻，鱼伯吹起口哨，一步一颠地走在我前头。我很想叫住鱼伯好好聊聊，问他怎么做才能成为一位好父亲，就像狗妈继父那样好的父亲。我还想到，当我也有了孩子或成为某个孩子的继父，我会向孩子绘声绘色描述的，除了苦头，也许还有我每次站上野地里某块冰面时的欣喜若狂。那种欣喜就是你随时会从冰面最脆弱的地方掉下去，但冲起来的时候一定不会顾及。

我在你的空间里

范小青[*]

我喜欢旅游。我喜欢一个人旅游。但是说一个人旅游并不准确，因为不是那种完全自由自在的自驾游，我没有那个能力。我都是跟团的，独自一人报名跟团出去，国内国外，都去。

所以这既不是一个人的旅游，又可以是一个人的旅游，虽然身边始终有一个团的人在，但是你可以当他们在，也可以当他们不在。

需要的时候他们就在，不需要的时候他们就不在。

他们既是陌生人，又不是陌生人。

甚好。

像我这样的人虽然不多，但也不是绝无仅有，我在团里也碰到过一两次。有一回是一个少妇，据说是来疗伤的，情感的释放上似乎有些报复性反弹，对团里所有的异性，都表现出非凡的热情，据说晚上还敲了别人房间的门，还害得团里的一对夫妻反目。总之是略有些失控。

跟我不一样。

----

* 范小青，女，1955 年生，江苏苏州人，江苏省作家协会名誉主席。代表作有长篇小说《女同志》《赤脚医生万泉和》《香火》《我的名字叫王村》《灭籍记》等。短篇小说《城乡简史》获第四届鲁迅文学奖，长篇小说《城市表情》获中宣部第十届"五个一工程"奖。曾获第三届中国小说学会短篇小说成就奖、第二届林斤澜杰出短篇小说奖、汪曾祺短篇小说奖、第二届吴承恩长篇小说奖、首届东吴文学奖大奖、第四届施耐庵文学奖等。有多部作品被翻译到国外出版。

还有一次是一个中年男人，说是出来躲债。有钱旅游，没钱还债，若是真的，估计那债小不了。那人还是个摄影发烧友，一路拍风景不够，还不停地给团友们拍，为了选一个最好的角度，差一点掉下山崖。幸好旁边的人一把拉住了他。也看不出他是不是真的要选好角度，是不是真的不小心。

我始终是个旁观者，看着团里各种各样的人物，挺有意思，不过我的心思不在他们身上，他们表演他们的人生，我浮光掠影地看看而已，完全都不走心的。

我又跟团出发了，新的旅程又开始了，一切的一切，都和每一次差不多。因为不是旅游旺季，大巴车的上座率大约在百分之六十，还有百分之四十的空间，可供大家在漫长甚至可能乏味的旅途中松动松动。

一大早大巴就上了高速，行驶了近两个小时，到了一个服务区，大家要下车方便了。这是惯例，即便没有游客申请，领队也会主动安排，即便不是经常出来旅游的人，也都明白。车子驶入服务区的停车场，领队宣布下车时间是二十分钟，让大家记住车牌号。车门就开了。

虽然一切如常，但多少也会有一点小小的不正常。拿我来说吧，出门前几天，因为要加班将旅游的时间补回来，结果生活上马虎了，没有保证正常的水果蔬菜摄入和作息时间，肠胃功能有些紊乱，便秘了。何况原本正常的生活习惯都是早起蹲大的，但是出门旅游早上给的时间不宽裕，如果便秘，这点儿时间是不够用来解决的，除非你为了蹲大再早早起，只是一旦便秘，即便再早早起，却因为要赶时间，心情紧张，便秘自是加重，出恭成为负担。

游客零零散散往里走，有人并不要上厕所，但是现在服务区搞得跟大型的综合商场似的，琳琅满目，应有尽有，光看一眼也会心满意足的。厕所则安排在最里边。我跟在人流里往前走，虽然便秘，但便意却是饱满的，所以我决定在高速公路服务区的厕所解决。

等我终于以坚韧的毅力完成任务的时候，我才发现，我站不起来了。两腿又麻又僵，幸好隔挡的板壁不太高，我硬是拉着墙板才站了个半躬，揉了半天腿，稍感恢复，这才想起已经超过了领队规定的二十分钟了，赶紧冲到停车场，还好，大巴车还在等我，我赶紧上车，找到自己的位置，看到有人坐了，也无所谓。这又不是高铁霸座，不用对号，反正又不客满，随意坐。

通常大巴出发的第一天，谁坐哪个位置，后来就基本固定，当然也有随时调换的，或者有人想要和人说说话了，或者是不想和人说话了，也或者有人脚臭影响到别人了，总之只要车上没有满座，都是可以松动的。

我往后面一排坐下，定了定神，听到领队在前排问了一声，还有没有人没上来，没有人回答。他又问一声，才有人配合着开个玩笑，举手说，我没有上来。另有一个勉强附和一声，说没到的请举手。都是太老的套路，没有人觉得好笑。

我虽然坐到了后排，但不是最后排，在我的后面，还有人，我也没有朝他看，这个我有经验，有的人，你看他一眼，他就来热情了，缠上你，要跟你说长道短，要跟你攀亲道故、称兄道弟，整个的旅程，就怕再无宁息之时了。

我稍稍整理了一下思路，就开始闭目养神，没过多久，耳边似乎有个声音，很轻的，在说，嗨，嗨。我没有睁眼，我以为跟我没有关系，但是接着这个声音越来越近，简直就是在我脸上呵呵了。

我睁眼一看，是后排的那个人，他的脸差不多就要贴到我脸上了，我把他一推，说你干什么？

他举起一根手指压在嘴上，紧张地朝我"嘘"了一声，压低声音说，喂，我老刘。

我又不认得他，他自称老刘，感觉是个韭菜面孔，一拌就熟的那种。我最惧这样的人，所以也不讲礼貌了，不接他的话头，也没有告诉他我姓甚名谁，没有必要。

这个老刘倒也没有问我的姓名，也不觉得我有拒人千里之外的意思，直接就跟我说，喂，朋友，我跟你说，我们说话轻一点儿，不要影响别人，不要制造紧张空气。我跟你了解一下，我们要去的那个什么峡，听说很危险的，我来之前查了资料，据说在危险的山路上要开几十公里，有许多悬崖、险滩，还有……

我说，你说的那个什么峡是什么峡？我怎么不知道我们这趟行程中有个什么峡，我一直以为我们走的是一望无际的大草原呢。

老刘分明对我不怎么满意，撇了撇嘴说，你打酱油也不能打到自己头上吧，交了钱，出门旅游，连去哪儿你都不知道，你也太佛系了。可是一般佛系的人，是不大出来玩的，你是特例。哎，对了，你怎么一个人坐在后排，和你一起出来的人呢？

他很兴奋，甚至有点过了，疑似轻度狂躁，我故意逗逗他，我说，老刘，你说什么人应该和我坐在一起呢？

他又撇嘴说，什么人，总归是家人啦，要不就是情人啦……我打断他反问说，那你的情人呢，你怎么也一个人坐在后面呢？他笑了起来，似乎还有些难为情，说，我那个情人，嫌我话太多，烦我，我就坐到后面来了。我虽然见多识广，什么奇葩也见过，但仍觉这个人有些特别，我也算是头一回碰上，还有情人之间嫌话多不要坐在一起的？

我说，她都嫌你话多，那她还和你一起出来？老刘贼兮兮地笑着说，没办法没办法，她喜欢玩，喜欢刺激，还要探险，我呢，正好相反，我喜欢去那种悠闲的地方，真正地享受云淡风轻、偷得浮生半日闲的那种趣味——他大概发现跟我说了半天，脱离了他的主题，所以又扯了回来，说，朋友，你真的不知道我们要去的那个什么峡很危险吗？

我不想他纠缠我，连他的情人都不要跟他坐一起，我干吗当这个冤大头，我直接就戳穿他说，哪有什么什么峡，你别来跟我没话找话，我跟你一样，也是想要求个安静才坐到后面的。

他一下子急了，才不管我要安静还是要热闹，他急着说，怎么没有，怎么没有——一边说，一边几步跨到前面座位那里，从搁在座位上的包里，拿出一份东西，又到后面，给我看，说，这个，人手一册，你又不是没有，难道发给你了你看都不看？心够大的。

我朝他手上一看，是一份旅行手册，心里忽然有些异样，早上发车后的第一件事情，就是领队给大家发这个手册，这个手册上内容很齐全，尤其是旅游线路，都写得清清楚楚，但是我奇怪的是，为什么我领到的册子纸张是粉红色的，而这个奇怪的旅友拿过来的这本却是蓝色的。我顺手接过来，翻开一看，心里的异样感升级了，升级成为心跳加速，因为我一眼看到了，在这本蓝色的本子里，旅行路线中，确实有个"波跳峡"，不仅有这个峡，还有其他一些我所不知道的地名和景点名称——也就是说，我拿到的粉红色的册子和他拿到的蓝色的册子，根本不是同一条线路。

我有点蒙，抬头四处看看，车窗外是看不出什么名堂的，反正高速公路和高速公路，大多长一个样，沿途的那些路标上的地名，我也分不出哪里是哪里，比如马家坝，比如刘家桥，这样的地名，恐怕是遍布全国各地的。

我再把目光从车窗处收回来，前面坐着的旅友们，别说现在我只能看到他们的后脑勺，即便是脸对脸，我恐怕也认不出几张熟脸来。我本就有轻微的脸盲症，又不合群，连跟团旅游都是独行侠，从来不和团里的旅友相识相知相亲相爱。

但是再一想，这个难题也不是没有办法解决的，我记不得他们的脸，他们应该记得我这个人，我长得还是有特点的。

这么想着，我心里有些许安慰，我立起身朝前排走去，再回过身，慢慢往后走，一边走，一边眼睛两边扫，扫过每一个人的脸，有些人闭着眼睛在睡觉，也有人眼睛是睁开的，我看他们的时候，他们的目光也朝我脸上扫过，但是基本没有什么反应，有的平淡如白开水，也有的稍微礼貌一点儿，露出一个基本看不出来的笑。所以我一路走下来，一无所获，因为我既看不出他们是认得我的，也看不出他们并不认得我。

我又再次回到前面，站到了领队跟前，领队朝我看看，说，有事吗？我摇了摇头。

我回到后排座位，老刘正眼巴巴地盯着我看，眼神充满渴望，难道他会认为，我到前排走一下，那个什么波跳峡的风险就会降低吗？他想多了。

　　可他也许真是这么指望的，他着急地问我，你到前排去干什么，与你同行的人坐在前面吗，她是不是了解那个什么峡的情况啊？

　　我现在碰到问题了。我不想和他说什么峡不峡的，我就直接问他，你认得我吗？

　　他奇怪地看着我，说，你什么意思？

　　我说，没什么意思，就是字面上的意思，我问问你认不认得我。

　　他愣了一下，随后就张嘴笑了起来，说，你这个人，搞笑的，我怎么会不认得你？我当然认得你啦，要不然我们怎么会坐在一辆车上，我们还说了许多话，不过我发现，你出来之前肯定没有做功课，你对我们的旅行路线可能一无所知，你连那个什么峡都不知道。

　　他大概已经知道，从我这里打听不出那个什么峡的危险程度来了，他说他想去找我的"情人"问一问，他的理由是，女性一般都比男人细致，她们更会做功课。

　　我说，对不起，我没有人，情人没有，什么人也没有，我是一个人报名参加的。

　　他立刻说，不对不对，这个我就要戳穿你了，你不可能是一个人参加的，我们这个团就叫"情侣五折团"，都是一对一对的——我跟你坦白吧，坐在前面的那个女的，其实不是我女友，我并不认得她，她是假冒的，我也是假冒的。那天我们同时去旅行社打听跟团的价格，都觉得太贵，恰好有这个情侣打折团，我们是心有灵犀的，互相看了一眼，就决定假冒情侣，进团了。

　　为什么情侣团就可以打这么低的折扣，我也想得通，这就是通常大家都知道的羊毛出在羊身上，羊也一样知道。情侣一起出来，在花钱方面，肯定大方，不比大爷大妈们，都是紧紧捂住口袋的。

　　我们两个正说着假冒"情侣"的事，他的"女友"在前排喊他了。趁他离开的片刻，我赶紧从我的背包里掏出我的粉红色的手册，和他的蓝色手册核对了一下，我晕，南辕北辙。

现在我终于可以确定，不是旅行社印了双色的旅行手册，而是——

我出问题了。

我上错车了。

尽管我走南闯北，曾经沧海，也不免吓了一跳。我得赶紧下这趟上错了的车，我得找到我自己的车。

我正要张嘴叫喊停车，老刘已经迅速地从前面返回来了，见我脸涨红了，情绪有点激动，一条胳膊微微抬起，好像想喊什么话，他立刻误会了，以为我要举报他，他朝我笑笑说，没事的，你举报就是了，你以为车上这一对一对的，全都是真的情侣？搞什么笑嘛，没有什么保证是真的，只有交出去的钱那才是真的。

我想他说得也对。但是无论真假，他们看起来都是成双成对的，至少形式上他们是真的，只有我是落单的，现在在车上可能还看不出来，到了住地，分配房间，立刻就要露馅了。

他看我犹豫的模样，又劝我说，就算你举报成功，就算旅行社犯傻、领队犯浑，要追究真假情侣，他们也不会现在就处理的，你不想想，现在车子离服务区已经很远，离前面的服务区也一样的远，他们真的敢把我放下车，让我在荒郊野地一个人走路，出了事谁负责？

不等我接他的话头，他又抢着说下去，我是担心这个波跳峡，那个地方年年都要出事故的，事故有大有小，但是即便年年有事故，还是年年有人把自己送到那里去，比如——他指了指自己，又指了指我，说，比如你和我。

我想说我并没有打算往那里去，他又不让我说，只顾诉说他自己的心思，他的大意就是他不想跟这个团了，他现在是越想越害怕，好像那个万丈深渊正在前面等着他去粉身碎骨。

他的思路跟我的思路岔得太远了，但是有一点是类似的，我想下车，他也想下车，我可以从他那里获取一点建设性的想法。我撺掇他说，你想下车是吗？那你现在跟我说是什么意思呢？我又不是领队，你应该去告诉领队。

他连忙摆手说，那可不行，这不是下车的地方，一个人站在高速公路上，太危险了。再说了，领队也不会让我下去的。

他的话果然对我有所启发，因为他是向这个团队交过钱、签过合同的，所以无论他是不是害怕前方的景点，领队不仅不会将他赶下车，还会担心他真的一个人下车离去，领队会死死地看住他。

我却不一样，我的钱交给了另一个团队，这个团队的领队，如果知道我不是他们的人，我没有给他们交钱，我还白搭了他们一段路，他也许会立刻赶我下车的。

正如老刘所说，这个地方，前不搭村后不搭店，放在高速上，确实不是个好办法。所以我暂时打消了说出实情的想法，我打算到下一站停车的地方，再见机行事，设法纠正自己的错误。

我正在为自己的行动方案周详考虑，我的手机响了起来，我以为是我的那个团发现少了人，来找我了，心里竟有一点温暖的感觉。

可惜不是，是一个9字头的陌生电话，不是广告，就是诈骗，我果断挂断，心里有些失落，还有些悲凉。

我在心里痛骂我的那个团，都是些什么人呀。团里少了一个人，居然没有人发现，他们在高速公路服务站把我扔下的时候，连人头都不清点一下，就把车开走了。这会儿车子都开出个把小时了，他们难道还没有发现少了一个人，他们完全不记得有我这个旅友？

我不甘心，又把手机拿出来重新看了一遍，看看是不是他们联系我，我忽视了，但是确实没有，一口恶气在我心里翻滚，我恶狠狠地谋划着，感觉自己的心情有点像个弃妇、怨妇，哼哼，你们不联系我，我也不联系你们，你们打电话来，我也不接，到时候看你们怎么交代。等到了住地，分配住房时，一定会发现问题的，到时候我就冒充家属打电话追究问罪。我自己就是我家属。

车子快到下一个服务区的时候，领队说，没有人内急吧？前面这个服务区不停了，我们抓紧时间，要赶到波跳镇上住下，吃午饭，下午就直接去波跳峡。

有人鼓起掌来，片刻之后，有个男的站起来说，还是停一下吧，我憋不住了。不等领队说什么，游客里自有人会出面，责问他说，刚才停的时候，为什么不上厕所？这人苦着脸说，那时候还没有到时候，尿不出来，我一般早上喝的水，要到这会儿才下去。

大家笑开了，有的说尿道长，有的说肚肠里弯道多，有说动作太慢，有说前列腺什么什么。

尽管不太情愿，但是领队还是让司机下高速进服务区，他也不想被投诉，要真有投诉，这个投诉也太难听了：不让游客大小便。

我终于松了一口气，心里暗想，我可以在这里跟你们拜拜了，我要回到正确的人生道路上去，至于你们要去的那个波跳峡，是不是像老刘形容的那么凶险，跟我也没有关系。

我也不必在这儿跟这位不是我的领队的领队解释什么，言多必失，搞不好他反过来纠缠我，怀疑我有什么不可告人的目的，因为毕竟是我自己上错了车的。

虽然提出要方便的只有一个人，还遭到了大家的嘲笑，但等车停了，下去的人还是挺多的，我也就十分自然地跟大家一起下车了。

下车后我一直站在服务区外面的一个角落，注视着这辆车上上下下的行动，最后，它的门终于关上，开动了。

我站在那里，目送着车子开动，想象着车上的领队会问一下，有没有人没上车啊？有人会配合他说，没上车的请举手。

就这样，他们谁也不知道，曾经有一个陌生的人，在他们车上坐了两个小时，后来又离开了。当然，有一个人可能会知道，就是老刘，如果他不回到他的"女友"旁边坐下，他会发现"我"不见了，以他的热情的性格，他会立刻嚷嚷起来，说有人没上车，这时候，领队让车子停下，一一核对人员，核对的结果,人员齐全,没有人失踪。车就继续开,也不管老刘有多么的想不通,多么的惊诧。

事实胜于幻想。

老刘的幻想不仅可笑,甚至都有些恐怖,后面明明只有老刘一个人,他偏说跟另一个人、也就是"我"聊了一路,这不吓人吗?

当然那些是人家车上的事情,跟我无关,我只是想着我该怎么调转方向,追上属于我的大巴车。

我正在胡思乱想着,忽然听到一阵刹车声,抬眼一看,我上错的那辆大巴居然绕回来了,就停在我的眼前,车门开了,领队冲着我喊,你想干什么呢,快点儿上车!

看他那样子,好像要下来拉我上车了,我往后退一步,犹豫片刻后,我决定说实话,我说,我不是你车上的人。

我以为我这么说了,那个领队会迟疑一下,至少应该想一想吧,不料他却不假思索地说,得了吧,我们车都已经开出去了,是你女朋友说你没上车,我们清点人头,果然少了你一个,才又开回来拉你,你快点儿,你耽误我们团整个行程了。

我说,车上那个女的,不是我女朋友。领队鬼鬼一笑,说,是不是女朋友都不碍事,反正你们是以情侣的名义报名参加,只要有这个名义就行——你别玩什么花招,你那点儿鬼心思,你女朋友早就明白,你快点儿上来。

我说,我真不是那个人,我实话告诉你吧,那个人姓刘,老刘,他坐在最后面一排,你去问他。

这句话领队倒是信了,他重新上车走到车厢最后面,看到个空气,回来时他有点生气,说,信你个鬼。

他不信我,我也不信他,我踏上车去,目光扫过整个车厢,竟然真的没有看到老刘——旁边领队已经指挥着司机开车了,我赶紧说,不对不对,先别开车,你们车上少的人不是我,是老刘。

大家朝老刘的"女友"看，那"女友"只是笑，不说话，笑得有情有义的样子。她虽然没有说话，但分明大家都能听到，我也能够听到，她在说，不是你是谁？

还是由领队说话，他说你若不是我们车上的，你怎么知道我们车上的情况？你还知道情侣团的各种情况，你还知道有个女朋友落单了。

然后大家七嘴八舌攻击，并无多大恶意，只是随便说说，解解旅途中的沉闷而已。

我眼看着车子又要开出服务区了，赶紧掏出身份证，递到领队眼前，急着说，你们看看，你们看看，我不姓刘，我姓王。

领队就回头问那女友说，你的那位，姓什么？那女友居然说，他说姓什么也不一定真的就姓什么，他说不姓什么，也不一定就不姓什么。

这话有道理，再说了，一张身份证算什么？现在的人，揣几张身份证的都有，一张身份证说明不了问题。

然后大家再次展开对我的批评，比刚才严肃了一些，不过也还算温和。

说，就算人家女孩没中你的意，你也不能这么不给面子。

说，是呀，你看看人家女孩子反而比你大方，你这么腻歪，哪像个男人？

说，是呀，你们两个，是今天早上才见的面吧？上车后你们又没有坐在一起，你又没有怎么她，干吗要逃走？

我"女友"也开腔了，她是受到了大家的鼓励，自我感觉良好。她对我说，喔哟，你别这样好不好？出来玩玩就随便一点，放松一点，你这么顶真干什么，是你也好，不是你也好，不都一样玩吗？波跳峡那边，可刺激了，刺激到你会忘记自己是谁的。

可我不服的，好端端的，就是因为上错了一辆车，就把我变成另一个人，我叫领队把团员名册拿出来核对，领队说，你太 low 了，哪里有什么名册？都在一个群里，到群里看一下就是了。

我可没有他们的群，不过这倒是提醒了我，我这才想起，我自己的那个团，上车后也建了群的，赶紧先进去看看，那才是真正属于我的群，结果我的那个群里，除了有一个午饭时间的通知，还有几个人说"收到"，再无别的信息。

我把手机给领队看，这可是铁的事实，我说，你看你看，这才是我的群，你们的群，我没有。

领队看了一眼，发现我的群确实不是他们的群，他虽然不能理解发生了什么事，但他还是把他的手机给了我，让我看他们的群，我立刻就说，你们看，你们看，确实没有我，确定没有我。

领队想拿回手机，我却忽然想到，既然老刘人不在车上，不如在群里找他一下，我仔细地一一看过，群里也没有老刘。

当然，没有的只是"老刘"这两个字，因为这里边大多是些看不明白意思的微信名，花里胡哨，莫名其妙，也不知道哪一个是老刘。我完全无法判断推测。我也不可能一一和他们核对，就算我有这个想法，他们也不见得肯配合我，说不定里边还有更多见不得光的事情呢。

领队认为我又出幺蛾子，他的口气也有点急了，责问我说，怎么会没有你，不可能没有你，出发前拉的群，人人都加入的，凭什么你特殊！

我说，就凭我不是你们的人，如果你一定认为我是你们的人，那你从群里把我挖出来。

只是一切已晚，司机并没有停车等我们纠缠，事情还没说出一丁点儿头绪，车子却已经又开出去老远，我再一次远离了我的回归。

我已经上错一次车，我又上错一次车。我一错再错。看起来我已经回不了头了。我也累了，既然他们认定我是他们的人，他们也没有再向我收一次费用，我就权当没有上错车，因为选择旅游目的地的时候，我也是很随意的，没有一定要去的地方，也没有一定不想去的地方。

我不吭声了，事情也就妥了，本来车上少了一个人，现在找回来了，有惊无险，皆大欢喜。

第一次上错车的时候，我没有注意我的"女友"，因为那个时候她还不是我的"女友"。我通常没有多看别人"女友"的习惯，后来知道她是老刘的"女友"，我也没有理由去注意她，何况在老刘的口中，她是一个比较古怪的女人，我不用自找没趣。但是现在我看清楚了，十分养眼，一位美少妇。

我不免心动了一下。我正在想着，既然她认领了我，我要不要坐到她边上去，她不会像嫌弃老刘那样嫌弃我吧？

我的想法，只是在脑海里过了一下下，已经来不及实施了，因为我听到领队的话筒"噗噗"了两声，然后领队宣布，前面到达的地方，就是今天的住地了，大家先办入住，然后就用午餐。

我忽然有点幸灾乐祸，到了分配住房的时候，我倒要看看他们的神操作。结果我又没有得逞，车子开到旅馆前门，车门刚一打开，车上的人还没有下去，下面已经冲上来几名大汉和泼妇，挡住了车门，他们个个凶神恶煞，嘴里嚷着，奸夫淫妇，奸夫淫妇，什么什么什么。

车上顿时有好几对慌了神，以迅雷不及掩耳之势，分离开来，大多是女的不动，男的往后排逃窜。也有反应迟钝些、动作慢些的，还蒙在鼓里，双眼迷离，不知大祸将临。

如你们猜测的那样，大汉和泼妇要找的就是老刘的和我的"女友"，因为他们一上车，眼睛一扫，就扫到了她，立刻围在她的座位旁，倒没有对她采取什么行动，那个带头的男人，还朝她笑，笑得还有点儿谄媚。

领队带团出行，见识得多，经历得多，上前阻拦他们，问他们是什么人，结果被为首的这个男的一扒拉，差一点儿倒在座位上。那男的说，什么人，我是她老公，她和别人做情侣出来旅游，我不能来找她吗？

领队和稀泥说，哎呀，什么情侣不情侣，好多都是假情侣，为了节省团费，打对折呢，谁不心动呀？

那老公不理睬领队了，他们几个人，目光在车厢里像机关枪一样地扫射，急吼吼，恶狠狠的。

我被他们的目光吓住了，我庆幸没有来得及坐她旁边去，她旁边的座位是空的。然后，后面其他的座位上，一下子多出了好多单身男人，这就叫大汉泼妇们难以判断了，他们虽然来得凶猛突然，但是他们没有想到别人的动作比他们更快，估计也是平时勤学苦练得来的本事。

现在坐在后排的那些单身男人，包括我在内，面面相觑了一会儿，他们脑路回转了，想明白了。他们一想明白，结果无疑，就是我被推了出来。

我冤啊。

万幸万幸，他们没有冤枉我，那个"老公"，只瞄了我一眼，立刻否定说，不是他。

可是逃坐在后排的男游客纷纷表示不同意，七嘴八舌说，怎么不是他，就是他，就是他。

说，对了，他中途还想下车逃走，被发现了再拉上来的。

说，你们没注意，我可是观察到了，一上车他就往后面去坐，这肯定是心里有鬼避嫌疑。

因为确实不是我，所以无论他们怎么往我头上泼脏水，大汉和泼妇们对我真的没兴趣，他们的锐利的眼光，继续在其他人脸上扫射。

其实这时候我已经醒悟了，我赶紧问他们，你们要找的人，是不是姓刘，是不是那个老刘啊？

那个"老公"立刻摇头说，不姓刘，不姓刘。但他旁边的一个女的却提醒他说，也不一定哦，也许他用的假名呢。

"老公"被提醒了，赶紧对着我说，喂，喂，你刚才说姓刘的，是哪一个，你指出来。

我告诉他那个姓刘的或者是假姓刘的已经不在车上了，他立刻恼怒起来，推搡着自己身边的那几个人，说，你们，你？你？谁走漏了风声，让他逃走了？

他身边的人立刻辩解说，大哥，不可能的，我们中间除了大哥你自己，我们其他人谁都不知道一大早被你叫上车是要到哪里去，路上开得这么快，你都不怕出车祸，我们也是刚刚才知道，原来你是长途捉奸。

那个"老公"也挠头了，一下子竟然无人可怪，那就怪到领队头上，责问领队说，你一个旅行团的领队，怎么可以中途放人下去？

领队不服，说，没有的事，根本没有放人下去，我们人头齐全的，一个也没丢——我们总共是十八对，三十六个人，你清点一下对不对。

车上整整齐齐有十八对，所以那个"老公"的目标还在后排的几个男客身上，看了半天，他终于觉得其中的一个面熟，上前揪住了他。

这边刚刚要揪出来，前边有个女的跳了出来，冲到后排，伸手上前要抓这个被揪出来的男人，被别人挡住了，她就哭起来，边哭边闹，说，难怪你非要报这个情侣团，原来我是替代品，原来你的真正的她是她啊，也难怪我看她上车后身边就一直没有人，我还奇怪，她一个人怎么能报这个团的呢，原来你是两个通吃啊，你这个畜生，你这个流氓，你这个什么什么什么。

冤枉。又认错了。

大巴是临时停在旅馆门口的，本来放下人就要开到停车场去停车，不会挡住别的车，但是现在出了这档子事，一时半会儿车子动不了，就挡道了，后面人家怎么摁喇叭，这大巴就是不动，惊动了交警。交警过来，虽然能够指挥车子靠了边，让出道来给别人走，但是发现车上的气氛不对，所以最后又惊动了派出所。

派出所的民警来了，一个一个地盘问，后来也问到我了，我想在警察面前还是不要玩花招了，再说了，整个事件中我不是过错方，我没有任何责任的，我就如实地把自己的遭遇向警察说清楚了。虽然来龙去脉比较长，但是警察很耐心，因为他们就是干这个活的，他们能从谈话中发现案子的实情。

为了让警察相信我说的，我还再三强调，说我虽然有点马虎，但这事真不能怪我，我说警察同志你替我想想，车子的颜色是一样的，车型也差不多，关键是坐在车上的人，都不熟悉，认不出来。

等到警察终于听完我的讲述，他笑了，说，比起来，你这一个编得最复杂，有点悬疑的意思。我说警察同志，这是我的真实的经历，不是编的故事。

警察仍然笑笑说，那是那是，谁不是把自己活成了故事呢？

就这样，我既不是我，也不是老刘，我成了故事里的人。

这个我不服的。但是我也累了，烦了，我也不想再把整个事情整理清楚了。最简单的办法，我给我的真领队打一个电话，关于我的一切就都真相大白了，关于他们的一切，不关我事。

可是且慢，我掏出手机时忽然就犹豫了，我怎么能够让他们相信手机那头的人，就是我的真正的领队呢，三对六面，我一个大活人在他们面前，他们都不相信，要让他们相信一个只存在手机里的人，恐怕我做不到，我无能为力。

我只得放弃了跟自己的真领队沟通、请他作证的想法，那我该怎么办呢？随波逐流吧。幸好我这个人比较潇洒，随意，大巴车爱载我去哪儿就去哪儿吧。

经过警察同志的调解，那带头大汉也确实没有捉到奸，他又很怕他的老婆，于是带走了捉奸的人，临走时还叮嘱老婆要玩得开心。

事情顺利解决，我随着大伙下了车，走到车头那里，点了一根烟抽，无意间瞟了一眼车牌，我感觉不对——哦不，应该是我感觉对了，这个车牌号，就是今天早晨出发时上的那辆车的车牌号，我记得我的那位真正的领队给大家报了几遍，请大家记下，领队说，有时候停车场车很多，车也都很像，人也都差不多，经常会搞错，你们记住车牌就不会错了。

我用心记住了。它是：中 0-CH088。

哈哈，我没有上错车，我上的就是我应该上的车。我赶紧去跟领队说，搞错了，搞错了，我本来就是我们团的人。

领队本来铁定认为我是的，现在见我这么说，他反倒疑惑了，说你等一等我查一查名册。

你们觉得，这位领队会在名册上查到我的名字吗？

不知道？那就多想想呗。

因为我已经想明白了，我这是进入了平行空间，这样理解，一切混乱都可以解释得通了。

但再一想，还是不对，据说在平行空间，人还是那些人，互相应该都是认得的，只是身份职业什么的与原来的那个空间完全不同，所以进入以后，起先会蒙一下的，但随后也就适应了。

可我现在所在的这个空间里的人，我却一个也不认得，这个就完全无法解释了，那也就意味着不是平行空间。

那么除了平行空间，是否还有一个某某空间，在这个空间，你还是你，但你又不是你。在正常的情况下，你之所以能够确定你是你，那都是通过旁人旁证做参考的。而我目前面对的情况是，我不认得任何人，任何人也无所谓我是谁，所以我就不是我了。

那么我现在所在的这个空间叫什么空间呢，我是否应该给它命个名呢？我正在胡思乱想，感觉自己的思维如同奔涌的潮水奔腾向前，控制不住，有人拍了拍我的肩，及时帮助我清醒过来。

是那个差点儿被捉奸的女情侣。

她手里拿着一把房门钥匙，朝我扬了扬，说，房间分好了。我说，干吗？她笑道，行了行了，人都走了，你还装什么装。又笑说，倒看不出来，你还挺会演的。

她认得我。她不仅认得我，她的意思是说，我跟她是一对，我们入住同一个房间了。

这个我没意见。

午夜的海晏县大街

索南才让[*]

　　从家里出发，乘坐装马的厢车到了海晏县，先去了阿克敦巴酒店，那里有小白在等着我们。因为疫情，他从成都回来后已经在此隔离了十四天，今天他拿回自由，要请我们喝酒。在他的房间里，我们四个人聊了一会儿赛马会，步行去"裕丰楼"吃饭。酒是八十二块钱一瓶的汾酒，喝得尽兴。等散场出来已是午夜了，海晏县街面上空无一人，四月的夜游风将每一栋楼都拂尘一遍，也在我们身上久久流连。我打着酒嗝，沿海湖大道朝汽车站方向前行。右边荒地上高高的两堆钢铁建筑材料，发出又涩又锐的哨音，我走向那顶绿色的工地帐篷，似乎某个声音吸引了我。我观察帐篷里面的热闹，也许是觉得有趣吧，走了进去。我听见了好几个人的声音，进来后发现只有两个女人。她们很友好地看着我，无声地询问。我扶住帐篷的钢管立柱，眼前不再那么眩晕了。

　　你是送外卖的吗？戴蓝色棒球帽的女人说，但看起来不像，你是来找人吗？

　　他不是送外卖的。你有什么事？另一个长得漂亮的问。

　　我打开双臂，我手里没有东西。

---

[*]　索南才让，男，蒙古族，1985 年出生于青海。作品发表于《收获》《十月》《花城》《青年作家》等杂志，入选《小说选刊》《小说月报》《中华文学选刊》等选刊，并入选 2020 年《收获》文学排行榜中篇榜。曾获第八届鲁迅文学奖、青稞文学奖、青海青年文学奖、青海省政府文艺奖、《钟山》之星文学奖年度佳作奖、《红豆》文学奖、青铜葵花儿童文学奖金葵花奖、华语青年作家奖等。

我说对吧，他看起来不像送外卖的。你喝酒了吧？漂亮女人朝帐篷门口张望一下，目光回到我身上。你喝了很多酒吧，脸红得像屁股。她一说完，好像在等待这句话，帽子女人发出沉厚的笑声，笑得眼泪出来了。这会儿我才发现她们也喝了酒。她们身前的小方桌上有一个酒瓶和几个纸杯。我让自己显得自然一些，观察她们，然后有些高兴。她们醉得比我厉害，而且和我一样，她们也在努力让自己的表情变得自然一些。但她们没有做到，反而变得更坏了。她们不自然地扭捏着，好像身体里有什么东西在动。

我们的朋友买夜宵去了。帽子女妩媚一笑。他们会带酒回来，你和我们一起喝一杯吧。漂亮女人也点点头，用眼神鼓励我不用不好意思。

我就是进来看看，我刚刚吃完饭。我在最近的一张椅子上坐下，但马上又站起来。进来了两个男人，大个子披着头发，不友善地审视我，在等待解释；小个子将提着的夜宵和两瓶酒放在桌子上，朝我转过来一张木头脸，我听见了最好听的男声。老兄，你有什么事？他说。我进来是想休息一会儿。我说，我被风晕晕乎乎地吹进来了。然后不等他们再说，我离开了帐篷。走了一段路后，我犯起迷糊，想不起来究竟有没有跟他俩说话。但没关系，我很难受的状态好了很多。我接着朝汽车站的方向走，心里有点火气，现在，他们肯定在嘲笑我。没关系，尽管笑好了，我笑别人那么多，已不在意别人笑我了。我走了几百米，被风一阵阵吹，觉得清醒了，但我知道到了明天，我很可能已把这段经历忘得干干净净。按照以往的经验，我会这样的。这种情况叫断片，好像一部电影中间有一部分被切掉了，可能很重要，但却没有太大影响。我又走了几百米，汽车站可以看见了，隔着马路，我能看见汽车站前面停着的五辆车，其中的一辆是我的。我已经走了好一会儿了，为了点一根烟，我坐在马路牙子上，拉起衣襟摁打火机。这时候，一辆警车停在我面前，我数了数，下来四个警察。其中一个女警察很眼熟，我多打量两眼，认出来了。她说，弟弟，你在这里干什么？她蹲在我前面，笑嘻嘻地看着我。不知怎么回事，其他三个警察都在这一刻嘻嘻哈哈地笑起来。

我在抽烟啊，我说，这么晚了，你还在巡逻？我瞟着这三个警察，我觉得自己很奇怪，居然出现了骄傲的情绪。

不是巡逻，我们执勤刚回来。你起来，我送你回去。她说。

不用，我取个钥匙就回家。我利索地站起来。

你到哪里取钥匙？

我指了指小停车场。我把钥匙忘在车里了，已经好几天了，我今天刚从牧区下来。我说。

你要开车吗？她说，千万别动车。

你觉得我傻吗？

我送你回去。她坚持说。

真不用，你放心吧。我说，我到了家给你信息。

这时一个男警察问她，你弟弟住在哪儿啊？

就是这栋楼，我说，六单元。你们忙去吧，我走了。

你回家去。姐姐说。

抽个烟警察也要管？我说。

别这样说，我们在管治安。一个警察说。

那么请问，我有什么错？

你快回去吧，姐姐说，我们走吧。

等这辆警车拐过街角后，我坐下，重新点了一根烟，慢慢抽着。等了差不多二十分钟，她从政府大楼前面的人行道上走来。我就知道你会这样，她说。

我也知道你会回来。我说。

你真不回家吗？

我要回家，但先要取钥匙。

你要是想喝，我陪你喝点。姐姐说。接着我们去了她家，就在汽车站后面的青花小区里，这是海晏县最大的小区。我不知道我们喝酒了没有，反正第二天上午十点，我在她床上醒来，她已经上班去了。微信里有她的一条信息：昨晚，我们又发生了事，我们不是说好了做姐弟吗？你为什么这样？你违约了。我在她家的冰箱里找到一盒牛奶，一口气喝干。她这样说可真没意思，显得矫情又做作。我回复她：我什么也不记得，再说我也没有违约。我们没有规定成为姐弟后不能发生关系。我离开她家小区，很快坐进了我的丰田卡罗拉里面，一阵比醉着时更严重的头晕目眩，不太清楚接下来要干什么。我一定有事要做，但不会太要紧，这件事正在回来找我，我抽烟，慢慢等着。第三根快要抽完时，它来了。我得去赛马场，我的马——海王——在那里，他们几个也在那里训练马，兴致高昂。比较前几年，我对赛马的态度越来越散漫，这件事在没完没了地给我痛苦。我对海王也不再费心耗时地训练了。认识姐姐之前，如果我有十个故事的话，九个跟马和赛马会有关。我很认真地对待赛马，不会拿马开玩笑。现在我对自己的态度感到奇怪，我想我还没有想清楚，可我却从来没有好好想过，好像我被吊在半空，上摸不着天，下踩不到地。

再有几天，年度"金长鬃"赛马会在海晏县蒙古大营赛马场举办。这是重量级的比赛，如果算上虎头蛇尾的那一届，海晏县"金长鬃"已经在十年里举办七届了。疫情突发的二〇二〇年取消了，第二年差一点取消，最后虽然照常举行，但规模大幅度缩水，弄得像本县的交流赛一样，因为外面的马一匹也不让进来。如果我没记错的话，参加比赛的马总共只有六十几匹，又被分成七八个项目，几乎所有的马都取得了"不错"的成绩，因为每个项目都取前六名，八个项目下来就是四十八个奖。太丢人了！不过今年的这一届到目前为止，外县的、外州的甚至外省的比赛马，该来的都来了，这几日蒙古大营赛马场很热闹，训练日夜不歇。

给姐姐打了个电话。她没接，一分钟后，回复微信：什么事？在开会。今天忙。她将我要说的话全部堵死了，果然是最了解我的人。在县医院的十字路口，我临时起意，向右驶向公安局，院子里停着三辆警车，全部四门敞开，有几个警察在擦车，其中一个认出了我，说这不是弟弟吗，来找你姐姐？我说我不是你弟弟，当然也不是你哥哥。他说你说话挺冲的，是对我们警察不满意？

我说没有的事，我最爱警察叔叔。他说昨晚你就阴阳怪气的，你有什么事？我说我没有事，在警察叔叔的保护下，我活得很安逸。他说是吧，你能有这觉悟，我很为你姐姐高兴，不然她太冤了。我说不用你操心我姐姐，麻烦你了。他说我觉得我们可能会成为一家人，我觉得我有可能会成为你姐夫。我说你有种再说一遍！他说你捏着拳头想干吗，想打我？你想清楚，打警察可是重罪。我说有种你脱了这层保护壳，我对你有个整法。

其他几人搅黄了我们的冲突，打发我去找姐姐。我回到车里，绕着升旗台转了三圈，离开了。我从蒙古大营停车场的后门进入赛马场，迎面撞来一片沙土，我避开，走到就近的水泥看台坐下。赛场中有十几匹走马以匀速锻炼着，蹄子掏起来的黄沙扬打着肚皮。不知道是什么人出的主意，赛道里铺满了黄沙，足有一尺厚，跑得再快的马到这样的场地里也是英雄落难。这种赛道和草地根本没法比，没有了最激烈的速度较量，观看激情也会大打折扣。眩晕的感觉还没有过去，我看见华丹朝我招手的样子，有点像劈开在风中的纸人，轻乎乎地摇摆，我真担心他瘫倒在沙子里，被马蹄踩成碎屑。但一晃眼，我躲避了一下阳光的妩媚撩人，他便已经牵着马站在我鼻子跟前。他说你咋的了兄弟？我说没事，就是难受。他说你他妈看起来明明就有事的样子，装什么？我站起来，一拳捣在他眼窝里，那股憋着的怨气随之喷出。我对他笑一下。他慢慢地抬起手，捂着眼睛，慢慢蹲下去，哦哦叫唤。小白来了，站在一边，掏出手机拍视频，一边说，瞧瞧，老八打人了，受害者是华丹小王子，你们快来看啊，就在入口这里。接着他给华丹拍了两张照片，对我说，我发到我们八大山人的群里了，嘿嘿，他怎么你了？华丹说，我问他是不是病了，他就给了我一拳，你这人怎么回事，你他妈真有病啊？我的眼睛怎么样？小白上前细细一瞧，说，没事，敷上鸡蛋，一天就好了。华丹揪住我的头发说，你这个断掌，看看我的眼睛，我怎么你了？我说你再他妈他妈的我还打你。华丹说你再动我一下试试？再碰我一下，我们绝交。小白劝道，别呀别呀，你气不过就还他一拳，老八你站好。我摆摆手，说，海王呢？华丹说去你妈的海王。

我们绕过大半个赛马场，到了主席台的背后。这里乱糟糟地扎着几十个尖顶小帐篷或旅游帐篷，几乎所有的帐篷门口都有一个结实而硕大的拴马柱，几乎大部分拴马柱上都拴着一匹马，每一匹马都有一个名字，每一个名字都装着一个故事，每一个故事都代表着一个象征性的开始和结局。多可笑啊，现在一匹马可以代替填充一个人的大部分生活，必要的时候，甚至是全部的生活。我看见我的后白蹄枣红马，海王，这位阁下等着我去训练它。它精神萎靡，虚着一条后腿假寐的样子，这一刻显得那么面目可憎。可它何辜呢？受苦受难的是它，我却好像感同身受的样子，何必呢？我兴味索然地解开海王的缰绳，牵着它离开帐篷区。华丹问我去哪里，我挥挥手，决定以后再不赛马了。我骑着海王走出体育场，在车旁犹豫了一下，然后将钥匙扔在车顶。总有一个人会把车送回来的。我打算骑着海王回家。这一回——从今往后——它再也不是专门比赛的马了，它回归本初——成为我的一双脚……连接我的身体，即便我们不能血肉相连精神共栖，至少也要抛开其他的羁绊变得纯粹一些。我们回家，去把日子过安稳。赛马场……见鬼去吧！

　　走之前，我想去跟姐姐打一声招呼。我几个月不会联系她了，或者因为这一步的离开，我们就此打住，真正分开。我没觉得占了她便宜。看样子她很快会有新感情了，我其实蛮乐意不打扰她，悄悄地退场。早在她搞出姐弟闹剧之前，我已经对这段没头没脑的恋情感到厌倦，可是我不能说——其实是不敢说——她当警察将锐利之气用得精光，转而在生活里软弱得一塌糊涂，我怕我说了她绷不住。但我没想到她也有这想法，她从未表现出来过。那次，天亮了，我们同时醒来，外面灰色的天空急雨澎湃，房间里潮热难忍，但我们都懒洋洋的，一下都懒得动。她突然提出来改变一下我们的关系。我问怎么个改变法？她说就是换成另外一种关系，比如姐弟关系。我说姐弟？为什么不是兄妹？她说你觉得合适吗？至少……要是我大你三岁，而不是八岁，我也愿意。我说这和年龄没关系。她说那和什么有关系？我说跟心理年龄有关系。她说不管什么吧，反正现在我们的关系不好，很别扭，我们转换一下看看吧。你笑什么？她瞪着我。我说没啥，一想到要叫你姐姐我就开心。她说你开心就好，其实我一直想当你姐姐的，却不知道怎么稀里糊涂成为情人了。我说我们不能算是情人吧。她说那是什么，我连情人也算不上吗？她一副无所谓的样子。我想了想，说，是比情人更亲近的关系。她说是什么关系？我说我也不知道。

接着这个对话是在当天晚上，那个秋夜像初雪一样消融得无声无息。我们怀揣莫名复杂的心情，在新开张的酒馆里喝了啤酒，出来时，驶经海晏县的一列火车准时响起了凌晨的汽笛。那声音带着长途奔波后哮喘般的疲惫，却依然在夜空中强有力地推进过来，有一种直捣人心的决绝。这声音戳进心里，谙熟地找到最佳位置，引发震颤。我闭上眼睛，几乎在奢望得到一种给予，又或者是想专注于什么。我呆立在空荡荡的大街中央，以冥想的姿态在等待、在接受。我想我这可怜的一点余烬，剩有一点颜色的余烬还能再获燃烧的机会……空寂的大街直条条像一根大铁棍，我和她依偎着走，彼此提供感情上的暖意。我们回忆三年前初次请她吃饭，然后送她回家。我提议到广场上去散散步。她不愿意，说这么晚了，要不改天吧？我说别呀，我会送你回去的。在广场黄铜浮雕的背后，我抱住她，吻了她。

那时候，她还是乡上的一个户籍民警，我因为分户口的事情去找她，前前后后好几次，得到她分内分外的诸多帮助，心里很感激，多次想表达谢意，都被婉拒。后来她说，从我第一次找她开始，她就已经察觉到我的不怀好意了。但是后来她还是屈服了，她以为自己会不为所动呢。我说这怎么能叫屈服呢，难道不是情投意合了吗？她说是被迫的，无可奈何。她从开始便不看好结果。

我们的关系发展既平顺又不着边际，有很长一段时间我们没有见面。我知道她很忙，但我不忙，除了赛马，我平常只在清晨训练海王的那三个小时忙一点，而后几乎无事可干。我有很多时候一整天都睡觉刷手机，即便这样我也没去找她，我不知道为什么，好像有或无都可以，就那么一个状态。我们打电话和视频，我说我忙得要死要活，她表示理解。毕竟是在为自己的事业而奋斗嘛，她说。我不明白她真的如此理解还是暗含讽意。我跟她说过赛马是我的一项事业，有极好的前景。但她并不认可，她不太懂这一行，一脸不以为然，说严格划分的话，这是娱乐。我说难道娱乐事业不是事业了吗？你将那么多靠娱乐为生的人置于何地？她想了想，说你说得对。我们再没有谈论这个话题。

我在公安局对面的那片保护林边上下马，将海王拴在围栏杆子上。这会儿，公安局门口有很多人，他们好像要去训练，穿着防弹服。我不卑不亢地走进大院，在这些人中找她。她下了两个台阶，朝我走过来，步子迟疑，有些迈不开腿的意思，但很快调整了。她的表情正常，但心里肯定很不高兴。她在说话前先眺望了一眼海王。我说，我要回家了。她不太明白我的意思，说回家？你不赛马了吗？我说以后再也不赛马了，我来跟你道别。她一怔，说再也不赛马了？那好啊，真好。她真的在为我感到高兴，我心里很温暖，有些后悔这样来找她，想说的话又不想说了。我本来想说我们就此结束，这是最好的方式，因为我再不会穿得干干净净地来县城，来约会了。一旦不赛马了，那么多理由破灭于虚无，都找不到痕迹。当我们下一次见面，会纯粹为一个牧人和一个警察，而不是情人或者姐弟。我们往大门外面走，我说，我可能有几个月时间不能来找你了，我有很多事情需要忙。以前不觉得有事，现在想法一改变，发现要做的事情太多了，由此可见，对待事物我们没有客观，甚至没有真正的正确，都是自以为是的正确。她点点头，说也许吧，我不会想这些，再说也没有时间去想，我每天忙得头发都没时间洗。她笑吟吟地瞧我一眼，说你放心，我会去看你的，带着好吃的去看你。我说不用的，你那么忙，有时间好好休息，美容、睡觉，或者逛街买衣服啥的，你有多长时间没有逛街了？她说怎么，你不欢迎我去，你是要甩了我吗？我说你不是很早就把我甩了吗，怎么说这种话？她说是啊，可是你又找回来了，我们又发生关系了，所以现在我们其实又变成了从前的关系，你在装糊涂？我说有这个必要吗？她说怎么没有？我又不是小姐，不是你想睡一觉就可以睡的，既然又睡了，那就好好地睡下去。我说你不是有很多追求者吗？刚才就有一位警察叔叔想当我姐夫呢，我看你一点也不寂寞，有很多人争着抢着要当我姐夫。她说小王八蛋。我说你到底有几个追求者？发展到什么地步了？她气得脸涨红，就差眼泪掉下来。我说好了好了，我说句实话好像十恶不赦似的，既然你想继续，我求之不得，这醋不算白吃。她说你现在是不是特别得意，觉得我很在乎你？我说你现在越来越不要脸了，有意思吗？她说你不用狡辩，我一看你表情就知道你是这么想的，你是不是已经很烦我了？我说等什么时候你来看我了，我们再慢慢说，到时我们会有很多时间，我们做爱后说。她说其实你的能耐没什么大不了。我说你的意思是你已经做过对比了？她转身走了。她走得很带劲，一身制服英姿飒爽，我觉得她真不赖，并且越来越优秀了。所以好像我刚才的话说得有些不成体统。

　　我突然想起从昨天下午开始，海王就没有喝过水，它渴得直啃树皮。我牵着它绕开树林，去北面的河边。这里的草地和树林用网围栏一片一片分割开，成了好些单位的责任林。我找到一个被人用钳子剪开的豁口进去。草地上的牛粪很多，一看就是奶牛的屎。附近的养牛人，为了吃点好草也是拼了。我听说都是晚上赶着牛来偷吃这些草的，天快亮了回去挤奶。这些牛已经改变了生活作息，把反刍歇腿的时间放在白天了。海王咕咚咕咚喝水时，我想起来这片河边的草地，想当年是我们每年夏末来交淘汰羊时的驻扎地。那是二十世纪九十年代的时候，我跟着大人们来过两次，一次是十一岁，一次是十四岁。后一次我偷偷溜出去，在县城街道上逛了一下午，观看了好几个商店里的货品，翻了畜产公司的大围墙。那红砖墙虽然很高但不平滑，很轻易就上去了。我是去找姑姑的，先在大门口喊了半天，没人应。但翻墙进去也没找到她，整个大院子里所有房间一个人也没有。我看见一辆三轮自行车，好奇地骑上去，费了很大的工夫才控制住方向。在这个空荡荡的超大院子里，我骑了两个小时后再次翻墙离去。我回忆了一下当年的具体位置，大概在更往上一点，医院的背后。那里曾经有一大片平房民居，如今拆得精光，修了一条宽整的柏油路，伴有一条人行道，活动筋骨的人不断绝。这是一个轻松的环境，我在草地里躺了两个小时，让海王吃了个半饱。为了应对明天的比赛，海王已经两天没有吃草了，用精心准备的饲料维持着体能。它的肚皮使劲朝内收缩，贴入脊骨，身体又细又长，真像那种撵兔子的瘦狗。现在退出，它可以放开肚皮去吃草了，以后我再不会限制它吃东西，它结束了运动员的生涯，有权放纵自己得到快乐，吃出一个肥墩墩的大肚皮。以后无论它想吃什么，我都当是对它之前遭受磨难的补偿。

我骑着海王，沿着河往上游走，找到了当年驻扎过的地方，这儿已然是一片刻意造出来的湿地了，有两只瘦母羊死在泥汪里，为了活命吸干了毛发里的营养，依然挡不住命运的宿轮。这里修了一条弯弯绕绕朝更上游去的木质栈道，被晒得脆生生的。海王的马掌和木板碰撞丁零作响。路过两个散步的女人，说，喂，这是人散步的地方，不是赛马场，你走错了吧？咦，你不是昨晚那个人吗？我俯视下去，果然是那两个女人。今天她们正常得很，穿着一模一样的长裙子。帽子女戴着太阳镜，仰头和我说话，你在这里干什么？你记得我们吗？我看漂亮的女人，她盯着海王晃动赶苍蝇的耳朵出神。当然记得，很高兴再次见到你们，我说。那你在这里干吗？她摘下太阳镜，亮出脸上最好看的眼睛。哦，我在回家，我说。你住在哪儿啊？她也将目光落放在海王的耳朵上。海王的耳朵是最好的马耳朵，有棱有形又灵活，我想它的灵气重点体现在这耳朵上。我下了马。我家在凯热，我说。哦，那个村我去过。漂亮女人终于说话了，在大山根里是不是？我去过那里的一个牧家乐，老板是一个胖子，你认识吗？当然认识，我们是发小，我说。但他家做的菜不好吃，肉也不好吃，煮得太软了，她说。有机会请你来我家吃肉，我说。可以吗？你有胆子请两个年轻女人去家里？她很怀疑我的诚意。咱们定个时间吧，我来接你们，我说。你今天先别回去了，晚上请你喝酒，就在那个帐篷里。昨晚挺不好意思的，那两个人是我弟弟和他朋友，漂亮女人说。帽子女也说是啊，你别走了，我们先请你喝酒了才好意思去你家吃肉啊。既然这样，这顿酒无论如何也是要喝的，不然你们会觉得我只是在说客套话。晚上几点？我说。七点吧，不要吃饭来，我们会准备的，帽子女说。我们走到了八骏马铜雕像前，她们分别和海王照了几张照片，和我也照了。我和漂亮女人站在一起时，挨得更近一些。胳膊和胳膊结实地挨在一起，相互传递热能。我们添加了微信，她俩继续往前散步，我因为古怪的心理作祟，没有同行，说有事要办，骑着海王返回到它喝水的地方。一时间，不知道该干什么。但我想我应该躲得更远一些，以免她们回来时看见。我还有四五个小时需要消磨。我骑着海王，绕了一个远路来到海晏县产业孵化园区，经过这两栋低趴的黄色建筑，朝银天宾馆走去。海王的蹄子嘚嘚清脆地敲击建设路崭新的柏油路面。看见早保的"新世纪汽车行"了。我的丰田卡罗拉就是在这里买的。早保从前是修理摩托车的，他发迹很快，叫人吃惊。也许是水到渠成。我想了想，觉得机会对每个人还是公平的，不能因为别人混得好就起怨恶念头。正在建设的全民健身中心的外面，草木葳蕤。有五六匹马在吃草，各个相距几十米，长长的缰绳拴着它们。海王好奇地看它们，歪着脑袋，身子走偏了。它想到下面去，下去之后很可能会和其中一匹打一仗。我拽了拽它，它不太愿意搭理我。下面的马叫了起来，嘶鸣着。海王精神抖擞，我已经拽不住它了。快到那匹叫喊的马跟前时，海王已经激动得直喷粗气，一副傻逼的样子。这时候它好像觉得自己是一个霸主，要宣示权威了。儿马就是这毛病，易冲动、爱打架、动不动想表现。但这里没有母马，对方也是一匹儿马，同样情绪激烈，迫不及待地想和海王打仗。势不可违，我寻了个机会跳下来，扔开缰绳，走开一些距离，看它们的好戏。它们彼此喷气闻嗅，抬前蹄试探几番，然后不再耽搁，立身打了起来。

它们结束得很快，几乎是我一个哈欠的工夫，海王已经回到我跟前。它倒也没有受伤，兴许是发泄得很好，它的眼神也柔和了，显得心满意足。我们没再到马路上去，我牵着它，在这块县城郊区的草地里走了一阵子，一直走到驾校的大院子旁边。这里新开了一家面馆，我将海王丢在草地里，穿过马路。真惨啊，一只狗被碾死在路面上，我好好的食欲，一下子恶心没了。在店门口，在吃与不吃之间纠结了一会儿。服务员从吧台里面观察我，三个练车的小姐姐从驾校大门出来，叽叽咕咕说话。我跟随她们进去，要了一碗炸酱面。但脑海中的那团尸肉挥之不去，我有些惊疑不定，按道理我不太可能会被这样的小场面冲击，这种事发生在人身上的我都见过，但现在我却在这里觉得难受。我面对着马路坐着，越过马路，稍稍坐直身子便可以看见海王，它又去那匹儿马那里了。身后的三个小姐姐，聊练车的事，还有对拿到驾照的憧憬。我听出来除了一个，其他两位都是科目二挂科的，她们更担心考试，对那个还没有考过的说一旦你第一次没考过去，那么第二次难度将是第一次的十倍，因为你心理问题更难对付。我想起自己的驾照考试，一次性全部通过，没有遇到她们说的那种心理难关。我拿到驾照半年后就有了现在这辆车，并且很快便因为驾驶违规被罚。我去交警事务办理中心交罚款扣分，给我办理业务的是她的姐姐。那时候我和她还不认识。我想起来正是因为之前见过她姐姐，所以那天在派出所，我总觉得在哪里见过她。我盯着她看，她说你干吗？我说我见过你，但想不起来了。她说笑话，我天天在这里你当然见过我。我说我是第一次在这里见到你，但我之前绝对在另外一个地方见过你。当然我还是想起来了这种熟悉感觉来自哪里，也知道了那是她姐姐。我记得我们第二次见面时我好像说过一些对比她们姐妹的话，还稍稍惹她不高兴了。她姐姐是最反对我们交往的人。几乎从一开始，她便看不起我，尽管我和她姐姐的接触全部加起来也没有几回，但我还是很明显感觉到了她有一种将人严格划分等级来对待的习惯。这不是她一个人的问题，甚至可以说是大部分人的问题，但从来没有一个人像她那样表现得既真诚又认真，似乎这是她生活得有意义的准则，她在全力维护。现在，我们的关系变化了，我用不着难堪，可以心平气和地想想，觉得反对或许真有道理，她妹妹的工作越来越好，前途光明，而我和几年前比没多大变化，依然是一个骑着马做白日梦的人，即便我现在从梦中醒来，也不觉得我进步了。我以后还能干什么呢？除了老老实实生活，还有什么呢？我刚刚把自己的梦想掐死，并且表现得一副迫不及待的样子。

海王吃饱喝足，肚子溜圆。我们准时到了约定的帐房门口。我将海王的缰绳拴在一条钢管上。帐房里面的人听到动静走出来，是昨晚那个大个子男人。"嗨呀"了一声，老兄，你这匹马是比赛的吧？好身板啊。他啧啧称赞。以后不是了，我说。咋不是了？他围着海王转了一圈。好马呀，这身体比例实在太棒了，他说。我不再赛马，要回家去牧羊了，我说。什么？用这么好的马去放羊？老兄，你是在糟蹋它呀。他大为惋惜地去摸海王的脖颈儿。你怎知道它愿意比赛呢，我知道，它早就累了，早就不想比赛了，我说。可是你看看它，它的价值就在赛场上，你是它的主儿，这事你得替它做主啊，他说。我又不是它的宗教，我以后再不会替它做主的，我说。嘿，不管怎么说，这匹好马真真切切是你的。他没再纠缠这事。

帐房里收拾得很干净，地上铺着的是蓝色的地革（昨天晚上我没发现），床上是蓝色四件套，从生活气息来判断，这个帐房里已经有人住过很长一段时间了。邀请我的两位女士都在，对我很热情，我和她们握了手，坐到床对面的塑料椅上。这里的四把塑料椅四种颜色，我坐的是黄色的，觉得般配我的肤色；漂亮女士也坐上了很搭配她的白色椅子；但橘黄色椅子和蓝色椅子被坐错了。我觉得帽子女士应该坐橘黄色椅子，而把蓝椅子让给大个子男士。我看着他们坐在我对面，心里十分别扭，好几次差点脱口而出，想让他们换一下，可这显得很蠢，我不太乐意在漂亮女士面前做这种事。我转过头去看漂亮女士，她莞尔一笑，说我们的饭菜正在来的路上。"裕丰楼"的菜，可以吧？大个子男士说酒是丹葛尔古城的青稞老酒，二十年份，好得很，等会儿你好好品品。我说好的，感谢你们的盛情款待。他说客气了，在工地帐篷里招待你，怠慢了。我说怎么会，帐篷是我的家。他说你这匹马退役，实在可惜，我看它年龄不大。他重又提起海王。我说它七岁，它退役，其实也是一种回归。他赞同地点点头，不错，也的确是一种安全的回归。他看向漂亮女人，说闯过这两年的苦难，才真心明白开心和安全比什么都重要。帽子女士给我们倒了茶水，嘘着气说，所以我们就要把健康和开心加倍体验，我打算不再结婚了。漂亮女士和她对视一眼，说这样很好，你不必受到拖累了，你完全是属于你自己的。等下我们要为此干一杯。大个子男士站起来，挡住了整个帐房的门，高声说，也要为我们的相识干一杯。他深情地看了眼漂亮女士，转而对我说，人生无常，多折腾也没有好下场，还是平平淡淡实实在在好。漂亮女士眉目含情朝他一笑。我喝了几口水，这是几个受了伤的人或者是假装受了伤的人，在比试谁有资格说最痛苦的话。他们乱糟糟的声音中，我分外觉得自己是那个坦然于云端的人，俯瞰着这条被各种声音清洗过的街道。

酒菜被真正的外卖小哥送来，摆上小方桌。我将茶杯放在脚底下，因为实在没有地方放了，桌上摆了十个塑料打包盒，呈金字塔形往上垒着。酒是好酒，我们连碰三杯，喝干满满一纸杯。我们相互通报了姓名，我说为我们的相识干杯。我们便聊出了共同的亲戚。世界真小，每六个人里面就有一个亲戚。我们从日益严重的交通整顿聊到遍布所有重要道路口的摄像头，聊到个人隐私、不能破除的案子、没有结果的追问、绝望的呐喊、担忧会被制裁的日子……然后我说，我有一个朋友在当警察。再聊了一会儿，我们发现说的又是同一个人。大个子男士说，她是我表妹。而且现在，我知道你是谁了。我点点头，说是啊，但我从来不知道你。他说我妹妹不会说这些的，但我知道你。我说是啊，你知道。这层关系让我们接下来的交流不那么顺利了，本来我们聊得非常好。他尝试回到之前的状态，但其实是他变得有些怪，似乎不太确定应该把我放在一个什么位置上。帽子女士搂着漂亮女士的脖子哭哭啼啼，又开心起来，一一和我们碰杯，我想我们应该喝了有四五斤酒。外面黑黝黝的，已经很晚了。帐篷里的灯光开始昏暗起来了，我望着夜晚，想着姐姐，一头栽进忧郁里。每当我喝醉了，便愈加想念姐姐。那些我们的记忆，也愈加清晰。

我离开帐篷，牵着海王再次行走在空芜的街面上。我想起来三年前，我赛马得到第二名，姐姐给我和海王庆祝。她给海王的脖子上搭上高级红绸缎，请我吃饭。那是在街另一头。我们聊得特别开心，我几乎可以确定，她动了和我结婚的念头。这一晃眼，我们雾一样的感情，慢慢退散着。我低着头，默默地走累了，在马路牙子上坐下，点了烟。灰暗的路面在无限展开，仿佛一片深邃的海水。我突然心有所感地抬头，姐姐她站定在面前，不言不语地看着我。我伸伸手，明白这是幻觉，但我仍然高兴她来了。我看着她，害怕一晃眼，她就不见了。我把海王的缰绳递给她。她牵着海王，对我凝眸一笑，转身离开。他们亲昵地依偎着，渐渐融入彼此的影子，渐渐融入水色中。

二十多天

夏鲁平 *

1

顾晓燕第一眼看见女人，就大吃一惊！怎么会这样？太像了，太像了！她有些晕眩，有些呼吸不畅，感觉母亲在这一刻复活了。公交车慢悠悠行驶，车厢里挤成了一锅粥，她垂下眼睑，看向女人。女人头发花白，额头布满了细密的皱纹，顾晓燕越看，越觉得眼前的女人像母亲，连女人抬手捋起鬓角碎发的动作都像。

车厢摇摇晃晃，顾晓燕伸手提了提肩头将要滑落的坤包带，另一只手死死握住头顶横杆把手，将目光探出窗外。车窗打开着，风横行霸道地闯了进来，街上偶尔响起的鸣笛，毫不客气地撕扯起她脆弱的神经。女人面无表情地坐着，一只白帆布兜子撂在小腹前，死死攥在手里。顾晓燕的衣襟无意间扫到女人脸上，女人也偏了一下头，躲闪开了，没有过多的反感。顾晓燕得寸进尺了，她

---

* 夏鲁平，男，满族，1963 年生，中国作家协会会员、长春市作家协会副主席。曾在《人民日报》《光明日报》《人民文学》《作家》《中国作家》《民族文学》《花城》等报刊发表作品百余万字。出版小说集《风在吹》《参园》《去铁岭》《棒槌谣》等。曾获中国作家出版集团征文奖、《人民文学》征文奖。多篇小说被《小说选刊》《中华文学选刊》转载并收入《中国当代文学选本（第 5 辑）》《中国短篇小说年度佳作》《金石榴·中国少数民族文学作品年度精选（2018）》《中国好小说（2019-2020）》等多种选本。部分作品被翻译成韩、阿拉伯、哈萨克等多种文字。

借助公交车的惯性，身体再次撞向女人，女人还是无动于衷。顾晓燕心想，这女人怎么这么木，对自己的挑衅只知道一味躲避，她怎么就不抬起头看看，哪怕心怀不满瞪自己一眼也好。

女人明显比顾晓燕早几站上车，提前捞取了这座位。顾晓燕还想，要是自己坐在这座位上该有多好，女人恰巧站在她身旁，这样她就有理由起身给女人让座，在彼此的客套声中两人搭上话了，这时女人定会发出惊呼："你太像我女儿了，怎么这么像！"顾晓燕判断，女人如果结婚生子，一定有个女儿，与她长得一模一样的女儿，有其母，必有其女。

公交车走走停停，驶过了一站又一站，没人注意到顾晓燕眼中的泪花，没人注意顾晓燕内心的激荡，一切恍如平常。女人可能去很远的地方，没有一点儿要下车的意思，拥挤的人群不知什么时候散开了，顾晓燕发现自己的身子还紧贴着女人。旁边有人提醒："你身后有个空座位。"顾晓燕回头看看，谢过人家，表示不愿意坐下。再贴近女人有些过分，她身体向后挪了挪，跟女人拉开一段距离，将目光再次伸出了窗外。公交车驶入了陌生的区域，顾晓燕辨识着窗外的楼宇、街道、门市房，还是陌生。她早已错过了下车站点，只能继续乘车，继续守候着女人，就像守候突然降临的母亲，不愿离开，一分一秒都不愿离开。

2

母亲去世半年了，这半年里顾晓燕的心像没有了着落，母亲也迟迟不肯托梦过来。顾晓燕知道，这不是自己无情无义，她还没有接受母亲离世的事实。

母亲是个健壮的女人，说话大嗓门儿，做事风风火火，这样的人，突然有一天病倒了，得的是脑血栓，半个身子不好使，说话吐字不清。有那么一段时间，顾晓燕试图用笔和纸跟母亲交流，可母亲手握碳素笔，长时间停留在纸上，目光呆滞，一个字也写不出来。那些字，随着母亲语言功能的丧失，也从她的记忆中消失了。得病后的母亲，脾气开始暴躁，摔东西，打人，有时会无缘无故大哭大笑，也许并非无缘无故，只是顾晓燕不能理解母亲更多的心理表达。后来，母亲病情愈发加重，彻底倒在了床上，她必须给母亲找一个保姆。可自从家里有了保姆，很多东西不是那个没有了，就是这个找不到。为及时掌握家里的情况，顾晓燕在母亲的卧室安装了监控，只要有时间，她便打开手机，看母亲如何睡觉，如何吃东西，如何去卫生间……她还时常看见保姆倒在沙发上腻腻歪歪玩手机、吃水果。保姆不可能一刻不停地干活儿，适当休息是应该的，顾晓燕很理解，但她不能理解的是，再打开手机，看见倒在床上的母亲睡醒了，不停地挣扎，可能想喝水或有内急，保姆还在玩手机，对母亲的诉求视而不见。顾晓燕忍无可忍，突然冲着手机屏幕大喊大叫，让保姆看看母亲到底是怎么回事。

保姆知道家里安装了监控，每天开始勤快，干什么活儿都站在监控底下，故意让顾晓燕看见。顾晓燕不再看监控，那些日子她工作实在忙，没时间看。等她抽闲打开手机，发现监控镜头模糊，什么东西都看不清，她赶紧乘出租车回家，打开房门，看见保姆坐在客厅里，手指夹着一根细杆烟，跷起二郎腿，桌上摆放着一杯咖啡。顾晓燕给母亲买的罐装奶粉，开着盖，没能及时盖上。保姆见到顾晓燕，尴尬得不行，赶紧站起身，又转脸数落起母亲一堆不是，抱怨自己多么多么难，太累了太累了，这活儿真不是人干的。顾晓燕不听的，她直奔母亲的卧室，仰头看向监控镜头，发现那上面遮盖着一张白纸。顾晓燕对保姆说："你收拾东西，准备走吧！"保姆说："我的工资怎么算？"顾晓燕说："我一分不会少你。"保姆出门了，打开房门的一瞬间，顺手抄起门口台面上一只保温杯，狠狠塞进自己兜里。顾晓燕手疾眼快，一把拧住保姆的手，奋力将保温杯夺下。

那真是个苦不堪言的日子。再后来，顾晓燕又找来一位保姆，新来的保姆虽然有这样那样的毛病，但手脚还算利索，对母亲照顾得也算说得过去。在母亲躺在床上这两年多时间里，顾晓燕早已累得筋疲力尽，有时她感到自己快要支撑不住，脑子里竟会生出恶毒的想法，母亲与其这样活受罪，不如早早咽了那口气，早早获得解脱。

母亲是因为一场感冒撒手人寰的，看着母亲咽下最后那口气，顾晓燕有一种如释重负的感觉，她没有当场哭泣，她非常冷静地处理了母亲的丧事。一切都结束了，她和母亲都解脱了。人们常说久病床前无孝子，顾晓燕告慰自己说："我已经尽力了，如果母亲不离世，自己就有可能倒下。"她年轻，还有很多事要做，她不想倒下。母亲离开这半年，每当心里空落的时候，她总会怀念起那些忙碌的日子，想着有些事哪里做得不够完美，哪里再用心会做得更好。她想母亲了，她沉浸在丧失母亲的悲恸中，无法自拔。

眼前的女人，只能是像，不可能是母亲。从面相上看，起码要比母亲小十多岁。顾晓燕看着她，看出亲切来，有一股肝肠寸断的情感涌动在内心。是母亲的魂儿追随着自己的身体，来到这辆公交车，附在这女人身上，让顾晓燕真切看见母亲活着时的模样吗？说不好。

公交车在终点站停下来，顾晓燕不得不下车了。她走向车门，向身后瞥了一眼，女人也离开座位，跟着顾晓燕往车门跟前走，根本不知道顾晓燕这一路对自己的注视，更不知道顾晓燕内心经历了怎样的激荡，她平静地下车了。顾晓燕停留在站台上，悄悄打量着女人，女人行走是有目标的，她奔向不远处一片新楼群，可能为了赶时间，女人加紧着脚步，越走越快，手拎的那个白帆布兜子在手中大幅度甩动。这显然是她自己缝制的兜子，上面密密麻麻的蓝线与白帆布的颜色很不匹配，看上去反倒别出心裁。现在这种白帆布兜子满大街流行，成为时尚的标识，看得出，女人不是为了时尚，她只是碰巧与时尚撞上了。

顾晓燕对女人好奇，也就有闲心也有兴趣跟踪起女人。街上人流稀少，车流也少，四周空旷，道路两旁修缮完好的绿化带新栽植上了树木，每一棵树都用四根木杆四平八稳地支撑。也许远离市中心，空气中到处充斥着绿色植物的味道。女人没有察觉到顾晓燕，她绝不会想到后面跟着一个人，这个人在公交车厢里紧挨着自己守候了好久，一直守候到终点，她们一起下了车。

女人走向的那片新楼群，临近马路的一楼全变成了各类门市店——超市、美发厅、洗衣房、酒店、肉串店、宠物托养店。天要黑了，没黑透，店面们提前亮起了灯光，花花绿绿，扑朔迷离，又安静无比。一家烤肉串店门前的露天场地，摆放了一张张空桌子和靠背塑料椅，静默的餐具也正严阵以待迎候客人的到来。女人熟门熟路走进了这家肉串店，顾晓燕停下脚步犹豫了一下，最终还是走进店内。

凉爽的空调瞬间收紧了她的身子，她发现女人没有了，肉串店里根本没有女人的影子。

3

母亲生前跟顾晓燕关系并不好，甚至有点紧张，主要是母亲太强势，凡事必要个好。母亲退休前是一所中学的语文老师，顾晓燕上初中就在母亲所带的班级里，整天神经紧绷。那段时间，她母亲也始终表情刻板，似乎从来没有对她笑过。顾晓燕知道母亲是会笑的，母亲对她的同事笑过，对班上的同学笑过，大嗓门儿笑得嘎嘎响，可就是没有单独对顾晓燕笑过。有一次，班里一位男生病了，可能发烧，母亲伸手摸那男生额头，测试起体温，可能怕把握不准，又用嘴唇贴向那男生的额头，然后揉搓那男生的脑袋，笑吟吟地说："没事，问题不大。"那一刻，顾晓燕嫉妒极了，母亲为什么那么偏爱那个男生，居然用嘴"亲"了他脑门儿，脏不脏啊！

顾晓燕高中毕业没有考上理想的大学，这让母亲在同事当中抬不起头、丢尽了脸面。母亲是个桃李满天下的人，她教过的学生，后来考上北大、清华、北师大的不下几十个。母亲常把她的学生挂在嘴边，历数他们如何优秀。那些学生在她手里的时候，还只是一只只小麻雀，如今已长成了大雁，有的大如鲲鹏，能展翅飞翔万里，飞得她都看不着边儿了。母亲沾沾自喜着，自我陶醉着，好像这么多年，那些学生从来没有离开过她。

在顾晓燕的意识里，母亲全部精力投入到工作中，多半是家庭生活经不起深究和推敲。从她记事起，父母就分居，起先顾晓燕和母亲睡在一个屋，一张床上，当她稍稍长大，长成了少女，母亲毅然把她赶出了自己的屋子。幸亏那时家里已是三居室，一家三口人各住一个房间，母亲说，只有自己一个房间，睡觉才能踏实。母亲神经衰弱得厉害，听不得屋里有半点动静，更听不得有人在她身边打呼噜、翻身，所以母亲必须把顾晓燕赶出屋。顾晓燕觉得，父母分居绝不像母亲说的那么简单，里面肯定有更深层次的原因，只是不便说罢了。父亲也是知识分子，很要脸面，他从不因一些事跟母亲吵闹，几十年如一日。有时，顾晓燕真希望他们吵一架，他们吵架肯定是她最开心的事。顾晓燕时常看见左邻右舍两口子吵，吵完了好，好完了吵，日子就在吵架中循环往复，乐在其中。父母不吵不闹，家里的日子就过得枯燥、干瘪、死气沉沉，可他们都习惯了这种生活。

　　顾晓燕不知道父母出了什么问题，而母亲从不把这些问题放在心上，她的心全放在了单位里，放在了同事们身上，无论哪位同事有事，她都想办法出面帮助解决，热心得有些过火。顾晓燕清晰记得她小时候，家里来了母亲单位的同事，那同事教数学，他领着孩子求母亲补习语文。为迎接那位同事的到来，母亲提前一天发酵了一盆面，包起了糖三角。糖三角里面的糖馅用的是炒熟的芝麻和花生碎，母亲一边把包好的糖三角放进锅里，一边教同事的孩子背诗：

　　　　春江潮水连海平
　　　　海上明月共潮生
　　　　滟滟随波千万里
　　　　何处春江无月明
　　　　……

　　过了二十分钟，母亲去厨房关掉灶火，掀开热气腾腾的锅盖，拣出一个个糖三角，摆放在一个大盘子里，给同事的孩子吃，给同事吃，顺便也给顾晓燕吃。那时家里做一次面食费时耗力，母亲用心蒸了一锅糖三角，说明她对同事的到来多么看重。补习结束，那同事刚要出门，母亲说："等等！"转身跑到厨房，拿来五六个糖三角，装进一个塑料袋里，强硬地塞给人家。母亲的大方，顾晓燕难以接受。晚上，父亲下班回来，一家人在一起吃饭，那一锅糖三角只剩下最后一顿了，顾晓燕生气地问："为什么叔叔走时，你给他拿了那么多？"父亲是个敏感、多疑的人，他问母亲："什么叔叔？"母亲把同事领孩子来家里补习的事说了，说得父亲脸一赤一白，他啪地放下筷子，躲进自己的屋里看起书，不再走出屋门。母亲反过来跟顾晓燕生气，她认为顾晓燕这是无事生非，无中生有，故意挑拨她跟父亲的关系。母亲说："我和你爸的事，全坏在你这张嘴上，你这孩子，你这孩子，我说你什么好呢！"

母亲和父亲关系缓和下来，是到了晚年。父亲得了不治之症，医院床位紧张，无法入住，顾晓燕又看到了母亲的强大，母亲在医院里不知怎么找出她以前教过的学生，求人家在走廊里摆下临时病床。母亲每天陪父亲输液，给父亲端屎端尿，尽到了一个妻子应尽的责任，但这些付出为时已晚，父亲躺在医院里一天不如一天，病情恶化，输液也只是一个心理安慰。在父亲弥留之际，母亲一只手紧紧握住父亲的一只手，另一只手摸向父亲的脸颊，眼含泪水吟出一句诗："今朝此为别，何处还相遇？"

每当想起那次与父亲的分别，顾晓燕内心都有一种说不出的滋味，好在时间早已淡化了情感，模糊了她的记忆，她感觉父亲离开了好久好久，她不怎么想他了，她想的是母亲，母亲会时不时从她心里冒出来。

4

串店里没有一名顾客。一个满脸涂了褐色面膜的中年妇女冷不丁仰起头，吓了顾晓燕一跳。面膜女正和另一个中年妇女围着一张餐桌穿肉串，旁边摆着两只大铁盆，一只铁盆装着切碎的肥肉，另一只铁盆盛满了瘦肉，穿在铁钎上的肉串码放在一只铁帘上，红乎乎堆积成一座小山。面膜女起身打起了招呼："请问您是几位？"

顾晓燕没有回答，她反问："刚才进来那个人呢？"

面膜女说："去后屋换衣服去了，您找她？"

顾晓燕说："也不是，给我烤十个肉串吧。"找了一张餐桌坐下来。

面膜女说："还吃点什么？"

顾晓燕想了想，说："改成二十个串，别的不要。"

面膜女下了单，顾晓燕静静坐在那里，她不知道自己为什么坐下来，还点了肉串。平时她不喜欢吃这东西，嫌垃圾食品，对皮肤不好。今天破例了，为了那女人。等一会儿见到女人，说些什么呢？没想好，到时候随机应变吧，随便说些什么都行。

女人换上与店里那两个妇女同样的衣装，从后屋走出来，面膜女喊："哎，有人找你。"

女人一愣，问："找我？"

面膜女朝顾晓燕扬了扬下巴。

女人奔向顾晓燕，来回打量，欲言又止。

顾晓燕站起身，说："没事儿，我就想吃肉串。"

女人松了一口气，说："怪不得我不认识你，没关系，来了都是客，往后咱们认识了。"

顾晓燕说："我认识你，刚才我们同乘一辆公交车。"

女人惊讶了，说："是吗？"她显然对顾晓燕没印象。

面膜女端着铁盘子走过来，肉串很快烤好了。

顾晓燕对女人说："咱俩一起吃吧。"

女人说："我们这里有规定，不能跟客人一起吃饭。"

顾晓燕说:"可以破例。"

女人说:"真破不了,你还喜欢吃什么,我再给你做。"

顾晓燕忽然来了灵感,她问:"能做鸡蛋糕吗?"

女人一笑,说:"你真是问对人了,我蒸鸡蛋糕最拿手,这里的回头客儿,很多都冲着我这鸡蛋糕来的。"

这回轮到顾晓燕惊讶了。母亲生病之前,也最会做鸡蛋糕。母亲知道她爱吃,就隔三岔五做一次。有那么一些日子,顾晓燕吃得太多了,倒了胃口,她对母亲说:"能不能换点别的?"母亲说:"我以为你愿意吃,才做的。"顾晓燕说:"什么好东西,总吃也受不了啊。"母亲生气了,她认为顾晓燕不懂事,故意找别扭!从那之后,母亲再也没有做过鸡蛋糕,直到病倒在床上。顾晓燕有多长时间没吃鸡蛋糕了?不记得,至少有三四年。后来她自己尝试做过几次,想做出像母亲做的那种鸡蛋糕,可每次,蒸出来的鸡蛋糕不是太软,就是太硬,没有一次叫她可心过。女人居然会蒸鸡蛋糕,太出乎顾晓燕意料,她为什么连做鸡蛋糕这事上,都跟母亲一样呢?

也就十几分钟,女人端来了蒸好的鸡蛋糕,轻轻放在顾晓燕跟前,面带羞涩地问:"你尝尝咋样?"

顾晓燕拿起小勺伸向碗里,舀出一勺,鸡蛋糕颤颤巍巍,不软也不硬,放进嘴里,嗯,味道好极了,比母亲做得还好。她又舀出一勺,擎在嘴边说:"不错不错,确实好吃。"

女人要离开,顾晓燕赶紧问:"你是本地人吗?"

女人不好意思了,说:"不是,我从外地来,住我闺女家。"

顾晓燕问:"闺女嫁到这里来了?"

女人说:"她嫁来七八年了,我帮她带了六七年孩子,现在这年轻人,净拿我们这帮人当老妈子使唤,我必须出来找点事做,谁都不指望。"

顾晓燕问:"在这店里工作多长时间了?"

女人说:"头年才来。"

顾晓燕问:"一个月开多少工资?"

女人又不好意思了,说:"两千多。"反问道:"你打听这些,不会是搞什么调查吧?其实钱多少无所谓,主要我想出来有事可做。"

顾晓燕说:"不是的,我只是随便问问,怎么称呼你?"

女人说:"我姓王,你叫我桂兰好了。"

顾晓燕说:"桂兰阿姨,你不觉得我们有眼缘吗?"

女人说:"有,有,咋个没有。阿姨也想多问你一句,咋一个人出来?不管有什么事都要想开,千万不能钻牛角尖啊,听我一句劝,哪怕失恋了,哪怕跟老公吵架了,都无所谓,假如家里死猫死狗了,更无所谓,伤心难过也就一时的事,过了这个坎儿,都没事了,人没有迈不过去的坎儿。"

顾晓燕眼泪在眼圈里打着转儿,她说:"桂兰阿姨,你不觉得咱俩除了有眼缘,还长得有点像吗?"

女人说:"我咋敢高攀,闺女你年轻,比我俊多了。"

顾晓燕说:"我想有个请求。"

女人说:"只要你不憋屈,心里敞亮了,说吧。"

顾晓燕说:"你辞掉这工作,到我家里。"

女人沉下脸色说:"我已经在这里干顺手了,哪儿都不想去。"

顾晓燕说:"我给你加倍的工资。"

女人说:"这不是钱的事。"

顾晓燕说:"你一定答应我。"

女人说:"我得回家跟我闺女商量商量。"

5

"闺女,这哪是我陪你,成了你陪我。你这不让我干,那不让我干,我待着实在难受，我天生就是干活儿的命。"

自从女人来到家里，顾晓燕屋子里的确发生了变化，几天前她随意乱放的物品，被整理了，摆在一个固定的位置。厨房的烧水壶、大勺、蒸锅，全用去污粉擦拭过，显露出金属的光泽。灶台也擦得一尘不染，每次做完饭，那上面都被收拾得利利索索。家里的窗帘也洗了，窗玻璃也亮了，女人真是闲不住，每天不停地找活儿干。顾晓燕看见女人擦玻璃时，将半个身子伸出窗外，一只手攥住窗框，另一只手在窗外忙活，吓得她腿发软，赶紧喊："不擦了，不擦了，差不多就行了。"顾晓燕家住二十层高楼，女人一点不恐高，面对顾晓燕的劝阻，像没听见，依然我行我素。

顾晓燕说："桂兰阿姨，我请你来，不是让你帮我干活儿。"

女人笑吟吟地说："这算啥活儿，我在我闺女家干得比这多。"

顾晓燕搬出母亲生前的相册给女人看，不为了别的，她希望她们之间有这样的相处，温馨、安宁、不被生活所累。她翻开母亲的童年、少女、青年、工作时的照片，把一件件往事讲给女人。相册里最多的是母亲与某某届毕业班的合影，跟单位同事的合影，某某支教留念，某某退休留念，还有母亲站在讲台上参加某学术活动。有一张照片特别搞笑，父母腰板笔直地坐在两只板凳上，中间站着童年顾晓燕，一家人表情呆板，个个都像木头人。还有一张照片，顾晓燕颇有些意外，这么多年她好像头一次看见：母亲抱着她，与她脸贴着脸，那应该是个春季，她们身后是一棵开满粉红色花朵的桃树，母亲的头发被风撩起，她目视远方，进入无边的遐想。顾晓燕从相册里抽出照片，擎在手上，不相信这是母亲抱着她照的。在顾晓燕的记忆中，母亲从来没有抱过自己，更没有跟她脸贴脸亲近过。母亲在她面前永远是严肃、不近人情的，顾晓燕在母亲跟前更是性格坚硬，表情刻板。

顾晓燕说："你不觉得你和我妈有点像吗？"

女人说："我咋能跟你妈相比，你妈是老师，气质好，有文化，我一个大老粗，根本不能比。"

顾晓燕说："可我觉得还是像。平时你在家帮我养养花，出门和邻居大妈们聊聊天，就更像了。"

女人说："那我可真是闲出花了！"

顾晓燕从网上给女人买了件真丝连衣裙。她已经目测了女人衣着的尺码，下单时，没把买连衣裙的事透露给女人，她要给女人一份惊喜。顾晓燕做这事的时候是用心的，就像为母亲挑选珍贵的衣装，把真诚的爱转嫁到了女人身上。

三天后，快递来了。打开包裹，连衣裙抖搂出来，顾晓燕跑到女人跟前，将连衣裙搭在她身上，看颜色是不是跟女人的肤色搭配，看肥瘦长短是不是符合女人身材。

顾晓燕说："穿在身上试试吧！"

女人说："这东西太贵了！"

顾晓燕说："我特意给你买的，网上的东西不贵，穿在谁身上就是谁的，请接受我这一点心意。"

女人说："闺女，你为啥要对我这么好？"

顾晓燕心沉了一下，她无法回答这个问题，就反问自己，这算是对女人好吗？

女人说："我理解你的意思，这连衣裙我收下了，我在家穿给你看。"

顾晓燕计划领女人进行一次旅游，去长白山看天池。她在公司的年假早已攒足，随时可以出行。母亲生前最大的愿望是去一次长白山，站在天池边喊两嗓子，可母亲直到病倒也没能去成。以前顾晓燕根本没有想过陪母亲出门旅游，她始终认为，上了岁数的人应该老老实实守在家里，干吗整天东游西逛到处乱跑。有一次，母亲偷偷报名参加一个叫"夕阳红"的旅游团，正当她在家收拾携带的物品时，被顾晓燕发现了，她上前极力阻止了母亲，即便交了费用也不能去。旅游不是什么人都可以的，车上颠簸，山高路险，出了危险怎么办？母亲是个惜命的人，不仅害怕出行事故，平时她还把手里大量退休金投入到养生保健上，参加各种长寿培训班，买磁疗仪，买稀奇古怪的药品。母亲在这方面花钱从不眨眼，几万几十万块钱打了水漂，也不吸取教训，只要听说有新产品让她身不疼、腰不酸、腿不软，能让她长命百岁，她就不惜一切代价买回家里，顾晓燕也总是时不时对母亲的行为进行围追堵截，包括那次要去长白山旅游。后来，母亲病倒在床上，再也无法实现她的诸多梦想，人才彻底消停。每当想起这些，顾晓燕都觉得愧对母亲，她不知道自己为什么对母亲那么苛刻。母亲年龄大了，已成了弱者，面对顾晓燕的强势，拗不过的，只能选择听从。细细想想，出去旅游有那么可怕吗？既然叫"夕阳红"旅游团，肯定有针对老年人的保护措施，顾晓燕独断专行，说白了，她是在利用关心的名义，对母亲实施有力的报复。她是冷血的，自私的，她对母亲对她的亏欠总是夸大其词，而从没想过母亲对她的好。

6

顾晓燕为此次出行设计了两套方案：一是找朋友开车自驾游，这样比较自由，走到哪儿算哪儿，路上有什么好看的地方，随时停下来；第二个方案是参加旅游团，这样的出行，所有路线被旅行社规划好了，人家领你去哪儿就去哪儿，住宿、门票都不用操心，尽管放松心情。母亲生前是打算参加"夕阳红"旅游团的，她领女人出行也是完成母亲那次心愿，所以必须按母亲最初计划行事，参加旅游团。

出行头一天，顾晓燕去超市买了香蕉、苹果，还买了面包和矿泉水，她把这些东西统统装进背包里，又带上两把雨伞、两件长袖衣服。山上冷，必须加厚穿戴，她给自己找了件羊绒衫，也给女人准备了一件。

一切准备就绪。这是夏季七月，正是长白山旅游的最佳时节。她们准备五点起床，去人民广场集合，乘坐大巴。这天早晨，女人四点钟就醒了，在屋里弄出挺大动静，洗漱、擦脸、拖地，脸上不知涂了什么牌子的化妆品，弄得满屋子都是古怪的气味。母亲生前脸上从不随便涂抹这些东西，即便有重要场合，也施以淡妆。母亲生活是精致的，讲究的，她浑身上下不会有刻意打扮的痕迹，可骨子里的精致又无处不在。另外，母亲不管有多么重要的事，从不起早，她要保持早晨那一段良好的睡眠。顾晓燕一直认为，母亲姣好的面容，跟她充足睡眠有关。而女人不懂这些。

顾晓燕和女人并排坐在车座位上，她发现女人这次出门，好歹没带她那只白帆布兜子，不仅这次，自从女人踏进她家门，顾晓燕就没注意到她那只白帆布兜子。她似乎早已忘记了女人曾有一个死死攥在手里的白帆布兜子。

顾晓燕一直像照顾母亲一样照顾着女人，尽管这天早晨发现女人一点不像母亲，可她对女人还是尽心尽力的。打发旅游寂寞的最好方式是吃零食，顾晓燕从背包里拿出两只香蕉和两个苹果，分给女人各一个，又找出事先准备好的垃圾袋，将香蕉皮和苹果皮放进去。女人看见顾晓燕手里攥着垃圾袋，伸手拽过去，揽在自己怀里，好像这垃圾只能归她保管。中途，大巴进入一个服务区，乘客下车去卫生间，伸懒腰，上超市买食品。顾晓燕和女人一前一后走下车，女人手里攥着垃圾袋，看到一棵树下有一包垃圾，随手将垃圾袋扔到那包垃圾跟前。顾晓燕脸腾地红了，她感觉后面有无数双眼睛看女人、看自己，那袋垃圾好像成了所有人心中的问号或感叹号。女人习惯真不好，她又不知道不好，顾晓燕硬着头皮走过去，蹲下身拾起垃圾袋，连同原来那包垃圾一块拾起来，奔向远处的垃圾箱。女人在一旁喊："扔掉的东西，再捡起来，多脏！"

顾晓燕脚步急急往前走，她什么话都没说，没法说。回到车里，他们同样并排坐在一起，顾晓燕仍是什么话都没说，她想把这事淡化，最终忘记。

晚上，大巴到达长白山下的二道白河，乘客们先入住宾馆，准备第二天早晨上山。大家兴奋着，猜测明天上山能不能看到天池。天池是神秘的，变幻莫测的，有时明明在山下看着晴空万里，到了山上又大雾弥漫，什么也看不见。有时呢，在山下看着天阴着，到了山顶，又一派风和日丽，偌大的天池气势恢宏，静静的水面透出一种特殊的蓝色，那是除了天池，在任何地方也见不到的蓝。

乘客们陆续进入宾馆大堂，陌生人之间开始搭话了，有人问："你们是娘俩？"

顾晓燕微笑着回答："是的，是的，难道不像吗？"

"像，像，能带妈妈出来旅游，你真是个好闺女。"

娘俩自然被安排在一个房间，旅游的最大好处是，能把人和人的关系迅速拉近，亲密起来。平时在家，顾晓燕和女人分别住在两个房间，怎么说也有一种距离，这下好了，不管屋里空间多大，她们都要睡在一起。顾晓燕冲过澡，躺在床上翻看手机，想着第二天还要起早登山去看天池，心里颇有些激动，她想早点入睡，便放下手机，闭上眼睛，等待睡意来临。可这天晚上，她左等右等，就是睡不着。女人那边掀被子、翻身、叹气，她听得清清楚楚。女人可能还在为白天乱扔垃圾的事闹心，真是对不起了。顾晓燕发现自己失眠，是心里不踏实，她像母亲一样，容不得与别人同睡一个房间。好在顾晓燕没有瞪着眼睛熬到天亮，下半夜，她不知什么时候稀里糊涂睡着了，睡梦中，她听到了磨牙声、放屁声、打嗝声、梦话声、呼噜声、喝水声、去卫生间声，女人夜间毛病太多了，顾晓燕又感觉自己一宿没睡，她时刻小心着下一种声音突然响起。

第二天起床，女人对自己制造的各种动静毫无愧疚，反倒对顾晓燕说："你睡眠真好，还打起了呼噜，可能折腾一天累着了。"

顾晓燕只能报以一笑，洗漱的时候，她脑袋昏沉，走路发飘，不管怎样，她还是硬支撑着身子下楼，草草吃过早餐，回屋拿来那两件羊绒衫，自己穿上一件，另一件给女人穿上，然后乘车，钻过山门，上山了。

山上冷，还有雾，人们低头看路，抬头看雾，回头一看，模模糊糊全是大棉袄和塑料布。顾晓燕买了两件塑料衣，跟女人一人一件披在身上，雾气在眼前一团团飘飞、滚动、撕扯，那丝丝缕缕的雾很快把她的头发濡湿，贴在头皮上。不仅如此，这里能见度也低，走路时，连脚下的火山岩台阶都探不准。顾晓燕真担心今天乘兴而来，败兴而归，什么都看不见的。她和一群人站在一起，站在天池边上，静静地等待，等待着，不知过了多长时间，雾终于有了变化，天池碧水悄然露出一角，有人发出惊赞，人们就一齐看过去，可好景总是不长，没等一看究竟，雾又悄然合拢，那一角荟蒉的碧水也隐退下去，紧跟着，天池里好像有一股神秘而强大的力量，奋力将眼前的浓雾撕开一个大口子，半个天池水面出现，大半个天池水面出现了，接着，整个天池终于以它特有的容姿袒露出来，碧水、雾气、怪石……顾晓燕有些眼花缭乱，有些晕，她发现扮演母亲角色的女人不见了，她们可是一直走在一起的，就在大雾最浓重的时候，还在一起，转眼间，女人怎么不见了？顾晓燕观察着周围人流，前前后后、左左右右都没有女人。

碰到一位同车游客，她奔过去问："你看见我妈没有？"

"没有！"

"你看见我妈了吗？我妈走丢了。"越问，心里越没底，她的眼泪都快要急出来了。有人提醒："你打她手机。"顾晓燕跟女人在一起这么长时间，从没想过记下她的手机号，她没必要记。又有人提醒："找导游，导游那里有大家手机号。"顾晓燕知道导游不可能有女人的手机号码，她填写所有表格里的联系方式，留的都是自己的手机号。这是她的失误，原来她对女人是忽略的。

半个小时过去了，顾晓燕寻找无望，她要崩溃了，她手攥着擦过泪水的纸巾，蹲在地上，没有了主意。有人又提供线索，说："在公共厕所门口，有个人好像是你妈。"顾晓燕抬头看向那人，猛地站起身，甩开腿奋力向公共厕所那边跑去。还没跑到跟前，她就远远地看见了女人。女人站在公共厕所门口人流中东张西望，还一副可怜无助的样子，顾晓燕冲上前去，一把抓住女人的胳膊，死死抓住，生怕她再次跑掉，然后埋怨道："你去厕所，怎么不告诉我一声？"

女人说："我根本没去厕所，我跟一群人走丢了，我以为那群人跟咱们是一伙的，走了好长时间，发现不是，我走丢了。"

7

从长白山回来，女人不再拿自己当外人，她真把自己当妈了。每天顾晓燕回到家门，女人都要唠叨："袜子怎么东扔一只，西扔一只，女孩子应该学会整洁。"再就是："这几天我看你饭量越来越少，是不是我做的饭菜不合你胃口？"甚至强调："应该找个男朋友了，你总不能单身一辈子，你妈看到你这样，她会心不安的，听我一句劝，抓紧时间找一个吧！"那些絮絮叨叨，听得顾晓燕不胜其烦，她想顶撞女人几句，话到嘴边又噎了回去。她实在不想跟女人发生冲突，更不想跟女人翻脸，女人放弃烧烤店工作，来到她这里，已经非常够意思，她怎么能随便跟人家翻脸呢！有时心烦难忍，顾晓燕就想，干脆辞掉她算了。

顾晓燕闹心着，煎熬着自己，又找不到出路。

是女人主动提出离开的。女人不笨，能看出眉眼高低，她知道自己跟顾晓燕的缘分已尽，只想着一别两宽。这天顾晓燕公司里的工作不是太累，就提前十分钟下班回家。一路上，她带着隐约不祥的预感，忐忑不安地往家里走，到了家门口，打开房门，忽见女人像迎接她似的站在门口，身边立着拉杆箱，浑身上下打扮得利利索索。

顾晓燕问："你这是要去哪儿？"

女人回答："回烧烤店。"

顾晓燕说："干吗要回去？"

女人说："我布兜子放烧烤店的柜子里，我必须过去。晚饭我给你做好了，今晚我特意给你包了饺子，还蒸了一碗鸡蛋糕，一会儿你自己吃就行。"

顾晓燕说："我不同意你走。"

女人说："我在你这里已经住了二十多天了，不短了，我闺女说，二十多天你会好转起来。"女人无法控制地哽咽起来，她停顿一下，调整了情绪，说："其实我也舍不得你，这么多天你对我的好，我全记得，你让我过上了一段对我来说无比幸福的日子！有个词怎么唱来着？爱我你就抱抱我，咱俩抱抱好吗？"

顾晓燕猛地上前抱住了女人，真真切切抱住了女人，她将头深深埋在女人的肩窝上，感受着女人那柔软花白的发丝，感受着女人身上温热的气息，她如同感受着母亲的体温，久久不愿分开。

女人说："嗯，不许哭，闺女，听我一句劝，找个对心思的人，早点把自己嫁了吧！"

女人走了。顾晓燕站在门口，没有远送，她不是不想送，而是腿软得实在抬不起来。

打　捞

刘庆邦 *

　　一日午后，正是一天最热的时候。知了热得在柳树上不断发出尖叫，黄狗热得在树荫下不停地吐舌头。也有人说，雄知了的鸣叫是为了求偶，天气越热，它们求偶的热情越是高涨，叫声愈发嘹亮。而狗吐着红红的长舌头老在地上卧着哈哧哈哧喘气呢，是因为它身上没有汗毛孔，热量散不出去。它的舌头是它唯一的散热器，它是通过抖动舌头流口水散热降温。在炽热阳光的直接照耀下，连一向不怎么怕热的柳树叶子似乎都有些打蔫、泛白。

　　就在这个时候，冯淮海头戴白色头盔，骑着一辆红色的电动摩托车，到塌陷湖的湖边来了。湖边没有可以形成阴凉的树木，只有一些野生的灌木和杂草。冯淮海把摩托车停放在一片杂草地里。草地里开着一些细碎的小花儿，那些花儿有黄色、红色，也有白色、紫色等，色彩说不上斑斓，但也有着在阳光下点点反光的效果。草丛中还生活着一些不起眼的小蚂蚱，在没受到惊动的时候，它们伏在草丛里一动不动，几乎看不见它们的踪影。当冯淮海推着摩托车往草

---

* 　刘庆邦，男，1951 年 12 月生于河南。中国煤矿作家协会主席，北京作家协会副主席。当过农民、矿工和记者。著有长篇小说《断层》《远方诗意》《平原上的歌谣》等九部，中短篇小说集、散文集《走窑汉》《梅妞放羊》等七十余部。短篇小说《鞋》获第二届鲁迅文学奖。中篇小说《神木》《哑炮》获第二届和第四届老舍文学奖。长篇小说《遍地月光》获第八届茅盾文学奖提名。根据其小说《神木》改编的电影《盲井》获第五十三届柏林电影艺术节银熊奖。多篇作品被译成英、法、日、俄、德、意大利、西班牙、越南等文字，出版有六部外文版作品集。

地里走时，它们像是受到了惊扰，才纷纷跳开，或飞起来。绿色的蚂蚱飞起来时，才露出里面嫩红的内翅，艳丽得像会飞的花朵一样。

冯淮海此行的目的，是要下到湖水里打捞一样东西。时间还早，他没有急着下水，先在湖边站了一会儿。湖边的浅水处，生有一些芦苇和香蒲。芦苇还没有长穗，香蒲上已长出了肉肠样的蒲棒。冯淮海听见一只苇鹰叫了几声，接着就看见一只苇鹰从芦苇丛中展翅飞出，飞到别处去了。他知道，苇鹰一定是在芦苇的秆子上搭了窝，要在窝里下蛋，孵小苇鹰。苇鹰发现岸边有人来，可能是担心来人看见它的窝，先用鸣叫表示抗议，再就是飞到别处，以把人的视线引开。冯淮海觉得苇鹰太小气了，他有自己重要的事情，才不关心苇鹰孵不孵蛋呢！在芦苇和香蒲之间的水面上，有一群几十条鲫鱼浮在水面晒鳞。它们不怎么游动，像是在水里集体午睡，青色的脊背把那片水面都变成了青色。那群鱼不知怎么看到了冯淮海立在水边的身影，它们一哄而散，很快潜到水的深处去了。冯淮海看不到鱼了，却在鲫鱼潜行的方向看到了一些荷叶和荷花。碧绿的荷叶天生都是圆的，有的铺展在水面，有的亭亭举起。荷叶之间，这里那里开着一捧捧荷花。荷花的颜色，一律是红的，在碧叶的衬托下，在阳光的照耀下，每朵荷花都像是一盏明亮的荷花灯。冯淮海不知道，这些荷花是人种的，还是野生的。岸上的灌木和野草是野生的，水边的芦苇和香蒲是野生的，苇鹰和鲫鱼是野生的，冯淮海更倾向于相信，这些荷花也是野生的。因为只有野生的东西，个性才更强，生命力才更旺盛。

冯淮海把头盔摘下来了，以头盔当眼罩子，向塌陷湖的湖心眺望。这里原是淮北大平原上的一片村庄，村庄有张庄、王村、李楼、赵寨、刘桥等。恐怕有八九十来个吧。因村庄底下压着煤，国家的煤矿要把煤采出来，就出资在靠近城镇的地方盖了新房，动员各村的村民搬到新房里住去了。煤层埋藏在七百多米深的地下，煤层叠加的厚度加起来有两三米厚。煤层上面矸一重，石一重；泥一重，沙一重；水一重，土一重。如藏宝一样重重包裹。那些不避艰险的矿工钻进地心，把"宝"挖走了，把煤掏空了。失去支撑的重重包裹，一重一重往下脱落。脱落波及地面，村庄的废墟和土地沉下去，地下水慢慢地浸上来，就形成这么一大片湖泊。这个湖是新生的湖，还没人为它命名。本地人知道它的来历，就叫它塌陷湖。湖面白茫茫的，似乎与天空连到了一起。没有风，湖水一点波纹都不起，平静得跟镜面一样。这样的湖水，在夜晚可以映进月亮，可以看到月亮像沉入水底的银盘。按说这样的湖水在白天也可以映进太阳，可冯淮海在湖里没有看到具体的太阳，只看到了满湖的阳光。既然满湖都是阳光，跟满湖都是太阳差不多。

冯淮海又看了看四周和天空，像是给他打捞东西的地方确定一个大概的方位，才开始脱衣服下水。湖边一个人影儿都没有，他脱得一丝不挂下水也可以。但他想了一下，身上还是保留了一条裤衩。他要去的地方，是他原来所在的村庄冯营。冯营是他祖祖辈辈所生活的家乡，也是他度过童年、少年和青年时代的乐园。冯营虽说被塌陷湖吞没了，成了水底的村庄，但那毕竟是留在他心底的故乡。一个人回故乡，倘若一点衣服都不穿，那像什么样子。

湖边的水比较浅，他拨开芦苇和香蒲，踩着淤泥往水里走，越走水越深。湖水的表面一层，被阳光晒得有些热乎乎的，但下面的水还是凉飕飕的。比如淹到他胸口的水是热的，下面肚皮那里的水就是凉的，热和凉截然分明。他挥动双臂，把表面的那层热水搅了一下，意思是想把热水和凉水掺和一下。他一搅和，水面就出现了波纹，每道波纹上的阳光都往他眼睛上折射。他还未及感受一下热水和凉水掺和得如何，阳光已射得他有些睁不开眼，他只好放弃搅水。他大约往深处走了十多米，脚就够不到底了，先是脚板触不到底，后来连脚尖都探不到底了。这没什么，水都是越往里越深，一切都在他的预料之中。他身子借浮力轻轻往上一漂，双手往前扒，双脚往后蹬，开始凫水。在冯营村尚未被水淹没的时候，村子的西南角有一个面积不算小的水塘，到了夏季，每天一吃过午饭，他都会和小伙伴们一起去水塘里玩水。他们玩水是野路子，不是"狗刨"，就是"打砰砰"，谈不上是游泳，只能算是凫水。虽然没受过正规训练，但冯淮海对自己的凫水能力充满自信，凫两三千米不成问题。

冯淮海准备打捞什么呢？他要打捞一只石头碓窑子。石头碓窑子一般分两种，大号和小号。大号的碓窑子用来舂粮食，小号的碓窑子用来砸蒜、砸辣椒、砸香椿等。冯淮海要打捞的是一只大号的石头碓窑子。

拆房子搬家时，他们家的砖瓦、梁檩都卖掉了，家具都搬到新家去了。祖上传下来的一些老物件，不管有用的，还是没用的，他们也装车拉到新房子里去了。经过"文化大革命"时的"破四旧"，他家的中堂字画、木雕祖楼子、香炉子、灯台等，差不多都被破掉了，剩下的有年头的东西，无非是一张大床、一张三屉桌、两把木椅、一只板箱、一杆镶着十六两一斤的铜戥子大秤等。这些东西现在都在新房子里放着，有的还在使用，有的永远都用不着了。唯一没搬走的老东西，就是那只石头碓窑子。搬家的事一切由冯淮海负责，在取舍时，他看到碓窑子了。那只碓窑子在大门外面的一棵弯枣树下放着，他围绕着碓窑子转了三圈，看了三圈，最后还是决定把碓窑子舍弃掉。抛弃碓窑子的原因有三：一是用石头凿成的碓窑子太沉了，很难往汽车上抬；二是碓窑子太老了，恐怕用了上百年都不止，碓窑子中间的窑子深得都快要穿了底；三是现在用不着碓窑子了，碓窑子成了真正的废物，放到哪里都是一个累赘。所以冯淮海用电锯把弯枣树伐掉了，拉走了，只把碓窑子留下了。

在水里凫了一会儿，冯淮海估计自己已经凫到冯营所在的地方，并估计了一下自家的院子和碓窑子所在的大概方位，就开始潜水下沉，用脚探底。湖水两人多深的样子，他的双脚很快就探到了底。湖底软软的，脚下都是淤泥，好像一点儿硬的东西都没有。他双脚蹬泥，利用反作用力和水的浮力，将头和口鼻一下子露出水面，换了一口气，调整一下呼吸，再次潜入水中。在搜索碓窑子的过程中，他不是闭着眼用双手瞎摸，要是瞎摸的话，不知道要摸多长时间，摸多大面积，才能摸到碓窑子。他采取的办法，是在水中睁开眼睛寻找。小时候在水塘里玩水时，他多次在水中睁过眼，在水底看见过石子、蚌壳、水草，还看见过游动的小鱼。在他的想象里，立起来的石头碓窑子有半人多高，在水底的存在应该比较突出，他一看就能看到。他的打算是，找到碓窑子后，就借助水的浮力，一点一点把碓窑子往岸边移动。等移到岸边，就把碓窑子放倒，然后像推石磙一样，顺着岸边的斜坡，把碓窑子推到岸上去。然而他潜入水底两次，瞪大眼睛左看右看，眼前一片灰蒙蒙的，只能看到水底黑色的淤泥，别的什么都没发现。因人的眼珠子上没有保护层，不宜和水直接接触，接触的时间长了，眼珠子就会发涩、模糊。加之冯淮海的双手和双脚在水里乱扒乱蹬，难免碰到水底的淤泥。淤泥的泛起，不但使水底的能见度更低，他还担心淤泥的泥浆会沾到眼珠子上，使眼睛的视力受到伤害。于是他赶紧闭上眼睛，结束了当天的打捞，从水中冒出头来。

炽白的阳光仍照着湖面，无风无浪无飞鸟，湖面一片静寂。冯淮海现在也是一名矿工，他听矿上的技术员说过，在亿万年前，这里就是一片湖泊。是湖泊里慢慢滋生出了水藻，又滋生出了动物。后来湖泊的水退下去了，变成了一片陆地。陆地上长起了茂密的森林，森林也成了各种动物的王国。不知又过了多少年，因地壳发生天翻地覆的运动，森林和动物统统被埋进地下，这里再次变成了湖泊。湖泊渐渐退隐，这里又变成陆地，新生的陆地上就有了人类。有了人类的活动，就意味着有了男女，有了爱情，有了生息不断的繁衍。同时也有了战争、杀戮、饥荒等。反正自从人类创造了文化、文字、文明，故事就多了起来。以前的湖泊，都是在自然的作用下形成的。现在的湖泊，是人工所为。当上矿工之后，冯淮海就曾在冯营村原来所在地方的地底下挖过煤，应该说他亲自参与了陆地变湖泊的过程。

冯淮海刚从水中冒出来时，像是迷失了方向，分不清东南西北。他看看太阳，太阳似乎也帮不上他的忙。他认为太阳应该在西边，可感觉太阳却跑到了东边。他转着头乱找，却找不到他刚才下水的地方，也看不到他放在岸边的摩托车。他的摩托车是红色，在绿色的草地上应该很显眼，怎么看不到了呢，难道被人偷走了不成？乱找的同时，他觉得湖面变得广大，广大得无边无际，仿佛天底下没有了别的东西，只剩下这一座塌陷湖。他突然恐惧起来，想到每个水底的村庄都有不少鬼魂，是不是有的鬼魂蒙上了他的眼，拖住了他的腿，要把他淹死在水中啊！要是他淹死在水中，并沉在湖底，时间长了，是不是也会变成一块煤呢？他要是变成一块煤的话，后世的人会不会把他挖出来烧掉呢？别人烧他的时候，他的魂是不是还在煤里呢？他会不会觉得疼呢？恐惧攫住了他，他的双腿几乎有些抽筋。不行，这可不行。这时他的意志对他说，你不能死，你上有老母亲，下有一双儿女，中间还有相濡以沫的妻子，你要是死了，他们怎么办呢！你还要打捞碓窑子，今天连碓窑子的一丁点儿影子都没看到。你要是不在了，谁替你打捞碓窑子呢！为了克服恐惧，他以仰泳的姿势，漂在水面休息一会儿。水天悠悠，冯淮海把心静了一会儿，抬起头来再找，终于在岸边看到了放在那里的红色摩托车。打捞碓窑子找不到坐标，往岸边游时总算有了目标，摩托车就是灯塔一样的目标。

回到家中，冯淮海没有对母亲说他下班后去了塌陷湖，更没有说他下湖寻找碓窑子去了。他的打算是，等找碓窑子找得有了眉目，他再告诉母亲，好让母亲高兴一下。他轻易不敢对母亲提起塌陷湖，一不小心说到塌陷湖，或说到冯营，母亲的样子就有些难受，好像永远失去了家园一样。当初矿上派人动员他们家搬家时，母亲坚决不同意，说老冯家祖祖辈辈都住在这里，根扎在这里，苗发在这里，怎么能说搬走就搬走呢！矿上的人联合当地政府的人，到各家各户反复动员，不断提高优惠条件，眼看不少人家都答应搬迁了，母亲还是不答应。有人对母亲讲了不搬迁的可怕后果，说就算个别人家不搬走，矿上照样会把这块地底下的煤开采出来，等地下的煤一采空，地面就会房倒屋塌，鸡飞蛋打。地下的水也会涌出来，把这里变成一片汪洋。人家把话说到这份儿上，母亲仍不松口，母亲说，那不是天塌地陷了嘛，那不是活人遭到报应了嘛！母亲还是说，反正她哪儿都不去，死也要死在这里。后来人家采取分化瓦解的办法，分头做他和妻子的工作，承诺让他到矿上当正式工，让他妻子到矿上当合同工，两口子都可以挣工资。孩子工作的事是大事，这样一来，母亲就不好再死扛。母亲到过世的父亲坟前哭了一回，又哭了一回，才收拾起家里的盆盆罐罐，从冯营故土迁到这个叫新村的地方。

搬家之前，他们家在冯营住的是四间平房，搬到几里外的新村后，他们家住进了连体的两层楼。一楼有客厅、厨房、卫生间，二楼有三个卧室，还有孩子写作业的房间。一楼南窗下的一块空地，被母亲开成了一个小菜园。菜园里种了黄瓜、茄子、辣椒、豆角等，随吃随摘，一夏天都吃不完。全家人都不能不承认，这里的居住条件和生活条件比住在冯营时好多了，不说好到了天上，至少也好到了楼上。一家人过年说闲话时，说到原来埋在他们家房子底下被称为乌金的那些煤，是老天爷送给他们家的宝贝。国家需要，他们就把宝贝献了出来。国家没有亏待他们，把宝贝换成钱，给他们建了这么宽敞明亮的房子。平日里，冯淮海和妻子去矿上上班，两个孩子去学校上学，只有母亲一个人在家里。这天冯淮海回到家，见母亲正仰靠在客厅里的沙发上打瞌睡。对面的电视机开着，电视里面的人还在说话，人影儿还在晃动，母亲却闭上了眼睛。母亲常常是这样，一个人在家里听着电视坐在沙发上睡觉。沙发是可以并排坐三个人的长沙发，冯淮海曾对母亲说过，母亲可以躺在沙发上看电视、睡觉。可是，不管家里有没有人，母亲从来不往沙发上躺，她说出的理由只有三个字——不好看。冯淮海一进家，母亲就醒了过来，看着他说：你今天回来得有点儿晚哪。

冯淮海说：下班后，我和几个工友打了一会儿牌，争上游。

来钱吗？

不来，赚钱的游戏我从来不参加。

不来钱就好，一来钱人情就薄欠了。好了，上楼睡觉去吧。

冯淮海没有马上去楼上睡觉，他在沙发上坐下了，要陪母亲坐一会儿。他有一个姐姐，姐姐一家都到南方的一个城里去了，现在守在母亲身边的只有他这么一个儿子。

母亲把他的胳膊看了看，问他是不是到塌陷湖里凫水去了。

冯淮海不敢提到塌陷湖，母亲还是提到了。母亲问他是不是到塌陷湖里凫水去了，他想瞒恐怕瞒不过去。他想起，他小时候一到水塘里凫水，总会被母亲发现，因为胳膊在水里一泡，太阳一晒，就会发黑，发黑的胳膊用指尖一划就是一道白印。母亲现在不会在他胳膊上划白印了，但母亲的目光还是厉害的，把他的黑胳膊一看，跟划了一道白印差不多。他说，他想试试湖里的水有多深，就下去蹚了一下。

有多深呢？

我估计有两人多深。

母亲像是也估计了一下，说：要是咱家的房子还在的话，两人多深的水，恐怕都淹过咱家的房檐子了。

冯淮海说：咱们搬到这里就不怕了，要是发大水的话，水淹到一楼，咱们就到二楼上去。说着仰脸往楼上看了一下。

母亲说：你说怪不怪，咱家搬到这里这么长时间了，我连一次都没做过在新房子里的梦，一做梦还是在冯营，还是住在老房子里，还是你爹活着的时候。梦是咋回事呢？难道人的梦都是念旧不念新吗？

梦都是虚的，梦一醒啥都没了，不要相信什么梦。

我也知道梦做多了不好，人老了就是梦多，我也没办法管住自己。我只要一做梦，都是往后走，一次都不往前走，真烦人！就在你刚才进家的时候，我还在做梦呢，我又梦见了咱家的那棵弯枣树，又梦见了放在树下的碓窑子。我梦见回到了1960年，食堂断粮了，停火了，生产队里给每家分了一把棉籽儿。我把棉籽儿放在碓窑子里用碓头砸，准备把棉籽儿砸碎，打成棉籽儿糊涂，或者捏成棉丸子。可是呢，棉籽儿在碓窑子里一会儿变成榆树皮，一会儿变成红薯秧子，一会儿又变成了水车上的胶皮碗子，我使劲儿砸呀砸呀，急得都快哭了，老也砸不碎。你回来得正好，你一回来我就醒了，就不用再砸棉籽儿了。

看看，又来了，母亲又在拿碓窑子说事。石头不烂，碓窑子不烂，这件事就不会烂，母亲可能会一直把事说下去。他不记得母亲对他说过多少次了，说碓窑子是他的曾祖父买的，曾祖父传给他祖父，他祖父传给他父亲，他父亲又传给他，到他这一代，碓窑子已经传到了第四代。过去居家过日子，家家都离不开碓窑子，碓窑子差不多跟锅灶和水缸一样重要。比如说，农村地里种谷子，人们不能直接吃谷子，须把谷子变成小米才能吃。怎么把谷子变成小米呢，把晒干的谷子放进碓窑子里舂，把谷子包着的糠皮舂下来，再用簸箕把糠皮簸去，就变成了金黄的小米。用小米蒸干饭，或熬稀饭都可以。再比如说，要把红薯片子磨成面，才能打红薯面稀饭，或蒸红薯面馍。把红薯片子直接放在磨顶上是不行的，因为片状的红薯片子大，磨眼小，红薯片子会篷在磨眼上下不去。那怎么办呢？把干红薯片子放进碓窑子里砸呀，用油锤大小的碓头把红薯片子砸碎，砸成丁字，再堆在磨顶上，磨起来就顺溜了。碓窑子虽属于他们家所有，但并不是他们家专用，邻居们谁家想用都可以，跟公共用品差不多。他们家之所以把碓窑子放在大门外面，而不是放在家里，就是为了大家用起来方便。寒来暑往，舂米声声，一只碓窑子不仅为别人家提供了便利，也为自家积累了公德。所以，每到过春节的时候，家里人在贴门神、对联的同时，都不会忘记在碓窑子上贴一方大红的福签子，以表示对碓窑子的祝福和尊重。

以前，母亲对他讲碓窑子的这些往事时，都没有跟梦联系起来讲，都没有借助梦的力量。这一次母亲在讲到碓窑子时，竟然跟梦联系起来，说她做梦都梦见碓窑子了。不管什么事，心有所想，梦才会有所现，入梦了就等于入心了。母亲说她梦见了碓窑子，说明碓窑子的事已沉到老人家的心里去了。还有，梦有时是和魂连在一起的，魂启和神启就不远了。冯淮海有些自责，说：都怨我，我想着现在想砸点儿什么都有粉碎机代劳，碓窑子过时了，用不着了，就没把碓窑子带回来。

母亲说：有些东西是用不着了，用不着了不等于忘记了。越是用不着的东西，越是容易让人想起来。想想哪样东西用不着了，也看不着了，心里就像空了一大块。碓窑子的事，你也不用太贪心，我就是想起来说说。

您老说老说，我不吃心能行吗？看来我哪天得回头下水找找，看看能不能把碓窑子捞上来。

碓窑子那么沉，就算你找到了，一个人恐怕也很难弄上来。你父亲弟兄三个，当年你爷爷给他们分家的时候，三个人都想要碓窑子。你爷爷想了个办法，找人把立着的碓窑子推倒在地上，看看弟兄三人谁能把碓窑子扶起来。扶时只能用一只胳膊一只手，而且只能抠住底部的边子，把碓窑子扶得倒扣过来。结果，你大伯和你叔叔都没能把碓窑子扶起来。轮到你父亲，你父亲运了一口气，把一口气憋住，一口气就把碓窑子扶得倒扣在地上。力气在那儿放着，你大伯和你叔叔无话可说，只得同意碓窑子归咱家所有。你父亲每说起这件事情都很得意，好像他中了一回武状元一样。

冯淮海笑了，说：原来还有这档子事，怪不得您对碓窑子念念不忘呢，看来我更得想办法把碓窑子捞上来。不怕碓窑子沉，水有浮力，碓窑子在水里会轻得多。等把碓窑子捞上来，我也要试试一只手能不能把碓窑子扶起来。

母亲说，那你试试吧。我看现在的人都没有过去的人力气大，用机器用多了，人就没劲儿了。

再去塌陷湖里打捞碓窑子时，冯淮海没有像上次那样单打独斗。他有一位堂叔，在冯营村没消失的时候，堂叔是种庄稼的农民。冯营村被淹没后，堂叔不能种庄稼了，就请人打造了一只两头尖的小船，经常撑着船去塌陷湖里打鱼，变成了渔民。俗话说得好，有树就有鸟，有水就有鱼。村庄一变成塌陷湖，鱼自然而然地就生了出来。堂叔打上来的鱼多是一些杂鱼，有鲫鱼、鲇鱼、黑鱼、嘎呀、鳜鱼、噘嘴儿，还有黄鳝、泥鳅、蚂虾，等等。杂鱼也叫野生鱼，堂叔打到的野生鱼，都是拿到新村附近的镇上去卖。镇上的人现在都不爱吃饲养的鱼，认为那些鱼都是用饲料催肥的，一点儿鱼味都没有。而那些野生野长的鱼，别看杂七杂八，大小不一，颜色各异，吃起来却有着原来的鱼味。所以，堂叔每回打上来的野生鱼都不愁卖，而且价钱也不低。冯淮海买了香烟和白酒送给堂叔，跟堂叔说了想乘堂叔的打鱼船打捞碓窑子的意思。堂叔认为他是个有孝心的孩子，答应带他去打捞一下试试。

又是一天午后，仍是炽白的阳光照着白亮的湖水，冯淮海乘上堂叔的渔船，向湖中冯营村原来所在的地方进发。堂叔的渔船没有船桨，不能靠桨板子推动渔船在水里划行。堂叔站在船上，手持一根长长的竹竿，把竹竿插入水中，一竿子插到底，左撑一下，右撑一下，推动渔船前行。竹竿也能起到锚的作用，堂叔需要在船上撒网捕鱼时，就把竹竿穿过船头的一个铁环，往水底的淤泥里一插，船就被固定住了。堂叔双腿叉开站在船上，不管扭动腰身撒多少网，船都不会移开。堂叔经常在湖里劳动，对冯营村原来所在的方位比较清楚，他撑着船走直线，不一会儿，就到了冯淮海要去的地方。堂叔不仅带他回到了"冯营"，连冯淮海家原来的房子所在的位置，还有弯枣树和碓窑子大概所在的位置，都指了出来。堂叔说：你们家的碓窑子我记得，有一年过年炸糖糕，我还在你们家的碓窑子里砸过蒸熟的红薯呢。还有一天下大雪，碓窑子的壳篓里落满了雪，我还吃过里面的雪呢。碓窑子要是一条鱼，我就用网帮你把碓窑子打上来，碓窑子太大了，也太沉了，就算撒网能把碓窑子网住，恐怕也拉不动。

冯淮海说：我知道，您在船上指挥着，我自己下去摸。前些天，我一个人下水摸过，好像摸错了地方，什么都没摸着。

堂叔说：摸错地方很正常，有陆地的时候，地上有房子、有树、有麦秸垛，到处都是记号。陆地被淹没之后呢，水上没有了记号，人到水里很容易迷失方向。我在湖里转了这么长时间，才慢慢摸清原来的各个村庄在哪里。

冯淮海这次从船上下水，戴上了自己游泳时所戴的潜水镜，这样他在水中睁开眼睛搜寻碓窑子时，就可以避免水和他的眼球直接接触。他像青蛙一样张开四肢，瞪大眼睛，在水底四处搜寻。搜寻了一会儿，他浮出水面，换了一口气，再次潜入水底。他潜入水底三次，浮上来三次，第三次浮上来时，手扒着船帮喘气休息。

堂叔问他：怎么样，看见碓窑子了吗？

没有，水里除了淤泥还是淤泥，别的啥东西都没有。

淤泥底下，是不是就是你们的煤矿？

淤泥离煤层还远着呢，至少还隔着十八层东西。

这下面的煤你也挖过吗？

冯淮海承认挖过。

把煤挖出来值吗？我看不值，不如留着好好的地种庄稼。煤只挖一茬就完了，种庄稼呢，可以年年种，上一辈的人没了，下一辈的人可以接着种。咱们这里属于黄淮大平原，是小麦主产区。这里的土地肥得很，种小麦亩产千把斤不成问题。你们把平地挖成了塌陷湖，就什么都种不成了。

冯淮海听出堂叔对他有些埋怨之意，心说，把平地变成塌陷湖，不是他一个人的事，他可负不起这个责任。他想跟堂叔说点轻松的话，说：有些话得两头说。平地不生鱼，有水才有鱼。要不是有了塌陷湖，要不是湖里生出这么多鱼来，您怎么能打鱼卖钱呢！

堂叔不买这个账，他说：我才不想打鱼呢，我还是想种地。

冯淮海扩大了搜寻范围，又连续潜水搜寻了三遍，仍一无所获。每次潜水，他都抱有希望，并有所想象。在他的想象里，碓窑子会突然出现在他面前。碓窑子赫然在水底站立着，还是像石磙一样圆滚滚的，还是赭红的颜色。他双手上去，一下子把碓窑子抱住了，像抱住久别重逢的老朋友一样。可是，他每次的希望都变成了失望，每次想象都化成了泡影。当堂叔拉住他的手把他拉到船上时，他想到可能永远找不到碓窑子了，可能永远都无法向母亲交代了，失望的情绪低落，几乎落下泪来。

堂叔见侄子闷闷不乐，一句话不说，反过来劝慰他说：这个事你不能一根筋拧到底，得往开了想。前天你跟我一说要到塌陷湖里捞碓窑子，我就觉得这事有点玄。你想啊，地一塌陷，地皮上的东西稀里哗啦往下陷，越是沉重的东西，下陷得就越快，下沉得就越深。石头碓窑子那么沉，肯定沉得最快，早就被淤泥埋住了。我怕你泄气，也怕你不甘心，这话就没有跟你说明。今天你劲也费了，心也尽了，我再不把话说明白，我这个当叔的就对不起你。你是读过书的人，应该听说过一句话，叫石沉大海。虽说碓窑子是沉在塌陷湖里，依我看跟沉在大海里也差不多，你以后再也不要想着到这里打捞碓窑子了。

冯淮海无话可说，他说什么呢，一念之差，他把碓窑子抛弃了，想再找回来，就只能是梦想、异想、妄想。

来到矿上工友们中间，冯淮海把他打捞碓窑子的过程说给工友们听，意思是听听大家的意见，看看有没有什么别的办法，把遗失碓窑子的过失弥补一下。热心的工友们七嘴八舌，给冯淮海出了不少主意。有人说，可以买一只新的碓窑子，代替旧的碓窑子。有人说，城里开有一家农耕时代农具博物馆，收集了不少包括石碌、石磨、碾盘、界碑、碓窑子等在内的石头制品，冯淮海可去博物馆买一只多余的碓窑子。还有人说，冯淮海要是会写文章就好了，可以把他家的碓窑子写进文章里，然后念给他母亲听，他母亲就不会再提碓窑子的事了。对于前面两个主意，是工友们出的，也是工友们否定掉的。他们说，石器时代早就过去了，现在已经没人造新的石头碓窑子了，恐怕走遍全国都买不到。他们还说，石头碓窑子作为文物，放在博物馆里展览是有意义的，放在新居门前就不合适了，不伦不类，只会招人笑话。工友们所说的第三个主意，是冯淮海自己否定的，他说：我哪里会写什么文章，就是打死我，我一辈子也写不出一篇文章啊！

事已至此，难道关于寻找碓窑子的事一点儿希望都没有了吗？夏天过去，转眼到了中秋节。这天，女儿在客厅里翻看家里的相册，翻着翻着，她喊爸爸，问：这是啥东西？

正坐在沙发上看电视的冯淮海伸头一看，眼前一亮，不禁欣喜异常。你道怎的，他在塌陷湖里寻觅碓窑子无觅处，却在相册里看到了变成相片的碓窑子。他想起来了，在搬家之前，为了留念，他用傻瓜相机，为老院子、老房子、老物件等，照了一些照片。他照了堂屋、灶屋、窗户、院门楼，还照了石榴树、竹园、压水井、柴草垛等。他不记得给碓窑子也照了相，眼前有照片佐证，可能是他照着照着照顺了手，把碓窑子也顺便照进了镜头。他说：这是咱家的碓窑子呀！

碓窑子是啥？

冯淮海没顾上回答女儿的问题，他从女儿手里要过相册说：让爸好好看看。

冯淮海看清楚了，照片上不仅有碓窑子，还有碓头和弯枣树，等于是一张碓窑子的全景图。

他马上上楼，把碓窑子的照片拿给母亲看，说：娘，娘，我总算把碓窑子找到了。他激动的声音有点儿发抖。

母亲戴上花镜看了照片，说，好，好，有照片碓窑子就留下了，啥时候想起碓窑子，看看照片就啥都有了。

雪中散场

张惠雯*

1

姐姐是县城里有名的女孩儿。妈妈说，姐姐自从小学三年级开始，年年都会出现在我们县大礼堂的舞台上，在所有重要的庆祝活动中表演节目。但那时我还没有出生，或者太小，没有记忆。我对姐姐演出的记忆是从她的中学时代开始的。因为姐姐参与演出，我们家每年都有好几次得到免费的演出票，往往是妈妈带我去看。对坐在下面的我俩来说，最重要的不是看演出，而是等待——等待姐姐参与的那个节目到来，等待姐姐出场。每一次，当盛装打扮的她出现在舞台上，妈妈就又紧张又激动地握住我的手，还不停指给我看姐姐在哪儿，好像我自己看不到似的。一开始，姐姐在其他姑娘中间翩翩起舞（她是舞蹈队的），后来，她因为唱歌出众成了领唱甚至独唱者。她在台上穿着公主裙，熠熠生辉，我们在台下心情激动，目光紧紧追随着她。

姐姐不仅能歌善舞，她还是个有魅力的姑娘。我觉得用"漂亮"来形容她确实不够贴切，只能用"有魅力"来形容她。她当然也算漂亮，但并非县城里脸蛋最漂亮的那几个姑娘。况且，她有两个好朋友，单论长相，都比她漂亮，

---

* 张惠雯，女，1978 年生，祖籍河南。毕业于新加坡国立大学商学院，现居美国波士顿。小说刊发于《收获》《人民文学》《当代》等文学期刊，并获得多个文学奖项。已出版小说集《两次相遇》《在南方》《飞鸟和池鱼》《蓝色时代》《在北方》等。

但意外发生了：她俩的男朋友在认识了姐姐以后，都掉过头来追求姐姐了。这两次"意外"不是同时发生的，但时间相隔也不远。先是那个长相古典、嘴角有个美人痣的非常温婉的女友，她的男友给姐姐写了很多信，还去姐姐读书的学校（那时她在外地读中专）找她。姐姐当然拒绝了他，因为她觉得朋友比男人重要得多。但那个男孩儿后来还是和姐姐的女友分手了。得知男人变心的女友伤心欲绝，从此和我姐姐绝交，仿佛这都是她的错。姐姐的另一个女友也是县里著名的漂亮女孩儿，她娇小玲珑，像布娃娃般精致乖巧。和她相比，姐姐的五官可没那么精致，皮肤也没那么白皙，眉太粗了点儿，脸也太宽了点儿。但这一次又不知为什么，那个女孩儿谈了一年多的男朋友在见到姐姐几次后突然和"布娃娃"分手了。随后，那个人花了很长时间追求我姐姐，这次，我姐姐更没法接受，因为"布娃娃"是她最好的女友。但心已经碎了的"布娃娃"没法再接受我姐姐，她们也断交了。直到四十岁以后，她俩又在某个城市遇见了，缅怀过去的友情，不计前嫌地哭着抱成一团，那个曾导致她们关系破裂的男人早就被遗忘了……这都是后话了。我是说，因为这样的事，姐姐成了别人眼中的"危险女人"，有的人甚至背后议论姐姐专门抢朋友的男朋友。作为她的亲人，我们知道她不仅没有和两个抛弃了女友的男人来往，相反，她还躲着他们。

除了这样的"意外"，她还有不少别的追求者，有的人给她写血情书，有的人天天在学校外或我家附近徘徊，还有一个男孩子，也是县里有名的文艺生，经常和姐姐同台演出，他因为遭到姐姐的拒绝竟跑到一座桥上去跳河，所幸被人救了上来……所以，我姐姐那时候想必魅力非凡。究竟是什么"组合"成了她的魅力？她的漂亮、她的才华、她的固执清高、她那股男孩子般的豪气和傲气？这些，我怕是永远不会明白。

我不了解那些男人，尽管有些人我也曾见过。我了解的是那个姐姐带回家的正式男友。那时她已经中专毕业了，在一个小学校当音乐老师。而我刚过了八岁的生日，就在同一所小学上学。有一天，我在她房间里翻看她订的《上影画报》，她突然把房门关上，神秘兮兮地拿出来一张照片给我看，那是一张男人的黑白照片。

"你觉得这个人怎么样？"她问我。

"这是谁？是电影明星吗？"我问她。

她笑起来，显得喜不自禁。

"你觉得像电影明星？"她问我。

"有点儿像啊。"我说。

"像哪一个？"她追问。

我又认真地看了会儿照片，迟疑地说："像三浦友和。"

那时候，我刚看过《血疑》，脑子里都是光夫和幸子。在我眼里，好看的男人就像三浦友和，好看的女人就像山口百惠。

"啊，"姐姐轻呼了一声，"咱俩的眼光一样！我也觉得有点儿像三浦友和呢。"

"那他到底是谁啊？"

姐姐没有马上回答，和我一起盯着照片看，笑眯眯的，过一会儿才说："要是他是姐姐的男朋友，你觉得好不好？"

姐姐的话让我愣住了。我仍有点儿不大相信。我看着姐姐，她的脸微微发红。

姐姐用商量的口气说："你来帮姐姐参谋参谋，你觉得……这个人看起来行不行？你说姐姐要不要继续和他见面，要不要……把他领回家给爸爸妈妈看？"

……

我后来听人家说恋爱中的人是盲目的，我想对啊，恋爱中的姐姐竟然来寻求我这个小孩儿的意见，还说需要我的"参谋"，她似乎想要听到每个亲近的人对她喜欢的那个人的肯定和赞美。我当然持绝对肯定的态度。我想，这一次，我姐姐真的有男朋友了！也就是说，我就要有个大哥哥了。我一直羡慕有哥哥的人。

暑假里的一天，我午睡起来，正在客厅里吃桃子，姐姐突然出现在门口，低声唤我："妞妞，你过来一下。"

"干什么？"我没好气地问，人还迷迷糊糊，嘴里嚼着桃子。

"你吃完擦干净嘴，到我屋里来见个人。"她可能有点儿嫌弃我那副吃相了，走过来帮我整理整理衣服。

姐姐的卧室是客厅左边的厢房，我吃完就走出客厅，晃到门廊下。我听见她的房间里有音乐声传来，音乐声中，有人在说话。我掀开竹帘走进去的时候，看见姐姐坐在她的床边，一个年轻男人坐在她那张小书桌前的椅子上。书桌上的双卡录音机里卡带旋转，放着一首我没听过的歌。我看着这个人像在哪里见过，又想不起。突然，我想起来，他是姐姐给我看的照片上的人。

我在门边站住了，不知道该不该往前走。姐姐笑着站起来把我拉过去，就像妈妈平常喜欢做的那样，让我半倚半坐在她腿上，对那人说："这是我小妹，我跟你说过。特别可爱吧？"

"真可爱。"那个男的说，"还扎着小麻花辫儿。"

姐姐笑了。她打量着我，突然批评起我来了："你看看你，怎么脸上睡的都是红印子？"

"头滑到凉席上了……"我嘟哝道。

"就是不讲样儿，天天跟个小傻孩儿一样。"姐姐怪我，捏了一下我的脸，同时朝他看了一眼。

那个人笑了，说："人家还是小孩儿嘛，哪里像你？什么都要讲样儿。"

姐姐继续责怪我："整天吃东西，吃得胖嘟嘟。"

"一点儿也不胖，再说，脸圆圆的才可爱。"那个人说。

姐姐这才满意地笑了，对他说："我妹妹给我参谋过了，说你不丑，可以带你来见见家里人，所以才把你带来。"

那个人忍住笑，转向我说："那我得谢谢小妹。你喜欢什么？我送给你当礼物。"

我从来没有听过有人要送给我礼物，愣在那里，什么也想不出。

"让她好好想想。"姐姐替我解围。

我这时突然想到，妈妈不允许我向人要东西，于是小声说："妈妈说不能要别人的东西。"

那个人说："还挺听话的。可我不是别人。"

姐姐在一旁"扑哧"笑出来。

那个人又问我："你喜欢看电影吗？"

"喜欢。"我说。

"那下次我们带小妹一起去看电影吧。"他兴高采烈地对姐姐说。

姐姐马上答应了。

姐姐告诉他，他要像对待自己的妹妹一样对我好，说只有讨好我才能讨好她。那个人说，他没有弟弟妹妹，但他最喜欢和小孩儿玩儿。为了展示他陪小孩儿玩儿的能力和耐心，他当场教我叠了两种不同的纸飞机。那天下午，我待在姐姐的房间里，和他们在一起。他俩在聊天，我不记得都聊了什么，但记得他们互相看着，动不动就有个人笑起来。我坐在姐姐床上，翻看电影画报。墙角那架落地扇吹拂着小屋里闷热的空气，吹得画报里的画页总是翻卷起来。有时候，我抬头看看那个人，突然一阵心花怒放。我想，这个人就会是我的哥哥了，以后我们家里多了一个人。

几天后，他们带我去看一场晚七点开演的电影。那是我们一起看的第一场电影。去之前，姐姐认真地给我打扮一番，把我的两个麻花辫儿拆开，扎成了一个高高的马尾。她说妈妈给我扎的麻花辫儿太土气。妈妈很不以为然，但也不反对她对我进行外形"改造"。姐姐把我的衣服翻找一遍，最后拉出一条连衣裙。那条连衣裙是白色的，但有个蓝色大翻领，是当时流行的"海军领"。然后，她把我领到镜子前面让我看看自己，她说："你看，这样是不是洋气多了？"

我过去也常和姐姐一起看电影。我熟悉电影院，知道从哪里进场，怎样找座位的排号，还知道哪一道小门通向外面的公共厕所。但是，那天晚上，我看电影的经历是全新的。我坐在他俩中间，闻得见他俩身上热乎乎的气息，一股是我熟悉的气息，一股是陌生的，但我正慢慢喜欢慢慢熟悉的气息。在光线闪跳的电影院里，这两股气息交融在一起，包围着我，仿佛在我周围形成了一个透明的、甜蜜而安逸的"保护圈"。每当有人来兜售五香瓜子、炒花生、冰棍儿和糖果，那个人就要给我买。后来，姐姐制止他，说如果我吃了太多零食，吃得肚子发胀，妈妈会责怪她的。

那是一场不怎么好看的电影，演一个发生在工厂里的故事。但我的心思也没有用在看电影上，我沉浸于自己的新体验，那个人的存在、生活的变化让我觉得兴奋。散场时，人流往出口的两道小门挤去，怕我被碰撞，那个人一下把我抱起来。后来，我们来到灯火通明的街上，他把我放下。然后，他和姐姐一人拉着我的一只手，一起走在街上。夏天的夜晚，总让人觉得时间依然很早，电影院大门的前面还排着等看下一场的人群，街上晚风如游丝，风中满是晃动游走的人。我发觉和姐姐凉凉的、娇柔的小手相比，我更喜欢那只又大又温暖的手。

2

我当时并不知道，关于看电影"致谢"的事，其实是姐姐和那个人策划好的。他们知道妈妈不乐意他俩晚上单独出去看电影，但如果带上我，妈妈就会允许。一方面，妈妈想让他们带我出去玩儿，另一方面，有我在场，妈妈料定他俩不会做出什么出格的事。

后来，我读到一些旧时代的外国小说，写已经得到父母认可的情侣为了见面，未婚夫每天须去未婚妻家里拜访，他要非常礼貌、克制，两个人会面时要当着家中其他亲人的面……今天，也许没人能想象那样的恋爱方式了。但我知道它是存在的，就在三十年前还存在着。当他们热恋时，那个人每天或至少每两天都会来我们家"拜访"，他俩相处的大多数时间都是在我们家度过的。当时，恋爱中的男女想要出门，需要给父母非常充分的理由，得到特别许可。此外，如果男方总想把女孩儿带出去，会给家长留下那个男人不老实可靠甚至图谋不轨的坏印象。

每次他来到，会先去和我爸妈打招呼，陪坐着聊会儿天。然后，我爸妈会找适当的机会终止这样的聊天，通常的方式是打开电视，把注意力转移到电视上去。这时候，两个恋爱中的人知道已获得"退场"许可，他们随后就转去姐姐的房间里。在那个房间里，他们能听到客厅里电视机发出的声音，还有爸爸妈妈的说话声、咳嗽声。再过一会儿，我就会被他们"召唤"到那个小房间里去。如果他们错过了"时间点儿"，妈妈则会"打发"我去姐姐的房间里找他们玩儿，她会假装烦心地大声说："别在这儿闹腾了，找你姐姐去……"妈妈心里像是装了个计时器。

为了让我在小屋里有事可做，那个人常给我带来一些连环画书和儿童杂志。有时候，他俩轮流给我读书、教我认字。这种时候，他们总是提高音量，好让爸爸妈妈听到，知道他们在做正经事。而我为了使这两个人欢喜，也努力配合。有一天，那个人给我带来蜡笔和涂鸦本，说要教我画画。我很惊讶他会画画，姐姐骄傲地说他还给她画过一幅肖像呢，但挂在他自己家里了。他让我坐在他旁边，看他怎么简单地通过几个步骤画出一只小青蛙、一个七星瓢虫、一朵花……我画起来手笨，线条都是歪歪扭扭的。他说，不用怕，小孩子的画就是这样才好，他自己画得像，但死板了，没有灵气。他夸我比他画得更好，姐姐在一边直发笑，说他要让我高兴也不用说假话啊。他坚持说他没有说假话。还从来没有人夸我画得好！我不禁热情高涨，开始飞快地乱涂乱画起来。每次画完一张，我就跑去爸爸妈妈那里"邀功"。爸爸妈妈费解地看一会儿，疑惑我画的究竟是什么，在我解释一番以后，他们最多敷衍地摸摸我的头表示还不错。我想，他们不懂，只有那个人才懂我画的什么。

在那个小房间里，我们最常做的事是一起听歌。我们听齐秦、童安格、王杰和赵传，我们还听张国荣、陈百强、陈慧娴的港曲……只要音像店里进了新的热门歌曲磁带，那个人就一定会把它买回来。让我们惊讶的是，他会唱粤语歌，他说他是跟着磁带一个字一个字学的，慢慢就有感觉了。姐姐没有这个"感觉"，她喜欢《人生何处不相逢》，却总也记不住那些粤语发音。于是，他教姐姐唱，最后还用拼音在歌词的每个字上面标注出和粤语发音相似的音。

有时候，我们在房间里听着歌，那个人也很随意地低声跟着磁带哼唱起来。

姐姐朝我笑，低声问我："好听吗？"

我使劲儿点头。

"你俩在说什么悄悄话？"他笑着问。

姐姐只是神秘兮兮地瞥视着他，不说话。

他又转向我："小妹乖……"

"说你唱歌好听。"我说。

"你姐姐唱歌才好听。"他说，看了她一眼。

我看看姐姐，她的眼角眉梢都在笑。

我记得那两个人的神情——那是相爱着的人的神情。

磁带外封的正面印着歌星的照片，反面印着歌词。我喜欢读那些歌词。因为读歌词，我也学会了查字典。那时候听过的许多歌，都仿佛深印在脑海里。我记得有一首童安格的歌是这样开始的：

> 我曾经爱过一个孤灯下的背影
>
> 也曾经错过一场缠绵的丝雨……

很多年里，我每次看到昏黄的街灯，尤其是细雨纷飞中的街灯，这歌的旋律就立即在我脑海中响起来。

这样过了一段时间，当我的存在使妈妈对他俩在某种程度上放松警惕以后，我们的活动范围开始从我家的客厅、姐姐的房间向外扩展。那个人照例在晚饭后来，和爸爸妈妈寒暄一会儿，我们就一起去外面散步。我家当时住在城南，走十多分钟就到了郊区。往城外走，空气越来越清新，植物的气味越来越浓重。城郊有一大片树林，还有农户的桃园和菜地。我们沿着小路走进林中。他俩会找个地方坐下来，在某棵树下，或者在那个干涸了的池塘边缘的草地上。池塘里长满了高高的芦苇。他们由我随意玩耍，只要不跑出他们的视线。

我哼着歌，在树下搜集叶子，看虫子，寻找树干上的蝉蜕，或者用树枝在地上画画、写字。向晚的天空被分成两个截然不同的部分：一半是毫无杂质的青玉色天宇，仿佛纯净的水域，悬浮着淡淡的蛾眉般的弯月，而另一半绚烂奇幻，晚霞以一种无法描述的颜色燃烧着，像一团团、一簇簇、一缕缕的火焰。慢慢地，那火焰柔和下来，或粉或紫的颜色漫流成天上的河流。有时候，我看天空看得出神，或是沉浸于我自己的游戏太久，等我突然醒转过来，意识到暮色已深，周围一片寂静，我会倏地感到一阵恐惧，害怕他们俩把我忘在这里、走掉了。有一次，我转过头，果然看不到他俩的影子了。我赶紧往他们刚才坐着的地方奔过去。跑近时，我看到他俩头碰头躺在草地上。我站在原地不动，这时，那两个紧靠在一起的头、两只紧握在一起的手猛然分开了，他俩很快地坐起来。我看到姐姐的脸涨红着，不知道为什么，我感到羞愧。我说我以为他俩走了，吓坏了。姐姐责怪我瞎想。那个人说，我们怎么可能丢下你不管呢？你跑得远一点儿我们都会担心。我不好意思了，知道自己不该胡思乱想，更不该这样急匆匆地出现。很长时间里，我们都没有说话。最后，我们三个都在草地上躺下来，仰面看着头顶的天幕，直到那幕上的色彩都暗淡、消失了，直到夜幕仿佛一层纱覆盖下来，林中的虫鸣突然嘹亮，树影变得阴郁莫测。姐姐说，走吧，天黑了，要回家了。回去的路上，我磨磨蹭蹭，走得很慢。风吹过田野，吹过人迹寥寥的城郊公路，天空中的星星渐渐明亮而稠密。我一点儿也不想回家，我知道一旦回家，我就要回到妈妈爸爸身边，而那个人很快就会离开。

十月以后，天冷了，晚饭后天已经黑透，我们无法再去户外散步。于是，我们的活动地盘又回到了电影院。跟着他们，我一场场地看电影。那时候，大人都不在乎小孩子看的什么电影。所以我看了很多外国电影，都是爱情电影，《魂断蓝桥》《翠堤春晓》《罗马假日》……这些电影里的男人女人都那么美，但结局总不那么好，费雯丽要跳河自尽的，卡拉要告别施特劳斯、乘船沿多瑙河而去的，公主和派克演的那个英俊的记者注定只能有一天……有时候，我听见姐姐微微地吸着鼻子，我转头看她，看见她的眼睛闪着泪光，泪珠顺着她的眼角倏地滑下来。然后，那个人递给她一块手帕。我似乎这时才体会出电影里的悲伤意味，也跟着难过起来。姐姐看到我难过，哭笑不得地推我一把说："你难过啥呢？你这小妮子懂啥呀？"他这时候也是一副又惊讶又忍不住想发笑的样子。我的难过被他们嘲笑以后，我就更难过了。但我又觉得就这样难过或是干脆哭起来十分舒服，那种舒服难以形容，就像我更小的时候因为不想走路就干脆瘫坐到地上，直到爸爸把我抱起来一样……

二十多年后，我在一个老电影回顾展上重看了《魂断蓝桥》。我惊讶地发现，电影里的世界和县城的生活差异是那么大：完全不同的时空，不同的生活方式，不同的肤色和面孔……可为什么那里的人们能忘情地沉浸其中？仿佛这是他们熟知甚至活在其中的世界，仿佛这些人的爱欲、痛苦都回应着他们的爱欲和痛苦？或许就在这光影交织、虚实相生中，人终于让梦和生活融为一体。再看时，过去毫无印象的一幕打动了我：乐队在演奏最后一支舞曲，奏完一小节，就熄灭一部分蜡烛。蜡烛被依次熄灭，而舞池的人还在跳舞，但光越来越暗，黑白电影里的人们渐渐没入昏暗，直到最后一支蜡烛被吹灭……舞池逐渐和我记忆中的影院重合了，在那里，灯也一盏盏熄灭，直到影院沉入最终的空寂和黑暗。

寒冬到来，街两边的树落光了叶子，天空、街道甚至街上的人都变成了灰蒙蒙的。电影院里没有暖气，但那么多人挤坐在一起，都呼出热乎乎的气体，倒比外面暖和得多。只有水泥地面冰凉刺骨。看电影的时候我最怕冻脚，他俩的办法是让我脱掉棉靴，把脚伸到他俩的座位上，他们轮流用大衣或棉袄焐住我的脚取暖。在黑白或彩色的影像中，在幢幢的人影中，在暗中的低语里，坐在姐姐和那个人中间，我迷蒙而快乐地度过了那个冬天。因为他俩的爱情，因为电影，冬天也显得不怎么真实了，不像往年的冬天那么寒冷坚硬。

3

小时候，人总会以为日子都是一样的，会一直那样过下去，很松弛，很漫长。你以为人也会是这样，爸爸妈妈会永远是中年人，姐姐会永远那么年轻。直到有一天，有什么东西突然打破了你对生活的镜像般的信仰，那几乎就是童年的终点。

第二年的暑假到来时，我和上一个暑假一样，仍然每天盼望着那个人到我家来，而他也依然来得很勤，但我却隐隐地感觉到，有什么东西和上一个暑假里不一样了。我说不清楚，好像他和姐姐之间过于熟悉了，有时候那种熟悉让我想起爸爸妈妈。偶尔，他们也拌嘴，姐姐会变得冷淡、给他脸色看，而这是去年暑假几乎没有发生过的事。当他们吵了几句、突然注意到我的存在时，就全然地沉默下来。这样的时候我更害怕。我说不上有预感，但我会想到，也许姐姐会把他气得永远不来了，而如果他再也不来了，我的生活又变成了什么？

爸爸妈妈对那个人的态度也不一样了。他们似乎不那么在乎他了，至少，妈妈不会对他盯得那么紧，暗中计算他和姐姐单独待在一起的时间，更不再随时委派我到那里去。如果他们不召唤我，我只能自己找理由去那里和他们待一会儿。我的借口通常是询问暑假作业本上不会的题。我感到他们不像去年那样需要我了。有时候，仿佛赌气似的，即使他们叫我，我也拒绝马上过去。我一个人继续待在空荡荡的客厅里，躺在沙发那儿盯着头顶转动的吊扇。扇叶发出单调的晃动声，爸爸妈妈卧室里传来午睡中的鼾声，姐姐房间里传出低沉的音乐声——我把它和去年暑假听到的声音混在了一起。我觉得什么东西变了，什么东西流走了……

有一天，姐姐问我一个古怪的问题。她说如果她离家了，我会不会老哭。我问她为什么要离家。姐姐说，人长大了都要离开家啊。我说，你离家去哪里？要是哥哥来找你找不到你呢……姐姐说她都离开了他还来家里干什么。我看了姐姐一会儿，"哇"的一声哭了。姐姐好像被我吓住了，急忙劝我说："你哭什么哭？我就是问问，我又没有走，我不会走的。"可我越想越气，越想越害怕，最后我对她说："我去告诉妈妈！你想要离开家，你要偷跑。"姐姐抱住我说："你这个傻家伙，我是说着玩儿的，好了好了，不哭了。"

她的话就像一大块阴云，不定在什么时候飘过来，把我笼罩在孩子不清不楚的忧虑和恐惧中。从那以后，我更腻着他俩，唯恐一不小心，姐姐跑了，那个人再也不会来了。当他们都不说话的时候，我就使劲儿在他俩面前蹦蹦跳跳。我觉得他俩隐藏着一个秘密的计划，而在那个年纪，我不可能知道这计划意味着什么。

他俩现在经常说需要去外面办点儿事儿，我想要跟去的时候，姐姐会阻止我，说外面那么冷，而且他俩有正事儿要谈。妈妈似乎突然站到了姐姐一边，极力把我留在家里。有时我免不了哭闹，那个人这时会心软，说小妹想去就让她一起去吧，不碍事的。姐姐不心软，她说我就是用哭闹达到目的，不用理我，我过一会儿就好。姐姐变得不那么可爱了，她的心情时好时坏，不像过去那样爱和我说悄悄话。有时她做出一副心事重重的样子，让我不要打扰她，有时又显得匆忙急躁。她有点儿像妈妈了。

又一个冬天到来，他俩没有提起看电影的事。有一天，我忍不住问那个人为什么不去电影院了。他好像很惊讶我还惦记着去年的电影。他说，就是啊，他也很久没有看电影了，要去看的，只是这段时间都在忙别的事情。我问他都在忙什么。他说就是一些大人不得不办的事情。我说，这些事情什么时候才能办完。他看看我，笑了，说快了，快办完了。我想要他明天就带我去看电影。姐姐觉得我的要求有点儿过分，说大人哪有那么多时间天天看电影。我说去年就去了为什么今年不能去。姐姐有点儿恼火，说那为什么你今年比去年大一岁，怎么不和去年一般大呢？我一时回答不上来。姐姐继续数落我，说我都这么大了，还像个小孩儿一样天天缠磨大人……我快哭了。那个人答应我说一定还会带我去看电影。

但他们再也没有带我去看电影。临近寒假的一天，他们办完了他所说的"大人的事"。那天上午，一群男男女女，开着几辆小汽车，把化着浓妆、盘着发髻、穿着红缎子礼服的姐姐拉到了一辆车上。当那辆车开走时，姐姐从车窗里看着我们，突然哭了。那一刻，我觉得发生的事并不像妈妈告诉我的那么简单，她说姐姐就是要举办一个仪式，就像去参加一场演出，演完了就回来。

一阵热闹之后，家里只剩下了爸爸妈妈和我，只有我们仁的家里突然显得那么安静，那么空。那天夜里，我等到九点半，姐姐还没有回家，那个人也没有来。我问妈妈，姐姐怎么这么晚了还没有回来。妈妈的眼圈红了，她对我说，姐姐今后不能回家住了，她嫁给那个人了，要住到那个人家里去。我问妈妈，你不是说办完仪式姐姐就会回来吗？妈妈说，是姐姐要她这样对我说，怕我伤心，怕我闹着不让她走……妈妈的话让我迷惑，难道她现在告诉我我就不伤心吗？我不仅伤心，还感到自己被欺骗了。有时大人的想法真让人不明白。可我还是选择对妈妈的话将信将疑，我想，也许姐姐并不想住在那个人的家呢，她一直都是住在这里的，也许她夜里又会想家、想我们了，所以她会回来的。第二天夜里，我还是照样等着，第三天夜里也还抱着希望……直到某一天，我意识到妈妈说得没错，姐姐不会再回来和我们一起住了。

妈妈安慰我说，姐姐虽然不住在这个家里了，但她今后还会经常回来看我们，会和哥哥一起回来。妈妈还说，我再长大一些，不和妈妈睡了，就可以搬到姐姐的房间里去住，那个房间会变成我的……这话却让我哭得更厉害了。我不想住那个房间，因为那就是姐姐的房间，是姐姐、我和那个人一起度过很多快乐时光的房间。现在，他们却把它抛弃了，把我也抛弃了。

好几天以后，姐姐和那个人回来了。姐姐和那个人看起来和以前不一样了，仿佛老气了些。那个人像长辈那样摸摸我的头，还送给我一个半人高的玩具狗做礼物。我连外面的塑料包装纸都没有打开，就把它扔在沙发旁边的地上。他俩在客厅里和爸爸妈妈面对面地坐着说话，说的话都严肃而客气，然后留下来吃午饭。吃饭的时候，那个人百般讨好我，我却不想和他说话。

吃过午饭，他说，小妹，晚上我们带你去看电影。我说，我不想看。他说，你不是一直想看电影吗？我说，现在不想看了。然后，我就跑进我和爸爸妈妈的卧室，不想再看见他俩。但他俩跟进来，姐姐假装伤心地流泪（可她刚才明明小心地掩饰着对新生活的兴奋），他在一边厚着脸皮地说等我放寒假了就去他们新房那边住几天，要是我愿意，可以一直住在那儿……"不要，不去。"我气得直喊。妈妈走进来把他俩叫出去。我听见妈妈小声地对他们说，说我只是不习惯，再过段时间就会好的……"不会好的。"我在心里呐喊。我痛恨他们所有人合伙欺骗了我，痛恨自己说不出这样的委屈：我原以为自己会多一个哥哥，而其实他把我唯一的姐姐也带走了。

我的生活完全变了。吃完晚饭，我就跑去找别的小朋友，在别人家做作业，因为过去吸引我想留在家的两个人已经不在了，而看到那个如今没有人住的房间只会让我心里空落。寒假里的一天，爸爸妈妈带我去一个亲戚家做客。从亲戚家吃过晚饭出来，我们仨一起走路回家，我走在中间，他俩在两边，一人牵着我的一只手。快走到老十字街的时候，天空开始飘下细碎的雪粒。我们走得快了些，雪也越下越大，细碎的雪粒变成了雪花。妈妈把她的头巾取下来裹住我的头。又往前一点儿，就是我去年冬天常来的"人民影院"。我们经过那里时，刚好电影散场，一群群的年轻男女从影院里出来，脸上还带着做梦般的迷茫神情。在雪中，那些面孔像一片片美丽的、湿重的花瓣。电影院楼顶上挂着正上映的电影的巨幅海报，海报上最显著的地方是一张外国女人的侧脸，在那轮廓立体而又柔美的侧面后，是一个男人模糊的正面，他正凝视着那张侧面。这个我熟悉的地方现在看起来也有些陌生了。一片片湿雪从天空中斜落下来，散场的人们急匆匆地走在街头，有的人小跑起来。我使劲儿瞅着那些身影，想看看里面有没有姐姐和那个人。我想到去年我也在这些散场走出来的人群当中，拉着我的手的是姐姐和那个人。打在我脸上的雪花潮湿、冰冷，那些风雪中奔走的身影都模糊了，而爸爸妈妈还一个劲儿催促着我、紧拽着我往前走……我悄悄地哭了，第一次感到生命里刻骨的失去和孤独。

花喜鹊

付秀莹[*]

进了四月，院子里的花事渐渐繁忙起来。玉兰都开了，白玉兰、紫玉兰、黄玉兰，一树一树的，灿烂极了。海棠还要晚几天。院子里种的是日本晚樱，纷纷落落一大片。迎春花这时候大多开始谢了。这种花开得最早，每年不到三月就星星点点，娇黄耀眼。迎春么，是来给人间报信的。报什么信？春天的信呀。连翘就不一样了。连翘这东西，跟迎春长得极像，乍一看，分不出是迎春还是连翘。都是金黄颜色，都是琐琐碎碎的花朵，亲姊妹一般。可若是仔细辨认，还是有分别的。迎春几个瓣儿？连翘几个瓣儿？每次见人们大惊小怪的，举着手机拍啊拍，老陈心里就叹一声。连迎春和连翘都分不清，真是的。

老陈是这个小区的园丁，负责院子里这些个花花草草。他成天穿一套灰蓝色工作服——就是那种叫作劳动布的，质地结实粗硬，已经洗得发了白——笑呵呵的，骑着他那辆旧三轮车，车上放着他的工具，铁锹啊，锄头啊，园艺

---

* 付秀莹，女，1976年生，《中国作家》杂志副主编。著有长篇小说《陌上》《他乡》《野望》，小说集《爱情到处流传》《朱颜记》《花好月圆》《锦绣》《无衣令》《夜妆》《有时候岁月徒有虚名》《六月半》《旧院》等。曾获多种文学奖项。其中《陌上》荣获施耐庵文学奖，入选《当代》长篇小说年度五佳（2016）、《收获》文学排行榜（2016）；《他乡》荣获十月文学奖，荣登2019年度中国小说排行榜，入选《当代》长篇小说年度五佳（2019）；《野望》荣登2022年度中国小说排行榜、扬子江文学评论长篇小说排行榜、第七届长篇小说年度金榜、中国新闻出版广电报年度好书榜，入选"十四五"国家重点出版物出版规划。部分作品被译介到海外。

剪刀啊，还有一些树苗、种子、肥料，杂七杂八一堆。老陈在这个院子里工作，总也有十多年了吧。院子里的这些住户，谁家几口人，在哪个单位上班，夫妻和睦不和睦，子女是不是有出息，他心里都有一本账。老陈不爱说话，这也是他的好处。不像那些个爱扯闲话的人们，保洁大姐啊，保姆阿姨啊，钟点工啊，保安啊，喜欢议论东家长西家短。因此上，院子里的人们都对老陈抱有很大的好感。谁家有了不穿的衣物，用不着的东西，吃不完的食品，都会送给老陈。老陈也不客套，大大方方拿上，道一声谢，不卑不亢的，倒让人们对他生出一种敬意来。

院子里新搬来一户人家。是一家三口，夫妇两个，一个儿子。男主人矮胖，已经过早谢了顶，啤酒肚也有了，看上去总有四十大几五十来岁吧。那女主人呢，高挑身材，白皙文静，留着俏丽的短发，显得干净利落。老陈心里暗暗为这女的委屈。老家芳村有句话，好汉无好妻，赖汉娶花枝。果然不差。那儿子应该在上中学，成天穿一套蓝白相间的校服，瘦瘦高高的，戴近视眼镜，背一只大书包，也不理人，有这个年纪的男孩子那种又酷又孤独的派头。

因为住一楼，私心里，老陈跟这户人家感情上好像更亲近一些。这院子里的房子，一律是落地窗，卧室落地窗，客厅落地窗，还都不准装防盗网。这也是物业的规定。物业的理由是，要保持小区外观的美观和统一。这规定看上去不近人情，可这也正是物业的底气。人家治安好哇。这么多年，你听说谁家出过事儿？安全、安静、安逸、安心，这家物业中心进门的宣传栏上，就是这么写的。这户人家楼后头，是一大片绿地，种着很多植物，榆叶梅、紫叶李、红花碧桃、木槿、柿子树、山楂树、剑兰、白丁香、小叶女贞，总有十多种吧。前几天，老陈把枯败了一冬的剑兰整理好，拿草绳捆住，又给桃树和月季剪了枝。植物这东西，跟人一样，你要对它们好，它们都是领情的。它们通情达理，知恩图报，肯定会还给你一年的惊喜。什么时候该浇水，什么时候该施肥，什么时候该喷药，什么时候该修枝整叶，老陈都清清楚楚，从没有耽误过。

这一天，老陈给院子里的植物们浇水，端着粗大的水管子，滋滋滋滋滋滋，大股大股白花花的水流冲向半空，落在花草树木上，飞溅起一片片彩虹水雾，湿漉漉绿蒙蒙。空气里流荡着新鲜泥土的腥味，还有植物汁液带着苦涩味的青气，夹杂着浓浓淡淡的花香。阳光很好，照在身上，暖洋洋熨帖舒服。老陈沉浸在这熟悉流利的劳作中，心思不知道飞到哪里去了。有人路过，说一句，浇水哇。他也不理会。不知道什么鸟，远远地叫一声，又叫一声。

一楼的窗子忽然打开了，正是那户人家的女主人。见老陈抬头看她，冲着老陈微微一笑，老陈愣了一下，"嗯"一声，算是回答。女主人笑起来很好看，眼睛弯弯的，一对小虎牙露出来，生动俏皮。老陈很后悔没有好好答应一声，哪怕随便搭讪一句也好。没上班？忙着呢？早啊？这些年，老陈的那口家乡话也改得差不多了，如果不仔细听，一点破绽都听不出来。那女主人把雪白的纱帘拉开，又把窗子再打开一些。晾衣竿晃悠悠摇下来，老陈看见，女主人在晾衣服。水管子里的水柱子唰啦啦喷出去，团团簇簇的小叶女贞被洗涤得新鲜生动，滚动着晶亮的水珠子。老陈把水管子小心挪动着，不让水点子溅到她家阳台上。阳台上的实木花架子上，高高下下摆着一些植物。有的已经开了花，有的还打着花骨朵，有一盆巨大的凤尾竹，摇摇曳曳的，把碎碎的影子摇落在落地窗上。那女主人来来回回走来走去，看样子，是从洗衣机里拿一件，晾一件，也不嫌麻烦，把每一件衣服都仔细抻平了褶皱，弄得平平展展，才把它晾在衣架上。趁着她走开，老陈偷眼看看那一竿子衣服，衬衣、裙子、丝巾、袜子，还有内衣、裤衩、奶罩，女人家的小零碎，就那么没心没肺在风里招摇着，真叫人难为情。那女主人费了好大工夫，才把衣服晾好。老陈低头干活，没有看见她是什么时候离开的。窗子半开着，那些新洗的衣服五颜六色，在阳光下散发出好闻的香味，清新的，干净的，琐细的，是温馨的家常的气息，跟外头这些花花草草的香气混合在一起，叫人心里觉得莫名的妥帖，有种年月安稳的意思。老陈轻轻叹口气。

疫情以来，他总有大半年不回家了。这种陌生而又熟悉的家常气息，叫老陈情不自禁有点怅然。这么多年了，老陈都是一个人在北京。媳妇呢，在老家。怎么办？没办法。家里还有地呢，还有一摊子家务事，种地，管老人，伺候孙子，喂着一群鸡，还捎带着在邻近打点零工，红白喜事，人情往来，七事八事，都在媳妇那瘦瘦的肩头上担着。老陈呢，出来好多年，也习惯了。园丁这工作，说辛苦也辛苦，说清闲呢，也算清闲，看你怎么比。那些在工地上卖苦力的，那些蹲在街边面前竖个牌子等零活儿的，那些没日没夜送快递的送外卖的，哪个容易？老陈乡下出身，人又勤快，闲不住。在家种地不辛苦？那才是真的辛苦。汗珠子掉地下摔八瓣儿，春耕夏种，秋收冬藏。老陈在外头多年，什么苦没吃过？老陈这个人，知足。这也是他的好处，知足常乐。人哪，就怕不知足。在老家，人们把知足叫作识局。老陈是个识局的人，知道好歹，懂进退。如今又闹疫情，一闹就是两年多了，到底什么时候是个头儿，谁都不敢说。眼看着人们工作也难找，钱也难挣——光他知道的老乡们，有多少回去的？要不是实在没办法，谁愿意回去？谁愿意放着大城市的钱不挣，跑回老家去闲着？每每想到这个，老陈就暗自庆幸，幸亏啊，幸亏。

空气里浮动着淡淡的雾霭，飞尘、花粉、水汽、露水的湿气，氤氲一片，叫人忍不住打个喷嚏。一只橘猫懒洋洋走过来，睡不醒的样子。这院子里流浪猫多，说是流浪猫，其实日子过得挺滋润，有住处，有吃喝，好像还有人管洗澡。一个个养得油光水滑，干干净净，没有一点流浪猫的流浪气质。神情呢，也是从容的，优越的，甚至还有那么一点莫名其妙的傲慢。娘的，比我还恣。老陈把水管子朝着那猫虚晃一下，那猫受了惊吓，转身就逃，还扭头看他，眼神警惕。老陈高兴起来。

一阵高跟鞋嘎噔嘎噔脆响，一楼那户女主人打扮了，背着小包出来了。老陈低头干活，他以为她会跟自己再打声招呼，忙着呢，师傅。那么他就会说，出去啊，天气不错呀。他的声音应该是沉稳的、亲切的，一个在这院子里工作了十多年的老园丁，也算半个主人了吧——至少，也算个老熟人了。可是没有。女主人低头看着手机，高跟鞋嘎噔嘎噔从他身边走过，声音似乎格外清脆。老陈心头忽然有点乱纷纷的，也不知道为了什么。他看了一眼那个苗条颀长的背影，米白碎花长裙子一飘一飘，翅膀似的，空气里飘着一股淡淡的香气，像是果香，又像是花香。老陈端着水管子，对着那些花花草草胡乱扫射一番，花草们在水流的冲击下一阵东倒西歪。窗帘打开着，明晃晃的落地窗上映照出老陈的影子，花草树木的影子，影影绰绰的，可以看见客厅里的家具摆设，墙上是一幅很大的字画，有一片阳光落在那玻璃面上，反射出碎碎的光斑，跳跃着，有一点正好落在阳台栏杆上。栏杆上挂着一个空花盆，被什么碰歪斜了，老陈也是手贱，鬼使神差地，竟然费劲地穿过密密实实的冬青墙，过去把它扶正。一个不大的紫砂花盆，花盆里有残存的泥土，干枯的叶子，看不出早先种的是什么植物。刚要转身离开，忽然看见阳台实木地板上，靠近栏杆的边缘处，有个东西亮晶晶的耀眼。是一条金项链！老陈把那项链攥在手心里，左右看看无人，心里怦怦怦乱跳着。怨不得呢，一大早左眼皮就一直跳啊跳。芳村有句话，左眼跳财，右眼跳灾。果然。

老陈在院子里忙了半晌，心里头乱七八糟的。两个小人儿在心里头打架，你来我往，谁都不肯让谁。午饭也吃得心神不宁，潦草几口，没滋没味。吃完饭，赶紧躲到自己的那间小屋里去。这小屋在小区二号楼的地下一层，平时存放杂物，也兼着老陈的宿舍。屋里摆设很简单，一张单人床，一张小方桌，都是小区里人家淘汰下来的，质量挺好，被老陈擦得干干净净。屋子小，没有放椅子的地方，老陈就坐在床边，伸手把那条项链掏出来。项链细细的，绞花，在灯光下发出璀璨的光芒，吊着一个小金葫芦，小巧玲珑，活灵活现的。在乡下，葫芦是吉祥物，葫芦么，就是福禄的意思。人们喜爱葫芦，其实就是图个吉祥如意。那细细的项链静静地躺在老陈的手掌心里，常年劳作的粗糙大手，越发衬托出那项链的精致金贵。老陈想把那搭扣系上，笨手笨脚的，半天没有弄好，倒弄出了一身汗。他娘的，治不了你。鼓捣半天，到底给扣上了。那个小金葫芦悠悠荡啊荡，荡得老陈心里头越发乱糟糟的。他这是怎么了？居然，偷偷摸摸把人家东西拿回来了。活了半辈子，老陈什么时候做过这种事，鬼鬼祟祟的，一点都不体面，不磊落，不光明，真是的，好像是忽然鬼迷心窍，脑子一昏，就把人家的东西拿回来了。说拿还是客气的，给自己留了情面——他不愿意说那个字眼，偷——其实，这跟偷有什么不一样呢？人家的阳台，人家的防腐实木地板，人家的阳台栏杆，阳台外头种着茂密的冬青卫矛，一堵绿墙似的，除了园丁，别人根本走不到跟前去。这条项链，肯定是人家晾衣服的时候，不知怎么掉落下来的。要么在兜里装着，要么被丝巾挂着，要么就干脆是女主人原本戴着干活，搭扣松开，掉地上了。不管怎么回事，老陈可以肯定，这条吊着小金葫芦的细细的金项链，就是那个文静苗条的女主人的。老陈把项链凑到鼻子下面，轻轻闻了闻，好像有一股淡淡的香气，再仔细闻一闻，又好像没有。老陈狠狠骂了自己一句，不要脸！什么东西！一面把那项链拿一张纸巾包起来，放在枕头底下，想了想，又拿出来，揣进自己衣兜里。午休时间，小屋里很安静，白炽灯管发出嘶嘶嘶嘶的声响。这地下一层采光不好，进屋就得开灯。老陈看着小方桌上那个挺大的搪瓷水杯，上头写着"朝阳绿化"几个字，深蓝勾边，白底蓝字，杯子边上有一块漆，忘了怎么碰掉了。就这么个这，一个细链子，就把你弄糊涂了？真是的。活了大半辈子，大世面没见过，可风风雨雨也是多少经过一些的。老陈是一个要脸面的人。在芳村，谁不知道老陈呢，大名陈爱国，小名二夹子——老陈在家里排行老二。可是到了城里，人们不知道陈爱国，也不知道二夹子，人们都叫他老陈。老陈老陈，是亲切的，也是温暖的。即便是早些年，他还不算老的时候，人们也都叫他老陈，谁叫他长得老相呢。老陈就老陈，他答应得痛快，私心里觉得，老陈这叫法，好像是更有那么一点城市的意思。给他们老陈老陈地一叫，他觉得自己真的成了城里人了。老陈、小张、大刘、魏师傅，城里人都这么叫。有多少回了，老陈在院子拾了这个捡了那个，都是要立时三刻上交的。有一回他捡了一串钥匙，沉甸甸一大串，当时就交到物业前台。失主千恩万谢，一口一个师傅，一口一个您，非要送他一箱苹果。他哪里肯要？还有一回，他捡了一个手机，崭新的华为，亮闪闪诱人。手机这东西可不得了，跟别的不一样，这么说吧，如今手机比钱包还重要，人们简直是一刻都离不得。买东西刷手机，坐地铁刷手机，叫车用手机，认路用手机，现在疫情，到哪里都是先让刷北京健康宝。真是要命。丢了手机，简直就是丢了性命。老陈连饭都没顾上吃，硬是找到了那个失主。那人是个黄头发的小伙子，打扮挺酷挺潮，哇噻哇噻大叫，高兴得给了他一个大大的拥抱。弄得老陈怪不好意思。

从小屋上到地面，四月的阳光扑面而来，不大热烈，却是温煦宜人。他想起昨晚，媳妇跟他视频，说二小子的对象差不多定下了，可人家嫌买的手机不是苹果的，闹意见呢。怎么办呢？媳妇在视频里叹口气，眼巴巴看着他。好像他是齐天大圣孙悟空，拔根毫毛，吹口气，一下子就能变出一个崭新的苹果手机来。老陈冲着太阳眯起眼，感觉四下里光芒万丈。这个细细的金项链，吊一个那么惹人疼的小金葫芦，要是那对象见了，恐怕就不敢闹意见了吧。这么金贵的东西，又这么洋气别致，怕是只有在北京城，才能买得到吧。说起来也是闹心。他那二小子左手有点小残，小时候淘气伤了一根手指头，家里人不觉得，找对象的时候，这就是个毛病，是个"挑儿"。好不容易找下个对象，年纪大些，模样丑些，倒都不碍，只要肯跟咱踏实过日子就行。可如今的闺女们，哪个是省油的灯？眼下人家闹意见，说是为了一个手机，其实也还是为了那点"挑儿"。谁叫自家小子有短处呢，老陈叹口气。这条细细的金项链，说不定就能替二小子把个媳妇给牢牢拴住，拴在他们老陈家，生儿育女，传宗接代，了了他们老两口的一桩心事。一只花喜鹊扑棱一下飞起来，落在不远处的一棵银杏树上，拖着长长的尾巴，悠闲地东看西看。花喜鹊，尾巴长，娶了媳妇忘了娘。芳村人都这么说。

二号楼后头，有一组石桌石凳，几个老头老太太坐在那里晒太阳，聊闲天，都一律戴着口罩，只露出两只眼睛。老远看见老陈过来，跟他打招呼，问他怎么不戴口罩。老陈笑笑，没事，院子里没事儿。有个老太太说，疫情倒是没大事儿，不出院儿。主要是花粉，花粉过敏。絮絮叨叨倾诉起自己花粉过敏的痛苦。这老太太长得白白胖胖，十分富态，戴着绿油油的玉镯子，脖子里是一条细细的金项链，随着她的动作，在阳光下闪闪烁烁。真是奇怪。平时老陈怎么没注意这些个琐碎事呢？这老太太，总也有六十多了吧，比他媳妇要大上十多岁。要是两个人站到一起，恐怕都要说这老太太更年轻，更面嫩。他想起媳妇那枯瘦的脸上，细密的褶子挤在一起，偶尔一笑，哗啦一下打开，好像是打开一把忧愁的扇子。老太太还在诉说过敏的苦楚，流泪，打喷嚏，眼睛痒鼻子痒，哎呀，痛苦极了。一棵粗壮的白玉兰树，把石桌石凳笼罩起来，雪白的华盖一般。玉兰花开得繁茂，仿佛一只只白鸽子，静静停驻在树枝上。

二月兰开得泼泼辣辣。每年这个季节，路边、树下、草丛里，深紫浅紫，一片又一片，到处都是二月兰的影子。这东西命贱，不娇气，好养活，花期还挺长。每年二月里开始冒头，直到四月末，进了五月份，还能星星点点看见它们。老陈拿着锄头，给那块花圃松土。弯腰的时候，裤兜的那个小东西硬硬地硌人。老陈动一下，它就硌他一下。好像是提醒，又好像是警告。老陈心里不知怎么忽然生出一股子邪火来。叫你硌叫你硌叫你硌。他奋力挥舞着锄头，花圃的泥土湿漉漉翻起来，新鲜而湿润，夹杂着浓郁的芳香的土腥气。这花圃老陈准备种花，学名不知道怎么叫，乡下人称"死不了"。这也是老陈自作主张。在老家芳村，这种"死不了"很常见。因为好养活，几乎不用管它，它就能自己发芽长叶，开一种细碎的好看的小花，乍一看也平常，要是密密层层的花朵簇拥在一起，就显出一种繁华热闹来。老陈喜欢这种花，就是喜欢它这种皮实劲儿，不事儿。你看这院子的花草们，哪个不得小心伺候着，饶是这样，还动不动闹毛病，动不动给你点颜色看。阳光哗啦啦泼洒下来，满天满地都是。老陈出了一身大汗，感觉畅快了很多。这花圃在五号楼后头，隔着一条甬道，就是那户人家住的六号楼。老陈埋头干活，一双耳朵却竖起来。恍惚中，他仿佛老是听见嘎噔嘎噔的高跟鞋声。真是毛病了，一条项链，看把你给弄的。人家住着这样的小区，这样的大房子，还在乎这么一条细细的项链？不说别的，你光看人家扔出来的那些垃圾，都是高级礼盒的包装，衣服啦，食品啦，化妆品啦，茶叶啦，烟酒啦，西洋参啦。这么说吧，人家不差这一星半点。坏了可以再换，丢了可以再买。在人家那里，不过是小事儿一桩、小菜一碟。在自己这儿是个西瓜，在人家那里，不过是一粒芝麻。丢了一粒芝麻，有啥大惊小怪？说不定，人家那女主人梳妆台上多的是各种首饰，金银珠宝，玉石翡翠，各种各样。说不定人家丢了这项链根本就没注意，像掉了一根毫毛，轻飘飘任它去。可是，在自家这里，这项链就能给有"挑儿"的二小子拴住一个媳妇，派上天大的用场。老陈长长呼出一口气，暗暗下定决心，要是那只花喜鹊飞回来，飞到六号楼后头，飞到那棵银杏树上，他就立马把项链还给人家。可要是那只花喜鹊，它不飞回来呢？老陈心里哆嗦了一下。不飞回来，也是天意。天无绝人之路，老天爷饿不死瞎眼的雀儿，他们老陈家活该要喜事临门。

春天的黄昏，院子里浮动着淡淡的暮霭，夹杂着丝丝缕缕的花香、草香、饭香、菜香。人们在外面忙碌一天，都纷纷回家来，下班的下班，下学的下学。有送快递的送外卖的，穿着工作服，匆匆进楼出楼。那户人家的儿子先回来了，背着大书包，塞着耳机，照例谁都不理。老陈发现，一楼的窗子纱帘拉上了，暖色的灯光渗透出来，密密层层的冬青卫矛上落下重叠的暗影。老陈蹲在花圃旁边的草地上，眼巴巴盯着那棵银杏树。四下里安静极了，夕阳仿佛给院子镀上了一层毛茸茸的薄金。平日里，这院子的鸟很多，唧唧啾啾吵人。真是怪了，今天，这个黄昏，竟然一只鸟都没有。至少，这棵银杏树上，一只鸟都没有。没有布谷，没有鸽子，也没有——花喜鹊。

夕阳渐渐隐没在楼群后头。天边是一片绯红的影子，晚霞在静静地燃烧。老陈感觉身上的汗水在悄悄退去，紧绷绷的，像盔甲。院子里路灯还没有亮起来。有人家的灯光从窗子里流泻而出，水波一样，融化在越来越深的暮色中。忽然，一阵嘎噔嘎噔的高跟鞋声响起来，由远而近，越来越近。老陈的心一下子提到了嗓子眼儿。

还忙着呀，师傅。那女主人的声音清脆动听。

老陈慌忙站起身，起得有点猛了，一时间头晕目眩。暮色四合，满园花木仿佛被涂上了一层深深浅浅的灰调，而点点灯火次第亮起来。鬼使神差地，他从兜里掏出那个温热的纸包，递给那女主人，结结巴巴，半天才说出一句囫囵话。

花喜鹊——它没飞回来——

豹猫穿过丁香花丛

潘向黎[*]

等渐渐急促的呼吸透露出山的高度，她们已经爬到了山顶。这座山处于莫干山中心地带，这里果然是成熟的景区，到处都是平展的道路和规整的指示牌。就在前方，道路陡然向左侧斜切过去，旁边有一块巨大的指示牌，但是她们都没有顾得上细看，因为她们发现道路到这里消失了，而两段颜色暗沉、线条略带凌乱的石阶充当了新的路标，引领着三个女人的目光，一路向上，最后撞在了一座教堂的石壁上。

这座教堂和其他地方的教堂很不一样，其他各处的教堂或多或少总是在周遭环境中标新立异或者异军突起，而这一座，就像是从这座山的泥土里长出来的一棵大树。它完全是用山石砌成的，石头保持了原有的起伏和质感，看上去格外朴拙苍劲，整个轮廓似乎有力量在向外奔涌。教堂外表的颜色是灰黑色的，而且年久斑驳，灰的地方有明有暗，黑的地方深不可测。一座石头砌的、灰黑色的教堂，就那么高高地立在山顶，带着神秘的力量和不屑于解释的超然，似乎刚刚从时光的海洋深处浮出来，浑身挂满了往昔的海藻。

三个人中间最年轻的贝语新说："这个，有一百年了吧？风格很特别！"卫

---

* 潘向黎，女，1966年生，现居上海。上海作家协会副主席、专业作家。著有长篇小说《穿心莲》、小说集《上海爱情浮世绘》《白水青菜》、随笔集《古典的春水：潘向黎古诗词十二讲》《梅边消息：潘向黎读古诗》《茶可道》等，共三十余部。先后获鲁迅文学奖、庄重文文学奖、《钟山》文学奖、《人民文学》奖、郁达夫小说奖、十月文学奖等奖项。

婉之说："像城堡。"冉一秋说："对，中世纪风格的城堡。"

走进去，眼前一亮，意外的，里面是一个宽敞的大厅，除了两排柱子，并没有一排排桌椅，几乎是空旷的，感觉可以容纳三四百人的样子。这里面的装饰风格也与众不同，没有多余的摆设，到处是几何形状，穹顶是三角形的，穹顶和花窗上的彩色玻璃形状也和一般教堂不同，既没有花卉，也没有宗教意味的装饰图案，都是简单利落的长方形和正方形，玻璃主要是白色的，点缀了彩色玻璃，是红、黄、蓝、绿四色，颜色也显得直截了当。三个人都好奇是哪个国家的人建的，贝语新在手机上查了一下，是一个美国人，叫海依士，一九二三年建造。"真的一百年了！"她小声惊呼。

教堂的光线总是与别处不同。这里的玻璃穹顶和四面的落地窗让大量天光自然倾泻进来，同时彩色玻璃又让光线变得柔和而带着一些不易察觉的色彩变幻，让人可以安心地完全投入光线之中，而不会觉得被冲刷得疼痛。仰起头，闭着眼睛，仍会感到光线像一件从天而降的丝绒大氅，把人从头到脚，连同此刻的疲惫、过去的伤痛都轻盈而绵密地包裹起来，使人心满意足得想要叹息。

卫婉之仰头看着穹顶和天空，看了很久，然后闭上了眼睛。她的身材几十年没有变化，纤瘦而挺拔，穿了一身黑色的无领小西装和长裤，只有颈间系了一条白色的小丝巾。果然是多年的专业演员，形体和气质都不一样，她站在那里，看上去就像在拍摄电影：女主人公独自上场，即将回忆几十年前的家族故事，恩怨沉浮，还有凄美的爱情。冉一秋示意贝语新看卫婉之，贝语新脱口而出："卫姐姐好美啊！"确实是。冉一秋去卫婉之的拍摄现场探过班，所以很容易就发现此时卫婉之的状态与她真的"拍电影"相去甚远：工作状态的她脚下是有根的，站在哪里都像定海神针，而此刻她是松弛而走神的，大量的光线之中，她的重量似乎被抽走了，整个人轻盈而透明，分明端端正正地站在那里，又似乎根本不在这里——在这里的不是一羽仙鹤，而是仙鹤的影子。

冉一秋说："确实好看。不过还是应该带一丝烟火气，涂一点口红。"

卫婉之对她笑了一下，从包里拿出一管润唇膏，随手往嘴唇上抹了两下。

虽然只是给双唇增加了光泽，整张脸看上去马上生动了许多，甚至有了一丝温婉的明媚。

贝语新说："这里适合拍婚纱照。石头墙、花窗都很衬婚纱。颜色，质感，都反差强烈。新娘新郎只要有一点点表情暗示，拍出来都会很有故事性。"

冉一秋说："那不如直接拍电影呢。"

卫婉之说："小贝可以演新娘。"

贝语新说："我想当导演。"

这时她们发现教堂一侧的空地上有漂亮的铁艺桌椅，原来那是咖啡馆的露天座位，贝语新欢呼："正想喝杯咖啡呢！太好了！我请两位姐姐！"说起来，在电视台当了十年主持人的贝语新今年三十五岁，作家冉一秋比她足足大了十五岁，卫婉之又比冉一秋大十五岁，也就是比贝语新大三十岁，按照惯常的做法，贝语新对她们应该都叫老师的。不过贝语新是何等人，怎么肯流俗，她说她留学新加坡的时候，看见那里的人对行业里资历深的女性，不管年龄，都叫姐姐，姓陈的就是陈姐姐，姓李的就是李姐姐，她觉得这样很好。加上她总是说"两位姐姐都是无龄美女"，然后就一直叫卫姐姐、冉姐姐。两个年长的女人当然知道她没说出来的心思：这样可以模糊掉年龄和辈分。其实卫婉之和冉一秋都不太在意年龄，但面对贝语新一番好意，也无意计较这些小事，对贝语新的这种叫法也就无可无不可地接受了。

三个人就坐下来喝了一杯咖啡，味道自然不能和上海咖啡馆里出品的相比，但是山中层层叠叠的绿，教堂、树荫和天光的笼罩，还有新鲜的空气，清爽的风，都是让人不在乎喝什么的。她们静静地享受着，不知道过了多久，才起身离开。走了几步，冉一秋回头，立即惊呼："你们看！"

教堂侧面的拱门这时候成了一个取景器，门里一片橘红色的光，异常醒目，而且景深变了，门里咖啡馆的陈设和咖啡馆的人，都如在印象派的画中。此时的教堂，像黑色丝绒垫子上的巨大琥珀，既耀眼又柔和，既透明又深邃，似有千言万语，却欲说还休。

"电影镜头。太美了！我要当导演。"贝语新说。

"看到这片光以后，再转过头来，才发现天已经黑了。"冉一秋说。

卫婉之悠悠地说："就因为天黑了，门里的光才那么好看。就像人生一样。"

某个内心暗室的按钮似乎被触碰了，接下来的山路行进中，三个人都各怀心事不再说话。路灯的光线中，仍然可以看到道路两侧不时出现的野花，一簇，一片，主要是白色的，像是小雏菊。一只特别精神的猫哗啦一声冲进白色花丛，不见了，然后又在高处出现。贝语新喜欢猫，她说那是一只豹猫。

她们住在芦花荡饭店，就在剑池的上方，房间在一幢民国时期建的老别墅里面。楼里没有餐厅，所以路过主楼的时候，她们就进去吃了晚饭。三个人都是控制饮食的，简单吃了一点，也就打发了。回到住处，贝语新忙着给自己来一杯挂耳咖啡，冉一秋在喝自己带来的冻顶乌龙，卫婉之突然说了一句："今晚来点酒。"这就是卫婉之，她看上去那么温婉安静，但偶尔会说出让人惊奇的话。事实上，很难说清楚卫婉之是什么样的人。六十五岁女性的生活，在寻常人眼中似乎只有含饴弄孙和跳广场舞两个选项了，但是卫婉之就是卫婉之，她对这些世俗的概念丝毫没有反馈，她依然在拍电影、演电视剧、演话剧，她依然苗条雅致，整个人保持了一种有事业的人才有的弹性和轻捷。相比之下，比她小十几岁的冉一秋倒是有点发胖。说起冉一秋，读者们对她的印象是：笑容灿烂、穿着时髦、口齿伶俐的女作家，而在朋友们当中，冉一秋是以懒著称的人。这样将近两个小时的步行，对她来说已经是体力的极限了，她把茶端到床头，正躺在床上如释重负地休息，听到卫婉之的这句话，却马上说："我箱子里有。语新，拿一下。"贝语新走到沙发前，她和冉一秋两个人的箱子都打开平摊在地上，而卫婉之的箱子关得好好的，四轮着地，站在靠近阳台的角落。在冉一秋的箱子里，贝语新很容易就找到了一瓶酒，不是修长流畅的葡萄酒，更不是"适合女性"的奶油甜酒，是体态敦实的洋酒瓶，芝华士 18 年。

五十岁和六十岁的女性，行李箱里面放着远比外人想象的要丰富和强烈得多的东西，正如她们的内心。自从三十五岁的贝语新和这两个比自己年长的同性来往，她已经习惯了这种惊讶。

酒真是个好东西。喝在嘴里似一阵有柔软芒刺的风掠过，带来充满愉悦感的丰盛刺激，接着那些柔软芒刺一收，丝丝顺滑地从喉咙里滑下去，香醇一路潺潺而下，舒坦到胃，到五脏六腑。渐渐地，血液流速加快了，全身所有骨骼肌肉润滑了，周身看不见的绳索松开了，整个人松懈了，唯独情绪的水位涨起来。

"我最近有个烦心事，想请教两位姐姐。"贝语新说。

"是关于男人的吗？"冉一秋啜一口酒，一副准备拿绯闻当下酒菜的样子。

"我也说不好，和男人……有点关系吧，但在我心里，主要和工作有关，也和我在单位的人际关系有关。"贝语新说。

冉一秋说："你不会搞办公室恋爱吧，对方还是有家庭的那种？"说起来这个贝语新也不通俗，一米七〇的身高，五官浓烈肌肤雪白而行动飒爽，是个略带英气的美人。但她丝毫不倚仗美貌，一不娇气，二不自恋，三不造作。自从和一位京剧明星的异地恋结束以后，最近几年她一直空窗，而且丝毫不见寂寞幽怨，工作时专业能力非常能打，能屈能伸能吃苦，逢年过节同事需要代班时也有求必应，因此这几年事业风生水起，江湖上也有了"贝女侠"的绰号。空下来她要么泡泡咖啡馆看看书，要么就是和卫婉之、冉一秋约了一起吃饭、喝酒、打理头发。如果三个人时间都允许，就一起来一趟旅行。

贝语新赶紧撇清："冉姐姐小看人，我至于吗？单身男人我都没空受理，何况有家庭的，多麻烦！我哪有时间啊？我现在真的觉得，忙事业多带劲啊，有耕耘就有收获，每天的太阳都是新的，每天的咖啡都是香的。何况我现在正是事业最关键的阶段，我才不想为一个男人断送呢。"

卫婉之微微一笑："是什么事？说吧。"她的声音始终轻柔，喝了酒也是这样。

贝语新遇到的，果然不是感情纠葛。只是有个人让她动了猜疑、犯了难。那是一个名气很大的文科教授，这个人已经七十多岁了——比贝语新的父亲还大，十年前退休了，又被另一个大学高薪聘请去继续任教。"他叫——哦，他的名字，我就不说了。"冉一秋见缝插针地表扬她："好，有进步。"冉一秋一直告诫贝语新，不要在当面聊天和微信里随便说出某一个人的名字，尤其是当对方是公众人物的时候。卫婉之的目光有意无意地投向阳台外面，似乎想在夜色中寻找远山淡淡的影子。贝语新感到自己需要加快故事的节奏，才能抓住面前两个见多识广的听众，于是她说："这位教授，他出席一个读书会，我去主持，就这样认识了。第一印象是，这个人确实很会讲，也很知道听众需要什么，很会掌控全场的节奏，也很会自然地……流露？或者说展示吧，展示自己的学问和阅历。那天他当场夸了我两次，一次说我声音好听，一次说我读的书不少、作为主持人不容易，我还挺高兴的。然后我们和主办方一起吃了一顿饭，吃饭的时候，我还挺开心的，还有那么一点点被学术大咖认可的感觉。但是他和在公众面前就不太一样了。"

"对你色眯眯了？"

"也没有。他要我坐在他旁边，然后吃饭的时候，他一直给我布菜，弄得像他请我吃饭似的。喝了一点酒之后，他就开始讲笑话，其实是段子，都是带一点点荤，也不至于太黄的那种，满桌子就我和化妆师两个女性，我们都有点尴尬。然后也就过去了。那天我们加了微信，后来他差不多隔两三天就给我发一首诗，他自己写的，我不知道为什么要一直给我发。"

冉一秋惊呼："老年版徐志摩啊。"

卫婉之的表情连一丝涟漪都不起，只问："自由诗还是旧体诗？写得好吗？"

"旧体诗。写得好不好我不懂，但是用了好多冷僻的字，好多字我不认识，也没空查。我觉得有点奇怪，他经常这样给我私信发他的新作，是出于什么心理？我们不是老朋友，不是师生，他为什么觉得我会对他的新作有兴趣？我觉得这是一种打扰。"

"你别理他，就好了。"冉一秋说。

"那不是不礼貌吗？其实我一直还挺尊敬他，或者说，想保持这种尊敬。所以我就每三四首里面选一首给他回一个表情，一个大拇指或者一个抱拳，也算回答了。可是就这么冷淡，他还是照样把新作源源不断地发过来啊。我真的不知道，他想做什么？"

"你也是年轻的老江湖了，打发这么个疑似爱慕者不是问题吧。何况如果他当面骚扰，估计他打也打不过你。"冉一秋说完，连卫婉之都笑了。

"你接着说。"卫婉之说。

"最近我们台里要做一档节目，有关传统文化的阅读推广的，台长点名说要请他来当一期嘉宾，然后我的同事去和他联系，没想到他就在电话里说，不要跟我说什么台长，那是你的领导，不是我的；你们台我只和贝语新有交情，如果小贝来请我，看她面子我就去。结果——我有个同事，是编导，平时和大家关系不错，都叫他李大头，这个李大头就从楼上飞奔下来找我，说我如果出面搞定了这个有学问也有流量但是实在会发嗲的老先生，他就对我千恩万谢外加请我吃一顿大餐。这下子我被顶在杠头上了。不去请吧，对李大头不够意思，作为电视台一员好像也不够敬业，这毕竟是工作；去请吧，又好像有点自己往坑里跳的感觉，说不清哪里有点不对劲。所以这几天心里老有个事在晃荡。"

卫婉之说："这位教授，他倒很直接。"

冉一秋冷笑了一声："什么老教授，老脸皮厚。"

"卫姐姐，冉姐姐，你们说，假如他看我面子来做节目了，是不是从此我就要对他知恩图报？以后他的每首新作都要在微信里吹捧几句？"

冉一秋说："隔空聊天那怎么够？总要见见面，单独吃个饭，喝个咖啡，你笑靥如花奉承他两句，他摸摸你小手搂搂你小腰之类的吧。"

"妈呀，你这么一说，我鸡皮疙瘩都起来了。他长得……嗯，出于教养我从来不议论别人的长相，可是这个年纪了，他不知道自己作为男人都过了赏味期限了吗？实在是……违和呀。我为了工作，再付出，也不能牺牲到这个地步吧。"贝语新说。

卫婉之从沙发上探过身来，轻轻打了冉一秋的手背一下。"你呀，真是作家的一张嘴，太损了。"

冉一秋一笑："你怎么不说她？她说赏味期限，都把男人当罐头食品了。"她没有等来卫婉之对贝语新的反应，话头一转，问卫婉之："刚才在教堂，你想起了什么？没见过你那么出神的样子。"

"我想起了四十年前的一件事。"卫婉之说。

"教堂里的邂逅吗？和帅哥吗？"贝语新问，似乎唯恐她不再说下去。谁能当面听卫婉之披露自己的感情生活？说起来卫婉之已经演了三四十年，是演艺界罕见的到这个年纪还能一直在接戏的女演员。她一直保持了专业水准和口碑，所以有一种"我就是我"的气度。唯一令人捉摸不透的是她的私生活，除了年轻的时候有过两段恋爱，她的生活里很多年一直没有男人的身影，这怎么可能？空谷幽兰，分明一直暗香浮动，别有一番动人心处。可是谁敢问呢？

"邂逅？不能算邂逅吧。认识也不在教堂，在课堂。那时候刚恢复高考，所以我是插了两年的队，二十岁进大学的，遇到他的时候，我二十一岁，二年级，他是我的任课老师。他课上得真好，我像从一片沙漠中刚走出来遇到了一个瀑布一样，需要的东西远远超出向往的程度，结果是手忙脚乱，一边来不及地记笔记，一边要拼命理解他随口说出来的各种理论各种典故，一边还要努力听懂他随口说的英语单词和人名，真是又紧张又幸福。我后来才知道，那是真正的启蒙啊。"

她说到这里，举了一下手里的杯子，和冉一秋、贝语新碰了一下："为启蒙干杯。"

"班上的好多女同学都仰望他，好几个经常在下课以后围着他问问题，渐渐地还和他一起在食堂里吃午饭，说说笑笑。我从来没有加入其中，也觉得他根本没有注意到我。"她看了两位听众一眼，否定了她们眼神里透露的东西，"不，我不是矜持，当时我可能因为在一群漂亮女孩子中间觉得自己很一般，所以没那么自信。也可能不太认同那些同学的态度，因为我把他当成很了不起的老师，而她们似乎是把他当成可以互相嘻嘻哈哈的男人。"

"他帅吗？人舒服吗？"贝语新问。

"我不知道，也不太记得了，在我的印象里，他应该不属于帅的，但是对当时的我们来说，真的好像对异性不怎么注重外表，只注重精神。"

"他多大？结婚了吧。"冉一秋说。

"大概三十岁，结婚了，有个三四岁的孩子。所以，当时我更不可能往师生以外的地方去想。"

"后来呢？"

"我们学校的图书馆是教堂改建的，我很喜欢在那里看书，有时候一楼没有座位了，我会上二楼，二楼有点像包厢，位置不多，平时人少，经常积灰。有一次，就在图书馆二楼遇见了他。我们打了招呼，这时我才确认他认识我。后来不知道什么时候开始，经常会在那里遇见他，至少每个星期三都会见到。图书馆里没法聊天，所以我们经常是微笑着互相点点头。直到有一天，下着特别大的雨，那天我穿了一件白色的连衣裙，我怕淋湿了衣服贴在身上，会显出身体的线条，让人看见难为情，就坚持在二楼继续看书，等雨停。那个老师也在，那天他穿了一件白衬衫，平时他穿什么衣服我都记不住，不知道为什么记得那天他的白衬衫特别白，白得有点发光，给他整个人罩上了一层光晕。雨一直下，后来，图书馆的二楼只有我们两个人。"

"白袷玉郎啊。"冉一秋说。

"什么意思？白甲？白色铠甲吗？"贝语新问。

"不是，'怅卧新春白袷衣'的'白袷'啊。算了，不重要，别打岔。"

"对对。"贝语新转过脸来看卫婉之，"后来呢？"

"我们坐在一起，中间隔着一个空位置。因为没有别人了，我们就随便聊起了这座教堂和学校的历史，但是两个人都心不在焉，好像在扮演聊天的师生，其实只是拙劣的演员。他一直看着我，那种目光有温度，有穿透力，好像能在我的皮肤上烫出一串烙印，我也模模糊糊地看了他一眼，但是不敢对视。我觉得喉咙有点发干，想走，又觉得突兀，会对他不礼貌，不走，又不知道该说什么。"

冉一秋说:"二十一岁的女孩子,那个年代的,又单纯又好学,多么干净,就是蒙昧,傻,你那叫战又不战降又不降,就那样木头木脑地面对着一个男人,嗯,我都有点同情你这个老师了。"

卫婉之浅浅地笑了:"你居然这样想?可也没有人宣战啊。说起来,我还真没想过他的感受。"她喝了一口酒,接着说:"我们就那么坐着。那天雨下得特别大。"她的目光投向了阳台外面,那场四十年前的雨似乎还在那里下着,给她的语调带来了某种湿润。

房间里出现了一阵子寂静。然后听见了外面昆虫的声音,好像是金蛉子的鸣叫,也许还有迷路的小飞虫振翅的声音。

贝语新瞪大眼睛看着卫婉之,想说什么,又赶紧低头喝了一大口酒,把到了嘴边的话也咽了下去。

"后来我就仰头看图书馆的那个穹顶,天是灰的,因为下雨,光线朦胧,朦胧的光线从上方泻下来,我觉得很舒服,就有点忘却了刚才的紧张。这时候,身边的那个人说话了:'我羡慕一个人。'他的第一句话,就让我很奇怪。我奇怪地把脸转向他,用表情表示了疑问。然后他说:'那个将来要娶你的人。其实我一直不理解书里和电影里的教堂婚礼,因为觉得没有人配得上教堂的神圣。世俗的人结婚无非是为了现实利益和繁衍后代,为什么要到这么神圣的地方来打扰这里的清净呢?可是你不一样。每次在这里看到你,我都觉得你是配得上的。你的洁净配得上教堂的洁净,你的美好配得上教堂的美好,你的透明配得上从教堂穹顶泻下来的光线的透明,你如果穿上雪白雪白的婚纱,那就是真正的白玫瑰,就是光明天使。将来会有一个人,能在教堂里迎娶那样的你,所以我羡慕他,简直有点恨他。'我听了这番话,一时间惊呆了,心里也不知道是什么滋味,但是感觉发生了非同小可的事情,而我完全不知道怎么应对,脑子都是乱的,所以我只能沉默。"

冉一秋叹了一口气。没有人问她为什么叹气,似乎她们都懂得她为什么叹气,或者她们都知道,连冉一秋自己也不知道为什么要叹气。

"后来呢？"

"雨停了，我就走了。他也没有再说什么。这件事总让人觉得不真实，很像在雨声中我自己做的一个梦。但是那以后我去图书馆就不敢再去二楼了，后来这位老师的课上完了，我们就再也没有见过面。过了好几年，我才听说那个老师后来到底还是和他那个纺织厂工人的妻子离了婚，娶了一个当年的学生，大家都在猜测他们的感情是什么时候开始的。我知道那个女孩子，她是我们这一届里最漂亮的一个，后来想起来，她是有点像张曼玉。"

"你当年这个老师，这么……博爱啊。"贝语新让过了"花心""油腻""不要脸"这几个第一批涌上来的词，选了一个客气的，"卫姐姐，你肯定觉得震碎三观了吧？"

冉一秋又叹了一口气："震碎三观不至于，但是总归觉得不舒畅。"

"我不知道自己当时的感觉……我说不好，有一点是肯定的——我是震惊的。来龙去脉我也不想知道，因为一个我佩服的老师不见了，一个体面的男人也不见了。"

"唉，所有欣赏都难逃失望。不过师德也是道德层面的事情，只能用来自律，不能用来要求别人。感情的事，说不清，因为人性太复杂。"冉一秋叹了一口气。

贝语新说："面对无敌青春，有点动心，其实也挺符合人性的，但作为老师，是只能心动不能行动的，至少在对方在校期间是这样吧。"

冉一秋看向卫婉之："——这人不太靠谱，幸亏你当时没选择他。"

卫婉之淡淡一笑，说："哪有什么选择？我其实整个人是蒙的，根本来不及想清楚。他那么直接地赞美我，而且像在舞台上念台词一样，我当时很不好意思，不过还是开心的，内心也觉得有点荣幸。以我当时的辨别力，他的学问，他的才华，他的阅历，他身上是有光环的。"

贝语新突然灵光一闪，说："对，这种光环是专业优势带来的！滑雪教练、潜水教练身上也会有。"

"难道说，你当时还可能陷进去吗？"冉一秋问卫婉之。

"不会，不可能。因为他有家庭。这是我的铁则，我们那个年代的铁则。"卫婉之说，她的嗓音轻柔里有些许追忆的调子，但脸上的表情在淡然之下，又似乎有一层薄薄的嘲讽的笑意。

三个女人又喝了一会儿酒，冉一秋的手机响了，是她女儿打来的，说她在外地，不知道为什么房东说楼下的邻居投诉她深夜发出巨响，想让冉一秋帮忙去她租的房子一趟，和物业一起开门让对方看看，证明她的无辜。冉一秋说："我也在外地。你可以自己回上海了再去办，也可以找你爸爸。"冉一秋离婚多年，女儿大学毕业后就自己租房子住了，曾经的一家三口现在住在三个地方。冉一秋毫不避讳这些事，因为她觉得这十多年她过得越来越自由，心里越来越透彻——既清楚自己要什么，也清楚别人怎么看，同时对别人的看法既不对抗也不妥协，当然更不解释，因为不需要。冉一秋的人生信条是：成年人的生活，不要依赖；成年人的选择，不要解释。"这个信条其实有一个粗俗版本，就是：你的生活，关我屁事？我的生活，关你屁事？"她还这样补充，卫婉之和贝语新都听到过，卫婉之几次都假装没听见，贝语新每次都哈哈大笑，还竖起一个大拇指，表示强烈赞成。

冉一秋挂了电话，把手机往床上一扔，说："我想起一个故事。"

"也因为教堂吗？"

"因为颜色。卫姐姐刚才说到白连衣裙和白衬衫，白色成了记忆中很重要的一个点，我觉得那是女孩子对纯洁特别重视导致的选择性记忆。我遇到过一个男人，他从来不穿白衬衫，基本上都是暗色系，然后也没什么设计没什么质感，整个人没什么看点的那种，当时连我自己也早就不穿白衣服白裙子了。那时我四十岁，离婚几年了，那时候的打扮一下子找不到属于自己的风格，加上还在当记者，所以衣服都是最方便省力的中性风格。"

冉一秋又喝了两口。"本来我是文化记者，但是那天不知道为什么，可能说是为了时效，临时让我代替一个跑教育线的记者去采访一个名校的教授。我就去了。他大概有六十岁了？反正那个学校说是六十五岁退休，而他还没有退。给我的第一印象很正常，温和，谈吐还算有趣，也比较客气。后来，那篇专访出来了，他说一起吃个饭，我就去了，本来想请他的，结果他抢着把钱付了，然后我就回请了一次，本来以为回请了就不会再来往，没想到他谈到我的小说，看得很仔细，评价也挺有道理。那时候我刚出了一本小说集一本长篇，所以对这样的学术界高人的意见很在意，后来每发表一篇，都会把杂志快递给他，听听他的读后感，他有时候简单地说挺好的，有时候会提一点很具体的意见，我心里挺感激他的。我们几乎不见面，就是通邮件和短信。我们的聊天从来没有用'你''我'这样的开头，都是'这篇小说'或者'这个主题'开头的，所以有点像同行的讨论，也有点像老师在专业上指导学生，这样持续了大概半年，也许一年，记不清了。"

"后来呢？"

"有一次我获了奖，他打电话来祝贺，说我应该请他吃饭，我正高兴，就答应了。后来想起来，我总是奇怪自己为什么不多想想就答应了。可能是谈作品谈文学久了，人会忘记一些现实的事情吧。那次吃饭，我点的菜，他自作主张要了一瓶酒，是五粮液，我有点惊讶，因为那个酒在饭店里卖得很贵，客人一般不会擅自点的，但是我想他对我的写作也有点功劳，好不容易我得奖了，应该大方点。因为有点心疼，我就陪他喝了几杯，我不知道他的酒量，只知道五六杯下去，他的话就多了起来，而且表情变得活泼起来。我觉得这是酒后的正常反应，暗暗觉得有点心烦，但是作为请客的人，又是半个徒弟的身份，也不好拔腿就走。突然他说：'第一次看见你，你记得吗？那天你穿了一件淡粉色的衣服，涂了玫瑰红的口红，好看极了。'我说您记错了，我没有淡粉色的衣服，更绝对没有玫瑰红的口红，我只有曼秀雷敦无色润唇膏。然后他说：'记错了？那就是我梦里看见的。'这句话一出来，我就觉得整个谈话彻底不对了。我还想让谈话恢复正常，我就说：'哈哈，你抬举我了，我这么粗糙的一个人。'然后他说：'你一出现，我就想起一种水果——荔枝。外面是一层有点硬、有点粗糙的壳，只要剥掉那层壳，里面是那么水灵，那么性感，特别诱人。'我听了一下子呆住了，说真的，我的汗毛一下子竖了起来，一阵反胃，我不知道自己做错了什么，为什么居然要面对这么奇怪的事情。凭什么？他可以对我说这样的话？毫无道理，毫无逻辑。"

卫婉之迟疑地说："也许他是欣赏你，表达得不太恰当。"

冉一秋笑了一笑，说："就是套路，你不知道他玩得多熟练。我吓了一跳，整个人都不好了。这种突如其来的所谓赞美或者撩拨，完全是从天而降的羞辱。"

贝语新问："你当场就走了？"

"没有，我还是保持礼貌，吃完了那顿饭，按照原来的想法买了单，才告别的。我记得我最后还说：'某某某先生，再见。'那以后，我再也没有见过这个人。不会见了。他发来微信，我都不回，隔一段时间删掉一次。其实我也没有特别生气，只是觉得败兴，觉得自己有点可笑，一把年纪了，还会被专业光环骗了，自取其辱，我以为是专业上交流的关系，甚至是文人雅士之间来往的感觉，谁知道从一开始人家就是纯套路。"

卫婉之悠悠地说："他有家庭的吧？"

冉一秋说："应该吧。不过我不是因为这个，以我原来的感觉，我们的来往是和私生活无关的，因此彼此都不用关心有没有家庭。虽然我没想到他会把我当女人看，但是无论如何都要尊重我吧？那种套路，从一开始就全是虚的，而且没有一点尊重。人和人，没有一点真心，何必呢？他不把自己当人，我还把自己当人呢。"

"你们报社有人知道吗？"

"我没说。但是后来，那个教育线的记者有一次在电梯里遇到我，问我现在和那个教授还来往吗，我说没有。她说，那就好。原来当初是她受不了这个人的纠缠，所以坚决拒绝再去采访。领导不知道真相，以为教授个性太强要求太高，和记者沟通不顺利，就换个人去了。哦不，我想想，也可能不是这样，也可能当初领导是知道真相的，但是觉得我不像个女人，应该能幸免，所以就派我去了。"

贝语新惊叹地说："看你现在这样讲究的打扮，想象不出来你曾经是那么中性化的。"

冉一秋说："那种人玩套路，已经到了本能反应的地步。不过，说来也奇怪，从那件事以后，我好像打破了一个心理禁忌，知道别人怎么对待你和你怎么打扮没关系，这一下子穿衣打扮上面就放开了，喜欢什么就穿什么，开始化妆了，也戴一点首饰了。看这个手表，是我上一本书的版税买的，这条项链，就是我上上一本书的版税买的。我后来明白了，其他人的评价真的无所谓，最需要在意、最需要取悦的人是自己，这么一想，人就松弛了。谁知道我这样一松弛，异性缘反而变好了。我上一个男朋友，特别帅，比我小五岁，要不是后来他迫于父母压力想结婚而我不想，说不定到现在还在一起呢。"

"冉姐姐，你想得好清楚啊。"

"是啊，我觉得自己不适合婚姻，不想再迁就任何人，而那个男朋友是普通人，他是要结婚生子、夫唱妇随的，既然如此，那就算了。成年人最怕勉强。分手后的戒断反应？还好吧。我对自己是什么货色看得很透，知道自己是个不随和不贤淑的货色，所以是我自己的选择，求仁得仁，没有什么好说的。"

卫婉之说："很多人恐怕很难理解。"

冉一秋耸耸肩，笑着说："比起传说中理想的婚姻，我更想得到理想的事业和理想的体重。"

贝语新笑了起来："我也是！我也是！来，干杯。"

卫婉之也笑了，举起了酒杯，三个人碰了一下杯子。夜深了，酒杯轻轻碰在一起的声音格外清亮。

贝语新说："我有个发现！如果拍电影，这三个故事里的男人，可以设置成同一个人哦。我将一下时间线啊，卫姐姐读大学的时候，他三十岁；冉姐姐认识他的时候，他六十出头；现在我遇到了，他七十几了，从年龄上看，完全有可能。"

卫婉之神色一凝，眼皮向下一抹，表情显出了几分锐利："不会吧？"

贝语新立即觉得自己冒失了，赶紧说："不会那么巧，我想到哪儿去了。再说，一个年轻的时候把白衬衫穿得那么好看的人，老了也不会这么油腻。"

卫婉之的语气恢复了清淡："就不必考证了吧。"

贝语新看向冉一秋，冉一秋喝了一口酒，轻松地说："前几天我去了一个艺术家朋友的工作室。墙上挂了一张摄影作品，是风景和天空，天上的云有移动的痕迹，那个朋友就对我解释说，这是多次曝光的结果，他在同一个位置按了很多次快门，拍了同一朵云，这朵云在不同位置的样子，被他叠加到一起了，所以作品中的云是我们现实中看不到的样子。他当时用手在照片上平移比画，这里、这里、这里，都是同一朵云。我现在突然想，那真的是同一朵云吗？如果每一个瞬间都是这朵云，那么其实下一个瞬间它就变了；如果要全部的瞬间叠加起来才是这朵云，那么又可以说每一个瞬间都不是这一朵云。所以，是不是同一朵云，确实可以有不同看法。"

卫婉之笑了："作家开始谈哲学了。"

冉一秋说："是不是同一朵云都说不清楚，何况人呢？一个人二十岁、四十岁、六十岁，他是同一个人吗？可以说是，也可以说根本不是。何况我们这些三脚架——观察者的角度和立场也在变化，所以，有些事情根本没有办法说清楚。只要我们自己心理上不拧螺丝，让自己松弛，其实也都不重要。"

贝语新说："我们自己不拧螺丝，金句啊，姐姐。"

冉一秋说："夸我没有用，你想好了吗？到底要不要出面请那个老教授啊？"

"我刚才已经在微信里请了，他答应出镜做节目了。"

卫婉之有点惊讶："那你……准备怎么应对？"

冉一秋说："那种饭绝对影响健康。你真准备为了工作牺牲色相啊？"

"哦，对！我同事还在等我回音呢，我得给我同事打电话了。——喂，李大头，那个事我搞定了。没事，也不麻烦，只不过我答应他当天拍好了以后，请他吃饭，我是为了你两肋插刀，所以你不能让我单独应付这顿饭，对，那天你也来，再带着摄影师、化妆师都一起来，对，大家热热闹闹吃个饭。我来请。什么，你埋单？那太好了！哦，对了，他肯定以为是和我单独吃饭，为了让他做节目的时候情绪好，我们得保持这个错觉，你可别说漏了。"

冉一秋惊讶地问："你什么时候问他的？"

"就刚才啊，咱们一边喝酒我一边在微信里邀请的。他要我拍完了节目就请他吃饭，我答应了，可我没说要单独请他啊，我现在拉上几个人，不就好了吗？多方共赢，相当完美！"

卫婉之听着，半赞半嗔、有点啼笑皆非地说了一句："现在的小朋友，真是太有办法了。"

这天晚上，因为解决了难题放下了心事，贝语新面膜做了一半，就睡着了。冉一秋也睡着了，只有卫婉之在有雕花石栏杆的阳台上坐着，独自慢慢地喝着杯子里剩下的半杯酒。喝到最后，她对着夜空举了一下杯子，说了一声：Cheers！然后一饮而尽。真得谢谢冉一秋，出门带上这瓶酒。卫婉之决定下一次把人家送她的一条爱马仕丝巾送给冉一秋，那条丝巾浓郁华贵，但是卫婉之从来只戴黑白两色的丝巾，最多是黑白千鸟格的，所以那条丝巾一直没有用，送给冉一秋倒是合适。

卫婉之不知道，这时候冉一秋正在做一个梦，梦见在白天走过的山路旁边，有一大片白色的花，一只特别精神的豹猫，动作矫健地一头撞进花丛中，然后从好几米以外的地方冒了出来，重复了一次，又一次，每次它都回头看着冉一秋，似乎要告诉她什么。冉一秋走过去仔细看了看花，说："我看清楚了，这不是雏菊，是丁香花，谁说白色的就是雏菊，这是白丁香花。"豹猫摇了摇头，再次撞进花丛，然后再从另一头冲出来，再次回头看着冉一秋。冉一秋突然明白了："是什么花不重要。"这一回，冉一秋清清楚楚地看到，豹猫笑了，而且它笑出了声音，是冉一秋从来没有听见过的笑声，那声音，像一串风铃在风中自在摇动。

最佳酒鬼是怎样诞生的

程永新 *

一九七九年，对我来说是一个特殊的年份，因为那年我跨入了名牌大学的校门。一九七九年是恢复高考制度的第三个年头。七七和七八，绝大多数的学生是历届生，一般都有或长或短的工作经历，并以老三届居多。到了我们这一年，情况发生了戏剧性的变化。以中文系为例，我们班一共五十八个人，历届生工龄五年以上的有八人，工龄两年以上的有六人，余下四十四个全都是应届生，占比百分之八十多。他们堪称青年才俊，差不多都是以显赫的高考成绩，直接从中学考入大学。岁月的大河因为社会变革在七十年代末忽然拐了个弯，团团打转，漩涡套着漩涡，涟漪串起涟漪，往四处漫延渗透；时间行进至一九七九年被折叠起来，像一只彩色纸鸢，头部略微窄小，身体纤细羸弱，却拖曳着一条长长的壮硕的凤尾。

我们班的辅导员是"工农兵大学生"留校的教师。二十世纪六十年代末至七十年代中期，国家从工厂、农村及部队选拔了一批人直接进入大学，这批人

---

* 程永新，男，1959 年生于上海的浙籍人，职业编辑，业余作家。高级编审，现任《收获》主编。负责编发的众多作品频获茅盾文学奖、鲁迅文学奖及国际国内各种奖项。著有长篇小说《穿旗袍的姨妈》《气味》，中短篇小说集《若只初见》《到处都在下雪》，话剧《通往太阳之路》、《我们这些人啊》(与人合作)，散文集《八三年出发》，以及中国第一部"个人文学史"《一个人的文学史》，主编《中国新潮小说选》，担任大型电视片《上海建筑百年》的总策划、总撰稿。曾获第四届中国出版政府奖优秀编辑奖、第四届"中骏杯"《小说选刊》奖·中篇小说奖等。

统称为"工农兵大学生"。今天的年轻人已经不知道"工农兵大学生"的含义了。辅导员是从部队来的，四十来岁，国字脸，理着齐整的板刷头。中文系的老师都有研究的主攻方向，辅导员走了一条捷径，他研究的是二三十年代的报刊出版业。辅导员很少来学生宿舍，但只要一来，就会在各个寝室转悠，与同学们打成一片，一起抽烟一起聊天，也会说到系里那些名教授的逸闻和八卦，抽烟的时候他会情不自禁地跷起二郎腿，渐渐地裤管愈撸愈高，露出浓密粗黑且一根根支棱着的腿毛。

刚入校不久，在辅导员的主导下，我们班成立了班委会。班干部基本由年龄较大的同学组成，年龄最大的当了班长，三十五岁，副班长三十三岁，班委及各小组组长都由历届生担任。公正客观地说，辅导员当时这样安排也没什么毛病，他从部队来，相信有工作经验的学生，他们比较成熟、听话、好管理。

我在上大学前有三年农场工作的经历，属于中间层的那一茬。中间层只有一个胡子拉碴的家伙进入了班委。这个家伙后来晋升班长，因为班长去当系学生会主席了。那个胡子拉碴的家伙最大的本事是什么课都不缺席，什么课他都能从头听到尾，笔记那是记得工工整整，一点涂改都没有。他后来成为我们班共同的偶像绝非偶然，每每考试来临，我们就争先恐后地抄他的笔记。他非常大度，毫不吝啬地将他的笔记奉献给我们。他的笔记就是我们的精神食粮，就是我们的指路明灯，说是救命稻草也不为过。

当时的我，感觉进入大学就像进入天堂，整天泡在图书馆和系阅览室，对没意思的课经常逃课，抓紧每一分钟读书，恶补世界名著，那情形就像一个多年缺钙的人，一有机会就大把大把地吞食钙片。辅导员一手策划的班委选举，我完全没兴趣关注，我在所有候选人的名单后面都不负责任地草率地打了钩。

大学第二年，我开始狂热地着迷于西方戏剧史，几乎通读了所有中外的经典剧本。那段时间我固执地认为诗歌与戏剧是离哲学最近的两种文学样式。从古希腊悲喜剧到莎士比亚全集，再到斯特林堡、奥尼尔、契诃夫、贝克特、萨特、迪伦马特、阿瑟·米勒、威廉姆斯等人的剧作我都耳熟能详。万比诺夫的

《打野鸭》我整整读了三遍，他与他的前辈契诃夫一样地节制和含蓄，日常在他那里都变成了隐喻和象征。

有一次夕阳西下，我从图书馆徒步回宿舍，林荫道旁的告示栏张贴出学校话剧团招聘编剧和演员的公告，我去学生食堂匆匆吃了晚饭，偷偷跑去学校的活动室应试，临走时还从宿舍顺带了一只塑料脸盆。这是我表演抓蚊子小品所需的道具。小品设计在盛夏时节，苦苦复习迎考的人备受蚊虫侵袭，左右拍击，依旧难敌那些嘤嘤嗡嗡的族群，小品结尾处我在脸盆上涂了很多肥皂，满世界乱舞（这地方应该有音乐），想象中的一群群蚊子纷纷钻进塑料脸盆，沾满脸盆的内壁。

教室里的老师和学生哈哈大笑。我原意是想去应试编剧的，也许剧团指导老师被我的小品所感染，见我形象还算端正，竭力说服我当演员。我暗忖莎士比亚曾在剧院干过许多杂活，这些经历为他日后的剧本创作积累了丰富的舞台经验，有莎老师的先例在，我想我也不妨试试。

从此我除了去图书馆和阅览室，还多了一个去处，那就是话剧团的办公室。话剧团新招的团员中有两个美女，一个是外文系的，另一个是计算机系的。外文系的美女同学很快与话剧团的指导老师同进同出，计算机系的女同学也与另一位指导老师关系暧昧。虽说两位老师都是单身，可这在当时的校园氛围中还是需要勇气的。因为一般来说，师生恋是不被允许的。我对班里的事情不闻不问，完全像个局外人。奥尼尔有个剧本叫《天边外》，非常契合我当时的心境。虽说天边外有什么样的风景，我并没有清晰的认知。一直到班里的应届生中间一股不满的情绪暗流涌动，我这个局外人还蒙在鼓里浑然不知。

三年级刚开学不久，辅导员来找我，我们站在中文系宿舍楼前面的草坪上面对面谈话。辅导员嗫嚅地一边说话，一边拼命挠着平顶头，他好像有点拘谨，因为两年多的时间里，我与他说的话加起来不会超过十句。他说，系里决定我们班要派出十几个同学去留学生楼陪住，十几个人里也包括我。

我问辅导员，为什么有我？我们去干吗？我说，我从小最痛恨告密者，我无法提供任何有价值的信息。

辅导员说，你想多了，你们去就是帮助留学生学习中文，没有任何其他的任务。

他板着脸，没有表情，我盯着他的眼睛端详半天，似乎不像是套话。当时我有点犹豫，我该信他呢还是不信？这仿佛是哈姆雷特的纠结。

我们中文系一间宿舍要住七个人，留学生楼的一间宿舍最多是两个人住，那是何等诱惑人的待遇啊，为什么这样的好事会落到我头上呢？辅导员解释说有个法国留学生来研究相声史，他想来想去只有我最合适。

最终我相信辅导员的话去了留学生楼，喜出望外的是，我发觉那个窗明几净阳光照射的房间只有我一个人住。我陪住的是个法国留学生，号称来中国研究相声史，我的话剧团背景让辅导员觉得我与那个法国人同住比较对口。其实我一个南方人哪懂什么相声史，那个法国人是个彻头彻尾的哲学家，萨特存在主义的徒子徒孙，法国前几年的工人罢工他都参加了，还是个小头目。他只是借着研究相声的名义来中国考察东方的社会主义。留学生楼的居住条件比较优渥，有淋浴房、餐厅，餐厅只对留学生开放。留学生的门卫室有二十四小时的门卫值班，来访人员皆需要登记，还有严格的时限。

法国人与他的妻子住一个宿舍，他喜欢早晨起床后洗澡，心情好的时候，会穿着睡袍，端着一杯咖啡来我（我们）的房间。房间里有两张书桌，他坐在靠门边的一张书桌前。我要是不理他，他就假模假式坐在书桌前唉声叹气，一个人自言自语，抱怨中文太难学。他不停地发出奇怪的声音，我根本看不进去书，虽说不情不愿，但还是记得自己有帮助面前这个老外学习中文的任务，勉强回转身帮他认中文字。法国人即刻眉开眼笑，还带着讨好我的神情。他的中文差不多相当于中国小孩二年级的水准。他最喜欢的一件事情就是跟我讨论报纸上的新闻，他擅长分析，能把有关吃喝拉撒的任何日常细节上升到哲学高度。每次我连猜带蒙，大概能理解他的意思。有时候因为中文不够用，他着急了，叫来他妻子当翻译。我们常常争得面红耳赤，他的妻子中文好，反应快，她如若要帮腔，我一个人无论如何也说不过他们。后来我灵机一动，对法国人的妻子说：你的工作是翻译，为公平起见不要发表任何意见。

正是在相对封闭又相对自由的留学生楼，我与我们班的女生凌琳相遇了，说"走近"也许更准确。

我们班男多女少，女生不超过十个，大部分女生住进了留学生楼。学校外办为了营造气氛，周末经常在留学生楼的餐厅举办舞会，中国学生也会受邀参加。我不会跳舞，周末有时还回家，所以很少去参加舞会。有一天晚上我恰好留在宿舍，一楼餐厅的音乐声震天响，整个大楼仿佛为之战栗，我的目光老是在一行字上徘徊，悻悻然抱着一种猎奇的心理下楼了。

那天晚上餐厅的灯光特别黑，四周墙上环绕一条彩色灯带熠熠闪烁，屋中央十几个中外学生随音乐群魔乱舞，灯光下的角落里，坐着孤单的一个人，那就是我的同班同学，凌琳。

我在门口站了一会儿，慢慢朝凌琳的方向移步。凌琳坐在摆满水果零食的餐桌旁，她也发现了我，朝我招招手。这情形就像两个落水者在大海中互相挥手呼唤。之前几年里我不记得与凌琳有没有说过话，点头微笑大概是有的。

我缓缓移步到凌琳的旁边，问她：

"你为啥不跳舞？"

"不会。"凌琳的头摇得像拨浪鼓，细弱的声音很快被巨浪般的音乐声淹没。

在我们班凌琳几乎就是一个不存在的存在，她的话太少了，而且在我印象中，她的语言仅仅由单音节的"嗯""是""对"等构成。我们班最出挑的女生无疑是黑白珍珠，那对姐妹也许是我们班很多男生的梦中情人。凌琳在女生中太普通了，普通到没人注意到她。她是年龄最小的应届生，难得说话也是轻声轻气，细若游丝像蚊虫叫，谁也听不清她在说什么。凌琳中等身材，圆圆的脸上长着淡淡的雀斑，她最吸引人眼球的是胸脯，那就像……两座火山，随时有爆发喷涌地动山摇的可能！凌琳穿任何衣服似乎都无法兜住那两座高耸的火山。

在昏暗的灯光下，凌琳的目光晶亮，神情异常兴奋。她没话找话，问我最近在读什么书。我就胡吹了一通迪伦马特，将《罗慕路斯大帝》《物理学家》《老妇还乡》等剧本的剧情都罗列了一遍。凌琳问我罗慕路斯为什么那么昏庸，我说他不是昏庸，他是装傻，养了一群鸡，与鸡们寻欢作乐，故意让皇权走向衰落，让人民过上自由幸福的生活。

后来有个英国留学生过来请凌琳跳舞，凌琳连连摆手，脸上飘过一片红晕。那个英国留学生有点尴尬，两只手摊开，一副迷惑不解的表情。英国留学生走后，我心血来潮，忽然起身邀请凌琳跳舞。凌琳勉强站起，头凑在我的耳边柔声说她不会。那一刻我不知道哪里来的勇气，坚决地拉起她的手，说："我教你。"拉她的是左手，右手顺势揽住凌琳肉肉的腰，在音乐的鼓动下，我们缓缓起舞。我的心其实有点虚，可当发现凌琳更加笨拙的时候，我陡增了不少勇气。凌琳跳舞就像走路，这让我想起开学时的军训，列队行走。两个笨拙的人无法踏准节拍，也无法配合，于是我的前胸不停触碰到凌琳时，有一种麻酥酥的感觉，心跳顿时加快。

那天晚上分手前，在二楼楼梯口，凌琳突然站住，转过身来说她想看《罗慕路斯大帝》，问我可不可以把剧本借给她。我说当然，抽空去中文系宿舍拿。上大学时因为有工作经历我有十八元的工资，伙食费花掉差不多十五元，余下可以买书。那时候的书都很便宜，更何况我经常去福州路旧书店淘书。凌琳是应届生，他们的伙食费都是家里补贴的，所以他们手头没有那么宽裕，很少买书。

凌琳点点头，笑微微地沿着楼梯往三楼款款走去。二楼是男宿舍，三楼是女宿舍。我愣在那里，神情陷入遐想之中。我去过三楼，那是法国人过生日，邀请我去他与妻子的房间喝酒，喝法国香槟，吃意大利番茄肉酱面。凌琳的背影在我的目送下渐渐升高。

留学生楼对外界相对封闭，门卫老头脸色铁青，对所有访客都持敌意的目光，探访的时间一到，他一秒钟都不会耽搁，马上按响房间的铃声，一个爱尔兰留学生几次从楼上冲下来，与门卫老头大吵一顿。第二天，我从留学生楼回中文系的宿舍去拿迪伦马特的剧本《罗慕路斯大帝》，寝室里只有戴着赛璐珞眼镜的秦志国一个人坐在窗台边篆刻印章。

秦志国是应届生，中学语文比赛的状元，他号称自己是周作人散文的传人。在他的嘴里，我们的任课老师基本没有一个是合格的。宿舍住七个人，我与秦志国都是上海人。之前他会经常跟我闲聊，他居然对话剧团的女演员了如指掌，他注意到的两个漂亮女生就是外文系和计算机系的。我笑了，劝他别意淫了，告诉他人家名花已经有主。秦志国听了我的话鼻子里咝咝地出气，他说真不知道这些女孩怎么想的，年龄大的男人就一定成熟可靠吗？未必吧？

秦志国个子不高，脑袋硕大，挺着个肚子，赛璐珞的眼镜片一闪一闪地发光。他接着说：

"你比我大三岁，可我并不觉得你比我成熟，你承认吗？"

我嘴上没吭声，心里是默认的，秦志国曾私下与我探讨过性经验，当时我的脸一阵红一阵白，心里暗暗叫苦，谁会相信一个去过农场的二十三岁的人还没尝过禁果呢？

秦志国拉开书桌的抽屉，将印章和篆刻工具刀搁放进去，然后神秘地告诉我：我们班将会发生一些重要的事情。你也是不被重用的人，我相信你应该会支持我们的。

我后来才意识到，秦志国所说的"我们"指的是谁。接下来就发生了体育课打架的事件。

体育课的老师是足球运动员出身，大概那天他心情不太好，让我们班分成两队踢足球，他不知道躲哪儿消化他的负面情绪去了。于是所有的组队都由秦志国和韩强出面安排，韩强也是应届生，他是区中学生足球队的主力，自然有更多的话语权。秦志国和韩强挑选他们的队员全是年纪小的，这样自然而然的剩下会踢足球的另一队的队员都是年龄偏大的。足球场上的两队对垒，更像是时间与时间的搏杀，年代与年代的对决。

场边是我们班女同学组成的啦啦队，她们本来在旁边的操场练垫上运动，见足球比赛开打就纷纷围拢过来。我不会踢足球，只能站在场边观战当看客。

韩强明显是中场组织者，所有的进攻都是他发动的，在这么激烈的对抗中，韩强的脸上没有丝毫的紧张感，始终保持笑嘻嘻的表情，笑起来还带有两个酒窝。秦志国是门卫，他个子矮，穿着长裤，戴着一副手套，双手不停朝前挥起，示意他的后卫向前压上。不得不说，秦志国的几次鱼跃扑球还是很惊艳的，场边的女同学一起拍手也是可以理解的。最起劲的是黑白珍珠，那是我们班最受欢迎的姐妹俩。黑白珍珠的旁边站着凌琳，她拼命用小手鼓掌。

足球赛进入到高潮的时候，韩强摔倒了，大头无意识地绊倒了他。大头是历届生，他比较胖，跑动时很笨拙，头大躯体转身慢，他能够绊倒韩强一看就是一个意外。但应届生队中北京小子开始在那骂骂咧咧，还夹带着脏字。北京小子个子瘦长，平素不理人，是应届生中的一个异类。他说的北京话语速极快，上海本地的同学谁也听不懂他的话。

这时候胡子拉碴的家伙非常有风度地走过去，拉起韩强，韩强笑嘻嘻的，摆摆手，表示他没事。远处的北京小子不识时务，还在骂，胡子拉碴的家伙忽然拉下脸，指着北京小子说你给我闭嘴！北京小子来劲了，嗓音更大，脏字迭出。胡子拉碴的家伙是我们班特别书生气的同学，他回头走几步，突然回转身朝北京小子冲过去，抬手就一巴掌扇过去，北京小子敏捷地一低头，巴掌像一阵风从他的头上掠过。韩强与秦志国迅疾上去，安抚住了胡子拉碴这个家伙的情绪。胡子拉碴这个家伙对北京小子说："你再吐一个脏字，老子直接削你！"

又到了一个周末，我与凌琳在留学生楼的餐厅再次相遇。舞会结束，凌琳说要还书给我，我就跟着她上了三楼。在宿舍门口她掏出钥匙打开门，我站在门口迟疑着，凌琳歪歪头，示意我进去。房间里的日光灯敞亮，但空无一人。

我问，你的同屋呢？凌琳说她回国休假去了。也许是我们的心绪还没有从舞会的气氛中摆脱出来，凌琳跑去书桌前，拧响了台式录音机，拉威尔的《波莱罗舞曲》顿时从宇宙的尽头袅袅升起，穿越而来，灯光下的房间被笼罩得像月球一样空旷而迷蒙。我踱步过去，站在窗棂边望出去，午夜时分的校园格外宁静，远处林荫道上的路灯与夏季的星星交相辉映。

以后的几天里，在去学校食堂的甬道上，我与凌琳几次碰到，凌琳都脸一红，低头匆匆走开了。迪伦马特一直没有回到我的身边。凌琳再也没有找过我，我也没有再参加过留学生楼的舞会。

临近毕业的那个春天，我们班的大头出事了。

大头是上海人，胖乎乎的脸长满络腮胡子，但他每天都把胡子刮得干干净净的，两鬓长长的黑色鬓角隐约可见。大头见谁都脸上堆笑。他的家境很好，据说是资本家的后代。中学毕业后一直逃避上山下乡，后来是从里弄街道工厂考上大学的。学校规定家在上海的学生周五下午才可以回家，而大头经常下课后骑着一辆凤凰牌自行车偷偷溜出校门。大头经常去市中心的一个场所，那是出入境人员购买外汇产品的地点。当时规定从国外回来人员可以用兑换券购买一件免税产品，比如剃须刀电吹风之类的电器。大头的姑妈从美国来探亲，带来一台电视机，大头去提实物时发觉很多人放弃购买免税商品的额度。脑子灵活的大头从中觅到了商机，他给放弃购物的对象一点小恩惠，用兑换券买了电器又议价出手，一进一出，可以净赚一两百元的利润。这在八十年代可是一笔不小的数目，要知道我当时的助学金每月只有十八元。

有一天，不知谁传出的消息，说大头因为投机倒把被公安抓了。消息不胫而走，迅速在校园里传开了。

大头是第二天回到学校的，他拿着毛巾走去盥洗室擦了半天的脸，对着墙上的镜子，一遍遍端详自己被太阳暴晒后布满红晕的脸，然后回到宿舍，从里面搬出一张凳子，坐在走廊中央，像祥林嫂一样不停地大声叫嚷：

"谁说我被公安抓了？谁说的？有本事散布谣言就站出来，有种吗？出来一个打一个，出来两个打一双！"

一楼走廊的男生宿舍共有六间，隐忍的笑声像老鼠般吱吱叫唤，四处流窜。大头在走廊里闹了一个多小时，班长晚自习回来，见状左劝右劝，才把他劝进宿舍，让其消停下来。

第二天，从外面回来的大头刚出现在宿舍楼的门口，与他同屋的韩强笑嘻嘻地从房间搬出一张凳子放在走廊中央，韩强的后面跟着秦志国等几个应届生。

韩强对大头说："时间到了，开骂吧！不能让造谣生事的人就此安宁。"

一脸无辜的大头在众目睽睽下，驳不了面子，嘴唇翕动着，大脑袋一晃一晃的，顺势说骂就骂，谁怕谁啊？于是一屁股坐在凳子上，又开始漫长的肆无忌惮的骂街。围在旁边的一干人哈哈大笑，笑声在走廊里久久回响。

第二天不知谁把凳子搬到中文系宿舍楼门口，神情恍惚的大头像个牵线木偶，无条件听从一只无形手掌的安排，乖乖地依旧坐在那里开骂。再后来那把凳子好像会走路，会飞，它神奇地转移到了学校的中央大道，中央大道两旁绿树成荫，是学生们上下课的必经之路。大头的骂街变成了行为艺术，也变成了中文系最大的笑柄。持续了好几天之后，学校的保安终于出面干涉了。

我在从教室回宿舍的半道上，曾经见过大头坐在林荫道下骂街的情形，他的表情异常丰富，说到动情处，脸上挂着鼻涕眼泪。四周的弧圈内，人群簇拥，我在攒动的人头中看到了捂嘴而笑的凌琳。

紧接着又发生另外一件事情，谁也想不到，这次轮到班长了。有人给系里写匿名信，说班长在报考大学填表时隐瞒了"已婚"的事实。

一九七九年，那年原则上已经不鼓励已婚青年报考大学，但也不是死规定，成绩特别优异的除外。班长填表时犹豫再三，最终还是在婚姻状况一栏填了"未婚"。这件事情的性质其实也没那么严重，七七、七八级有很多已婚的同学，班长只是求学似渴，担心考试成绩不理想而落选。事实上，班长的成绩在班里是数一数二的，即便他在表格中填了"已婚"字样，也照样会被录取的。可是因为有了匿名信，系里不得不免去他班长的职务，以平息舆论和事端。半年后，被免职的班长出任中文系学生会主席，这是后话了。

连续在我们班发生的几件事情，互相之间看不出什么联系，你说是一个阴谋吧，好像有些言过其实，但你又真切感受到有一股情绪暗流涌动，像一条长长的地下河汨汨流淌。最让人焦虑和忐忑的是，你不知道明天又会发生什么。

巨大的暗影中，那只无形的手会不会还在继续布局呢？

一天，留学生楼的门卫叫住我，递给我一张字条。我打开一看，是凌琳留给我的，她约我下午五点在学校后面的铁道旁见面。

凌琳与我已经很久没有联系，即便在校园内邂逅，也就彼此点点头而已，我不确定她要找我干什么。联想到我们班接二连三发生的怪事，以及背后那只无形的手，我似乎有些犹豫和迟疑。但仔细一想，那个晚上可以说什么也没有发生，即便发生点什么，也是羚羊挂角无迹可寻，只有天知地知你知我知。

不得不说，凌琳真会挑选见面的地方。学校后面的铁道原先是军用的，闲置多年变成废弃的通路，生锈的铁轨淹没在草丛中，像是岁月的遗腹子静静躺在记忆的怀抱里。我都不知道学校后面有这样的好去处，可见我的大学生活是多么寡淡无趣，我想只有谈恋爱的学生才会来这么幽静的地方。

穿着呢裙子眼睛发光的凌琳拿着一本迪伦马特站在夕阳下，一双白色旅游鞋被杂草覆盖。她的身躯挺立，夕阳为其勾勒出妩媚的线条。"嗯，还你。"凌琳用双手把迪伦马特递到我的面前。我注意到凌琳是用沪语说的，我不知道这是否会拉近我们的距离还是相反。在校园里，即便是上海籍的同学也习惯说普通话。

"你还记得？"我有点惊讶。

整整半年了，我已经忘了这一茬。晚霞、铁轨、草长莺飞、延伸到远方的树林，这些景物组合拼凑在一起，真像文艺电影里的一种告别桥段，带着淡淡的忧伤，具有很强的仪式感。我的目光望出去，那个迷人的令人回味的长夜，正顺着废弃的铁轨快速滑行，像滑板车一样渐行渐远。

"再过几个月，我们就毕业了，那时候想还也没法还了。"凌琳说。

"没关系的，不还也无所谓的。"我有点嘴笨，心里却在猜测凌琳的来意。

"你对毕业分配是如何打算的？"凌琳突然问道。

我一下愣住了，不知道如何回答。根据中文系的毕业分配方案，历届生哪里来回哪里，应届生可能有一半要去外地，我是独子，根据条件无疑可以留在上海。但对未来的就业我没有规划，也无法规划，一切只能听从系里的安排。

"不知道，不去想，想了也白想。我们谁也无法主宰自己的命运吧。"我说的是事实，但这话听起来有点生硬，一碗敷衍了事的心灵鸡汤。

凌琳的手一下一下不停抚摸长及腰身的草缨子。她的身体微微左右摆动，内心似乎一直在挣扎。

长时间的沉默。凌琳不善言辞，而我也不知道要说什么。沉默的时间长了，就自然转化为尴尬。凌琳终于憋不住了，她说：

"那我就先走了？"

我颔颔首，表示默认。凌琳转身沿着轨道离去，呢裙的裙裾被草茎一次次地抚摸如风铃般颤动，在夕阳中不停翻飞。我的目光没有从凌琳的背影中移开，当时的脑袋里一片空白。凌琳在十几米处骤然停住，她反身朝我小跑过来，气喘吁吁的语速很快地说出一通令我惊讶的话：

"那我们之间，还有希望、还有可能吗？我指的是确定关系的那种。你应该明白的对吗？"

我这时候才意识到凌琳找我的用意，对不起你了迪伦马特，你只是一个媒介。我的情商一向不算高，可那会儿我好像忽然明白了什么。

凌琳根本没工夫等我的反应，她继续急促地不停顿地往下说：

"我等，等你的消息，你可以想几天，想好了结果就告诉我，如果可以，我们、我们就……如果不可以，你不必告诉我。你两个星期不来找我，我就知道答案了。对不起，让你为难了，我是不是很傻啊？"

凌琳说话的节奏犹如疾风骤雨，脸上因此憋出了红晕，忽地，一只应该在晚上才出动的萤火虫，从我们面前的草丛上飞过。她快速说完一连串的话，眼睛看着我的身后，突然转身一阵风似的奔跑而去，如同仓皇的逃离。

我终究没去找凌琳，每每一想起那个长夜，莫名地就会有一种感伤。

与此同时，那只无形的手还在行动。

毕业前按照惯例，中文系的系主任需要找我们班各个年龄层的学生代表谈话，结果针对辅导员的意见最多，也最为尖锐。说他重色轻友，说他一碗水没有端平，更离谱的是有人指出辅导员的学术文章对资料的引用不严谨，有多处错误。谁会吃饱了撑的，去检查对照辅导员公开发表的文章里的资料引用？

冬季来临，学校的林荫道上铺满落叶。圣诞节快到了，校园里弥漫着浓郁的节日气氛。留学生们正在筹备圣诞晚会，受其影响，我们班也紧锣密鼓地酝酿圣诞节前夕的冷餐会。发起者是我们班的女同学，具体操办的是黑白珍珠。

我们班的女同学不到十人，黑白珍珠是最出挑也是最热心的两个人。她们同进同出，在去教室或食堂的甬道上吸引了无数的注目礼。黑珍珠高挑匀称的身材，梳一根大辫子，戴一副眼镜，整天没心没肺地笑，走路姿态富有韵律，她在校运会上获得过长跑季军的好成绩。黑珍珠其实也没那么黑，主要是旁边的白珍珠太白了，白得耀眼，有点像天上的云彩。白珍珠个子略矮，鼻子高高的，短发上插着黑头箍。她不苟言笑，神情安静。

黑白珍珠是我们男同学背地里叫出来的，有一次秦志国不小心说漏了嘴，叫了声"黑珍珠"，黑珍珠微笑着用左嗓子高声嚷嚷，声音在半空中飞扬：

"你对女同胞要尊重好哦，小阿弟！"

黑白珍珠是我们班的宠儿，也是应届生群落里的翘楚。可她们俩偏偏与大龄男生走得很近，为了筹备冷餐会，她们一次次与前班长和代理班长（那个胡子拉碴的家伙），站在一楼的走廊里磋商，一站就要站很久，我想那时候应届生们心里是不痛快的，说不定牙根都咬得咯咯响。

考虑到很多同学要参加留学生楼的圣诞派对，冷餐会放在二十三号晚上。那天一大早，黑白珍珠就去五角场用班费采购酒类食物，下午全体女生去教室制作沙拉及摆放各种冷盘。

冷餐会五点半开始，我们班的同学陆续走进教室，屋内上方挂着气球和彩带，课桌拼成了六张方形餐桌，餐桌上摆放了丰盛的冷盘与水果，一排排的酒瓶林立着，酒类齐全丰富，有白酒、啤酒及绍兴加饭酒，还有果酒和饮料。教室正前方的黑板上用美术字写着"最佳酒鬼"，作为点缀，黑板的左右两侧用彩色粉笔画了一棵圣诞树和各种花卉。

辅导员是最后一个到的，他微笑着，看不出与平素有什么不同。那个胡子拉碴的家伙发表了简短的圣诞献词，接着宣布：冷餐会后，将通过投票产生一名本班最佳酒鬼。教室里顿时一片欢腾，大家都被这个别出心裁的创意所感染。很显然，在黑白珍珠精心的策划与安排下，这次冷餐会是我们班进校后最隆重盛大最别具一格的一次集体活动。

那天我穿了一件藏青色棉袄，平静地坐着，秦志国坐在我旁边，但他很不安稳，像个多动症患者，不时跑去邻桌敬酒，他不用杯子，而是用一只自带的陶瓷釉碗喝酒，三个指头夹住碗沿，仿如古代的侠客。

大头没有出席这次聚餐，他在学校的劝导下在家休养，他的精神状态没法工作，所以不参加分配，算作是肄业。这对应届生们来说无疑是个利好，因为空出了一个留上海的名额。

我一直慢慢啜饮着加饭酒，没有动筷吃菜。下午我与学校乐队的指挥见面了，乐队指挥是与我一起从农场考上来的朋友。我们有个农场小圈子，几个好朋友经常聚会。那天下午乐队指挥向我通报了他近阶段的情爱史，他劝我不要那么死心塌地苦读书，要享受生活，生活才是一本真正的大书。乐队指挥了解我的状况，大学四年我除了拼命读书，没有正式交过一个女朋友。

我正在慢慢回味他的话，他突然提到了一个名字，让我心惊肉跳，那个名字叫"迷蒙"。"迷蒙"与乐队指挥同在新闻系，比我们小两届，"迷蒙"有顾长苗条的身材，走路慢悠悠的，身子微微后仰，长发，标致的脸云山雾罩的，神情带点哀怨，给人很多遐想。"迷蒙"自打一进校，就是很多男生追逐的目标。我对高个女孩天生没有免疫力，是被她深深迷倒的众多男生中的一个。我在校园里尾随过她，也试图走近她，当乐队指挥暧昧地跟我说"迷蒙"缺少激情是一匹死马时，我显然受刺激了，眼睛直直地盯着他。

"要知道梨子的滋味，只有亲口去尝一尝。"音乐指挥意味深长地说。我们交谈的时候，某个瞬间我的眼前恍然浮现过一对火山。

黑白珍珠举着酒杯来到我们这桌敬酒，当时我的情绪还沉浸在下午的时光里，站起来拿过杯子抿了一口又坐了下来，黑珍珠的左嗓子随即高喊起来，她指着我的杯子说：

"喝完喝完！"

我没心情，斜眼乜了她一眼说：

"你的杯子里是酒吗？"

黑珍珠走来把她的酒杯凑到我跟前说：

"你闻你闻！你不要太小看人。"

"我喝完你也喝完？"我冷冷地说。

没承想黑珍珠听了我的话咧嘴大笑，连连摇头：

"好男不跟女斗，想不到话剧团的王子还这么计较！"

平素我与班上的女同学说话很少，黑珍珠却时常与我搭讪，我知道她对我有好感。

这时候周围凑过来几个人，都是应届生，其中北京小子用含混的京腔很溜地说了一句，我没听清他在说什么。旁边的秦志国慢悠悠地站起来了，他拿起陶瓷碗脸色阴沉地对我说：

"我陪一杯总可以了吧？今天你不喝完这杯，恐怕是走不出这个教室的。"

这什么话？有点像威胁。

这时候要命的是凌琳不知道什么时候出现了，她站在旁边轻声说喝吧喝吧。她的话全灌进了我的耳朵。

我们事后才知道，那个圣诞节聚会前每个应届生都喝了两罐酸奶。

我没想到秦志国会来这一手，有点蒙，他可是我的同屋，平时关系不错的呀，这个架势算什么？同室操戈吗？北京小子操着含混的京腔又开始聒噪，听着让人心烦。

我慢慢站起来，从邻桌拿过一整瓶掀了盖的绍兴加饭酒，冲着北京小子说：

"今天就跟你单挑了，你要还是个男人，就吹一瓶！怎么样？"

周围一片喧哗，看热闹的不嫌事多。北京小子咿里哇啦说着什么，后面人堆里挤出胡子拉碴的家伙，手里提着一整瓶绍兴酒，另一只手推他一把说：

"要么喝，要么滚蛋！"

他喝得已经上脸了，说完话还翻着白眼，他不看人，眼光朝上直射教室的天花板。

胡子拉碴的家伙已经是代理班长，他与我是同一年生人，临近毕业了我们似乎比较谈得来。在足球场上他曾经因为北京小子的出言不逊而揍过他。

我不管不顾，咕噜咕噜率先干掉了一瓶，喝黄酒本就是我的强项。在众人的起哄下，北京小子僵持了半天，从胡子拉碴手中接过酒瓶，勉勉强强也干掉了。后面的事情完全出乎意料。

半小时后，教室里变得异常嘈杂，说话的声音愈来愈响，有两个北方农村来的同学喝高兴了，开始大声地划拳。大家谁也没注意到，北京小子从座位上站起，瘦高的身躯跌跌撞撞往教室外走去，在靠近教室门口的地方晃晃悠悠，突然直扑扑地倒在地上。

北方人不擅黄酒，之前他又喝了白酒，北京小子被救护车送去医院，打了几个小时的点滴，第二天上午才回学校。

北京小子走了之后，我不依不饶，一直追着秦志国喝酒，秦志国不停地叫我"哥"，但是我还是坚持要跟他喝。没等教室里的酒全部喝完，秦志国趁我与胡子拉碴说话的间隙逃走了。

最后教室里只留下黑白珍珠、胡子拉碴的这个家伙与我。他们几个扶我走出教室。我笑嘻嘻地在教室门口站住，死活转过身，一把拽过带着尼康相机的白珍珠，高声嚷着要她给我在写着"最佳酒鬼"的黑板前拍张照。白珍珠平素有点高冷，我的记忆里，大学四年我从来没有与白珍珠单独说过话。

因为这次冷餐会，一直到毕业，我这个边缘人也算正式融入了集体之中。

几天后，毕业分配方案公布，凌琳如愿以偿留在了上海，被分配到市教育局，她的男朋友（后来成了她的老公）也是上海人。秦志国和韩强去了北京，秦志国在二〇〇八年下海，成立了自己的广告公司，后来经商失败，据说漂在深圳，居无定所，靠举债度日。韩强分配到了北京的一所大学，他后来当了经济学而不是中文专业的教授，他领导的新经济研究所靠创收财源滚滚，成了我们班最富有的人。

前些年有次我女儿过生日，几个朋友在我们家喝酒，电视机开着，是教育频道的节目，画面上蓦地出现凌琳的形象。我的双眼直直地盯着电视机。几十年过去，她的脸形变圆了，变富态了，可我还是一下就把她给认出来了。她脸上的雀斑不见了，应该是做了激光或光子嫩肤之类的美容手术。她在谈情感教育问题，她的思维敏捷，言辞犀利，她说情感教育失败是我们社会普遍存在的现象，年轻人要么不懂得爱，要么是爱无能。最后她引用哥伦比亚作家马尔克斯的一句话来结束她的演讲：

爱情是一种本能，要么生下来就会，要么永远都不会。

三手夏利

杨知寒[*]

1

周一，吴天华做好了迎接客人的准备。地拖过，水果摆满，和洗净的茶杯放在一处，每只天青色的小杯子上，都映出清早的光泽。吴天华唯独没主意该怎么打扮自己。在玄关放下一排拖鞋后，她坐在破皮了的沙发上，养的两只狗，妞妞和闹闹，都来脚边绕。她推推它们，怕狗毛沾上新裤子，等待中，又拿出手机，端详起节目组发来的卜文彬的相片。卜文彬穿着件天蓝色衬衫，胖瘦身量都合适，皮肤比她还白，两只肿眼泡，没精神地溜在镜片下面，头顶徒剩几根白毛。他比她大十二岁，面相看是个福气深厚的好老头儿。吴天华没留神点了棵烟，她不知道对方抽不抽，在她二十岁、三十岁、四十岁上，若要像今天这样要去相看一个男人，都会想藏住自己的缺点。现在她觉得不该藏，起码有些事儿，不该藏。

门铃响了，狗跟着叫。吴天华迎四人进屋，三个年轻的，一个年老的，不用说，最后那个蔫头耷脑的是卜文彬。年轻人里一个穿鲜红毛衣的小姑娘，热气腾腾攥上吴天华的手，嘱咐两个同事怎么站位。机器都架好了，姑娘笑靥如花，把卜文彬推到镜头前和吴天华站一块儿，夸，姨，你家真亮堂啊，哟，还

---

[*]　杨知寒，女，1994年生。作品散见于《人民文学》《当代》《花城》等。出版小说集《一团坚冰》。曾获萧红青年文学奖、人民文学新人奖、钟山之星佳作奖、丁玲文学奖。

有两只小狗儿。叔叔喜欢狗吗？卜文彬低头乐，喜欢。他两只肥厚的大脚掌挤在吴天华的小拖鞋里，走路有点儿局促，闹闹正紧着闻他裤腿上的气味儿。红娘坐到俩人当中，手里的话筒，不是递给这个，就是递给那个，面前有摄像头，让吴天华怪别扭的，感觉自己被当成了小孩儿。他们这个岁数的人，其实不用被虚头巴脑地介绍来介绍去。她答完一个问题，紧着张罗别的，问摄像喝不喝水，问红娘一行咋过来的，坐车还是走路，坐几路呢？卜文彬始终低着头，招手逗狗，在他没系严实的衣领下，透出一截挂钥匙的红绳。他还在脖子上挂着钥匙。红娘的又一个问题被吴天华忽略，她越过红娘，直接去够卜文彬胳膊，你咋回事儿，她拿笑话人的语气问，怕丢啊？卜文彬把钥匙绳从领口拽出来，像个让老师检查的学生，老师，就是个钥匙。老师，我记忆力不行，今天儿子把我带出来，说不能来接，等会儿我自己回去，怕给锁外面。

红娘说，姨，你俩等会儿再唠。咱一步步来，节目有流程。吴天华又有点儿忘了摄像头，她走南闯北多年，跟各色人等打交道的本事，都在身上攒着，此刻很想使用。跷上二郎腿，她说行行，要掏烟，冲红娘耳语，你抽不？红娘看看两个摄像，他们放下手里机器，都笑了。吴天华说，这也不能播。那，吃水果。都我自己地里收的李子、杏，没打药，可有果子味儿了。红娘说，姨，你得让人说话。吴天华便闭上嘴。这回是卜文彬拿话筒，他说话没口音，慢条斯理开腔，我呢，先前是车辆厂工人，年年劳模，挺认干活儿。家里就我和我儿子，都单身。我妻子是十来年前肺病没的。我没啥不良爱好，爱走个象棋，不影响正常生活。红娘把话筒给吴天华，这回说吧。吴天华问，你们想知道啥？红娘说，照叔叔说的来。吴天华说，退休前，我在长途客运站当售票员，跑大车。有个姑娘，有个外孙。老头也走十来年了，也是肺病，但死在脑出血上，走得挺静悄。我爱好多，不知道良不良。可能影响生活，但要是不管我呢，就不影响。

卜文彬扒一个又一个李子吃，他挺馋嘴，吴天华偷乐。红娘说，叔啊，别光顾吃。吴天华拿下巴颏儿点她说，我数呢，看他吃几个。卜文彬擦手，不吃了，问能不能下地走走。吴天华说，走呗。他背着手挨屋瞎转，一个摄像跟他，一个留下，录红娘和吴天华。红娘问，觉得叔叔人咋样？吴天华说，可能有点儿痴呆。红娘笑，姨，咋这说话？吴天华说，下象棋挺好，我不下，但好些老哥们儿都下，说下棋讲究一步看三步，能锻炼脑子。我建议呢，他最好把麻将也学上。麻将更活，还锻炼人察言观色。红娘说，你意思是，叔叔不太会看眼色。你这方面挺擅长呗？吴天华寻思下，我也得练。姑娘你多大了，成家没？红娘说，我……姨，叔叔其实挺抢手的，在我们台一挂上号，好些老太太去电话问。你看有劳保，有积蓄，身体健康，人谈吐也文雅，你俩一动一静，多合适啊。吴天华撇嘴，不当一回事儿。卜文彬转回来了，站到吴天华面前欲言又止。吴天华看他，你想说啥？卜文彬说，想问你，李子搁哪儿买的？吴天华笑，我说他痴呆吧。说了自己种的，刚才听啥了？拿走吧，回你家吃去。她扑扑身上的衣服褶，相比拉近关系，她更擅长对一段关系下总结，说，算了吧，你们感觉呢？

卜文彬不会玩儿，这点不行。她最后跟红娘这么说的，问题已经不是能不能成为伴侣，而是连和这人处哥们儿，都没意思，你们还没明白我诉求。红娘说，姨，咱到这岁数，不求稳定？我不太信你这个理由啊，叔叔是家里条件，还是颜值，不可你心？吴天华说，他年轻时应该挺耐看的，现在凑合。但我不讲求这个。红娘也泄气了，说，吃喝嫖赌那样儿的，我们也不能给你找。吴天华冷笑，姑娘，工作几年了，理解人能力没有？红娘说，我是不明白啊，咱俩差四十岁。吴天华说，我在你这个岁数上，不这么唠嗑。我会耐心听我不明白的话，脑袋得转啊姑娘，不能老让别人顺你转。红娘说，咱走吧。她招呼两个在阳台抽烟的摄像动身，其中一个既劝她，也劝吴天华，说他听半天了，有点儿明白。姨，他拧了烟头，你其实是，想找个幽默的老头，对不？吴天华眼神温柔，凝视对方，你咋理解幽默的？男人说，说话受听。他逗不了别人能逗你笑，让你心情轻松。吴天华一声叹息，可惜啊，小伙。她说，我和我姑娘这辈子都没碰上你这样理解人的。不行你俩往一块儿走走呗？她示意红娘，红娘拂袖而去。

节目没播出，吴天华给电视台去了几次电话，抗议此事。她觉着应该播出，让别人知道，老年人有她这样的，除了求稳求感情，还求点儿别的什么来着，心情轻松。不播出不耽误她跟周围的人输出这场经历：卜文彬吃得一手红汁儿，不住嘴塞李子的场面，被她播讲得活灵活现。生活里什么样儿，她那天表现出来的，就什么样儿。她想卜文彬也没隐藏自己，这点很好，但也许两人是缺了头回见面的客气。姑娘晚上来陪唠嗑，听她说完，埋怨不休。说幸亏没播，没给她丢人。咋想的，还电视相亲？你也不缺老头儿啊。我王叔、李叔，你们秧歌队那谁的爸爸，可别让我替你记了。愿意往前走一步，谁也没拦过你，可你不能这么闹。酒过三巡，吴天华委屈，我闹啥了？你们还是不理解我诉求。姑娘摆手，得得，就这句絮叨。谁也不理解你诉求，你上访吧。姑娘一走，吴天华站在窗后，看着黑色吉普驶出小区，风驰电掣，姑娘开车手法颇有她当年雄风。吴天华过去也开一手好车，往北去草原，往南到沿海，总在最痛快时候踩下了刹车，没能一直跑下去——这是近两年她给自己人生下总结，认定最大的遗憾。

2

岁月是什么，人生又是什么，在被她拿到地里糊墙用的报纸上，有篇文章讲这些，吴天华看下去了，还在心里转几转。文章说，岁月是坛美酒，人生是装酒的容器，那人呢，是酿酒的？酿给谁喝？吴天华不禁去想自己这坛酒，都同谁分享过。女儿当然是一个，可吴天华始终不明白，为什么她爱女儿，事事第一个想到女儿，却从未在对方那张如今也长出黄褐斑的脸上，看见过领情。枯苗之间，吴天华坐下来，蹬开脚上外孙不穿了的运动鞋，突然很想亲近土地，躺在上头。她躺了，在阳光下晒着，继续想酿酒的事儿。退休后，她订了不少报纸，看了不少电视节目，里面总会谈到父母子女之情。她想辩解，我们那代人，其实不会爱孩子，不叫宝贝儿，不会亲亲，太忙了。我们忙着生存，忙生存下来后，比别人家过得再好点儿，这贪吗？吴天华不信理论，觉得有严重的误会存于其中。而这种误会，她见过太多。如果不是到了老了发闲，根本不觉得是个问题。她也想起了老伴儿，想他在世时的样子。在眼下她住的那幢楼房里，过去老伴儿总背对她，坐在床沿，戴老花镜孜孜不倦研究他那些 X 光片。她会对他说，研究自己啥时候死呢？人生最后阶段里，老伴儿总痴呆着儿童似的眼睛，面对吴天华，像面对无解的一生之敌。

父女俩都怨自己，怨恨藏不住，没法儿藏。要是她晚生三十年就好了，就能想去哪儿去哪儿，把车随意开上一段公路，到大漠里扎营，谁也见不着谁，谁也就不怨谁了。吴天华最近常这么想。虽说平时跟麻将桌上的老姐妹儿，你家长我家短，闲不下嘴，唯独对这桩心思，吴天华隐秘极深。她知道，这太小儿科了。唯有像现在，躺在离城市十几公里远，这个她在女儿默许下动用储蓄买下的小农家院里，吴天华才好无所顾忌想好些可笑的事儿。对着太阳，她一会儿睁眼，一会儿眯上，不断傻乐。屋里广播没关，一再强调，说众志成城，说万众一心，她隐约知道一点儿现在情形不对的事儿。最近她在小区里放狗，保安看她眼神不对，可没敢当面和她提。他们找到她姑娘，姑娘又在晚上过来，问吴天华，你就没观察观察，现在街上别人什么样儿？吴天华说，还那样儿，这两天冷啊。你屋子热不热？姑娘厌烦，说你不戴口罩的事儿。你得戴，这样上街谁不烦你？吴天华说她知道，有疫情，不严重，在武汉呢。姑娘声调拔高，你到底能不能听明白话？戴口罩，难理解吗？吴天华沉默地看她，最后蹦出一句，滚你妈的。姑娘滚了，吴天华一人看新闻，抽烟，寻思别的。当年她们姐四个都在世的时候，一旦吵架，也这么互相骂妈，都占不着便宜，但乐此不疲。

她知道自己说话不好听，这辈子成在嘴上，亏也在了嘴上，可谁也别想改变她。吴天华给自己倒上半杯白酒，入夜家里从不开灯，借电视的蓝光，屋内明暗闪动，好几次，她就在沙发上睡。狗会躺在她破了大脚趾的袜子旁，半夜蠕动，被她冷不防踹一脚，还动，人和狗都在午夜寂寞地哼哼。闹闹最近反群，黏人厉害，每天就期待着出门看看新鲜物，好散它的精力。翌日吴天华醒来，早忘了口罩的事儿，擦擦哈喇子，她像清洗桌台面一样卖力清洗自己的假牙，戴稳当了，领狗出去。出门，才记起口罩。街上的确没有不戴的。老娘们儿冬天怕冷，没疫情也戴，不足为奇；现在连大小伙子也戴上了，每人嘴巴上都糊块儿蓝布，见着吴天华和她的狗，见了病原似的，紧躲忙逃。吴天华清楚往后真得戴了，这事儿不难，只要别把两只狗嘴也糊上。抱着知错就改、明天再改的态度，她今天特意带两只狗去了远点儿的地方转。走上沿江修筑的大坝，工作日四周肃静，她带着闹闹跑了跑，妞妞则始终跟在她脚边。妞妞老了，眼睛都发白了，走走路就停，像不知道自己落在了哪儿。后半程，吴天华抱着妞妞走，坝上没人，有人她也不怕，放嗓子唱，九九，那个艳阳，天来哎哎哎哟，十八岁的哥哥——唱着唱着停下来，当她看见，恨不能八十都有的哥哥，正站在前方路上，老熟人似的对自己挥手，嗨，那个谁！

　　吴天华走近了笑，能不能讲点儿礼貌，哪个谁？卜文彬脸红，两手揣进棉衣口袋，还戴顶鸭舌帽，上面写两个吴天华能认识的外国字，OK。自俩人上回见面，过去已有半年，由夏入冬，彼此却都感到熟悉。卜文彬说他常来坝上遛一遛，尤其礼拜一到礼拜五的白天，就他自己，相当自在。吴天华和他找了个路边的公共座椅坐下，望着眼前一片银装素裹的洼地，江水没有浮沉，冻得很结实。他手揣口袋，看着鼓囊囊的，原来是戴着棉手套，还往兜里揣住。吴天华看他就乐，没话的时候，吴天华放声大笑，哈哈哈哈。卜文彬脸更红了，你精神真好，他说，那天我就瞧出来了。吴天华眼睛飞他，那天你咋那么完蛋？回家儿子没批你？卜文彬承认，批了。她问，批啥？卜文彬说，说我贪吃，惦记你的李子。吴天华没笑背过气去，不是，她说，这事儿你也和儿子讲？他说，得讲，儿子现在是我监护人。说笑间，吴天华一张瘦条脸上，肉渐渐坠下来，透出她也不知道啥时到来的同情。卜文彬是她最不希望成为的一类老人，可当现在这样看着他，又总会叫吴天华想起她那研究 X 光片的、绝望的老伴儿。

她发现卜文彬衣服口袋里，鼓囊不说，还簌簌发响。问他，藏啥呢？卜文彬真一副藏着掖着的样子，不好意思说，话打上磕巴。吴天华追问，他只能解释，我口齿不灵，平时练一练。他到底掏出来了一卷打印稿，标题《长江之歌》。吴天华拿来瞧两段，词儿挺硬，朗朗上口不说，光看都让人心潮澎湃。她念着念着，想起来了，外孙课本里有过这篇课文，当时孩子在她面前，还激闹呢，作崩溃状仰倒在沙发上，说，姥，我万念俱灰。吴天华问他怎么灰的。外孙说，背诵全文。此刻卜文彬却在她面前，声音由磕巴到连贯，由胆怯到激昂，脱稿背得一字不差。卜文彬忍不住从椅子上站起来，面对茫茫冰野，把吴天华和世界都甩到脑后，帽子脱了攥在手套里，背影岿然不动。吴天华瞧着他头上的几根儿白毛，都随风摇曳，随诗念出了长江蜿蜒的形状，经风一吹，成为气魄。她像个乖顺的学生听卜文彬朗诵：

> 你，跨越横断山脉健美的臂膀
>
> 一泻千里的行囊，若野马脱缰
>
> 创造源源不断的能量
>
> 你西接蜿蜒曲折的雅砻江
>
> 连起岷江的山高水长
>
> 酿造天下醉美的纯酿
>
> 任嘉陵江、乌江依岸相望……

朗诵完，卜文彬发现吴天华根本没看他，默默把帽子戴上，给两只狗摸脑袋，丢下一句，妹子，我先走。吴天华点头，走吧，留联系方式。卜文彬说，不用，有你电话。说完，彼此看一眼，有种微妙的革命感情，就这么各回各家。回家后，吴天华反复转一个合计，她到底是为什么突然看上这老头了。朗诵并没多浪漫，几十年来比他会玩儿会浪的老爷们儿不胜枚举，都成为她生命中一厢情愿的过客，如今一个个又老，又秃，又见痴呆，浪的那几个，还落下一身疾病。相比之下，卜文彬似乎没有什么特别。可她非想给他安个特别。又是半杯酒下肚，枕着重播新闻睡觉，听到武汉，说形势不容乐观，只有您减少出行才安全，十四亿人才安全……那些漂亮年轻的面孔苦口婆心，没一个不以她姑娘的口吻说着话。但此时此刻，借助酒劲儿，吴天华很想对姑娘说，妈动心了。妈这种感觉，不太安全。动心不为别的，为他今天朗诵时脸上的小孩儿模样。我没想到，千人千面，连一个人也会有一千面。

卜文彬就像大漠里一段没怎么被人探索过的、陌生的路。当晚梦中，吴天华梦见卜文彬，他们都老，却都穿上外孙的校服。课堂中，卜文彬被点名抽查，背诵《长江之歌》。等他背完，屋里一人不剩，只有她，还骂骂咧咧给他鼓响巴掌。受宠若惊的卜文彬，张口结舌，打出一个嗝，从嘴边淌下紫红色的果汁儿，离近了，他张口都是李子味儿。卜文彬对吴天华鞠上一躬，转头将他脖上的钥匙绳，套到她的脖子上。

3

一周后一个工作日下午，天光暗淡下来，吴天华家的二楼窗下有人喊她名字。家里的狗跟着叫起，开窗户看，吴天华见到一个不认识的男人。四十上下，体格不小，戴灰棉线帽子，五官在见着她时全被笑容挤在一起，有些面熟。男人身后停一台夏利车，没熄火，暗红色的，车身脏兮兮，落不少刮痕。他从车上陆续取下豆油、大米，两箱啤酒，笑着跟吴天华打比画，哪个门儿？吴天华以为是女儿的朋友，打开门禁，听男人敦实的脚步声抱着东西越来越近。男人把东西都搬进来，在地垫上蹭脚，哼哈出连续不断的白气，说，姨，真不好意思。知道你讲究礼貌，可在外面找你的时候，我必须喊你大名。关键我不知道这楼里几个吴姨啊，我爸嘱咐我，东西得亲自送你手上，才算交代。吴天华整整头发，没大用，她穿了条破绒裤，一边儿腿上一个洞，要多憔悴，有多憔悴。

她有点儿紧张，当得知男人就是卜文彬的儿子，这趟来送年货，也认认门儿。小卜看出来，吴天华是下午觉刚醒，顿觉冒失，连说就不坐了。吴天华缓过劲儿说，起码坐下喝口水。你不待，姨心里不明不白的。

小卜坐了十分钟不到，话说得很明白，让吴天华觉得，节目没播出，真是个好事儿。她那天对卜文彬不够客气，对所有人都不够，以为自己到一个岁数，就能享受岁数的特权。事实却像那天红娘对她说的，世界上还有好些人和你不同，去忽略他们，有时很残忍。卜文彬没记恨，她就挺高兴，没想到卜文彬还这么感谢她。通过聊天知道，卜文彬和儿子两人过生活，爷俩也会像吴天华和女儿一样，说好些没对错、没结果的话。卜文彬告诉儿子，他第一眼就看上了吴天华，知道对方没有看上他。现在他没别的心思，只想交一个像吴天华这样性格的好朋友，因他觉得，自己一辈子过得无聊。他不属于会唠会玩儿的爷们儿，被人冷淡惯了，连小卜母亲都嫌弃了他几十年。他希望能和吴天华一起度过一段时间，从她身上学点儿什么。吴天华点头，说她大概懂。小卜起身要走，吴天华让他把东西拿回去。她还没开始带卜文彬玩儿呢，没必要这么早交学费。小卜说，姨，我爸知道你会开车，想让你教他开车。我这台夏利不打算要了，太旧太破，也拉不上活儿。你们留着玩吧，先放你这儿。吴天华更惊恐，这怎么行？小卜说，姨，听我说完。上周我爸坐公交吧，让人赶下来了。现在这个疫情，大家都害怕，他上车没有绿码，身份证也总忘带。人家赶他，他没说啥，说个好嘞，自己往车下走，我听了挺心疼的。说让你教，其实也就是陪陪他，你开车，带他各处转转。他岁数大，上道我更不放心，不像姨你，看着就年轻爽利，心眼儿也活。

小卜走了，夏利停在楼下，吴天华怎么也想不到现在它竟会属于自己。她打电话问姑娘，夏利现在值多钱。姑娘说她也不懂，等回头问问姑爷。姑爷得知车是三手的，年头已久，此前小卜也跟吴天华承认，除了能跑能刹，不剩啥功能了。姑爷说，三五千吧。吴天华下楼看车，拿小卜留的钥匙开门，座儿又冷又硬，烟灰积蓄在每一个卡槽，玻璃上鸟屎斑斑。她几乎是颤抖着去摸车上的一切，心说，老天爷呀，你咋那么知道我想啥，那么惯着我呢。我是真想大跑啊。她熟练地拧火，听发动机就跟他们这个岁数的人一样，发出运行前呼哧带喘的咳嗽声，胸腔逐渐蓄力，好能平稳说出一些没人听的话，继续跑它慢当当的泥土路。和过去一样，手稳，油离配合，挂挡，拔营。开着这台三手夏利，她顺小区不大的面积，转上四五个圈儿，见自己后视镜里的脸，门牙随笑容一咧，龇龇出来，也那么闪光。姑娘当晚过来，跟吴天华说，赶紧让他来把车开回去，这事儿不对。吴天华说，放心，我不让卜文彬开，我就是教他一些原理，我开，带他遛。姑娘急了，你也不能开。你驾照还在我家呢，我拿着扣分用。吴天华说，那你还我，明天就还。姑娘以老师一眼看穿小孩心思地、不遮掩地轻蔑地问，你到底咋想的？吴天华也急，碍着谁了，我咋想的，碍着谁了？

卜文彬穿着第一次见她时的衣裳，羽绒服脱下扔后座，里头是小格衬衫，配枣红色毛背心，他这次把钥匙绳好好地藏在了线衣里。吴天华也打扮打扮，坐驾驶位上，打趣儿地看他，今天你咋过来的？听说坐公交车让人赶下去了。卜文彬把兜脸的蓝口罩取下，手在两条腿上边摩挲边说，走路。我老忘东西，还老想着出门。吴天华问，在家待不住？他说，不知道干啥。吴天华说，看报，看电视呗，手机也有不少好玩儿的。快手你不看？卜文彬说他就会打电话。想看别的，手机老让他交钱。他一点啥，手机让他买啥。吴天华说，我反正是不买。但电视上好些东西看着还是不错的，我身上这件外套，你看咋样？卜文彬扫了一眼，黑棉服，看着像领导穿的。吴天华说，巴黎货。电视上说，刘涛同款。知道刘涛是谁吧？他说不知道。吴天华一声长叹，演媳妇的。老卜啊老卜，你太封闭。卜文彬又不知所措地揉自己的腿。吴天华最后问他，想去哪儿？今后我就是你司机。卜文彬不假思索，上大坝，爱看江。

坝上总那么安静，卜文彬下车掏出他的朗诵稿，这次是《沁园春·雪》。吴天华留在车上，听卜文彬的话，不跟着他，让他自己走，自己念，享受没人笑话他的一段时间。她也给卜文彬准备了个小礼物，或者说课件。一本她到新华书店买的《机动车驾驶员考试科目一通用教材》，信手翻翻，吴天华发现变化挺多，她也需要学习。外头起风，卜文彬小跑回来，吴天华把书交他，嘱咐说，第一页，你看二十分钟，二十分钟后考你。咱一页一页学。卜文彬乖顺地翻书，看书的时候，他后背坐得很直，聚精会神。吴天华把从家带的洗好了的冻柿子摆在旁边，俩人就这么开着一条窗缝儿，在封冻了的自然里上他们的老年大学。卜文彬眼皮略往上翻，回答吴天华每个提问时，他都想得慢，想尽可能一遍过，准确答出来。答对了，他吃上吴天华准备的冻柿子，小心拿牙嗑开外头的冰皮，吸果汁喝。柿子清甜的味道在车里溢开，吴天华也馋，拿起一个，和他一块儿吸。吸溜声不绝，时光也倒退，让她想起小时候放学回家，和邻居家孩子一起分享那个年月里难得的零食。他们当时比谁吃得慢，好能延续美味。现在他们则比谁吃得干净，更体面，像提防着衰老，怕它通过生活里每个细节，每次将自己打倒。

4

他们竟成了彼此晚年意外的好朋友。吴天华想，可能她再也不需要别人关心，不需要被人需要的一种感觉。冬天漫长得像过不完，年已经过完很久，这是个很没滋味儿的新年，让人忧心忡忡，怀疑自己在创造一场灾难的历史。吴天华每天期待的就是开车，在市里泥泞的街道上，她和卜文彬以无人知晓的雄心壮志，超越每辆或每个无论车还是驾驶员都年轻得多的路上的对手。吴天华坚持自己付油钱，虽然除了拉卜文彬到处玩儿，平时她不开这台夏利，吴天华只是在享受给车加油的过程。感觉她真拥有了这台车，还能在加油站工作人员看到她摇下车窗的脸时，露出的诧异表情中寻回一种满足。对方会问，姨，车你开的？寻思谁呢，漂移着进来了。吴天华把钱从腰包掏出，递进对方一双棉手套里，说，要不是结冰，我能漂得更带劲。一旁的卜文彬抄着身上的安全带，心有余悸，偷看吴天华一眼。吴天华温柔地问他，老卜，又吓着了？卜文彬说，我在习惯。他说话还总会低头，腼眉苶眼一笑。在和卜文彬相处越来越多的时刻里，吴天华得出了判断，即一个和自己完全不同的灵魂是怎么过完了另一种人生的。他也会被人喜欢，被人当珍宝呵护着，可很多时候，他自己全不知道。

闹闹、妞妞紧贴着吴天华的腿和脚，不知道几点了，吴天华发现自己又睡在沙发上。她最近容易困，也许是白天心情太好，也许是和她那些养在地里的苗儿达成了共识——她们都对眼下不抱期望了，想着多睡点儿，等春天到来，冬眠成为安心的选择。醒来她看到还亮着的电视，新闻早已放完，现在是某个访谈节目的重播。窗外比室内显得还亮，月亮大又圆，感觉离人间很近。四处是熟悉的安静，电视里说话的几张嘴还絮叨着，都像默片演员，认真对他们的台词。吴天华去厨房烧水，知道这个点儿一旦醒了，难再睡着。她准备等到天再亮一些，趁清晨无人，到小区里自在地带狗玩一会儿。狗都老了，都不爱动，妞妞的眼睛最近出了问题，看着浑浊，里头白色的东西在扩大。听到吴天华叫自己时，它总生硬地把头转到另一个方向，可能耳朵也不好了。吴天华泡上茶，捋着俩狗的皮毛，想找找哪个台还播电视剧。这时候，电话响起来。她忙按住心口，几十年的人生经验告诉她，这时间来的电话，充满惊悚色彩，每次接到它们，她都必须接受失去的发生。方向盘在手，但再也不听使唤了，吴天华只能看着车窗前的悬崖越靠越近，看到自己坠下去，在黑暗里发出蛤蟆吐泡一般的求救声。像一只跳不灵便的老蛤蟆，电话里她怯声问，谁啊？小卜声音哑着，姨，我爸走了。吴天华说，哦。什么时候的事儿？他说，今晚上。送医院已经不行了，让我带给你两句话。吴天华想想说，等我拿笔记一下。小卜说，好，话不长。吴天华进屋拿纸笔，端端正正搁在腿上，手直打哆嗦。小卜说，第一句，早认识你就好了。吴天华笑了笑，唉。小卜也笑一下，说第二句是，现在认识也不晚。吴天华想她这时候应该掉眼泪，可眼眶很空，许多时候都这样，父母葬礼上，姐妹葬礼上，和老伴儿见最后一面时，她眼都干涸的，像杀人犯。

吴天华说想现在过去，送老头最后一程。小卜劝她不要来。吴天华问，为啥，我能帮忙啊。他说真不用，我就带两句话，还有很多事儿要处理。我现在安慰不了别人的情绪了，姨。小卜反复道再见，吴天华只好说，到底让我把车给你开回去。小卜说，不要了，也是我爸的意思。往后你开车的时候，能想起他这个老朋友。她问，你们在哪儿？我不添乱，看看他，行不行？小卜忍无可忍，不用。电话这么被挂掉。吴天华充耳不闻，往腿上套棉裤，披她那件巴黎货，黑漆漆的，这个场合正适合穿。打开车门，车里就像个冰造的世界，冷硬，没半丝温度，她半天拧不着火。吴天华想，我差了一个重要的步骤。摸出口袋里的塔山，她给自己点一根，另一只手也拿一根，点好后，搁上车窗。老卜不抽烟，听他说起过，曾经抽，在他出了一件大事儿后，很多习惯都变了。当时听他说起，吴天华也像现在这样，在车里抽烟，打量卜文彬那张已显露出老年痴呆的脸，很难去信，这么个人，还能经历大事儿？卜文彬说，曾经我一天两包，真的。吴天华给他递烟，示意抽口看看，好知道他说的是不是真的。卜文彬摇头，戒就是戒了。吴天华又说起她在青海开车的事儿，讲述一天开三百公里，牦牛围着她的车转圈圈，其中一头把整个牛脸都贴在了她身旁的玻璃上。吴天华边咳嗽边乐，指着表情木讷的卜文彬。真的，她开怀大笑，牛就你这死出。

卜文彬说，小华，后来他总这么叫吴天华，像叫爱人，更像在部队里，称呼一个战友。他低声叫她，我发现，最近和我在一起，你特爱笑。吴天华点头，是，你招笑。卜文彬面带微笑，我前妻，和我一块儿生活这么久，很少看她因为我笑。儿子也是。有时他们娘儿俩说上话，笑个不停，我一加入，笑就没有了。我挺悲哀的。吴天华有种冲动，想抱抱他，看到卜文彬毛衣下软和的小肚子，觉得抱上去一定很舒服。卜文彬先发制人，突然拽上吴天华的胳膊，把她往自己怀里塞。吴天华给他一撇子。他粗喘气说，我都这岁数了……吴天华说，是啊，这岁数打你一撇子咋了？拿你当哥们儿，你拿我当啥？他问，小华，你不喜欢我吗？吴天华整整头发，将带来的水果都收进塑料袋，扔在了后座。她开车送卜文彬回家，一路上，谁也没说话，卜文彬有点儿出神。到小区西门时，他转向她，在车里腾高屁股，笨拙地鞠了个躬，小华，我向你道歉。第一次跟你录节目，你是因为不会玩儿，才没看上我，我以为你不是正经人。吴天华说，好，就说到这儿，往后别提这茬儿了。谁是什么样人，嘴说没用。明天吧，拉你去我地里看看，虽然现在天冷罢园了，你去看了就知道，我过日子很本分。我自给自足，不馋爷们儿。他说，我期待明天。柿子我能拿两个走吗？吴天华下车给他拿，卜文彬接过，仍哆哆嗦嗦弯腰，转身往家走去。吴天华望了他背影一阵，一种说不清的滋味萦绕心头，想她或许在对待卜文彬时，还是不够客气。

得知卜文彬死讯的午夜，很快变成了早上。找不到地方也联系不上小卜的吴天华，开着老卜留下的三手夏利，穿行于城市的楼房，开向郊外的菜园。她思考车是三手，也许冥冥中有因缘，人和车一样，被反复交易，经三回手，是合理的结果。青年时磨过自己一回，中年也磨一回，到老年，她无比渴望结束，却仍怀最大希望，车程能落得漂亮。她知道国内有地方已经封城，国外情形更乱，好些人被困住，正承受孤独和饥饿，她还是更信过去人的老办法，自己种，自己收。交朋友和种庄稼，都总有收获，别管命是什么。吴天华再没跟人赛车或去竞争晚高峰的能力，但野心仍在。保持驾驶，眼下就想以她的速度自由自在。

昙花现

黄咏梅 *

阳台那里有一个区域，信号一定会不稳定。有可能是那根粗大的廊柱，挡住了信号通行。这是父亲的判断。不过语音竟然不受影响。从疫情开始到现在，两年不能回家，视频通话变成我的必修课。做惯家务的母亲动手能力强，加上比父亲年轻几岁，她操作手机更流畅，提及家里每个角落每件物事，她都能准确移动镜头让我看见。她每次非要炫耀她种的花，一说起，就动身晃去阳台，手机扫向凌空加盖的那排花架子，月季、海棠、石斛兰、绣球花……运气好的时候，镜头会定格在一朵绛色的月季花上，背景是河对岸绿茵茵的榜山，看着像一幅画。但大概率画面会停留在她脸上某个松垮垮的局部，或者一排锈迹狰狞的铁栏杆。

"妈，别往阳台走。"我对着手机大声喊，像来不及阻止一个人踏进路边的水洼，眼睁睁看她麻利地拉开那扇镶嵌着隔音玻璃的移门，又迅速关上。

这一次，镜头刚好停在晾衣竿一端挂下来的几只年代久远的竹篮。闭着眼睛我都能认出那里用牛皮纸包着的草药，凤尾王、一点红、百花草、蒲公英、车前草……

---

* 黄咏梅，女，1974 年生，现供职于浙江财经大学人文学院。在《人民文学》《花城》《钟山》《十月》等杂志发表小说，多篇被《新华文摘》《小说选刊》《小说月报》等转载并收入多种选本。曾获鲁迅文学奖、林斤澜优秀短篇小说家奖、汪曾祺文学奖、百花文学奖、丁玲文学奖等多种奖项。

"林姨妈走了。"母亲的声音从几只满当当的竹篮里跑出来，跑到一千多公里以外我的手上。

"我知道，妈你说过了，是在养老院。"

频繁视频，我们已经没有什么话题可聊，不像真的坐在一起，围着功夫茶盘，东扯西扯，就连微微感受到空气中湿度加重了，我们都可以一起抱怨今年的"黄瓜季"过于绵长，导致人酸软无力，然后顺着这个话题交流去湿养生的做法。我们相聚的时间多半都是这么度过的。屏幕画面有限，一周或两周甚至更早以前说过的话，又经常被当作新的事情被母亲说一遍两遍，倾听很考验我。要是有耐心的话，我会装作第一次听，间中还提些已经知道答案的问题，但多半我会像现在这样，简单总结试图阻止她主题不集中的絮叨。

"嗯。她好像知道自己要走，给我打电话说，阿莲，我要回家了。我问她是不是小坚要来接她回家，她没说是，也没说不是，又重复两句，我要回家了。之后电话就断了。不像是挂断的。养老院那里信号总是不好。"

第一次讲这些的时候，母亲尽力克制，哽咽得像个孩子。我比她更早流下了眼泪。母亲自责在电话断掉以后没回拨过去。她反复强调自己以为林姨妈说的回家，是指小坚来接她回家过中秋，就想着等过两天中秋节再给她打电话，毕竟她接电话的时候，锅里正处于小火转大火的收汁阶段，她怕搞焦了那只花一下午工夫卤起来的猪肚。她们之间从来没有什么要紧的事情要急着打电话，几十年都没发生什么要紧的事。母亲责怪自己现在很没用，已经不能同时做两件事。

"我哪里知道，她说回家，其实是走。"已经过去两个多月了，母亲说得平静。我也静静在听，眼睛盯着屏幕，希望信号如同福至心灵，会跳出母亲的脸。可那几只静止的篮子一动不动。

"妈，翻篇吧，不要再去想这些负能量的事。"

不记得从什么时候开始，父亲将一些不好的消息统统称为"负能量"，要求我们的通话避开负能量，恨不得在耳朵外竖起一根粗粗的廊柱。对于七八十岁的老人们，不好的消息无非就是生病和死亡。这些年，陆陆续续从他们那里听到的负能量，多数来自他们认识或者知道的远远近近的人。与其说害怕这些负能量会影响血压、脉搏的数值，不如说是害怕负能量的残酷本身。中年以后，我也不知不觉害怕残忍的事情，在手机上看网剧，遇到诛心的情节，会不由自主拉进度条跳过。

"嗯，你爸在书房。"我忽然意识到母亲跑到阳台的廊柱后边，不是为了重复讲林姨妈的去世。一下子心被揪了起来。说到底，害怕听到他人的负能量，不就是害怕负能量终于降临我们自身？我担心那里微弱的信号支撑不了母亲的吞吞吐吐。好在，那几个篮子虽然纹丝不动，但母亲的声音还很连贯，除了在一些地方是因为她本人的停顿。

母亲是求我做件事——找一找钟俊仁，如果他还在的话："告诉他，林姨妈回家了……但是要让他明白，她是走了，时间是二○二一年九月十六日，酉时。"

我的几个姨妈当中，林姨妈最好看。母亲一直是承认的。她们当年一起从农村被招到文工团，到各个区县演样板戏。不是科班出身，但都在十七八岁的年龄，学东西也快。林姨妈必然是主角。《红灯记》里她是铁梅，母亲是慧莲，而徐姨妈和王姨妈因为骨架宽大，肉多，显老，往往只能轮流化装演李奶奶。《红色娘子军》里，林姨妈是吴琼花，她的腿又长又直，"向前进，向前进，战士责任重，妇女怨仇深"，她稳立舞台中央，腿绷直抬高，一点不影响脸上昂扬的表情，母亲她们几个则站边边，矮下去半截，腿潦草上踢。林姨妈身材比例好，腰短，腿长，脖子细，穿肥大无形的土布衫都好看，又有一张小鹅蛋脸，化妆最省心。母亲说，她最费事的是眉毛——样板戏要求一字粗眉。林姨妈的柳叶眉是她的苦恼。我看过林姨妈演戏的照片，只觉得她五官精致，哪里都好看，唯独那道粗黑的眉毛突兀，好在底下有一双明眸救场。在她们几个人的生活合影照中，即使不站在 C 位，我也能一眼确认林姨妈的主角相。我母亲仅有过一次主角时刻。因为长得的确蛮像陶玉玲，她在《霓虹灯下的哨兵》里捞到了演春妮。

主角往往会遭到嫉妒的，但林姨妈和配角们玩得很好，她们的友谊跨越半个世纪。文工团解散之后，她们得到了样板戏的回馈——安排进城里工作。林姨妈在棉纺厂，徐姨妈在印刷厂，王姨妈在工人医院，而母亲因为早在进城前嫁给了父亲，作为家属被安排到了政府后勤处。四个人按着时间给出的剧本，各自演着人生这出大戏，结婚生子，工作至退休，继而含饴弄孙。那些样板戏的岁月，仅作为几张黑白照片存放在各家的相册或抽屉里。父亲书桌的玻璃板下，压着母亲演春妮的一张后期放大处理过的黑白照片，不过已经不完整——围巾、额头、脸颊、脖子以及斜襟扣子系得紧紧的胸部，这些地方都被我和弟弟的彩色照片盖住了，而我们那些彩色照片又陆续被他两个孙儿的搞怪大头贴盖住了大半。

林姨妈跟我母亲最亲密，她是我家的常客。她挨着母亲窃窃私语的样子，倒像她是母亲的妹妹，实际上她比母亲大一岁。奇怪的是，我并没有遗传到母亲对林姨妈的亲密，整个童年我最怕见到她——她的到来必然伴随一个热烈的见面礼，这种热烈不见得是有多喜欢我，而是进他人家门那一刻的开心。她抓住我，像啃苹果一样，口水印在我胖嘟嘟的脸颊，接着又从正面乱亲一气。我肯定是挣扎躲避过的，但这讨厌的见面礼几乎伴随我整个童年，等我长到有足够的力气，能让她感到我的挣扎是认真而不是出于小孩子的忸怩，她才停止这样做。有一次，林姨妈开玩笑问我，妹妹，分了新班级，同桌男同学好不好看？我大方地点点头。又问，有多好看啊？我恶作剧地大声喊，像钟俊仁那么好看。那时，我已经不止一次从母亲与林姨妈的窃窃私语中听到过这句话。林姨妈用手把整张脸捂起来，手心里传出一阵咯咯咯的笑声，像是在害羞，笑过之后，忽然将我一把拉到她的腿边，不顾我的挣扎，对我一阵乱亲。她亲得很用力，好像怀着某种善意的报复，又好像在我脸上撒娇，嘴里咬牙切齿般喊出钟俊仁这个名字。

"妈，林姨妈嘴巴好臭。"我终于确认我的不适来自那些口水的臭味。我小时候有一些奇怪的逻辑，比方说看到满脸皱纹的老人，我会悄悄对母亲说，这个老爷爷好痛唉。同样，林姨妈的口臭让我认定她总是不开心，甚至觉得她身体里藏有什么东西在腐烂。

"你林姨妈白长了一张好脸壳。"母亲认为林姨妈不经营自己，更不经营家庭。样板戏主角在台上演着别人的人生，催人振奋，台下却一塌糊涂。但这反倒使林姨妈和母亲她们之间构成了一种平衡，她们和谐安好一辈子。她们时常聚会，各自牵着两个或三个孩子，呼呼喝喝，鸡飞狗跳。只有林姨妈单丁独户，偏坐一侧，瘦瘦的两腿间夹着一个同样瘦的小萝卜头。小坚向来不合群，融入不到我们这些时而合作时而互相抢地盘的孩子们中间，他咯嘣咯嘣咬完一块水果硬糖，就开始闹着要回家找爸爸，嘴里被塞进一块新的水果硬糖才消停。塞多两次，他不干了，脸埋在林姨妈腿上故意使自己憋气，两只手在林姨妈身上抓来挠去。林姨妈一点办法都没有，只得草草收兵回家。她们说，小坚好像不是林姨妈生的一样，养不熟，也治不住。林姨妈根本没有心思研究出对付小坚的办法，同样，她也没心思研究出跟林姨父家和万事兴的秘诀。那个沉默寡言的林姨父，一辈子在生产资料局工作，凭票购物的时候有过点儿小权力——我们家第一台黑白电视机，就是托林姨父拿到票买的。新旧世纪交替之际，单位转企，毫无斗志的林姨父干脆提前退休回家。林姨父总是一个人到河边小公园看人下象棋，间中按捺不住低声发几句议论。像小坚一样，林姨父也没能融入棋局作为对弈的任何一方。他和林姨妈各玩各的，直到最终先于林姨妈独自走上黄泉路。

二十世纪七十年代，"独生子女"这个词还没有被造出来，只有一个孩子的家庭，时常被人暗戳戳地揣测问题出在男方还是女方身上。林姨妈生下小坚，刚出月子，就跑去工人医院找王姨妈，瞒着林姨父做了结扎。我母亲知道这事后，把王姨妈大骂一通。王姨妈说，你来拦拦看？林莉这个癫婆，死都解不开那个结，她一遍又一遍搬出钟俊仁来说，你叫我怎么劝？母亲一听，怒气顿时变成叹气。

那只节育环早早地在林姨妈子宫深处套上了一个结，就好比现在一个已婚人士把一枚戒指套在了无名指上。只不过，这种宣誓的形式不是出于爱，而是——拒绝。因为身体里的这枚"戒指"，林姨妈跟林姨父关系变得很糟糕。有段时间，林姨妈像是把家当成旅舍，一到晚上就爱跑我们家。有时给我妈的家务搭把手，更多会坐在窗下一张板凳上，默默地织毛衣。母亲没工夫理她，父亲在书房写领导发言稿，我和弟弟趴在桌子上写作业，差点忘记了屋子里还有个林姨妈。到我们准备刷牙洗脸睡觉了，她才理平针脚，毛线团一卷，小篮子一装，塞到板凳底下，伸个懒腰，好像刚结束夜班收工。隔天，她又来我家上"夜班"。

中秋节晚上，林姨妈也照样来。月亮还没升起，她就拎着用油纸包的四只大月饼和一网兜柚子，直接爬到天台等我们。那时我们住在宿舍楼最顶一层。我家门口往上还有一截楼梯，尽头是一扇虚掩的小木门，从小木门走出去是个公共的天台。除了邻居偶尔趁天好爬上来晒晒被子，这里几乎属于我们家自用。母亲施展农民出身的本领，在天台四周用大大小小的花盆种满了蔬菜，中央搭起一个高高的瓜架，丝瓜、苦瓜、葫芦瓜、葡萄……藤蔓四处攀爬，绿叶密密麻麻隔出来一个小天地。父亲从家里牵出根电线，在瓜架上吊两只小灯泡，这里就变成了一个小茶室。天气好的时候，我们在地上铺席子，放张小茶几，坐到这个小天地里喝喝茶嗑嗑瓜子望望天。逢着节假日父亲有空，检查我和弟弟背诵唐诗宋词，也在这里进行。"谁知林栖者，闻风坐相悦。草木有本心，何求美人折？"父亲最欣赏这几句，摇头晃脑单拣出来背。这些时候母亲是插不上嘴的，她只会简单的"鹅鹅鹅"。母亲指着夜空中那三颗等距排列的星说，看，扁担星，多平。白毛女逃进深山老林，夜夜望星空，盼救星。林姨妈穿着破衣裳，一头披散的白发，对着夜空苦大仇深地唱。舞台一侧那棵纸皮糊起来的树梢顶端，挂着三颗整齐的红五星。团长在台下一看，蒙了，这一场，八路军还没杀到，哪里来的红五星？仔细又一想，后边出场的那些八路军帽子上不是两颗扣子？谢幕之后，团长调查这几颗无中生有的星星，才知道，我那几个没文化的姨妈，为了增加舞台效果，请钟俊仁在部队仓库里翻出些褪色废弃的旧红旗，剪下三颗红星，用毛线整齐串在一起。高高挂着的扁担星陪伴凄苦的白毛女。

样板戏从上边出发到区县，专业性会大大减弱，业余班子业余演出，在故事情节大方向不变的情况下，道具会因地制宜做些微调整，有时细节也会结合当地观众的喜好进行改动。比方说，《沙家浜》的芦苇荡在我们这里变成了一塘荷田，《智取威虎山》里座山雕的皮草大衣改成了我们这里有钱人穿的香云纱袄。类似这样的改动很常见，是为了更能引起当地观众的共情。反正这里的观众谁也没有看过正版的演出。但这三颗被姨妈她们发挥出来的扁担星，使团长大发雷霆，责令她们逐个写检讨书。

"这个死馒头，差点要给我们定性为'破坏革命样板戏'。"母亲笑着骂的那个人，我们经常见。中山电影院放映新电影时，等观众都在位置上坐好，我和弟弟到门口跟检票员讲："馒头让我们来的。"要是还不给进，我们会绕到电影院的侧门，那里有间小屋子，馒头叔叔一准儿在那里面办公。他会赶在剧场熄灯前把我们领进去。在空旷的影院前厅，他挺着圆滚滚的肚子在我们前面小跑，腰上一串钥匙抖擞雀跃，如同我们看"霸王戏"的心情。退休后，姨妈她们经常约他在西江边饮早茶，杯盏一推，几个人打斗地主，轮番赢他的钱。

"妈，八路军帽子没有红五星的啊？"我弟弟那一阵的理想是当解放军，他拿母亲做衣裳余下的布条绑在小腿上，皮带在腰上一捆，深深吸着气，木头枪困难地插进皮带内侧，敬起军礼也是雄赳赳的。

"救白毛女的八路军是没有的。"母亲只记得戏里的服装。

父亲说："八角帽才有红五星，国共合作后，红军改编为八路军，帽子正前方缝两颗扣子，是为了跟国军的帽子区分开来。"

弟弟就吵着母亲给他的帽子缝上两颗扣子。

比起父亲那些"小园香径独徘徊"的诗词，我更爱听母亲讲她们演样板戏的故事，台前和幕后，戏里和戏外。

天台的避雷针塔下，有块小平阶，林姨妈在那里扦插种下了两盆昙花。林姨妈不知从哪里听说，昙花好养，又可以入药，煲汤清热解毒，种昙花符合她的日常需求。这两盆昙花也是她经常来我家的一个理由。施肥，修剪枝叶，在林姨妈的精心照料下，它们长得比母亲种的菜还肥壮。每到夏天，叶子边缘会伸出一些长长的花苞。大清早，母亲给她的蔬菜浇水，翻开那些像海带一样肥厚的叶子，找到一朵垂头丧气软塌塌的花，咦，这朵昨晚开过了，好像刚发现昨晚那里发生过一些不为人知的事情。

总会有那么几朵昙花像是被林姨妈施下了魔法，准时在月圆时分开放。我从没见过昙花开放的整个过程。往往只看到，昙花挣脱紫色的衣裳，昂起头，好像下定决心要出来跟我们一起望月。它的嘴巴刚刚张开一个小口，我就呵欠连连。那些发誓要等昙花开的话，就像大人哄孩子入睡前的承诺。迷迷糊糊被父亲从天台上抱回床，第二天醒来记起，跑去看，那几朵昙花又整齐地扣好了紫衣裳，什么事都没发生似的，开花只是做了个梦，跟我一样刚醒过来。不过它们不再昂起头，泄了气般垂落在叶子下，远远看就像那里晾着我和弟弟的几双白袜子。

除了林姨妈，我们家没人看见过昙花开到尽头的样子。在我们小时候的那个年代，大家作息都还很"农民"，早睡早起。我们小孩子自然是抵挡不住瞌睡，父母那时候似乎也特别缺觉，绝对不会为一个月亮一朵花熬夜。但林姨妈对熬夜很不以为奇，好像在夜晚醒着是她练习出来的一个本领。她独自在天台守一整夜，等昙花开，又像是为了送走天上那轮圆月。南方的中秋夜，暑气仍盛，躺在席子上一夜到天明也不觉得凉。暗夜里，昙花与明月同色，因过于洁白亦有光一样的明亮。

"昨晚昙花怎么开的呀？"我们问林姨妈。

林姨妈表演给我们看。她将五个手指尖拢在一起，自己制造出某种节奏，一下，一下……直到将手掌张开到最大，每根手指仍保持微微的弯曲。"最大的时候，有我们吃饭的碗那么大。"

很多年以后，我在微信上看到有朋友发夜晚昙花开放的全过程视频。类似于孔雀开屏。在那洁白的花苞里，仿佛含着一股力量，先是挣开了紫红色的棱脊，接着冲破白色花瓣的重重包裹。绽放如同破裂。由于经过剪辑技术处理，五小时的花开过程，被压缩成一分多钟，但不觉得急速，倒使人安静地看到一种时光流淌的节奏。最终，视频定格在花开的极致处，果然"有我们吃饭的碗那么大"。

开过的昙花，林姨妈会将它们剪下，用毛线针在粗茎上穿个小孔，绳子一穿，倒挂在晾衣竿上，跟那些她不时从北山上、河滩边、公园里摘来的凤尾王、一点红、车前草、蒲公英、百花草、鸡骨草之类的挂在一起。等到晒干晒透，这些她称为"看门药"的东西，就会被逐样分成几等份，包在一种黄色的牛皮纸里。"看门药"在我家以及每个姨妈家的阳台上都挂着。我结婚后搬到现在住的家，阳台上也同样有，只是，在我的那些牛皮纸面上，母亲生怕我不会分辨，让父亲用钢笔分别写上了：凤尾王2015；一点红2015；车前草2018；蒲公英2019……

这一类常见的野草晒干后变成了"看门药"，它们分别负责一些常见的病症：凤尾王负责小腹坠胀，车前草负责小便不畅，蒲公英负责白带异常，鸡骨草负责口苦口臭……事实上，这些仅仅是林姨妈的常见病症。久病成医，她总觉得大家——主要指女人，都会像她那样，在戴上那枚"戒指"之后，仿佛就携带了终生不愈的妇科病，从小腹到腰到双腿的整个下半身，连绵不绝的酸酸胀胀，描述不准是什么滋味，总之是那种可以忍着不去医院的症状。

记得有一次，我生完孩子回家度产假，林姨妈专门拿一包金樱子来，吩咐母亲用四十度酒加红枣枸杞浸泡。每天饮半两，专门保养被胎儿伤害过的子宫。初为人母，我仍沉浸在对婴儿奶香芬芳的甜蜜期，听到她用"伤害"二字，心里觉得印证了小时候对她母爱淡薄的判断。不过有一次，我突然感到小腹剧痛，母亲从阳台的篮子里扯了一把凤尾王，煮水，一大碗喝下去，症状竟很快消失。

从此对林姨妈那些"看门药"有了些许迷信，虽然极少使用，还是会让它们挂在我家，看门。

我母亲认定，最终是那枚"戒指"要了林姨妈的命。对照自身，母亲甚至认为那"戒指"早已经腐烂在林姨妈的子宫里。五十二岁告别月经那年，母亲在父亲的陪同下，去医院将那枚戴了二十多年的"戒指"取下。本来以为是个门诊小手术，没想到，随着子宫的衰老、萎缩，"戒指"嵌入肉内，与子宫相连相生，需要用钳子将它一点点剥离。手术花了两个多小时才结束。因为出血量大，母亲从门诊转到住院部，吊水消炎，前后三天才出院。母亲说，比任何一次生孩子都疼。她朝父亲乱发脾气，好像这"戒指"真的是父亲当年送给她的劣质礼物。父亲任由母亲骂，他向来严肃的脸上出现一种我几乎没怎么见过的坏笑。

经母亲这次经历的提醒，我那几个姨妈才忽然记起她们身体里那枚"戒指"。日久年深，她们已经忘记了它的存在，如同自己忘记了自己年轻时的模样。徐姨妈退休后马不停蹄接连带大三个孙子，一直拖拉到六十多岁才有空闲想想自己的身体，多亏了一次剧烈不止的腹痛，检查出那枚戴了三十多年的"戒指"已经逃离她荒芜的子宫，跑进腹腔里试图继续寻求安居的沃土。幸而发现得还不算晚，做掉一个腹腔的大手术后，徐姨妈说话的中气少去一半。"好在几个孙子已经念书了，完成任务了。"提起自己的身体状况，徐姨妈总不免这么说明。

但林姨妈一直都记得的。她的一生被它硌得酸酸胀胀，下半身状况迭出，但却从未曾想过将它取出，她与它共存到生命的最后一刻，直至将它带进坟墓。她的去世离奇，听小坚说，突然连着几天吃不下东西，人就没了。后来，养老院里有个母亲认识的护工，小心翼翼在电话里跟母亲讲："你那个姐妹，刚走掉的那个林莉啊，一点不'突然'的。来这里之前就有子宫癌，不治疗，不让说。儿子也没来管。难受了，就让我们护工帮忙煲点草药喝喝。癌啊，喝草药能喝好的？"放下电话，母亲哭一阵，骂一阵。两个姨妈知道后，也是哭一阵，骂一阵。

我以为林姨妈害怕怀孕是为了保持身材，就像现在很多女明星那样。

"你别忘了，林姨妈怎么说都是女主角，跟你们不一样的，她会在意自己的形象。"跟母亲逛街买衣服，懊恼一条裤子的加大码断货时，我不止一次这样打击过她那如同怀胎六月的大肚腩。

母亲哈哈一笑，一副云淡风轻的样子。"草台班子的女主角，谁还记得谁演过谁？"那些几十年前坐在台下看到过她们的人，用母亲的话来说："多半已经入土的入土，老懵懂的老懵懂了吧。"

林姨妈吃再多再好都不可能胖。"这个钻牛角尖的人，怎么会胖？"母亲接下去又要提到钟俊仁。

掐腰的红衣裳，翠绿色的裤子，喜儿的大辫子扎上了红头绳。林姨妈把钟俊仁看痴了。作为当时地委书记的贴身警卫员，常常得以坐在前排看戏，谢幕接见演员的时候，他也在场。他近水楼台，顺利获取了林姨妈的芳心。在人们眼里，他们两个的确般配。无论什么时候，母亲讲起钟俊仁，即使往往带着一种惋惜的语气，都不忘赞美他的英俊。退休在家，母亲跟我一起看港剧《原振侠》，见到黎明出场，她会指着屏幕说，钟俊仁就长得像他，脸形和鼻子特别像。我曾经狂热喜欢过黎明，无数次想过，不知道什么样的女人才能嫁给他。要是我有一个这样的林姨父，我跟林姨妈会不会亲密一些？不过也有可能会更疏远，至少她不会以经常到我们家玩为乐。

在情感道路上跌跌撞撞，我拖拉到三十四岁终于出嫁，婚事定下之前，母亲有一次拉我进房间，关上门，那架势像是要独授我一份沉甸的家传之物。"妹妹，结婚一定是要跟自己喜欢的人。"仿佛一句经典的台词，母亲存了好多年终于说出口。

林姨妈没能跟自己喜欢的人结婚，原因在她。人生中某件重要事情出了一个错，好像之后容易一错再错。而对于那个时代的女人而言，没有什么比嫁人更为重要的事情了。林姨妈跟钟俊仁的恋爱在那个小县城是很轰动的，又因为得到地委书记的认同而有了极大的正确性——这其实在很多人看来可以列为光荣了。没想到，一九六八年，我们这一片两派对垒，地委书记错站在了"422"一派，钟俊仁不可避免地跟着倒霉。

在一个明月皎洁的夜晚，钟俊仁拿着一张地委书记签署的结婚介绍信，跑来征求林姨妈的意见。那个时候，传言已经四起，大趋势大家也看清楚了。地委书记命运未卜，他此前所有的政绩都将被推翻甚至被视为反面教材，他的派系队伍即将溃散，他签署的文件将统统失效。而林姨妈和我母亲她们，也已经听说钟俊仁将被"流放"到山区农场护林。时年二十七岁的钟俊仁向林姨妈拿出那封信，但并没有提及自己的明日厄运。他不提，她也没问。两个人，坐在被黑夜笼罩的小河边，隔着这张未被捅破的窗户纸。黎明到来之际，希望跟月亮一起隐去，失望渐渐日出东方。年轻的林姨妈没能正确地做出决定。我猜，"正确"这两个字，是跟我说起这事的时候，母亲自己加上去的。

在这张结婚介绍信作废之前，像是部署某个战略，由地委书记牵线，钟俊仁迅速跟另一个女人结了婚。一个黄昏，县长途汽车站的黎司机给母亲她们几个带来了一包喜糖，托运人是来自二百多公里以外松村农林站的钟俊仁。

"妈，这不能怪林姨妈，他不说出来，难道打算骗她结婚？"

"从来就没有人怪她，是她自己怪自己。"母亲苦涩地笑笑。

在母亲仅存的几张老照片里，有一张林姨妈和母亲、徐姨妈三人的剧照。林姨妈坐在铺满稻草的木板上，母亲和徐姨妈则分别坐在她的左右，大概是因为寒冷，三个人身体紧紧挨着，目光望着同一个远方，脸上却是那种夸张的坚定。这是在狱中临刑前话别。再说几句话，母亲和徐姨妈就会被国民党拉出去枪毙，独剩林姨妈一人，等待乌豆那一幕经典的刑场救人。《杜鹃山》，林姨妈演视死如归的铁血队女党员柯湘。她们演过很多场类似于这种表达坚强意志的戏。演得多了，好像感觉自己真的连赴死都不害怕。我母亲告诉我，有一个晚上，她们到梅花村演出，因为第二天一早要开大会迎接最高指示，她们连夜走三十几里的山路回县城，半途掉队了，她们举着仅有的一盏煤油灯，路过一片磷火乱飞的山坟地，她们大声唱着歌走过去，一点都不感觉害怕。可是那次，她们商量了一整夜，拼命劝阻林姨妈，再也不能回到松村那种穷山旮旯里生活了。她们对那种穷极无望的生活更感到彻骨的害怕。她们对"新生活"满怀激情和希望，坚强的意志在"新生活"的召唤下变得风吹草动，即使用爱情这种美好的东西也难以固定。

谁说不是？爱情从来就是生活的一种。仅仅是其中一种。

母亲在舞台上只演过一次爱情戏。就是她当主角的《霓虹灯下的哨兵》。春妮的丈夫——三排排长陈喜，被上海南京路的"香风"腐化，一度丧失革命意志，幸而最终被英雄感化，回归正确的革命道路。有一幕：陈喜嫌弃糟糠之妻，将他们的定情物——一只针线包，扔得滚落舞台。那只针线包是林姨妈一针一线做出来的，被母亲像勋章一样留下来，纪念自己的这次主角身份。小时候我时常偷穿母亲的衣服，在一只大大的樟木箱里见到过它。红缎面上一只手绣的小鸟，展着灰色的小翅膀。

挂掉视频，不一会儿，我收到母亲微信传来的照片，不是原图——她总是忘记点下边那个小圈。但那张旧纸片上的字够大，够严肃，笔画不做潦草的勾连，好认：钟俊人邕县良宁镇自然资源所。我第一个反应竟然想笑。原来他的名字是这样的，几十年来，我一直很自然地认为是钟俊仁。要早知道是这样的"俊人"，估计每次听到我都会忍不住笑出来。我甚至怀疑，之所以隔着那么遥远的记忆，使得她们对他的俊美不减赞赏，多半是受这个名字的暗示。

为了腾出老房子给小坚二婚，林姨妈收拾好一些自己的东西，准备住到北山脚下的养老院。这张旧纸片就在这些东西里面。去养老院之前，她把它放到我母亲的手中。

"哪天我走了，想办法，告诉钟俊人。"这句话让我母亲伤心了好多天。她们在一起好了那么多年，互相帮忙的不过是些柴米油盐，芥豆之事，这张旧纸片就像一个即将奔赴"刑场"的人托下的愿望。母亲想起前半生她们一起演过的那些英勇故事，觉得这件事情非做不可。

我其实并不太抱希望，潜意识里还有些嫌麻烦。这不是一个电话打过去就能完成的。人海茫茫，大费周章去为一个已经离世的人完成一件事，其实仅仅只是为了告慰活着的人。何况是这样的一件事。这又算是一件什么事呢？

在电话里，我跟母亲兜来兜去，最后说出了我的心里话："妈，你算一下，五十三年了，五十三年间没任何联系的一个人，说不定他早就不在那个地方了。"其实我想说的意思是，说不定他早就不在了。但这话我不敢对一个跟他年龄相仿的人讲。

"我觉得不会。嗯，不一定会。她之前还去找过他。"母亲把声音压得很低，很轻。

我才忽然醒悟，这张旧纸片上的地址不是松村，不是那个把母亲她们吓怕的穷山旮旯。

"之前是什么时候？有电话号码吗？"我仍然希望一个电话能搞掂，或者加个微信搞定。现在跟人联系，即使是一个陌生人，不须见面，在微信上也能说很多话，交代很多事。

"呃，只有这个地址。"母亲在心里算了一下，"林姨父去世那年，应该是二〇〇七年。"

我在心里迅速地算了一下。"妈呀，十五年前了唉，那还叫什么之前啊，妈，你这是什么时间概念呀……"十五年前，我的孩子才刚刚出生。

二〇〇七年，林姨妈偷偷跑去松村找钟俊人。谁也不知道她想干吗。她对母亲她们从没说过，直到她将那张纸片放到母亲手上。她也只是简单告诉母亲，她"之前去找过他"。那时，松村已经不存在了，合村并镇，钟俊人就在纸片上这个地址。现在，拉进度条一样，我从五十三年前前进到十四年前，要找到十四年前的钟俊人。即使时间"咻"一下缩短，我也觉得并不是件容易的事。

我默默地在我的人际圈里搜索了一番，确定在邕县有联系的只有一个老同学，不过她的工作跟自然资源一点不沾边，她是个中学老师。硬着头皮电话打过去，简单把事情说了一下，装作好像为了找这个人我在很多地方已经说过很多遍似的。我认为她顶多只会帮我打几个电话，毕竟只是——这样的一件事。倒是反复回味刚才在那通电话里，我灵机一动，将钟俊人这个人定义为"我姨妈的前男友"。老同学还以为要找的是这个单位的在职人员，觉得难度不大，答应得也干脆。不过，当我接着说出他的年龄。她沉默了好一会儿，最后改口说，那我帮你问问，我尽力啊。

这事要不是身处其中，外人总归是会觉得过于戏剧性，能否做成，但也不是编剧说了算。

那通电话后，几天没消息。有一天傍晚，在社区做核酸，工作人员扫一扫我的健康码，一个机器里立即准确地念出了我的名字。我的心里亮了一下。

按照我提供的思路，那个老同学找到了她一个学生的家长，这个家长在邑县卫健委工作。果然，几天之后，万能的大数据让我们锁定了生于一九四一年的钟俊人。他属于良宁镇一个叫益民社区的网格管理范围。

我添加了一个微信名为"人在旅途"的人，头像是有山有湖的风景。此人是良宁镇平安养老院的院长。对于我和母亲来说，"人在旅途"现在是这个世界上离钟俊人最近的人了。在我的微信朋友圈里，居然有几个人不约而同叫"人在旅途"，有男有女。如果不是及时添加备注，我根本分辨不出谁是谁。他们平时不怎么发圈，一到周末，美景美食几欲刷屏，各种节假日会分享官方制作的贺卡。我猜，"人在旅途"也属于这类中年人。

加上不到一分钟，"人在旅途"发来一张照片。他老得不像一个刚跨入八十岁的人。要是按照我小时候那种奇怪的逻辑，这个人一定会被我列为"好痛唉"的那类。除了因为肉少而倔强挺直的鼻子，他脸上每一个地方都塌下来了。不过他花白的板寸头，让我确信他就是我要找的钟俊人。这一点跟母亲多年来对他的描述是吻合的。吸引我注意的是，在他长满老年斑的手上，竟然拿着一张报纸。从他的姿势上看来，拍照是为了使镜头更好地展示这张报纸。

这张照片不是特意为我拍的。每个月，"人在旅途"都会为那里边的老人拍这样的照片，然后上传到社区街道办的一个系统，照片被确认后，这些老人才能领到每月八十元的养老补助金。因为疫情的缘故，本人没法前往街道办确认身份并领取八十元，"人在旅途"每个月就多出了这么一桩任务。像道具一样，他们手上会拿着一张当天的报纸，上边的日期就是他们当月活着的证明。

"他只认得出少数人。脑萎缩啦。""人在旅途"用语音发给我。她果然懒得打字。

我将照片转给母亲。隔了很久，母亲才给我回电话："怎么那么老了啊？好像真的是他，眼睛和鼻子都像钟俊人。"

又过了一阵。"人在旅途"发来一段视频，时长一分三十七秒。

跟我想象的不相上下，"人在旅途"的确是个中年妇女，肥胖，唯一称得上特征的是她的穿着——一件紧身的橙色毛衣，一条黑白竖条纹的阔腿裤。她一出现便夺走了我的注意力。

她凑近椅子上的老人，嗓门很大，说出了我写给她的那段话。

"你还记得林莉吗？"她跟我说过，钟俊人是那里边唯一一个讲普通话的老人。好在，她的普通话讲得还行。

在养老院做久了，"人在旅途"很能把握跟老人说话的节奏。她停顿了一下，看看他的反应。

"嗯，是的，住在梧市的那个林莉。"我不清楚她是怎么能接受到他表达过"是的"的意思。我一点都看不出他有任何反应。

"林莉有个亲戚，让我告诉你，林莉回家了，时间是二〇二一年九月十六日，傍晚六点左右。"在我写给她的那段话里，在"酉时"的后边，我用括号注明"傍晚六点左右"。看到她这么讲，我竟生起一丝得意，仿佛相比整件事，我更期盼这个地方的出现，更为自己的用心感到满意。

"人在旅途"又停了下来。这次停得比上一次久一点。

"你听懂了吗？林莉过世了。林莉过世了，听懂了吗？"

说完，她指了指我这边，让他看过来。他的眼睛就看向我了。我突然感到有些慌乱，好像他真的能看见我。好在，他那双深凹下去的眼睛，一如往常，只能看见他所身处的熟悉的周遭，那些将伴随他到达人生终点的时间地点和人物。他脸上的迷茫没有一丝改变。想到这个，我顿时释然。

视频结束了。那么短，短到我都很难在它底部的进度条进行拖曳。一拖就到了开始，或者到了结束。它并非像人们回忆中的时间，自成节奏，有的会被无限压缩，有的会被尽力拉长。

捉妖记

杨小凡 *

大美看见四化进院门，心里猛地一惊。

这人怎么一声招呼都没打，就回来了呢？该不会有啥事吧？她接过四化的拉杆箱，笑着问："不是过春节才回来吗？中秋节才过没几天，咋就回来了呢？"

四化没正面回答她，掏出一支烟，点上。吸了几口，才说："疫情说来就来，我怕过年再困外面。"大美感觉到不对劲。哪里不对劲，她也说不清，反正，从与四化眼神相撞的那一瞬间，她就确定丈夫这次回来有点反常。结婚快三十年了，她能不了解他吗？

四化嘴严，他不想说的事，你用筷子别开嘴，他也不会说半句的。这些年，大美也习惯了，他不说的事，她也不问。问也是瞎问，何必再生闲气呢？他在外面打工二十多年了，干过什么，吃了多少苦，很少跟家里说的。每年春节回来的时候，把钱交给大美，没说过苦，也没表现过欢喜。挣得多也好，挣得少也好，都是不喜不怨的样子。更不像村里其他男人，过年回来要么显摆得要命，要么死了娘一样阴着脸。咋摊上这么个嘴严的男人呢？以前，大美也生过气，

* 杨小凡，男，1967 年生，安徽亳州人。中国作家协会会员。曾在《人民文学》《收获》《当代》《十月》《花城》等刊发表作品四百多万字，多部小说被《小说选刊》《小说月报》等刊转载，出版长篇小说《酒殇》《窄门》《天命》《楼市》，中短篇小说集《药都笔记》《玩笑》《欢乐》《流逝的面孔》等。曾获曹雪芹华语文学大奖、《小说选刊》最受读者欢迎奖、中国报告文学奖、安徽省政府文学奖、鲁彦周文学奖、冰心图书奖等奖项。编剧和改编电影四部。

自己的男人在外面一年，有啥苦啥累跟女人说说，也畅快点儿。他就是闷着葫芦不开口，真是急死人。

好在大美知道，四化是个正干的男人，一年一年的还算没少挣，比起村里的其他男人也算是比上不足比下有余。儿子上学没少花钱，父母从有病到入土也没少花钱，一家人的吃喝花费都靠他一个人在外面挣，可真的不容易。儿子大专毕业在城里送快递，也结婚了，也买了一套商品房，这在村里也算头几份的人家。大美没有理由不心疼他，不仅心疼，心里深处还有一层厚厚的感激，摊上这样的男人，也算是一个女人的福气了。当然，大美也有不开心的时候，这二十多年自己一个人在家拉扯孩子，伺候老人，白天也忙得四肢不闲的，也没时间多想啥；可到了晚上，一个人一夜一夜地孤守着，有时心里也不是个滋味，唉，怨谁呢？自从兴起进城打工，农村人就夫妻不像夫妻、父子不像不父子的，一家人分成几处，只有到过年才算个家。这日子苦着呢，苦也得熬啊。时间长了，大美和村里的其他女人一样，也就认命了，习惯了。

唉，老了就好了。老了不能出去打工了，夫妻俩就能团圆了。这时，大美突然觉得刚才是多想了：人都到家了，还多想啥？好好伺候男人才对啊。于是，她决定赶紧到集上去买点菜。

秋后太阳落得快，天说黑就黑。大美对四化说，你坐车跑一天了，先歇会儿，我出去一下。说罢，她骑上电动车就出门了。

四化以为大美去学校接孙女，就没吭声。看了她一眼，继续坐在椅子上吸烟。

不大一会儿，大美到家了。她从电动车脚踏上，拎起一个挺大的白塑料袋，袋子里有红红的辣萝卜、细秆芹菜、白猴头菇、一块五花肉，还有一方厚厚的豆腐。最后，她又拐到烟酒店里买了瓶古井贡酒。这些菜是四化平时喜欢吃的，尽管他不怎么喝酒，但还是要预备着的。今天一定要让他喝几盅，酒能解乏，也是自己对男人的一片心意。

四化从去年底被疫情隔在外面，一年多没进家了，不做顿好吃的，她心里是过意不去的。

大美进家的时候，没有看见四化。这个人快两年都没进家，这会儿板凳还没坐热又出去了，家里是有瘆人猴吗？大美心里有点不悦乎。她以为四化在家等她回来，一会儿做饭能给自己搭把手。其实，大美是个麻利人，走路做事都利朗，尤其厨房里的手艺，村里的妇女没有比得过她的。现在，怕空气污染，农村也不让烧柴锅了，做饭用的是液化气、电磁炉，也不需要四化搭啥手、帮啥忙，只是稀罕男人在眼前，看着心里也舒服。

这个榆木疙瘩到哪里去了呢，莫不是到庄前的地里去了吧？大美这样想着，突然在心里笑了：你还能找到咱那几亩地吗？这些年，你正月初六就出门，腊月二十几才回转，地里的活从来就没有再干过。不过，每个季节哪块地种什么，大美都是打电话给四化报告和商量的，男人是一家之主，种地这等大事不说一声咋行呢？渐渐地，四化对种什么也不拿意见了，一切由着大美做主。土地越来越不长钱了，一亩地一年不能收个千儿八百的，还不如四五天工钱，也确实没必要费心。大美不这样认为，她觉得自己一个女人家，一年四季在家风吹不着雨淋不着的，男人在外面那么辛苦，再不把这几亩地种得像个样子，那是不好交代的，也显得自己没本事。

出去就出去吧，回来得问他找没找到自己家的地。大美这样想了一会儿，就开始做饭了。其实，去买菜的路上，大美就盘算好了今天晚上做什么菜。辣萝卜烩粉丝，四化是最喜欢吃的，而且，得大大的猪油，烩出来的才香；他不喜欢吃炒芹菜，这种细芹菜只能用盐、生抽、香醋、蒜泥清拌，鸡精是不能加的，他不喜欢鸡精那个鲜味；白猴头菇得素炒了，而且得用芝麻油，葱、姜、大茴是不能少的，这些作料也不能用多了，多了，就把猴头菇的鲜争走了；四化对红烧五花肉也特别讲究，要先煮熟去腥，糖色要用白糖炒，不能炒老了也不能太嫩，糖色老了争了肉味，嫩了入不了甜，这确实是个技术活；豆腐汤是最不能少的，老话说酒肉豆腐汤的日子，讲究的最是这个豆腐汤，要鲜、淡、香。

大美一边洗菜，一边盘算着每一道菜要注意的关节点。以前，她可没这么讲究，也不会这么讲究，这些都是四化打工回来后教她的。四化这些年在外面，据他说打过几十种工，在工地上搬砖、扎钢筋、支壳子、粉墙啥活都干过，进过电子厂、服装厂，捞过海带、养过珍珠、当过保安、送过快递等等。更重要的是，他说他在饭店干过传菜员、配菜员，不然咋能对吃这么讲究呢？想到这里，大美心里美滋滋的，这个榆木疙瘩还在大饭店干过，有了些锅灶上的手艺，也是自己的福分，将来他回来了，可以给自己多做几道好吃的呢。想想还真是这样，自己摊上这样的男人也是福气，年轻时在外面挣钱，不给自己吵架，不给自己置气，将来干不动了，还能一起美美地过小日子，尤其是有做菜手艺，真是有福了。

四化回来时，大美已经把辣萝卜烩粉丝、清拌细芹、素炒白猴头菇、红烧五花肉做好了。前三个菜装碟后用大碗扣着，五花肉还在锅里；豆腐汤的料都备好了，是等四化回来时再做的，做早了，汤就不鲜了。这是大美早盘算好的。

"真巧啊，菜刚做好，你就回来了。"大美在围裙上擦着手，笑着说。

"嗯！"四化把头伸进厨房门框里，连抽了两下鼻子，然后又说，"真香啊！"

大美的眉眼就笑开了："俺的大功臣回来了，哪敢不把菜做合口呢！"

啊！四化也笑了，虽然没有笑出声，大美还是感觉出来这笑是从心里向外长出的。

这时，四化又说："孙女还没放学吗？"大美笑着说："今儿清净一回，她姥姥接走了，想让孙女在她家住几天。"

"哎，怪想她呢！快两年没见了，又该长高了吧？"四化说着，人就进了厨房。

"可不是嘛，小孩不在跟前长得快。这两年啊，长高半头了。"大美边从锅里盛红烧肉，边有些得意地说着。

"哦，去接回来吧。"看来，四化是真想孙女了。

"明天吧，明天！"大美盛好红烧肉，朝四化扬了扬下巴，又说，"端菜吧，咱两口子也吃顿清净的。"

"好！"四化应了一声，就去灶台上端扣着碗的碟子。

四化掀碟子上的碗时，大美把那瓶古井贡酒拿了出来。

"还喝吗？"四化说。

"喝点儿！酒是蹿皮活血的，也解解乏。"大美笑着把瓶盖拧开。

四化端起倒满的酒杯，抬眼望着大美。大美正微笑着回应，四化就避开了她的眼睛，一仰下巴，把酒喝下去了。

四化夹了一筷子素炒猴头菇放在嘴里，咀嚼起来。大美说："鲜吗？"

"嗯，嗯。"四化应着的当儿，觉得应该对大美表达点什么。菜咽下去后，就说，"你也喝一杯吧。这是三十八度的，劲儿不大。"

大美迟疑了一下，立即说："好啊，我陪你喝两杯。"说着，就站起来，去拿酒杯。

四化喝完一杯，大美立即给他满上。四化不吭声，大美想问点他在外面这两年的情况，也不好开口。两个人都不说话怪沉闷的，大美就想着只有从菜上开口。她说："你尝尝这红烧肉，可达到你的要求吗？"

四化夹了一块红烧肉，放在嘴里，有些夸张地嚼起来。其实，四化也知道大美想问他在外面的事，尤其这次突然回家的原因。他一时想不好该怎么给她解释，两个人都这样躲闪着这个话题，也不是个办法，这层纸早晚得捅破。四化又喝下一杯酒，眼睛从大美脸上移到辣萝卜烩粉丝上，开口说："这两年做园艺也不错的！"

话一出口，他又端起一杯酒，一仰下巴，喝了下去。

大美知道四化在厦门做园艺。两年前，四化就在电话里跟她说过，在一个叫星海绿屿的别墅区，给人家做园艺。开始，大美并不知道园艺是做啥的，心想，他咋会做啥园艺了？后来，四化电话里跟她说了，就是在那些别墅小院给花啊树啊，剪剪枝，施施肥，修剪修剪草坪，薅杂草，浇浇水这样的活。按说，这样的活计农村人都会做，可四化在电话里说得有园艺师证才能上岗。他是跟别人学了半年徒，后来通过这个师傅找门路花钱才买了园艺证的。不然，这些别墅里的人不会让他干。

大美记得很清楚，那天四化通过物业公司跟二十八家签过合同后，高兴得像孩子考满分一样，给她打了好长的电话。这真是值得高兴的事啊，一天轮流服务一家，大尽月能休息两天，小尽月能休息一天，天天都有活干，真是挺好的。

四化开口说在厦门的事了，大美心头的石头去了半块，敞快多了。她一边给四化倒酒，一边关切地问："那边活不累吧？"

"嗯，哪有让活儿累死的？"四化说着，就拿起烟盒，晃了两下，才掏出一支烟。

农村人干的活，哪有不辛苦的呢？这事，四化没跟大美说过。他是真辛苦又忙碌，每天按照排单，早早地起床，收拾归纳当天养护所需要的工具，来到每一个庭院，与户主沟通、修剪、拔草、清理枯枝、查看病虫、拍照记录……中午吃点自带的饭，每天都得忙十个小时左右。他要用心养护着每家的一草一木，还要小心地与这些主人说话。

干活辛苦点，四化倒不怕，他最怕的就是与这些户主沟通。富人规矩多，讲究也大。有些户主特别挑剔，一条枝剪得不如他们的意、一棵杂草没拔净，都给你脸色看。有五六家的户主更不把他当人看，你进去干活了，他们理都不理你。有时，你不经意往楼里看一眼，他们都会防贼一样防着你。这活，既是技术活、辛苦活，又窝心。好在，钱不少，每家每年一万块，除去肥料、防虫药、修理工具，一家也能挣七八千块钱。当然，挣多少钱他没跟大美说，就是大美问，他也不一定说。

酒喝下去得有半斤多了。四化说："不能喝了。"

"我再陪你喝一杯，就去给你做豆腐汤。"大美说着，就给四化和自己又倒了一杯。

这时，四化点上一支烟，吸了一口，然后说："盐味重点，在那边习惯了。"

大美转身看一眼四化，愣了一下神，就说："好嘞！"

四化今天胃口不错，竟吃了两个蒸馍。大美看在眼里，乐在心里，自己做的饭适合男人的口味，心里肯定是美美的。以前四化的饭量并不大，喝了酒后最多吃一个馍，也许是他今天在路上没有吃好吧。大美用大碗给四化盛了一碗豆腐汤。碗是大点，四化还是喝完了。大美想亏得自己想得周到，买了蒜苗和芫荽，不然，汤就不会这么鲜，他也不一定能喝完这一大碗。

中秋节过后，天黑得就特别快，一顿饭的工夫，屋外面就漆黑一片了。

大美收拾好厨房里的东西，拎着刚烧的开水来到堂屋。四化还坐在椅子上看手机。大美瞄了一眼，知道他在发信息，就装作什么也没看到。她倒了一杯开水，放到桌子上，又把电视打开，这才说："你先喝口水，看看电视，我去烧点水，一会儿你烫烫脚。"

其实，大美刚才在厨房时已经把水烧上了。她是不想看四化玩手机，也怕影响了他给谁发信息，就故意又回到厨房的。他这些年在外面都干什么了，自己都不知道，也没问过，何况现在给谁发信息呢？大美想得开通，眼不见，心不烦，没必要给自己置气。

不一会儿，大美把烧好的水拎到堂屋里，把洗脸盆和洗脚盆都拿过来。她先倒好洗脸水，看着四化说："先洗洗脸吧，我这就给你弄洗脚的水。"

四化掐了烟，看了一眼手机上的时间，从椅子上起身，去洗脸。大美转身去拿毛巾的当儿，四化就洗好了。他擦了擦脸，说了一句："还是热水洗脸滋润。"

这时，大美又把洗脚水倒好了，她用右手的食指和中指试了试水温，就说："水有点热，正好烫烫脚。"她本来是要蹲下来，给四化揉揉脚的，又怕自己太殷勤了，他不自然，就试探着说："要不，我给你揉揉吧？"四化有些感激地看着她说："不了，自己惯了。"

四化洗完脚，大美说："要不你先上床躺着吧，我洗洗自己。"说着，转身出门去了厨房。厨房里还烧着一锅水呢，那是大美给自己预备的。她计划好了，今天要把自己洗干净点。她这样想，心里是有想法的，快两年了，说不想他是假的。去街上买东西时，她心里和身上就有了动静，虽说快五十了，可还来着月事呢，都旱得快冒烟了，咋不想让男人下场透雨呢。再说了，他只要外面没有女人，憋两年了，一定也火急火燎的。

大美是在厨房洗自己的。她只是把门关上，并没有插死，自己的男人在家，有啥可怕的？就是自己男人有啥事突然进来了，也没有啥可羞的，还巴不得呢。只可惜自家这个榆木疙瘩，肯定不会来的。这多少让大美有些失望。大美一边想，一边慢慢地洗着自己。她洗得很仔细，洗了脸、刷了牙，重点是仔仔细细地洗了自己的下身。

大美终于把自己洗好了。可她并没有立即去堂屋，她在厨房里又待了好大一会儿。她听到四化在堂屋里咳嗽了两声，心想，该不是他也急了吧，就匆匆地关了厨房门，向堂屋走去。

四化已经躺在床上了。大美关上门，把锁销住，来到床边。她见四化杯里的水不多了，就又把暖水瓶拎过来，给他倒上，然后才上床。坐在床沿上，大美有些不好意思，突然像结婚那天晚上一样呢，心里无端生起了羞怯。于是，她小声说："把灯调暗点，刺眼呢。"

这是个新换的床头灯，四化以前没用过。也许他不太熟悉咋调光，也许是他就是想关掉，反正，他一抬手就把灯关了。大美心里一热，觉得四化肯定也急了，就三下五除二地把自己脱个精光，钻进了被窝。进了被窝，碰到四化的光腿和肚皮，她的心跳得更快了，这个男人早就把自己脱光了！四化脱上衣的时候，大美心里又生出些歉意，自己还磨蹭呢，让人家等着急了。

四化的上身刚缩进被窝，大美伸手就搂着了他的脖子。四化转一下身子，两个人的前胸就贴在了一起。接着，大美就在四化的肩膀上咬了一口。四化身子一颤，勾过头，一下子咬住了大美的嘴……

不知过了多少时间，大美软下来的身子里慢慢有了点力气。她睁开眼，长长地出了几口气，这时，才看到月光透过玻璃窗户照进了屋里。朦朦胧胧的月光真美啊，像温润的玉光照射过来。有多少年自己没有这样舒展和沉醉过了？大美脑子里有些迷糊，似乎从来就没有过这样的感觉。她真是感激四化，让她有了像死后重生的感觉。这时，她又把四化死死地搂在自己怀里。她又高兴又埋怨，这个男人咋跟以前不一样了呢？像变了个人一样。以前，他像平时干活一样，有板有眼地要自己，而这次他却把大美当成了一件心爱的宝贝，从头到脸到胸到肚子，一遍一遍慢慢地抚摸。她急得快要出火了，他还是不急，当她快要喘不过气来时，他才突然翻过身来……回想着刚才的事，大美浑身又颤动起来。

四化也缓过来了劲，挣开大美的怀抱。他想坐起来抽支烟。

这时，大美把床头灯调亮了，给四化披上衣服，把烟和打火机递过来。

四化抽了支烟，又喝了几口水，脱掉上衣，又把自己缩进了被窝。

"把灯关上吧。"四化说。

"你不累吗？"大美心疼地问四化。

四化停了一会儿，才说："这会儿缓过来劲了，不困呢。"

"啊，那说说话呗。"大美觉得是时候了，可以问一问他这次突然回来，到底是咋了。

四化呢，也觉得想跟大美说说。这个时候时机正好，老憋在心里也不是个事。于是，他就说："你也不想问问我在外面的事儿？"

大美当然想问了，只是多年的经验告诉她，他不主动说，问也不会说的。于是，就装作惊奇地说："外面有啥新鲜事，给我说说呗。俺也长长见识。"

停了一会儿，四化说："我服务的那些别墅人家，有时也怪稀奇的。"

"那快给俺说说吧。"大美急切地想听，说着把脸又贴到了四化的脸前。

四化又停了停，才决定开口。其实，怎么跟大美说，他想过几天了，是经过反复思考才决定下来的。他要从四栋二号家捉妖说起。只有从这儿说起，才能慢慢地让大美知道是怎么回事，也许这是她最容易接受的铺垫了。

于是，他开了口。

四栋二号家确实很特殊，一栋别墅里住着一个七十岁左右的老头，一位六十岁上下的保姆。老头和保姆都是河南人，听口音像是豫东那边的，口音还有点山东味。老头呢说是高血压冲瘫了，整天躺在床上，偶尔也能坐在轮椅上，来到院子里。他儿子和儿媳都移居美国了，老伴儿前些年也去了美国，这个保姆据说是他远门一个表妹。这老头精神不太正常，常常大呼小叫，加上说话也不清楚，嘿嘿的有些吓人。四化最怕去干活时，他出来，嘴里不停地啊啊着，不知道他对什么不满意。

保姆的脾气似乎也不太好，有时也对他大声呵斥。四化后来听物业的人说，这老头原来是个副市长，被"双规"后就突然瘫了，而且精神也不正常起来。上面没有办法，也没有问出证据，只好不了了之。当然，这些都是四化断断续续听来的，真假他也不能肯定。但有一点是肯定的，保姆说他妖怪缠身，中了邪，时不时请一个女神婆给他来捉妖。说来也怪，据保姆说，捉一次妖得两千块钱，能好月把半月的。这些，都是四化在他家修剪花草时，与保姆拉呱听到的。

具体是如何捉妖的，四化没有见过。捉妖都是关着门，他也不可能见到。保姆倒是给他头上一句脚下一句地说过，先是点上香，看每根香燃的快慢，判断是哪方妖怪；然后呢，神婆就闭目请神，等神附了体，就开始又蹦又跳地捉拿。保姆说，有时候地板上还能看到妖怪淌出来的血呢，红红的怪瘆人的。

这时，大美突然笑出了声。这声笑很急促也很舒展，伴随着笑声，她还放了声屁。四化被她搞蒙了，心想这女人怎么了？他在大美的胸上摸了一把："笑啥呢？"大美直了上身，坐起来。四化也坐了起来。这时月光更亮了，从窗户透进来，大美看出来四化有点不好意思的神态，又笑了起来。她停止笑，把气喘匀了，才开口说："真笑死人了，城里人咋就那么傻呢？"

四化不明白大美在说什么，推了一下大美的肩膀："你这是中邪了啊！"

其实，大美一点都没中邪，反而，她觉得现在城里人倒是中邪了。刚才四化说的那会捉妖的女人，都是骗人的。大美想起了自己娘家旁门奶奶捉妖下神的事了。没出嫁的时候，她常到这个叫花姑的奶奶家去玩，去她家并不是为了看她给人家捉妖、叫魂、看香，而是与她的小孙女鹃一起玩。鹃比大美小五岁，大美和她有缘分，两个人玩得最亲近。鹃也最喜欢大美，整天黏在她身边。

花姑奶奶在十里八村很有名气，谁家有什么解不来的疙瘩，丢了猪、跑了羊、头痛脚麻、孩子定亲、出远门甚至翻盖房子，都要到她家看看香。大美见过花姑奶奶看香，其实也没有啥神秘的，就是把三根香点着，插在香炉里，过一个时辰，三根香剩的长短就不一样了，有时中间最高、左比右短，有时左高右低、中间最短，有时右高中间低、左边最短。三根香高高低低会有很多不同，每一种都代表一个意思。花姑奶奶看着香能说得头头是道，来人听得一脸紧张，点头哈腰的。

花姑还给大美捉过妖。那年大美好像十五岁，一次她和鹃在玉米地里割草，当时鹃到地中间去找草了，她嫌热就在地头割。说是地头，其实就是两块玉米地中间的小路上，并没有什么草，大美那天主要是感觉太热了，想在地头有风处凉快一下。一会儿，有一个骑自行车的男人过来，他把自行车放在大美面前的地上，先问大美怎么一个人在割草，热不热，接着就弯腰去摸大美的脸。大美吓得猛一叫，这男人就去捂她的嘴。这时，在地里面的鹃听到了，大声叫大美姐、大美姐你咋了？这时，那个男人骑上自行车向前窜走了。

那天后，大美病了，人像丢了魂一样，躺在床上不想起来，也不想吃也不想喝。三天下来人竟瘦了一圈。她娘说大美是丢了魂，是妖怪缠身了，把她领到了花姑奶奶家。焚过香后，花姑奶就说是中了邪。接着，又是烧火纸送钱，又是请神，折腾了半天。其实，大美心里清楚，是那个男人突然摸她，自己吓着了。半个月她都不敢出门。后来，娘又要带大美去花姑奶奶那儿捉妖，大美说出了实情。又过了个把月，大美才从惊吓中好起来。

现在，大美想起来这事，心里还有些害怕呢。但是，从这件事后，她是不相信花姑奶奶捉妖了。哪来的妖怪呢，谁见过啊？常言道，妖自心出，妖怪都是自己想出来的。

想到这里，大美就对四化说："你真信有妖怪，真的有人能捉妖吗？"

四化似乎没有听大美说话，又自顾自地说："咋不信呢？听说那个别墅区有十几家人请过那女神婆捉妖。"

这时，大美诧异了。难道这些富人真的容易中邪？她觉得四化这话说得有点假，有点怪，怕不是他也真的被妖怪缠身了吧？于是，她就说："你再说一个，俺听听。"

四化坐起来，披上衣服，又点上一支烟。吸了几口，他望一眼窗外的月亮，才开口说话。

"五栋一号单住着一个女的，叫曼曼。这个女的看不出年龄，说三十几岁也像，说二十一二岁也行，反正是看不出年龄来。她对我挺好的，从没对我干的活提过意见，常常一个人在琴房弹钢琴。有两次，她还主动给我泡了红茶，说这茶上万块钱一斤。有一次喝茶的时候，听她说自己是'好声音'歌唱大赛的二等奖得主，还经常出去演出。"四化停了一会儿，又接着说，"后来，我发现这女孩不正常。"

"咋不正常了？"大美从四化吞吞吐吐的话中，反而觉得不是这个女孩不正常，倒像四化自己有点不正常，于是，就警觉地问道。

四化似乎听出了大美语气里的警觉，说话就更慢了。他说，这女的家从没有见过其他人过来，这么年轻怎么能没家人呢，就是被人包养的，也该有男人过来吧。何况，从来也没听她说过朋友过来，更是没有见过。

"那这有啥奇怪的呢？"大美觉得四化故意隐瞒着什么，就故作镇定地往下问。

"咋不奇怪呢？我倒是看见她也请神婆捉过妖。"

"你见过有人给她捉妖？"大美觉得事情可能更不那么简单了，就追着问道。

四化又停了一下，然后才说："可不是吗？有两次我亲眼见那个神婆来给她捉妖。有一次，神婆出门时我还专门问过。神婆说，这女人被海妖缠身了，前两年生了个哑巴闺女，男人也不回来看她了，人整天寻死觅活的。我听后有些不信，就问这神婆，不会啊，我咋没见她的闺女，看她平时很正常的啊。神婆阴着脸笑一声，然后说，孩子让她妈在老家带着呢，你没看她那眼神吗？医院说是抑郁病，其实就是妖邪附身，老想死呢。"

"这神婆长啥样啊？"大美也不知道自己为什么突然要这么问。

四化停顿了一下，才开口说："四十多岁吧，胖乎乎的。"

此刻，大美突然想到鹃了。鹃也四十多岁，也胖乎乎的。她把丈夫和一个孩子丢在家里，一个人出去打工有十几年没进家了。大美中秋节回娘家时，还听娘给她唠呢，说鹃有十五六年没声没影了，要么就是出意外人不在了，要么是又嫁人了。

大美想，以鹃的那脾气和机灵劲儿，她不相信会出啥意外，肯定在外面又找到男人了。

大美突然害怕起来，四化讲的这个神婆莫不是鹃吧？想到这里，她的心跳得厉害，快要跳出胸口一样。四化这些年也一直在外面打工，不会一直跟鹃在一起吧？如果他们一直在一起，那情况就麻烦了！

想到这里，大美想再往细里问问那神婆，又担心这神婆别真是鹃。她害怕如果这神婆真是鹃，四化听出来她问话的目的，不再说下去。于是，就转着话问："那个得病的曼曼，后来咋样了？"

"唉！"四化叹口气，又接着说，"后来这个女人把她的哑巴女孩接过来了。也就半个月后吧，她把哑巴闺女交给那个神婆，说是替她带两天。可是，从此以后这女人就无影无踪了。她还欠着我的工钱呢。"

"啊？"大美坐起来，盯着四化追问道，"那个哑巴女孩呢？那个神婆娘呢？"

"唉！"四化又叹口气，躲闪着大美的眼睛，搔着头皮说，"有一天我在小区碰到那个神婆领着哑巴女孩玩，她说让我先照看一下。她要去一栋楼里捉妖，带孩子不方便，我就把孩子接了过来。谁知道，从此我也找不到这个神婆了。后来，我去五栋一号问，这里已经换人住了，是一个四十多岁的男人，他说这是他刚租的房子，以前的事，他啥都不知道。"

"这么说，那哑巴闺女落你手上了？"大美颤抖着问。

四化不再出声，一个劲地搔头皮，仿佛要把头皮撕下来一样。

这时，大美想，完了，完了！难怪这男人一进家门，俺就感觉有些妖！那个曼曼咋能把孩子白白地留下呢？那个神婆娘咋可能说没影也没影了呢？说不定，那哑巴女孩就是四化和鹊一起生的。根本就没有那个曼曼，给她捉妖的事也是编的瞎话，所有捉妖的事都是四化编的瞎话。

大美浑身哆嗦得像筛糠一样。她觉得，自己真是被妖怪缠身了。

四化看大美哆嗦得厉害，一只胳膊把她搂在怀里。大美突然放声大哭起来。这哭声像地震时从万米深处一冲而出，又像迅猛而来的海啸，无可抵挡，地动山摇。

不知哭了多久，哭声猛地停了，只听四化尖叫一声，坐直了身子。大美狠狠地咬住了他的胸脯，不依不饶，不松不放。

突然，窗外鸡窝里的公鸡叫了："喔——喔喔——喔——喔喔喔——"尖厉而响亮。

公鸡打鸣声停了，天也亮了。大美抚了抚纷乱的头发，一边穿衣，一边说："起吧，去把那哑巴闺女领回来吧。"

这时，栖在树枝上的几只母鸡扑棱棱飞了下来，"咯——咯咯——咯咯咯——咯咯——咯咯咯"叫个不停……

兜　搭

斯继东 *

> 一四七打一，二五八舍五，三六九去九。
>
> ——麻将口诀

1

接到阿俊的电话略有点意外。

因为职业使然，所有的陌生来电我都得接。

"东哥，想跟你咨询点事情——"

"嗯？"

"我是阿俊——"

我这才反应过来。

我跟阿俊是在牌桌上认识的。那个局有四五个常搭子，一般三缺一时，老宓才会拨我电话。我就是个备胎。这几十年来，小县城的娱乐业跟着一线城市

* 斯继东，男，1973 年生，浙江嵊州人。文学创作一级，现为《野草》杂志主编，绍兴市作协主席。小说散见《收获》《十月》《人民文学》等刊物及《小说选刊》《小说月报》等各类选刊选本，多次进入收获排行榜、中国小说学会排行榜等年度榜单。出版小说集《白牙》《你为何心虚》《今夜无人入眠》等。曾获郁达夫小说奖、《小说选刊》年度大奖、林斤澜短篇小说奖、十月文学奖、华语青年作家奖等奖项。

浪奔浪流潮涨潮落，我们来一茬接一茬，厌一茬换一茬，不知不觉便步入中年，"越过山丘，才发现无人等候"，某一天终于集体醒悟：千帆过尽，还是麻将。于是，时代广场二十一楼松本的自动麻将机就日日开着，有时甚至午后场连着夜场。我没老宓他们那么闲，没白没黑连着打确实也腻烦，最多也就一周参与两次，所以只能是个备胎。照此而论，阿俊应该是备胎中的备胎了。三缺一，照例微信加电话一个一个约，一轮下来，还是三缺一。这个时候，老宓才会想到阿俊。阿俊总是回复：好的，稍等等。果然稍等等，阿俊就屁颠屁颠来了。可知我与阿俊在牌桌上碰面的概率其实是很小的——一年也就那么几回。

之所以要稍等等，是因为阿俊开了一家烤鸭店。烤鸭店生意红火，阿俊每天得等最后一只烤鸭卖掉，卷闸门拉落，专车接老婆回家，耐心等她用完膳，再把盘碗洗刷干净，然后轻手轻脚溜出来。

"《红楼梦》读过的吧，有个尤三姐记不记得？阿俊烤鸭店的老板娘就叫尤三姐，那可是城西第一号美女，不相信你们自己去看看——'三姐烤鸭店'，就在西桥的老城墙脚下。"老宓说。"老宓这句话倒是没掺水。为了一睹芳容，我特地去买过烤鸭，从城东赶到城西，汽油烧了一格多——"松本一本正经在边上帮腔。松本这名字是老宓给取的，老宓好这一口，他说松本长得像日本人（其实老宓根本就没去过日本），就给他取了"松本五十郎"的绰号，名字实在太长，便简称为"松本"。"阿俊，这么漂亮的老婆你是怎么弄到手的？给弟兄们私授一二么——"老宓打出一张生张，又追了一句。阿俊喊一声"碰"，舍出一张熟牌，慢腾腾地说："宓哥又来寻我开心，三姐又不姓尤——"看得出心里是喜滋滋的。

本地人鸭子都习惯炖着吃，有一种常销的土特产就是炖鸭——真空包装，包装盒上印的广告是："一只炖了一百五十年的老鸭。"也总会有时髦的吃法传进来，却都是尝一两回鲜便作罢。对付这些刁钻又顽固的嘴巴，阿俊的烤鸭店单靠三姐这个花瓶可是不够的。

推牌入膛，新局重开，这时牌桌的气氛是最轻松的。阿俊说："往大里论，烤鸭也逃不出'色香味'三字，但讲讲容易，做起来着实不易。'色'，主要还是火候，鸭皮脆而不焦时，色泽也最诱人。'香'，除了食材——这个地球人都知道，其实烧的木料也很要紧，松木最忌，我们用的都是果木，但果木也不是所有品种都适宜。当然有没有回头客，最终还得靠'味'。皮脆肉嫩，方为上品。一般人会以为烤鸭么那就是烤出来的，其实不然，烤鸭讲究的是'外烤内煮'，如何'煮'？这就得'灌肠'，鸭腔灌上水不就是个天然的锅？要灌水自然不能开膛破肚，可不开膛破肚又如何灌水？而且灌水前不还得先清空内脏？"

听到这里，我们皆呆鸟了，都忘了摸牌。阿俊把搁在牌桌的右手抬起来，抬得很高，然后伸出左手，食指中指作剪刀状，伸至右腋下"喀嚓"了一下。阿俊说："鸭翅膀根部，胸骨、肋骨、肩胛骨之间天然有一三角，专业称腋下三角区，便是下刀的去处。后面的掏膛、灌肠，就全靠这个切口进出。"阿俊是个小个子，五官有些堆挤，像是制模时被谁不小心捏过一把。现在他成了庖丁，猥琐的面相似乎也跟着服眼起来。"那这'锅'不是会漏水吗？"理科生松本扶一扶眼镜发问。对啊！"行了行了，打牌打牌，再说下去你们都可以开烤鸭店抢我生意了。"阿俊说。另外三个人干脆把摸上手的牌都反扣到桌上，几双眼睛齐盯着阿俊。阿俊只好把自己的牌也卧倒了说："制作烤鸭总体有五大步，分别叫制坯、烫坯、挂色、晾坯和烤制，每一大步又可细分。灌肠是烤制的第二步，那第一步是什么，就是堵漏。用什么堵？其实戏法拆穿了都很简单，就是一截秸秆。先将秸秆前端有节的部位插入肛门，再轻轻向外一拉——"

随着"咔嗒"一声，东门西门南门同时菊花一紧。

阿俊在电话里跟我说，三姐走了，他想把房子留下，但是三姐的家里人都不认他。我听得糊涂，也感觉内里蹊跷，便约他当面聊。

当天下午他就来了我的办公室。

一年多没见，阿俊明显委顿了，像是青蛙田鸡被抽去了一根筋。我给他泡上杯茶，他一根接一根地给我递烟，似乎有那么一点神经质。我当然没见过三姐，一个好端端活在人家嘴里的美女，忽然有一天又在别人的嘴里过世了。这让人遗憾之余更感荒诞。三姐得的是乳腺癌。对"癌"这种恶病，本地人有忌口，他们一般不提此字，代之以"独个头字"。病有些拖，活检出来已是晚期，乳腺都开始流脓了。县城省城，化疗放疗，西医中医，挨了大半年，最终不出意外画上句号。

妻子过世，丈夫是当然的合法继承人。这有什么留不留认不认的？

在阿俊絮絮叨叨前言不搭后语的讲述中，我慢慢听出了意思。

阿俊和三姐确实一直生活在一起，但并非法律意义上的夫妻。他们白天一起经营着位于滨江西路七十六号的"三姐烤鸭店"，傍晚店门落锁后开一辆白色凯美瑞，回城西五苑四幢三单元西首的三楼居室。两点一线，成双进成对出，在旁人眼里，不是夫妻是什么？可事实情况是，他们并没领过证，也没办过任何仪式。我问阿俊，房子是一起出资买的吗？阿俊说，房子是三姐买的，他后来才搬进去。我又问，烤鸭店是共同出资开办的吗？阿俊答，店是三姐独个开起来的，后来因为缺人手，三姐才留下他搭档经营。我问，那经营所得呢？阿俊说，三姐账目清爽，剔除店租和食材成本后两人二五添得十。我再问，那辆车的所有人也是三姐吧？阿俊说，车一直都是他在开，但确实也是三姐出的钱。三姐很早就考了驾照，但提车的当天就撞翻了隔离带，此后便再也没摸过方向盘。我有点好奇，便多问了一句："烤鸭店生意这么好，这些年你的钱都去哪了？"阿俊支吾了，说："我自己也说不清，我这人吧，可能就是算命瞎子讲的命里不积财。"

阿俊忽然有点激动："我跟三姐确实没领过证，但这么多年一直吃喝拉撒在一块，就不能算事实婚姻？难道你们法律就只认那一本破证？"我只能遗憾地回复他，就算法院认定事实婚姻，房屋、店面、汽车都在三姐名下，都不适用共有财产。而且现行法律并不认可事实婚姻。一九九四年之后，凡是未办理结婚登记手续以夫妻名义同居生活的，一律不受法律保护。

阿俊的激动很快就变为沮丧，他低着头，像是在喃喃自语："你们一定以为我是贪财——"

"其实不是的，真不是。"

"我要那套房子，只是想留一点念想。"

也许是我的表情让阿俊误会了。坐在他的对面，我确实一句安慰的话都讲不出。我要是个情感专家就好了，但我只是个律师。

"这么多年来，我把心思都放在了她身上。"

"老话讲，柴到猪头烂。我也以为，是人心总能捂热——"

阿俊的声音明显变了。

这还是第一次，一个男人在我办公室里嘤嘤哭泣。

2

李拐又有饭局，说要晚一点。四杯茶早已泡好，角门茶几上两把气压式保温壶也已经灌满开水。三个人就枯等着。我，老宓，松本。我和老宓抽烟，松本不抽，他刷手机。

我问老宓，最近见阿俊没。老宓说他也很久没见阿俊了，约过三次，每次都说家里有事，之后就没再联系。我说，前阵阿俊来找我了，便三言两语把阿俊去找我咨询的事说了。松本跟我一样，也就牌桌上见过阿俊七八回，感觉人蛮爽直的，香烟转得特勤，麻将随大随小，输输赢赢脸还是同一张脸。李拐说要晚一点，电话里声音喧闹，听着罢宴遥遥无期。老宓就跟我们聊起了阿俊。老宓交游广，这破县城里好像就没有他不认识的人。

听老宓说，阿俊是把活络斧头，干过不少行当。高中毕业后，先是去了深圳服装厂打工。几年后攒了点钱归来，前前后后销过领带、扬声器和吸排油烟机，跑过保险，开过出租车，还承包过鱼塘，开过农家乐，种过葡萄、黄花梨和红心猕猴桃。看别人赚钱总是轻轻松松，轮到自己哪一行都千难万难。亏了吧自然要换门路，赚了小钱吧又总想着赚大钱。人最怕没想法，但想法太多也就成了折腾。

承包鱼塘那阵，来钓鱼的人其实不少。山塘在狗哭岭背后的冷岙里，离城不远，颇有些野趣，加上阿俊养的鱼又品种丰富。但阿俊不满足，觉得应该"一条龙"服务。于是就在山塘边的松树林里搭起几间木屋，搞起了当时还没烂大街的农家乐。垂钓，喝茶，聚餐，棋牌，果然"一条龙"。农家乐双休日节假日生意红火，平常日子自然清淡些，这也在情理中。阿俊还是不满足。有一天鱼塘边便多了两匹马，一白一黑。阿俊风风火火建起马棚，又环塘辟了路，铺上碎石，是谓跑马场，隔些时日又从北边高薪聘了个专职马师。

阿俊搬一把太师椅至水中央的观景台，一杯茶一支烟，在湖光山色中美滋滋地做起他的发财梦。

那应该是阿俊最风光的日子。隔三岔五，阿俊会忽然起兴去城里用早点。阿俊白马打头，马师黑马尾随。宝马奔驰满大街，但马在南方可是稀罕物。黑白双煞穿行在川流不息的人流车流中，那画面确实够拉风的。过西桥就是富豪路，到店门口，阿俊骚抖抖跃下马，把缰绳递给马师，便大摇大摆入了店。照例是一客小笼包，一碗咸豆浆，外加两根油条。没多久，就听到门外有人嚷嚷：谁的马谁的马？阿俊晃出店。马被马师拴在人行道边的法国梧桐上，白马有样学样，骚抖抖拉了一大坨屎。周围已围了一堆人，一个环卫工人拿了扫帚畚斗，对着这坨热气腾腾的马粪束手无策。内里还有个交警，却一副事不关己的神情。嚷嚷的是一个城管。这到底谁的马，谁的马啊？马师看阿俊，阿俊不吭气，神定气闲像个看客。城管还在嚷嚷："再要没人领，我可就牵走了——"他人刚一靠近，不防白马突然蹬出后蹄，城管闪躲间差点跌倒。围观的人都哈哈大笑，有个好事的杠了句："你们城管管人管车，还管畜生啊？"众人哄笑。"你们等着，我叫人去。"城管骑上摩托灰溜溜退了场。马师赶紧上去解开缰绳，阿俊跨上马，打着饱嗝，在众多观礼式的目光中，耀武扬威地离开了马粪堆。

阿俊要面子，兜里有了几个烂铜板后，出手更为阔绰。来农家乐的客人三教九流，阿俊人五人六都成了哥们。有个跟阿俊只喝过两顿酒的家伙，与人起纠纷，给阿俊倒苦水，阿俊当场拍了胸脯。机会说来就来，那哥们有天给阿俊打电话，阿俊便火速赶去。在派出所门口，两人会合了。那哥们说，对方刚刚进了派出所，六十多岁，是个癞子。为了避嫌，阿俊让那哥们先走，自己就伺在马路对面。半个小时左右，癞子果然就从派出所出来了。他横穿过马路来骑电瓶车。阿俊冲上去一脚先把电瓶车踢翻了，在对方的诧异中拳头照面门就砸了过去。正打得兴起，带眼看到派出所又出来一个癞子，也是六十多岁的样子。阿俊就怔住了，会不会打错人啊，没这么巧吧？还真就这么巧。还有更晦气的呢——被错打的这个癞子的儿子偏偏又是派出所的副所长。

最后认定的结果是：寻衅滋事。致人轻伤。情节恶劣。

大半年后，等阿俊从局子里出来，农家乐已处于半歇业状态，马师伤心地跑回了北方，那些钓鱼的熟客们似乎都找到了新的野塘，而银行的贷款早已逾期。

阿俊搬一把太师椅至水中央的观景台，还是一杯茶一支烟，在湖光山色中把自己的又一个发财梦像烟蒂一样掐灭了。

大钱赚不来，小钱眼不开，兜兜转转一圈，阿俊还是光身一人。

老宓的讲述绘声绘色，按本地人的形容，就是说话有焰头。老宓老妈口才就很好，这一点老宓随他妈。老宓讲到这里，李拐终于满身酒气地闯了进来。

"后来呢？"我听得不过瘾。

"废什么话，赶紧了，择位择位。"李拐屁股还没沾椅，手先按了骰子键。

"后来阿俊就遇上了三姐。也是一物降一物，自此阿俊忽然就收了心。"老宓一句话把故事收了尾，跟着按下了面前的骰子键。

3

散场已近凌晨两点。十二点多，有人提议定圈，惯例加两圈。两圈完了，又是老必提，再加一圈吧。那么干脆就再两圈，有人说。于是两圈就变成了一板。从停车场出来，天飘起了细雨，老王秃头站在路口打车。不算顺路，我还是踩了脚刹车。

老王晚上输得有点惨。

"就是那副牌落了风，之后就一动不动陪太子读书了。"老王嘀咕着。

"是三财神结果给下家三摊财鸟那副吧？"

"对。"

那副牌是老王接庄，下家和牌后，老王生气地亮过三个财神。

"到底是怎么一副牌啊？"

"下家很早就碰了我一张风板，我手中六九筒归，加二五八万兜搭财鸟，你说打哪张？堂里穿门和上家各打过一张五万，'三打独吃'，但我手中有三财神，自然不惧对方，就顺手舍了张二万，结果下家二五万吃进第二摊。转过来摸进又是一张二万，我疑了疑，'回头张不弃'，便留二万舍了八万，结果下家五八万吃进了第三摊。要是先打八万，那就是他陪我三摊了，或者跟着再打二万那也没有事。真是晦气捞糟。"老王说。

"按牌理的话，这副牌你打二万或八万都是错的。你没听说过'一四七打一，二五八舍五，三六九去九'吗？"我有点替老王可惜。

"前后两句好理解，'二五八舍五'，这个怎么讲？"

看来老王是真不懂。我就跟他解释："从归牌求和的角度看，舍五万是比舍二万或八万的归张更多的。前者万子八门归张，后者只有七门。这还说的是正常情况，从这副牌来看，堂里已有两张五万，五万是孤张，还就更应该舍五万了。"

老王想了想，说："还真是！"

聊着牌，车子正好过越秀路口。老王说："聊得正起兴，再去喝一杯吧。"

越秀路是条夜宵街，后半夜依然人声鼎沸。我快到家了，老王说他等下打个的就行，于是两人便进店入座喊了两扎扎啤。

老王做高速公路的护栏，据老宓讲，老王省厅有人业务不愁，一年少说五六百万净利润，家外有家，小日子过得蛮滋润的。但我跟老王不熟，就是纯粹的牌友，所以杯起杯落间能聊的也只有麻将。

就那副牌，我刚刚说的还只是从自己求和的角度。我继续分析。

"那么，从防下家的角度看，你先打五万下家是面临选择的：吃上还是吃下。他吃上，你下圈跟八万，他吃下，你下圈跟二万，你永远卡着他的第三摊。等你自己兜搭归张了，如果进筒子或者新牌兜搭，再舍出另一张万子，那就成了你倒钓他三摊。"我说。

按我们的游戏规则，吃三摊，如果下家和，上家得出三支（倍），如果是倒钓（上家和），下家就得倒赔上家五支（倍）。加上又是连庄，这副牌一来一去，老王差了近五百点。这还只算的单副牌的目数，从整场牌势看，还有上下家谁上风谁落风的问题。所以这种关键牌，确实就是一子定输赢的。

"啊，还真是啊，他奶奶的。"老王终于恍然大悟。

正聊着，一桌客人从楼上包厢下来，其中一个眉眼俊俏的中年男人喊了声老王，快步走过来，转了圈烟，寒暄两句，走了。能听出来，应该是老同学。

"你知道他是谁吗？他就是你们在讲的三姐的弟弟。"老王说。

于是话题顺势就转到了阿俊和三姐身上。

因为老同学的原因，老王认识三姐，也凑巧见过阿俊几次。当然更多的事情是听老同学说的。

小县城就是小县城。阿俊先认识的是三姐的弟弟，有一次跟朋友去弟弟家里吃饭，见到三姐，眼睛再也挪不开了。可三姐怎么会看得上阿俊这等货色呢？没人当真，因为这事横竖看都是剃头担子一头热。

阿俊却像牛皮糖一样粘上了三姐。

四姐妹中，三姐就跟弟弟亲。刚开烤鸭店那阵，三姐就是借住在弟弟家的。弟弟没事总会去店里转转。有一次去看到门口呆立了匹马，阿俊居然在店里。隔些天去，远远地又看见那匹该死的白马，弟弟返头就走。吃晚饭时，弟弟就跟三姐说："你别老让阿俊来你店里。"三姐说："他来买烤鸭，他说他喜欢吃烤鸭，我能赶客人走吗？"

烤鸭店的生意一直顺风顺水，从没出什么打横的事，弟弟也有自己的一个家一份事业，慢慢店里就去得少了。

再一次去，大概前后隔了有近一年吧，弟弟直接傻眼了。因为还没到生意的点，三姐照例轻花落水坐在铺子前刷手机、听越剧。身后烤鸭师傅戴着白帽兜，穿着白大褂，系了块围裙，正在忙进忙出。头一抬，变魔术一样，那张面孔忽然变成了阿俊。

三姐说："原来那个烤鸭师傅回唐山老家抱孙子去了。"

弟弟说："你谁不能雇啊，非得雇阿俊？"

三姐说："雇谁不是雇啊？怎么就不能是阿俊？"

三姐又说："这不正好凑上吗？师傅要回唐山，阿俊农庄歇业没处去。我开始也有顾虑，没想阿俊上手挺快的，简直无缝对接——烤鸭师傅换了，烤鸭生意一点也没耽误。"

弟弟不担心生意，弟弟担心的是姐的婚姻大事。三姐已经老大不小了，但一直没有处对象。年纪一岁岁地朝上加，姻缘的路越走越窄。现在倒好，三姐又在路口安了尊门神。

三姐当然知道弟弟在担心什么。

三姐说："你放心，生意是生意，人是人，我拎得清。"

弟弟说："你拎得清，可别人拎得清吗？你们孤男寡女，香炉对着蜡烛台，烤鸭店怎么看都是夫妻店。"

三姐突然生气了："都是各做各的人，我自己清清白白，我管别人怎么看！"

烤鸭店生意好，日日又都是现金流水。三姐在城西五苑全款买了套一百一十平三室二厅的商品房，大半年后装修完，就搬出了弟弟的家。装修时，三姐也没让弟弟帮忙，说是全包给了装修公司。乔迁当天，三姐备了满满一桌子菜请弟弟一家。妻女们都吃得肚拖地，弟弟却连咸淡都没尝出来，心里只有饱鼓鼓一个疑问：这菜是谁做的啊？

后面的事就更让弟弟眼睛乌珠跌落了。

三姐居然让阿俊搬进了她的商品房。三姐真是发了昏。

阿俊的房子抵了贷款，此后就日日在店里打地铺。这明显演的苦情戏啊。三姐却看不过去了，主动开腔把空着的客房租给了阿俊。

三姐说："真的是租啊，每月租金都是清清爽爽从工资里扣的。我一个人，房子那么大，空着也是空着。"

三姐又说："你也知道我不是个稀里糊涂的人，我跟阿俊可是约法三章的：其一，租给他的是客房，厨房、餐厅和客厅共用，但主卧包括主卫是禁地，阿俊不得踏入半步；其二，任何时候不得带他的狐朋狗友进屋；其三，我要是看着他碍眼，他得随时随地无条件滚蛋。总之，在店里，他就是我的雇员；在家里，他就是我的房客。他要敢起坏心思，毛手毛脚，我拿菜刀剁了他。"

三姐还说："其实挺划算的，我这是收房租顺带收了个厨子，阿俊的厨艺还真是不错，花样精也透，到底是开过农家乐的。当然，每月的菜食佣我也是一半对一半清清爽爽转给他的。"

不出所料，乔迁那一桌菜果然就是阿俊做的。阿俊大概是把三姐的胃勾住了。三姐有洁癖，平时极少去别人家里。非去不可的话，她会在包里带一块坐垫。坐下后，屁股就生了根，一寸也不再挪动。一日三餐是她最犯愁的事。医院路的大饼油条，同心楼的生煎，亲家婆面馆，市山弄的鸡蛋饼，国商旁边的老娘舅中式快餐，外加肯德基麦当劳必胜客，常年打转的就这么几家。陌生的店铺她是决计不踏进去的，她也从来不堂食，总是打了包归来一个人细嚼慢咽。

眼看着弟弟的女儿从小学升入了初中，又从初中升入了高中。三姐照旧单着，照旧跟阿俊在别人眼皮底下这样不明不白地耗着。冬至日家人团聚祭祖，三姐照例又是阿俊开车送来的，饭后阿俊自然还得再来接一趟。弟弟和家里人开始倒过来齐口劝起三姐：摸生不如摸熟，都处了这么多年，干脆就扯个证办两桌酒，名正言顺在一起吧。

三姐说："你们是不是觉得我跟他早就睡在一块了？"

三姐说："这么多年，我连一个指头都没让阿俊碰过。"

三姐说："我保不了别人想不想，但弟弟你也这样想，实在不应该。"——这一句三姐是专门对着弟弟一个人说的。

三姐又说："这桩事情你们以后再别劝了。我这辈子，是不会嫁给阿俊的。"

三姐话少，但出口一句就是一句。看上去柔柔顺顺一个人，耳朵皮从来不软。

4

老宓又悄无声息地晃荡进我的办公室。

没屁事，他就是来闲坐。老宓他们单位蛮神奇的，收入挺高，作为正式职工，每周去单位点个卯就行。那活谁干啊，合同工。据老宓说，其实真正的苦活累活，像爬高晒日头之类，合同工也不干。那谁干？还有临时工呢。鹿山公园一个摆摊看相的说，老宓命中坐"休门"。所以老宓每天都像作家一样睡到中午才起床，吃一顿不知该叫早餐还是午餐的饭，在客厅沙发上"葛优躺"刷几小时微信，挨到下午上班时间就大狗一样准点出门晃荡了。小县城高高矮矮的楼房内，密布了五花八门的单位，那里面不少吹空调领工资的人都是老宓的朋友。老宓的奥迪可以随时靠边停下，然后大摇大摆晃进去，许多单位连传达室的保安都认识宓总。如果这朋友破天荒正好有事在忙，那么老宓就会打个照面掷根烟，立马调转车头奔赴下家。小县城一年四季都不缺陪老宓对坐喝茶扯空天的朋友。坐到临下班，如若对方没有应酬，那么老宓会再飘几只电话约个饭局。小酌之后自然又是麻将，一直酣战至凌晨。

老宓说，他前些天跟殡仪馆的馆长吃饭，听来一桩新闻。其实从时间上推算应该是旧闻了。

殡仪馆能有什么新闻，人每天都在死，推进火化炉就是一蓬烟。我听八卦的兴趣并不高。

老宓说："我当时听着听着，感觉讲的好像是阿俊。"

"阿俊？"我来了兴趣。

"对。馆长讲完后，我又问了几句，年纪、貌相、死因和关系都对得上号。"老宓说。

"细说细说。"我催。

三姐的后事是弟弟一手操办的。按当地风俗，未出嫁的女子后事一般都会办在老家，放到殡仪馆是弟弟做的主。灵堂布置停当，白房已经到位，吹打也来了，回礼的毛巾香烟已一一装袋，该报的讯应该也都报了，餐厅已经预订，酒水正在采购途中，二楼的牌桌留了六间应该是够的。到早上九点多，近一些的亲友陆陆续续赶到，吹打跟着在走廊外喧闹起来，灵堂终于不再冷冷清清。弟弟觉得似乎可以松一口气了，有人从白房奔过来喊他。

白房单独一小间，就设在灵堂入口的左首边。亲友来吊唁一般都是先至白房，放下吊礼（大多是香烟，也有现金），由白房先生登记入账，然后再进入灵堂焚香奠拜。

弟弟请的白房先生是村里做过会计的堂叔。堂叔已经激动得青筋暴起，人都从凳子上立起来了，与之起争执的男子背对着弟弟。等弟弟走近，男子转过脸来。是阿俊。

阿俊来奠拜三姐，符合常情。阿俊说要送一个花圈，这也很正常，本地的风俗白房都代办花圈。堂叔便问他挽联如何写，阿俊说写"爱妻某某某千古"，堂叔就把这个陌生男人的脸死死盯牢了。他没喝到过喜酒，他当然知道堂侄女出没出嫁。白发送黑发本来就是一件懊恼事，现在突然冒出个神经病，堂叔的火暴脾气能不"腾腾腾"烧起来吗？

弟弟搂了阿俊的肩膀，悄声说："我们出去讲话。"回头又跟堂叔加了句："阿叔你先忙，挽联怎么写我等下跟你讲。"

两人来到走廊外，弟弟递给阿俊一根烟。

阿俊说："挽联你打算怎么写？"

弟弟说："挽联怎么写，我说了不算，你说了也不算。"

阿俊说："那谁说了算？"

弟弟说："三姐。三姐说了算。"

阿俊的眼圈就红了，说："花圈我不送了，我进去奠拜一下，总可以吧？"

弟弟说："你当然应该进去送一送她。"

两人重新返回灵堂。行至供案前立住。弟弟点了三根香，递给阿俊。

灵堂内所有的目光都聚到了他俩身上。门外的吹打很合时宜地响了起来。

弟弟说："三姐，阿俊来看你了。"

阿俊攥着香，对着灵柩和更远处的三姐的遗像僵硬地拜了三拜。

弟弟陪阿俊走到门口时，问一句："留下吃中饭吧。"阿俊摇摇头，弟弟就收住了脚步。

灵柩的两侧排布了些长椅，弟弟找了个最靠里的角落坐下。至此，弟弟终于松了那一口气。此前，总觉得还有何事未了，他在脑子里顺了很多遍就是想不出来。现在，他终于知道未了的是什么事了。弟弟忽然感觉到疲惫，他已经两天两夜没合眼了。

弟弟是在沉睡中被摇醒的："快出去看看，有人在闹。"

还没到走廊，弟弟就听到了戏文声。三姐在世时，手机里一歇不歇都放着戏文。弟弟能听出来，唱的是《血手印》中"法场祭夫"一折。王千金已经敬到第二杯酒，林招得在悲悲切切地唱：

> 含泪饮过二杯酒，
>
> 酒少泪多咽下喉。
>
> 小姐呀！酒剩半杯还有留，
>
> 我与你，未成夫妻永分手——

一抬头，真是要命，唱戏的竟然是阿俊——原来他并没有走。

走廊的斜对面是个公共厕所，阿俊就是站在厕所顶的平台上唱的，手中拿了个无线话筒，身边靠着一个像拉杆箱一样的扩音器——这都是那帮吹打的吃饭家生。吹打刚刚在茶歇，没想这玩意儿就到了他的手上。可问题是，他是怎么把自己和那个扩音器弄上厕所顶的呢？

　　扶君连饮三杯酒，

　　壶空酒尽心碎透。

　　林郎呀，可恨老天无理由，

　　善良之人不保佑——

阿俊把话筒换到左手，这算是王千金在唱了。走廊上厕所边已经围了不少的看客。弟弟叫来帮忙的两个朋友在底下兜来转去，但是拿高处的阿俊一点办法也没有。

弟弟走得近些，朝阿俊喊："阿俊，你先下来。"

阿俊说："我不下来。"把无线话筒换回右手，又变成了林招得：

　　含泪饮过三杯酒，

　　酒虽尽来我泪还流。

　　小姐呀，今生无缘再聚首，

　　但愿来世再配佳偶——

弟弟说："你唱也唱过了，现在下来吧。"

阿俊说："我不下来，我还没唱够。"

弟弟说："你好话劝不进，是要逼人出恶声吗？"

阿俊说："唱几句戏，犯着谁了？"

这话弟弟一时接不上。阿俊缓缓气，开始唱新的一折。

> 林妹妹，
>
> 我来迟了，我来迟了——
>
> 金玉良缘将我骗，
>
> 害妹妹魂归离恨天。
>
> 到如今，人面不知何处去，
>
> 空留下，素烛白帷伴灵前。

是《红楼梦》里的《宝玉哭灵》。越剧诸流派中，徐派的唱腔最为高亢，《宝玉哭灵》是代表作，其中"金玉良缘将我骗"这一句可算试金石，阿俊寒抖抖险临临还真地飙了上去，不少围观的人"火着正好看"，居然鼓掌喝起彩，于是更多灵堂内的人被招引了出来。

> 林妹妹啊，
>
> 林妹妹——
>
> 如今是，千呼万唤唤不归，
>
> 上天入地难寻见。
>
> 可叹我，生不能临别话几句啊，
>
> 死不能，扶一扶七尺棺——

有人不知从哪里找来了一把竹梯。可梯子刚刚架上去，就被阿俊一脚踢翻了。经这一闹，阿俊忘了词，握着话筒做痴呆状。底下的看客大概是热闹还没看够，掌声鼓得更为起劲。

那个馆长就是在这个时候现身的。他攘着一个大街上卖老鼠药的人惯用的小喇叭朝上面喊:"阿俊啊,你是叫阿俊吧?我跟你说,你唱戏是不犯法,但我问你,你抢了人家吹打的话筒音响,这算不算扰乱社会秩序啊?人都说唱戏唱半场,差不多就行了。你现在停下来,本馆保证不追究你责任。你要再闹,那我只能打110报警了——"

股级领导也是领导,说的话恩威并施,有板有眼。乘着阿俊愣神的当头,有四五个人已经从后背偷偷架起梯子上了露台。阿俊终于被架住了,再也动弹不得。下面看热闹的乱哄哄,还在猜测阿俊如若不被拿住,底下会唱哪出。有人说必定是《山伯临终》,也有人猜《楼台会》,还有人说那还不如唱《问紫娟》来得委婉感人。"铜锣响,脚底痒。"都是戏文从小听到大的人,那些唱本谁不是翻来覆去覆去翻来如数家珍啊?

老宓跷着二郎腿,喝着我的老树红茶,慢悠悠把故事讲完了,我听得入神。

但好像有哪里不对啊?

我说:"这故事你不是听馆长讲的吗,我怎么感觉是三姐弟弟讲给你听的啊?"

老宓把一口烟滴水不漏地吸进鼻孔,再从嘴里徐徐吐出来:"戏法人人会变,各有窍门不同。"

"老宓你不去写小说,真是可惜了。"

"讲到最后还是那句老话:自己的心事,别人的闲事。"

老宓发完感叹,扫了眼手表,忽然话锋一转,言归正传:"怎么样,晚上摸两盘?"

5

有那么几回,实在召不到搭子。我就跟老宓献计,飘个电话给阿俊啊。说实话,我是挺想知道那套商品房的归属的,当然,最后归阿俊的可能性极小,除非三姐立有遗嘱。老宓呆呆，不太合适吧，还是算了！之后再提起，老宓说："阿俊的号码早已停机了。"老宓总是有办法让新的备胎扩充至这个牌局。不管缺了谁，自动麻将机还是会像地球一样照常运转。自此，阿俊和三姐便从我们的话题中消失了。

再次听人提到三姐已是好几年之后的事了。反正中间县长就换了两任，而我们的亲密战友李拐自财税局至经贸局，又从经贸局到了招商局。

那个周末傍晚，老宓约我们去老王厂里吃野鳖。野鳖当然只是个由头，正题还是饭后的麻将。一车四人，老宓开的车，加我、李拐和松本。老王的厂在郊区，出城有半小时车程。

那不是多了个人吗？松本说他观战。这怎么行？松本说那就入股吧。

松本说："自正月初五财神日起，风头就没顺过，屡败屡战，屡战屡败，得歇一歇了。"

然后，他就给我们分享了正月初五那副怨心牌。

"杭州的施领导归来，九盛集团陈总设宴，下午开战。我下家老蒋，上家施领导，阿德坐我穿门。一板下来，局势整体比较平稳。那副牌是连庄，我竖起三财神。进入中局，穿门阿德已经吃上家两摊，忽然开始叫嚣：再饲一摊，东风碰出财鸟。我就在那里寻思他的话了：其一，按他的个性，如果牌好有财神，他不会叫嚣，只会贼一样伏着闷声发大财；其二，堂里没露面的风牌还有好几个，他西风不提提东风，应该是手中吊着一只东风做泸张。我的牌需要拆一搭才能做成财鸟，而手中有东风西风各一对。转过来轮到我，我就果断开了西风对，带攻兼守，坐等对方东风。转到阿德这里，他摸进牌后，果然打出了东风，应该是叫听了。我喊声碰，舍出第二张西风，财鸟顺利做成，手上再是六九万幺四索归着飞鸟。下家牌刚落堂，忽听上家喊一声碰。真是神助攻啊，我自然笃定泰山。上家施领导麻将扎精，开局后牌一直卡得很死，让我万万意料不及的是，在这要紧处，他居然饲出一张九万。真的是九万，哈哈，这不是及时雨公明哥哥吗？当时牌面，上下家门前都只有一摊，基于刚才对穿门的判断，我当然毫不犹豫地把财神掷了出去。六只眼睛都成了铜锣，下家与上家齐声一叹：奶奶的还没叫听呢！轮到阿德，他没去摸牌，直接把手里的牌推倒——'不拘飞鸟了！'然后仰天长笑。天杀的，第四号财神偏偏就在他手上，而且已经悬荡。"

"哎呀，正月初五是财神日，你怎么能把财神打掉啊？"

"一碰，前财变后财，一吃，后财又变前财——真是要人死的牌啊。"

"这副牌其实不该飞。穿门已经两摊，打出卡着的东风，当然要防财鸟，毕竟外面还有一张财神。他喊出东风，那是被你抓了破绽。但这场心理战，你还是中了对方的陷阱，因为对手叫嚣就误判他牌不好。上家碰，已经是在救驾。你还要得寸进尺，那就是贪婪了。"

"对，可以叫贪婪，也可以叫心存侥幸。"

"这怎么能叫贪婪呢，麻将赌的不就是概率？换成我也会飞，毕竟四号财神在对方手中的概率很小。"

"财鸟已经到手，再去冒风险飞，这不是以确定赌不确定吗？"

"要按你的说法，就永远没有财鸟，更不会有飞鸟了。有财鸟才有飞鸟，而财鸟之前总是先有摸。"

"三分技术七分风头，麻将最终考验的还是人性。"

"牌局瞬息万变，你永远不知道下一张摸进的是什么，这才是麻将的魅力。"

"麻将从来没有正解。就像做人，每时每刻都只能做自以为是的选择。"

七嘴八舌。接着是短暂的沉默。路还远着呢。

"不谈麻将了，还是聊聊八卦吧——"松本说。

"对了，那个阿俊怎么样了？"我问。

"这个我知道。烤鸭店旧址重开了，老板娘换成了个外地女人。阿俊我也碰见了，老样子，香烟拔得很快，就是头发白了不少。"松本说。

"还有，阿俊好像没换店名，挂的还是之前'三姐烤鸭店'那块招牌。"松本又说。

"我来跟你们说说三姐吧。"李拐意外接过话题。

"其实三姐年轻时喜欢过一个人。这个人是她大姐夫的弟弟。当年大姐嫁给大姐夫，就是她和那个弟弟两人提的婚纱。婚宴结束，宾客送罢，却不见了俩小孩踪影。双方家长里里外外找，急得就要报警。最后还是服务员在收拾餐桌时给发现的，原来童男童女一直都躲在主桌的桌子底下。因为所有喜席都铺了及地的桌布，别人根本发现不了。找回孩子后，家长都挺纳闷，婚宴足足持续了三个小时，两个小家伙是怎么在桌布底下挨过这三小时的呢？到大一些入学后，女孩每年暑假都会去大姐家住上几天，两人因此总能见面。再后来，男孩考上了大学，女孩没考上——"

"然后，两人就自然而然地分开了，对不对？你这故事讲的，也太没新意了吧？"

"别急别急，你们再听我讲。"

"高中毕业后的那个暑假，两人又见了一面。男孩答应女孩，上了大学后就给她写信，女孩也答应男孩，再去复读一年。但开学后，男孩就再也没了音信。在高复班煎熬的女孩实在无法忍受，就主动给男孩写了封信，却一直没有等到回信。于是半年之后，女孩放弃学业，跟当时的许多女孩一样背井离乡去了深圳。许多年之后，女孩与男孩意外碰面。女孩还是女孩，而男孩已经结婚生子。女孩这才知道，男孩当年曾给她写过好几封信，只是她没有收到而已。而她写给男孩的信，男孩也根本没有收到。"

"那些信呢？"

"截留那些信的，是女孩的大姐，也就是男孩的大嫂。真相大白后，对方并没有抵赖。她棒打鸳鸯的理由非常简单，说是不想让姐妹变成妯娌。让人费解的是，她居然还好好保留着那些旧信。于是，在二十多年之后，她，读到了男孩当年写给自己的信；他，也读到了当年女孩写给自己的信。"

"你们都知道那个女孩，就是三姐，读到信时已是病入膏肓。但你们都不知道那个男孩。"

"你认识？"

"其实我说出来，你们也认识。"

"谁？"

"求明亮。"

当然认识。求明亮，明亮集团的董事长。不但我们认识，全县七十四万人也都认识他。这些年，县里大张旗鼓搞招商引资"一号工程"，其实大家心知肚明，许多项目都是圈圈土地做做表面文章，所谓的外资也多半都是假外资。但求明亮先生不一样，他可是实实在在地投了三个亿。而这个项目从洽谈到落地，李拐都是全程参与的——也正是因为这个项目，李拐从李科变成了李副，又从李副变成了李局。

李拐说，前面那些事，都是求总亲口告诉他的。项目正式投产，在返回上海的前一个晚上，求总单独约他在旋转餐厅吃了顿饭。餐厅配备各类酒水，但他们喝的是求总自带的拉斐。

窗外万家灯火，求总不知不觉就喝多了。

李拐说："那天求总的话很多，而且说话的方式跟以往判若两人。他好像把我当成了真正的朋友。"

"每次在这个离地最高的旋转餐厅吃饭，我都会有一种古怪的感觉。置身其间的人其实根本感觉不到它在旋转，但窗外位移的景物却会一次又一次地提醒你，你确实在一刻不停地旋转。这就如同时间，我们明明感觉不到它的流转，但是，隔一段比较长的时日，你的身体就会告诉你，确实有时间这种东西，而它就在你的身体之外，以一种改变你容颜的方式日夜流逝。"

"听听，这哪像一个商人的话啊？"

李拐说那晚聚餐结束，在下行的观光电梯里，求总还醉眼迷离地跟他分享了一个秘密。

"告诉你也没关系，其实那天，我曾经去殡仪馆看过三姐。这事没人知道。不知为什么，当时灵堂内连一个看护的人都没有。三姐独自躺在灵柩里，鲜花簇拥，就像一个化完妆的新娘。恍恍惚惚中，一块巨大的天蓝色桌布自天而降。喧哗的世界被完全隔离。桌布之内，鸿蒙未开，唯余两人。三姐带着幽怨的眼神再一次问我：'我也想穿漂亮的婚纱，万一嫁不出去，你娶我好不好啊？'"

美人吟

南飞雁[*]

鲁姐说，日子再难，我也得活成个美人。

1

每个月总有那么几天，小蔺会莫名焦躁，想把店关了。多数是在周末，具体时段是上午九点半到十点半，下午三点半到四点半。美菡跳完舞进门，两人就开始冷战，不过这冷战是对小蔺而言的，美菡可不冷。她热气腾腾地擦干身子，系上围裙戴了头巾，哼着歌忙碌个不停。她的围裙很漂亮，墨绿色的底子，胸口绣了四个卡通字"东东蛋糕"。

"又生气了？"美菡轻巧地打发蛋清，笑着说："别这样了嘛，就是做做操。"

那可不是做操。小蔺心里更堵。周边七八家店，十来个老板娘和女店员，美菡是最年轻好看的，十几个妇女环肥燕瘦，跟着隔壁热干面的鲁姐跳舞，上下午各有一场，每场一个钟头。小蔺想，等再过二十年，美菡长成了鲁姐，他

---

[*] 南飞雁，男，1980 年生于黄泛区农场，祖籍河南唐河。中国作协全委会委员，河南省作家协会副主席，河南省文学院副院长。作品曾获中宣部"五个一工程"奖、《人民文学》年度中篇小说奖、《中篇小说选刊》年度小说奖、河南省"五个一工程"奖、河南省文学艺术优秀成果奖、杜甫文学奖等奖项。

也不会拦着，就像隔壁的谢哥。

"中午想吃什么？"美菡放下工具，笑盈盈过来，从后边搂紧小蔺，"给你叫个五香羊头吧？"

美菡以前可不这样。刚开店那会儿她紧张得说不成话，小蔺趁没人故意动手动脚逗她，她急得都要哭了。现在故意动手动脚的却换了美菡。改变当然是有原因的，原因就是鲁姐，所以小蔺才焦躁。他焦躁的时候话不多，全写在脸上。他转过身看她。快十年了，她好像停在了高中，眼里眉间亮晶晶的，涂抹开便是一脸毛茸茸的年轻。照这样看，再过二十年她也长不成鲁姐，他倒有可能变成谢哥，像一碗裹满了辣油和麻酱的热干面，根根油腻无比。

"那就定了啊？"美菡掏出手机，下单，付款。五香羊头是小蔺焦躁期的必需品，约等于美菡每个月的红糖姜水。不过他还是不想说话。不过美菡有的是办法让他开口。

"你们同学聚会，做点好吃的带上吧？"

小蔺心想坏了，肯定又要提"总监"。有次同学聚会，群里各种合影刷屏，美菡一眼看出猫腻。女生姓夏，跟小蔺在同一个社团里混过，这倒也无妨，偏偏他一时糊涂，在她朋友圈里留过几次言、点过几个赞，有过几回不清不楚的互动。言也留了，赞也点了，想删也来不及了，全成了美菡结结实实的证据。那时两人还没开店，小蔺当房产中介，兼职送外卖，美菡在超市收银，她数落完小蔺，抹着眼泪说："个子还没我高，长得也没我好看，不就仗着是个本科生，当了个总监吗？她那公司里头是个人都叫总监！"

小蔺和美菡是高中同学，学习都挺一般。高考时小蔺超常发挥，考到省城读本科，美菡读的大专，两人就是在同学聚会时看对了眼，这才好上了。所以小蔺是有前科的，所以美菡的警惕不无道理。此后"总监"成了他的重启键，一旦按下故障全消，再大的火也得清零，何况还有五香羊头。他眼下还不想被清零，就不能让她说到夏总监，也就不能再沉默了。

"隔壁今天没吵起来啊？"小蔺开始打岔，"还真有点不适应。"

隔壁一东一西两家店，东边潼关肉夹馍，西边鲁家热干面，都是夫妻店，比较热衷吵架的是东边肉夹馍，特点是高潮时猝然收尾。每回东隔壁人声忽然没了，斩刀剁肉声轰隆隆响起来，小蔺总担心剁的是人。其实西隔壁也吵，往往是鲁姐在骂，谢哥从不顶嘴，顶多从店里出来，坐在门口焦头烂额地抽根烟。

搁在以前，美菡通常会上当，忘了再提夏总监，可自从开店当了老板娘，尤其是跟鲁姐混熟以后，斗争经验丰富了，黄段子也能讲了，想骗也难了。她没被小蔺带偏，而是笑眯眯地说："总监那次来找你叙旧，说喜欢吃什么来着？慕斯是吧？草莓的，芒果的，黑巧的，抹茶的，都给她带上。"

美菡这时的神态几乎就是鲁姐了。小蔺听得心惊胆战。

"我亲手给她做，双份，甜不死她，撑死她，撑不死她，胖死她——好不好？"

重启键果然管用，小蔺很快就没有烦恼了，有也不敢表露出来。他不是怕吵架，而是不想吵架被隔壁听到，就像他焦躁的不是美菡跳舞，而是围观的全是谢哥那样的油腻大叔。舞曲声里，小蔺好几次探出头东张西望，小店门口都是谢哥一般的男人，叼着烟卷笑嘻嘻观摩十几个娘儿们扭腰递胯，准确地说，全盯着美菡。这也不奇怪，原本都是油烟佐料里腌制多年的妇女，乍然来了个美菡，难免与众不同，何况她还真就是个美人。看来美菡每天跳舞的这两个小时，就是谢哥们焦头烂额中的五香羊头。小老板们开店不易，难处人人都有，房租水电、卫生防疫、工商税务哪一块都怠慢不得，偏偏小蔺的烦恼更多。好歹是念过大学的本科生，跟一帮中学学历的老炮儿混在一起开店做买卖，人家也不比他干得差、挣得少，闹心了还能看美菡跳舞——可他呢？难道去看鲁姐？

2

鲁姐什么时候开始跳舞的，已经没人说得清了，就像她在这条街上干了多少年，也没有人能说得清。她给美菡看过一张照片，背景是鲁家热干面的门头，四个人两坐两站，除了鲁姐笑得灿烂，其余三个都是冷着脸。坐着的是鲁伯鲁婶，站着的是鲁姐和一个男的，却显然不是谢哥。

"我前夫，"鲁姐按住前夫的脸，拉满到整个屏幕，"帅吧？"

照片是拿手机翻拍的，放大之后面目有些狰狞，像是被拍扁的苹果。不过从依稀可辨的眉眼看，谢哥的确逊色不少。

"那时候我还不怎么胖，不像现在，跟头大象一样。"

"这是哪一年啊？"美菡知道她说的是事实，但又实在不知道怎么接话，只好小心翼翼地问。

"二十年前了，那会儿刚有这条街，对面的小学、写字楼，还都是工地呢。"鲁姐划拉着手机挑曲子，"先跳个《美人吟》吧，小美女？"

音乐一起，女舞友和男观众就都出门了。时过正午，阳光还好，舞友们排在鲁姐身后，观众们闲坐在自家门口，两下里都在阳光中自得其乐。小蔺的心抽成一团。周末两天，没了学生和白领们捧场，蛋糕店生意要差上很多。生意少了，店里活儿也就少了，小蔺更找不到不让美菡去跳舞的理由。一个小时不长不短，舞曲呕哑啁哳响个不停，夹杂着舞友们快活的高声谈笑。小蔺像个耗子，在店里钻来钻去，再没有片刻安静。终于，舞曲声停了，美菡哼着歌也进门了，汗珠顺着脖子流，湿了胸前的一小片衣服，声气也有些喘。

"打扫得好干净啊！"她一边笑，一边朝里走，"我得换件衣服，都湿了。"

店里有个小隔断，小隔断里有张折叠床，平时累了可以躺着解解乏。以前打烊之后，生意好了，情绪到了，气氛对了，两人偶尔会挤在上面胡闹一阵子，还折腾坏过一张——不过似乎也好久没有过了。

美菡拉上布帘，窸窸窣窣地擦洗。她爱干净，身上见了汗就得洗，不然就一副六神无主的样子。水是小蔺刚烧好的，干衣服备好了，两块毛巾也备好了，一块泡在盆里，一块搁在床上。他走到门口，拉了把椅子坐下，眼睛一直瞄着隔断。布帘后面，一个热气腾腾的美人正在擦拭自己，身体和帘子不时摩擦，凸显出某一处局部，那是他最熟悉的地方。再等一会儿，美菡就会容光焕发地出来，穿上那件墨绿色的围裙，略带娇羞地冲着他笑。那笑容也是他熟悉的。每到这个时候，美菡的笑是那样神清气爽。

隔壁肉夹馍就是这时候出事的。

肉夹馍夫妇都姓王，人称王哥、王姐。王哥身长八尺，容貌甚伟，却吵不过王姐，也打不过她，只能靠剁肉解压。一般只要王哥剁上肉，王姐就不吭声了，肉剁完就算翻篇。可这次不知何故，王姐得胜之余返了个场，多絮叨了几句，王哥忽然不剁肉了，提刀恶狠狠看着她。毕竟搭伙过日子多年，什么叫虚张声势，什么是真要动手，王姐还是能看出来的，当即跑出了门，王哥影子似的跟上，手里还拿着刀。鲁姐正冲洗垫子，见状不假思索把手一抬，凉水结结实实喷了他一头一脸。王姐躲在鲁姐身后，结结巴巴说不出话。

"凉快不？"鲁姐冷笑一声，"长本事了啊，天天剁肉还不够，还想剁老婆呢？"

凉水一浇，王哥气焰散了大半，声音却还坚挺，湿淋淋地怒道："是她不想过日子！"

"嚷什么嚷？有理不在声高。"鲁姐气定神闲地瞄了一眼王哥，"过不下去就离，不知道民政局在哪儿，我领你们去，谁不离谁是大姑娘生的！"

王哥有些蒙，刀也垂下了。谢哥幽灵般飘到他身边，顺手卸过刀，拍拍他肩膀，拉他进了店。鲁姐盘好水管，转身对王姐说："还是因为闺女？"

老街是没有秘密的，就算暂时有，只要鲁姐她们跳一场舞，也就很快没有了。原来王家有个闺女，不顾父母反对远嫁在南方的网友，怀孕结婚又离婚，如今带孩子住在娘家啃老。王姐一提女儿就发火，火烧旺了就忍不住说婆婆。王哥母亲当年也是私奔，也是所托非人，怀孕结婚又离婚，带着王哥又嫁人又离婚。王姐嘴损，总说这是遗传，估计今天返场的时候又说了——美菡讲完这些，感慨着总结说："要是没鲁姐，指不定得闹成什么样呢！"

这不是小蔺第一次领略鲁姐的风采了，王哥不是她的对手，提上刀也不是。

鲁姐收拾起人来就像收拾热干面，刚蒸好出笼的面条够热吧？别家店掸面得用长筷子，鲁姐直接上手，淋油摔打全靠十根指头。美菡天天嚷着戒碳水，却每天一碗热干面雷打不动。她爱吃，鲁姐也爱给她做，还亲手拌好再递过来，眉眼里都是笑，说："二十年前，我也跟妹子一样，腰条顺溜着呢！"说着提捏起肚皮上的赘肉，叹气："现在一抓一大把，自打跟你谢哥结婚，胖成大象了！"

那天小蔺也在，吃着面差点笑出声。美菡怕他真笑出来，忙说："谢哥是对你好嘛。"

"对我好？"鲁姐一声冷笑，"他巴不得我胖呢！生他闺女，胖了一圈，喂他闺女，又胖了一圈，都是因为他！"

小蔺顿时就真笑不出来了。他和美菡正为这事吵架。总体上两人都觉得该结婚了，分歧是什么时候生孩子。一旦争吵起来，美菡总要提起"总监"，小蔺嘴笨，只好说她跳舞，随之争吵升级到顶峰，然后就没有然后了。几乎天天如此周而复始。每次争吵过后，小蔺都觉得很滑稽，像是彩票还没有买就盘算如何去挥霍。他能做的只是尽量把争吵拖到那个租来的家，这大概就是他的底线，也是他跟美菡心照不宣的默契。毕竟受过高等教育，虽然做起了小本生意，也多少算是个前知识分子，开的也是窗明几净的蛋糕店，总不能跟街上的同行们一样吧？店里经年老垢擦都擦不掉，平静不了几天就得闹出鸡飞狗跳的各种动静。他固执地想要保留一些与众不同，生意上有好有坏就不提了，起码日子还算和睦，不至于动不动就吵得整条街都知道，生生地给人看笑话——哪怕这点区别需要煞费苦心去遮遮掩掩。每每听到隔壁肉夹馍剁肉声起，小蔺就不由得心生艳羡，王哥解压的手段高级多了，不像他，只能拿着抹布擦来擦去，灰垢固然看不见了，但烦恼怎么也擦不掉，好像还越擦越多。

过了几天，小蔺给客户送生日蛋糕，这是个难得的喘口气的机会，可以光明正大地暂时离开老街。两个路口之外，有个存放环卫器具的工具箱，做成了休闲椅的样子，他会在那里坐一阵，吸上两支烟，再一头扎进无边无际的生活里。但这次烟刚点上就抽不动了。鲁姐一屁股坐在他旁边，像一艘潜水艇忽然浮出了水面，荡起的浪头让他摇来摇去。

"过日子还挺仔细呢！"鲁姐拿着烟盒看了看，"男人出门，得带盒好烟。"

"自己抽，没那么多讲究，"小蔺说，"我也就抽着玩。"

鲁姐的来意很简单。街道办搞群众文化活动，有个项目是评"舞林高手"，鲁姐当仁不让要参加的，不过就算她内心再强大，也知道自己舞姿身材外貌都比较欠奉，得拉个帮手。这帮手得是个美人，那自然就是美菡了，只要她肯入伙，事情就成了一多半。但是比舞就得训练，难免会影响生意，所以美菡还在犹豫。

鲁姐说："有什么好犹豫的？也就几天工夫，你说呢大兄弟？"

"我？"小蔺扔了烟，爽快地说："我没问题。"

鲁姐显然有些意外，皱眉看着小蔺。这就对了。知识分子吵架不在行，正经八百地谈判还是有把握的。小蔺忽然想笑，语气却很诚恳："我也有件事情，得请鲁姐帮忙。"

3

老街对面是所小学，小学旁边是家银行，银行上面是写字楼。当初小蔺带着美菡蹲守两天，吃遍沿街小店，最后对她说："生意做遍，不如开饭店，咱就在这儿开了。"

"已经有不少了啊！"美菡大概吃多了辣椒，一个劲地吸溜冷气，"像那家热干面，生意多好啊！人都排到外边了。"

"热干面，米线，酸辣粉，肉夹馍，鸡蛋灌饼。"小蔺看着未来的同行们，自信得像只公鸡，"咱跟他们不一样，这就叫差异化取胜。"

小蔺叫蔺敬东，美菡叫他"东东"，店名也就定成"东东蛋糕"。开张之后主打早餐午餐，生意着实红火了一阵，美菡激动得都想看房了，小蔺嘴上不说，心里痛快得很。不料个把月后风光不再，美菡急得例假都乱了，小蔺又是嘴上不说，心里慌张得厉害。两人合计半天毫无头绪，眼巴巴盼不来一个顾客，好容易来了一个，还是隔壁实在塞不下了，端着热干面过来想借个座。

鲁姐来的时候饭点早过了，街面也安静起来。她没空手来，端着冒尖的两碗面，一见两人就嗔怪说："生意再不好，也得吃饭啊。"

生意的确是不好，整个中午店里就卖出一瓶水，还是借座的那人被小蔺盯得实在坐不住了，这才买的。鲁姐把那人的空碗收了，四下里看了看，咧嘴笑道："洋气是够洋气了，干净也够干净了，生意咋就不好呢？"

美菡又气又急，委屈得眼泪都快出来了。小蔺做中介卖房子时伺候过不少难缠的客户，却没见过如此登门挑衅的同行，一时也是气血攻心，碍于前知识分子的体面才没动手。鲁姐倒是不慌不忙说："你们小两口还是太年轻，生意哪有好做的？学费少不了——吃啊！边吃边听，姐给你们批讲批讲。"

十五分钟之后，鲁姐端了空碗出门，留下小蔺和美菡面面相觑。其实鲁姐的批讲并不高深，但刀刀见血。像店里主打的早餐，除了面包就是蛋糕，没一个热乎的，牛奶都是凉的，"就不知道弄个微波炉给打打"？再比如中午，来吃饭的都是年轻人，被老板上司虐了一上午，"谁不想吃点口重的找补找补"？思绪及此，小蔺方才回味到那碗热干面的妙处，麻酱丰腴的香，辣油销魂的辣，的确是抚慰焦虑的良药。当晚两人没走，热烈讨论到深夜，重新燃起了希望，还把希望落实在行动上，趁着激动跑了个题，弄坏了小隔断里的折叠床。不过小蔺也忽然觉得不科学，同行历来是冤家，每天顾客就那么多，胃口就那么大，蛋糕店生意好了不就影响到热干面了吗？鲁姐心眼再好也不可能是慈善家。他想来想去，始终不得其解，干脆也就不想了，在疲倦到极点之际轰然睡去。

疑惑很快有了答案。生意有起色之后，小蔺和美菡对鲁姐好感日深，尤其是美菡，爱屋及乌馋上了热干面，一有空就往鲁姐店里跑。那天店里没什么人了，隔壁却还是满满当当。美菡忙着做蛋糕，让小蔺去隔壁弄一碗来。鲁家热干面柜台灶火在最里面，小蔺排在队伍末尾，店里人挨人，却是鸦雀无声，都在听鲁姐发火，顺便埋头吃面。

"吃吃吃，都九点多了，怎么还这么多人？不用上班吗？单位没人管吗？"

吃面和排队的人都面露惭色，大概谢哥实在听不下去了，忍不住小声劝："快了，就这一拨了。"

谢哥的劝等同于煽风点火，鲁姐把手中笊篱一扔，怒道："早上三四点钟就起来蒸面掸面，忙到九点多还没完，天天这样谁受得了？钱挣多少是个头儿？卖碗面你能卖成首富？差不多得了！"

谢哥不敢回嘴，只好对着顾客赧颜一笑，低声问："大碗小碗？"

顾客也不敢高声，压着嗓子说："大碗，两份。"顿了顿，又小心翼翼地说："打包带走，辣椒——"

鲁姐又不耐烦了，麻利地氽着面，大声说："盆子里呢！看告示，辣椒自取！不怕辣连盆子都端走！"

等排到了小蔺，他声音都有些抖："两碗，大的。"

鲁姐敏感地看过来，脸上终于带了笑："还没吃呢？美菡妹子好辣的，你多弄点，溜边抄底捞，她喜欢稠的。"

小蔺和美菡头碰头吃面，吃得额头都见了汗。他开始相信鲁姐是真心帮忙。的确，鲁姐对生意并不太上心，只做早中两顿，不等天黑就早早关门打烊，更别提对顾客爱答不理了。用肉夹馍王哥的话说，鲁姐店里得挂个工作守则，就一条"不得打骂顾客"。小蔺一边吃一边心疼，生意好成那个样子，只要开门就有人进，怎么就不珍惜呢？以前听说过有跟钱过不去的人，眼下居然真就见到本尊了。真真是让人眼红。好在蛋糕店的生意总算触底反弹，早餐加了三明治和汉堡包，热饮粥品也有了，中午添了肥牛饭、鸡排饭，还学着街对面超市搞了一锅关东煮。西洋东洋，大江南北，就差本土的烩面胡辣汤了。只是此番改良弄得蛋糕店有些不伦不类，"东东蛋糕"成了"东东大杂烩"，工作量也翻了好几番，可毕竟流水上去了，辛苦点算个鸡毛啊。

其实那天的事不止这一件，宛如秤砣被砸成书签，沉甸甸地夹在记忆里。

面刚吃完，两人还在回味，鲁姐就进来了，跟刚才横眉冷脸截然不同，她进门就笑，说有事请美菡帮忙。美菡和小蔺都是一愣，实在想不到落魄到这般田地，还有能帮鲁姐的地方。

"一会儿跳舞，"鲁姐说，"妹子你消消食儿，一起玩儿呗？图个乐嘛，是吧？"

美菡脸颊马上就红了。别说跟鲁姐到路边跳舞，就是碰见个挑刺的顾客她都会结巴，手脚不知道往哪儿放。美菡只好嗫嚅说："可我也不会啊？"

鲁姐不理她，扭头看向小蔺："你觉得呢大兄弟？"

小蔺本想婉拒，但婉拒需要说辞，说辞需要构思，构思需要时间，偏偏鲁姐根本不给他时间了，一把拉着美菡："他肯定支持你啊！大学生呢，外国话都学得会，什么学不会？"

这句话结结实实地让小蔺无话可说了。他看着鲁姐和美菡出门，感到了紧张和不安，好像做了错事被当众呵斥。那是美菡入伙的第一场舞，她随着鲁姐她们扭腰摆手，僵硬得像根人形的木头。小蔺这才放了心，美菡脸皮薄心眼小，跳这一场舞跟游街示众也差不多少，肯定不会再去丢人现眼了。舞曲声里，小蔺摸出根烟点上，动次打次的震动贴着地面传过来，音箱里有个沧桑男声在不知疲倦地唱：

风儿轻，水长流

哥哥天边走

自古美女爱英雄

一诺千金到尽头

风声紧，雷声吼

妹妹苦争斗

自古红颜多薄命

玉碎瓦全登西楼

后来小蔺知道了，那首曲子叫《美人吟》。

4

网上订的演出服一到，两个"舞林高手"就钻进小隔断里试穿，快活得像两只鸟。她俩一边试衣服，一边讨论穿什么内衣，鲁姐声大美菡声小，说什么"既要显身材，又不能太跳跃"，听得小蔺脸红耳热。"显身材"当然是说美菡，那"太跳跃"呢？想到这里，小蔺不免又是百爪挠心，索性站在门口默默抽烟。正巧谢哥也在隔壁门口，冲他一笑，低声说："对不住啊！天天拉你家妹子练跳舞，耽误生意了吧？"

"还好。"小蔺弹去了老长一截烟灰。谢哥似乎还想说什么，也许并没有。热干面店里恰到好处地传来一个热情的声音："您有新的外卖订单，请及时处理。"谢哥把烟头拧灭，剩下的半支放回烟盒，转身进去了。

"大兄弟，来瞅瞅？"

小蔺回头看去，美菡和鲁姐站在面前。定制的中式舞蹈服，上衣牢牢地贴在身上，像是树叶浮在水面，水不动叶子也不动，水一动，叶子就跟着动了。不知是心理紧张还是衣服紧张，美菡的呼吸又短又急，胸前两缕流苏巍巍地颤个不停。鲁姐一脸得意，晃了晃手指，美菡听话地转了个圈，裙裾扬起又落下，蛋糕店里马上盛开了一朵圆蓬蓬的花。

鲁姐满意地一笑，招呼两人落座，好像她才是主人。

"小蔺兄弟托我说个事，那咱就说说。"

小蔺一时两耳轰鸣，像是被人一脚踢在裆里，疼得直不起腰来。

"男大当婚女大当嫁，这是老话，"鲁姐稳稳当当地说，"生儿育女传宗接代，这也是老话。老话有的对，有的不对，有的搁你俩就对，搁我就不对了。

你俩明白我的意思吧？"

美菡茫然地看着鲁姐，老老实实地摇摇头。鲁姐绕口令似的说辞强壮有力，像一道绳子勒紧了小蔺的喉咙。对话完全由鲁姐主导，又绵密又冗长，实在不是她以往的风格。小蔺的本意是请她帮忙，劝美菡不要恐婚恐育，鲁姐却只字不提，反过来讲的全是自己，无非是结婚离婚、生儿育女，甚至说她为了讨好前夫，特意选在他生日那天剖官产生了儿子。

"可结果呢？不还是离了吗？好在又有了你谢哥。"鲁姐语重心长地说："结婚是大事，关键得选对人，妹子你说是不是？我看啊——"小蔺屏住呼吸等她下一句，鲁姐却看也不看他，继续说，"你自己得好好拿主意，你明白我的意思吧？"

直到鲁姐离开，小蔺也没弄明白"她的意思"——她到底想要说什么呢？她倒是豁得出去，不在乎现身说法，可她这法到底是救命的还是要命的呢？小蔺觉得自己快要崩溃了，这根本不是他期待的结果。同样崩溃的还有美菡。

"你究竟想要我怎样？"美菡忽然小声哭了起来，"我没有不想结婚，也没有不想生孩子啊！"擦了擦眼泪，她继续说："咱俩有什么话不能说？你偏偏要去跟她讲，弄得我多像个小丑啊！"

美菡一哭，小蔺就蒙了。他决定逃避，逃避的结果是冷战升级，除了在人前装出来恩爱如故，人后再没有什么交流，陌生得像是两个完全不同的物种。不过这没影响到美菡去当"舞林高手"，不但不影响，还变本加厉了，白天在街边练，晚上到舞蹈班加练，比赛前几天干脆撂下生意专心练舞。最要命的是，据去过舞蹈班看热闹的王姐说，教练是个男的。

"细皮嫩肉，跟个女人似的，"王姐兴致勃勃地说，"就在对面写字楼上，没事儿了你也去瞅瞅嘛，跳的是《美人吟》。"

小蔺没打算去看，美菡当"高手"去了，他再去当观众，店里生意谁管？那几天他忙过了一阵，就去门口抽支烟，看着对面的写字楼。十八层的某个空间里，两个美人正苦练舞功，旁边还有个白面教练陪着。而小蔺身边，只有谢哥。

"别听肉夹馍的妹子瞎说,我去看了,是女的教女的。"谢哥说,"弄得跟真事儿似的,我看着跳得不赖。"

两人一时都沉默了。在这片沉默里,两人点上了烟。该说些什么呢?小蔺想,同为"舞林高手"的家属,他俩应该有很多共同话题的。

"你鲁姐就是图个乐,"谢哥说,"其实跳得那么难看,我瞧着都不好意思。"

小蔺笑起来:"没敢说过吧?"

"说这个干吗?难得有个爱好,过日子不容易的。"谢哥沉默片刻,吞吞吐吐地说:"天一下雨跳不成舞,她就急眼了,那日子就没法过了,我巴不得她跳舞——天天跳才好呢!"

谢哥不算开朗,多少还有些阴郁,平时的常态是被鲁姐骂得焦头烂额,一个人蹲在门口抽抽烟,看看美菡她们跳舞。看得出他也没什么聊得来的人,这跟小蔺倒是惺惺相惜。两人一直聊到中午客人快要上来,才各自忙活去了。美菡不在,小蔺忙得不可开交,应付走最后几个客人,他累得一屁股坐下,连掏烟的力气都没了。他不是吃不了苦,之前当中介一天走三四万步都正常,之所以开店创业,为的是当自己的老板,而不是当别人的厨子,他也不是当厨子的材料。如今店也开了,老板也当了,实际上却成了厨子,还是个半路出家的蹩脚厨子,不到一年里蔺大厨做饭无数,比之前二十多年吃的饭都多,但从中体会不到丝毫成就感,连聊以自慰的借口都很少。不像鲁姐、美菡能跳舞自娱,也不像谢哥、王哥能看跳舞取乐,他除了下厨做饭就是独自愁肠百结,跟美菡的互动也趋近于无,更别提弄坏折叠床那样的斑斑往事了。不,这不是他想要的。

鲁姐进来的时候,小蔺还是一脸愁苦。她穿着演出服,应该是从舞蹈班直接过来的,一落座就拍起大腿,牵连着全身的肉一起颠簸。

"累死我了——拌个沙拉,酱少放,明天比赛呢!你去看不去?好多大美女小美女。"鲁姐热情洋溢地鼓动他。

"万一再来个要沙拉的呢？"

"你这里能有我家客人多？你谢哥就说了，停业一天，给我俩加油助威去。"

小蔺一边弄着沙拉，一边想，我不是谢哥，你也不是美菡，你以为他是去给你加油助威的？人家才是去看美女呢！

"就吃这点，体力能跟得上吗？"

"娜娜老师说了，比赛前吃两口巧克力就行，你真不去看啊？"

小蔺嘿嘿笑着，把餐盒递给鲁姐，见她不着急走，又劝她多少垫补点，身体是比舞的本钱。鲁姐从善如流，很快吃掉了一个三明治、两盒关东煮，吃完了又担心，再三确认了这几样"热量有限"，这才心满意足地靠住椅子背。小蔺想起给美菡买的筋膜枪，忙拿出来教鲁姐用上。

"怪不得美菡妹子不放心，让我来查查你的岗，还真是体贴人。"鲁姐咯咯笑着，"你也放心好了，美菡那边我替你盯着呢。"

小蔺知道美菡担心的是"总监"。上次聚会，美菡弄的慕斯迷倒一片同学，夏总监朋友圈发了两轮九宫格，全是捧着各色慕斯的自拍，特意注明是老同学的作品，声称"一口入魂两口飞天"，气得美菡要摔他手机。

"还是年轻好，吵个架嘴里都是甜的，我看着都觎了。"鲁姐说，"才二十来岁，急着结婚干吗？我就跟我儿子说，不到三十五不准结婚，生不生孩子随便。"

小蔺笑起来，不过他知道这笑比哭都难看。他还想问鲁姐都盯住了谁，却怎么也开不了口。一轮筋膜枪打完，鲁姐提着餐盒直奔街对面去了，小蔺看着她庞大的身躯掠过马路，一时间恍恍惚惚，不知身在何处。

5

"比舞大会"之后，鲁姐把夺魁照片装进相框，高悬于柜台之上。照片里鲁姐和美菡身穿演出服，一人捧杯一人捧花，笑得不成样子。照片美菡也有，裁成了她的单人照，设为手机桌面和微信背景，顺手把小蔺的也换了。美菡最近心情甚佳，不光是因为夺了魁，夏总监亦有贡献。有天夏总监来看望老同学，美菡的广场舞刚开跳，店里只有小蔺。美菡眼角余光瞥见她进去，顿时心就乱了，心一乱，脚步也乱了。鲁姐瞧出异样，换曲时一问才知道缘由，立马急了，说傻妹子你还跳个鸡毛啊，都打上门来了！

美菡匆忙进店时，夏总监笑盈盈捧着草莓慕斯正吃着，小蔺躲在操作间忙活，有一搭没一搭地聊着天。美菡可不是当年只知道哭的超市收银员了，亲亲热热跟夏总监并排坐下，一口一个"我家东东"，还热情推荐了隔壁热干面，指使"我家东东"弄来一碗，辣得夏总监涕泗交流，脸颊又潮又红。这顿中西合璧的下午茶结束，美菡特意叮嘱"别忘了发朋友圈，给我家东东做个广告"。人还没走，鲁姐就进来了，一副怒目睁眉只待厮杀的样子，见美菡神态自若，这才转怒为喜，一起目送夏总监离去。

跟夏总监刀光剑影过招时，美菡主动说了在筹备结婚，小蔺还有些不信，赶紧当着鲁姐的面确认，美菡倒也不矜持，爽快地点了头。鲁姐又是大喜，说："这就对了，自己的事还是得自己拿主意，别人说破大天去都不能听，你明白我的意思吧？"

小蔺可没工夫再去揣摩鲁姐的意思了，他和美菡又回到怎么看怎么好的状态，吵不吵架嘴里都是甜的，她使小性子也好，不讲理也好，乃至出去跳舞也好，统统不是问题。说到跳舞，鲁姐和美菡的《美人吟》成了保留节目，附近街面上的"舞林中人"纷纷慕名而来，有观摩的，有请教的，有切磋的，那个沧桑的男声每天都要唱个不计其数遍，一遍遍给小蔺洗脑。这天他做着生日蛋糕，门外在高声唱，他不由自主地小声哼，连手里的裱花袋也不由自主，居然在蛋糕上挤出了"美人吟"三个字。

这也不错，小蔺忍不住笑起来，蛋糕本来就是鲁姐定的，说是要给儿子过生日。虽然儿子远在老家，生日还是不能少。谢哥尤为上心，溜达过来了好几次，看蛋糕好了没有。等他看到成品，笑得五官都皱在一起，连连点头称赞。

"这个好，这个好。"谢哥由衷地说，"这个好。"

"鲁姐让咱们等她回来。"美菡说，"我叫了外卖，还有红酒。"她刚想起要给小蔺使眼色，他已经开了口："鲁姐去哪儿了？刚刚不还跳舞呢？"

"去见她前夫了。"谢哥淡淡地一笑。

场面马上冷了下来，美菡狠狠剜了小蔺一眼，他仿佛能看见眼镜上蒙了一层霜，不由自主地低下头。鲁姐前夫在广东做生意，这次专程回来，提出让儿子去广东上大学，其实还是因为他再婚后连生了两个女儿，想把儿子抓在身边。鲁姐倒想得开，认为去哪儿上都是上，能飞到哪儿算哪儿。谢哥却舍不得，虽然不是亲生，可也从小养到大，养出感情了。但这又不能明讲，讲了就是后爹心眼小，连孩子前途都不顾了。谢哥说他本来是想陪鲁姐的，一来店里生意还得做，二来鲁姐再三保证绝不动手打人，他这才没去。

"鲁姐说过，从小到大，一分钱的抚养费都没见过。"美菡愤愤不平。

"这都不是事，你鲁姐的意思我明白，她嘴里不说，心里是不想的，"谢哥焦头烂额地点上烟，"只能我来说。"

鲁姐很晚才回来，看样子不像打过人，反倒心事重重的模样。四个人草草吃了蛋糕，算是过了个遥远的生日。许愿之际，鲁姐闭上眼睛双手合十，漫长的十几秒钟里，她认真得像个孩子，脸上虔诚的光流淌开来，每个人都屏住了呼吸。回家路上，美菡搂住小蔺的腰，让他猜鲁姐许了什么愿。小蔺骑着电驴，顺口说无非是祈祷孩子有个好前程。风很大，很快吹走了他的声音。美菡不再说话了，只是搂得更紧。大概是她有些冷，小蔺想。

冲突来得猝不及防。第二天有人来砸了热干面店，为首的是个女的，带了几个男的进门就连砸带摔，鲁姐和谢哥双剑合璧，跟来人大打出手，很快转守为攻，从店里打到店外。那女的是鲁姐前夫的老婆，得知两人见了面，又恰好是鲁姐前夫生日，就一口咬定鲁姐动机不良，想用儿子来争夺家产。鲁姐当然不认，那女的破口大骂，说她是小三，勾引前夫。警察出警很快，几分钟就到了，不过谢哥已经被开了瓢，头脸跟血葫芦似的，连店里柜台上方的夺魁相框也掉了下来，鲁姐和美菡就混在一地狼藉中依旧笑得不成样子。

热干面店歇业了好几天，收拾打扫都是小蔺、美菡和沿街同行们帮忙，因为谢哥住了院，鲁姐得守着陪护。出院的时候，谢哥坐在轮椅上，说话含混不清。据鲁姐说是伤了脑子，牵连到一条腿不能动了："短则半年，长则没点，全看康复治疗的效果了。"

美菡一听就红了眼圈，急得不知说什么好。小蔺摸出烟，却哆嗦着打不着火。这真真是祸从天上来。谢哥包着纱布头网，头发眉毛都刮掉缝了针，依稀看得见针线脚。鲁姐说："是那女的动的手，本想着要告到底，可怜她两个女孩还小，大人留了案底不好。"说着又瞥了眼谢哥，笑道："他倒是要享福呢，啥都不用干了，我还得做生意，还得伺候他。"

谢哥一脸惭愧，也说不得话，只能抬起手晃了晃。鲁姐说："半个瘫子了还逞能？知道你两只手还能动弹，能干点啥就干点啥吧，白吃饭我也不嫌弃你。"

第二天，热干面店开门营业，生意还是好得让人眼红。不过问题也来了，谢哥坐着轮椅够不着灶台，只能打下手，鲁姐一人干了俩人的活儿，少不了发脾气骂人，挨骂的谢哥和顾客们照旧低眉顺眼，不敢高声。鲁姐操劳骂人之余，肉眼可见地憔悴了，头发也白了不少。每天中午饭点一过，鲁姐就关了店门，带谢哥去康复医院。谢哥行动不便，来回打车又太过破费，鲁姐一咬牙买了辆电三轮，还自己动手焊了个车篷。

"店里头卖大几百，网上才三百多，"鲁姐拿着焊枪焊条，火花嗞嗞跳在脚下，对美菡说，"你谢哥学过焊工，我看都看会了，这不又省了好几百？过日子该省省该花花，我买了瓶好酒，一会儿咱就喝了它。"

鲁姐谢哥出酒，小蔺自告奋勇弄了几个菜，凑齐一桌吃喝。美菡两杯下去就犯迷糊，回小隔断里躺下睡了，谢哥有伤不敢多喝，小口抿来抿去。小蔺靠着当中介时攒的底子，勉强还能陪着鲁姐。

"回头给我儿子打个电话，你说几句。"见小蔺身子一凛，鲁姐笑起来，"姐身边认识的人里就你上过大学，你不说谁说？来干一个——我的意思你明白吧？"

为了搞清楚鲁姐的"意思"，小蔺私下请谢哥指点。谢哥皱眉抽了一支烟，啰啰唆唆也没把意思讲明白，不过小蔺差不多想明白了。谨慎起见，他跟美菡演练了一次。

"这样行吗？"美菡有些担心。

事实证明，小蔺这次踩准了点。电话打了很长时间，手机打得滚烫，小蔺感觉屏幕都快化在脸蛋上了。美菡很紧张，鲁姐比她还紧张，谢哥在一旁默不作声，见缝插针给小蔺点了支烟。等小蔺放下电话，鲁姐呆呆地看着他，又看看美菡，忽然就擦起了泪，也不知道泪是什么时候掉下来的。

"我就是这个意思，"鲁姐说，"大兄弟你说得真好啊！"

很安静。真的很安静。小蔺感觉到自己飘飘忽忽升起，悬在半空里。他看见鲁姐坐在他和美菡对面，鲁姐一边抹着泪，一边说着什么，还是那么绵密和有力。他看见他窘迫地摩挲手指，看见美菡也红了眼圈。他看见面前这三个人的嘴唇一张一合——可他分明却只听见了鲁姐的话。

"去不去广东不重要，认不认那个爹也不重要，就连上不上大学都不重要，不就是想让他有机会能过个好日子吗？""只要不犯法，他喜欢成什么样都行，学成个博士也好，开店卖面也好，都好。""大兄弟你就是面皮子太薄，大学生就不能开个小店了？不偷不抢自食其力，谁敢瞧不起你？""我长得不好看，胖得像头大象，可我一跳上舞，我就觉得自己是个美人。""我是不是美人，还要人批准吗？我说是就是，日子再难，我也得活成个美人。""你明白我的意思吧？"

小蔺紧张地看着自己，他听见自己说："明白，我明白。"

6

谢哥的腿总也不好，各类偏方都用了，大小医院也去了，还是下不了地。

不过鲁姐和谢哥似乎并不着急。鲁姐不急是真的，没见她为谢哥的病犯过愁，该卖面卖面，该治病治病，该骂顾客骂顾客，干什么都风风火火，不慌不忙，只是白头发更多。美菡看不下去，拉她染了次发，再让她染就不肯了，说白就白吧，花这个钱干吗？谁一辈子不白几根头发？除了这个，鲁姐着实胖了一大圈，一闲着就往嘴里填东西，逮着什么吃什么。美菡又看不下去了，想劝劝鲁姐，却被小蔺拦住，说他在网上搜过，这是缓解焦虑的本能。跟鲁姐相比，谢哥不急显然是假的，私下跟小蔺和美菡聊的时候，哭得指缝里都是泪。

"她性子急，碰见电梯满了就不想等，背着我走楼梯，九楼，背我上去。她再有力气也是个女的啊，九楼，背我上去的。你看她还是乐呵呵的，跟没事人一样，她有多难我能看不见吗？她不让跟人讲，也不让我讲，说一口气不能泄，泄了就寻不回来了。"

小蔺和美菡没见过鲁姐背谢哥，抱谢哥上车倒是天天见。鲁姐抱着谢哥，像是平常抱了一袋面，熟络地抱起放下，拿毯子裹住腿，再把轮椅折叠好，放在谢哥腿前。两人出发的时候，鲁姐逢人便打招呼，那情形不像是带谢哥看病，倒像是夫妻俩出门办年货去了。鲁姐就是有这种本事，不管碰见什么，硬的，软的，圆的，尖的，她都能给揉搓开，和进面里，余在锅里，捞出盛进碗里，热腾腾端在桌上。

很快就到了八月节，雨水也多了。谢哥得病之后，雷打不动要去康复治疗，原本一天两场舞就变成一场，只在上午跳。雨一下，上午也跳不成了。鲁姐就有些不耐烦，少不了无理取闹，拿谢哥出气。谢哥低声细语地劝，说既然想跳，就在店里跳嘛。鲁姐的声音一下子高了，说你就知道添乱，这屋里除了桌子就是椅子，是跳舞还是玩杂技？

小蔺和美菡在隔壁听见了，都是一笑。最近蛋糕店生意不错，美菡又激动起来，没事儿就捧着手机查房产信息，全然不顾身边就站着个前资深从业者。小蔺发动之前的同事帮忙，就在附近找了处二手房，领着美菡去看了，看得她走路都能飞起来，小蔺嘴上不说，心里痛快得很。房子不大，一室一厅四十来平方米，两家老人支援的话能凑个首付。如果真买下来，就算是真在省城扎下了根。想到这里，小蔺也要飞起来了。

音乐声忽然响了，当然还是那曲《美人吟》。小蔺和美菡都愣了。只见蒙蒙细雨里，鲁姐已经跳了起来。雨不大不小，像是打了一层朦胧的舞台光。鲁姐就在她的舞台上跳着，那个舞台只属于她。隔壁门口，谢哥坐在轮椅上，笑眯眯看着鲁姐，音箱就在他旁边。

说实话，谢哥真有眼光，小蔺想，眼前的鲁姐比美人更像个美人。

编后记

　　八年前，韩少功先生在《文艺报》发表一篇短文《想象一种批评》，他认为："我们已经告别信息稀缺的时代，进入了信息爆炸或信息过剩的时代。这是一个重要的历史拐点。……细节与叙事不再是文学的专利，段子、微博、博客、视频、报刊、电视剧等都充满细节并争相叙事。……文学当然还能继续提供信息增量，而且以其具象化、深度化、个性化的看家本领，成为全球信息产能中不可或缺的部分。但广大受众更迫切、更重要、更广泛的需求，似乎不再是这个世界再增加几本小说或诗歌，而是获得一种消化信息的能力……"

　　少功先生这个新颖的观点，给小说写作者、小说编辑、出版社提了个醒：新的时代，见多识广的读者对小说更加挑剔，选择的标准更高了。传统的叙事，凭借传递一些信息、讲述一个传奇、表达某种理念或态度而写成的小说，已经很难餍足读者的胃口，作者和作品也很难找到存在感。

　　当然，借助媒体进入公众视野的具有新闻特性的故事，与作家们创作小说故事，有着本质的区别。就像天然金沙与提炼之后的黄金相比，有着纯度的不同；与黄金打造的艺术品相比，更是价值不同，高下有别。这就是少功先生所说的"信息增量"。否则，我们就无法理解，年近九旬的老作家王蒙先生，在坚持文学创作七十年之后，还每年有多篇小说新作问世，引发文坛密切关注；也无法理解，离开战场四十年之后，徐贵祥先生的耳边还响着隆隆炮声，眼前还飘荡着硝烟，因此为当年浴血战斗的战友们写下感动众多读者的《丛林笔记》。

2023 年度中国文学田园的中、短篇小说，一如既往地高产，万紫千红争奇斗艳。丰盛与匮乏都会让选刊和年选产生选择的困难，但丰收的喜悦足以覆盖仓廪局促的为难。

关注年选的细心读者，会注意到本年选有几个往年不曾出现的名字，其实他们也都是卓有成就的小说作家，都是中国小说界的中坚力量。

作品的创新度、合理性和完成度，依旧是我们考量、甄选小说作品的三个维度。在品质优先的前提下，我们尽量考虑到作者、题材、原创期刊的均衡性，希望这是一桌各种风味的美食佳肴组合成的盛宴，希望今年入选的所有作品都带给读者别具一格的文学气息。

作为年选，遗珠之憾不是一个谦辞，是实实在在的常态。我们期待得到广大读者的反馈，提出批评和建议，俾使我们来年的工作不断改进。

《小说选刊》编辑部

2024 年 1 月

附　录

2023 年选系列封面绘图画家介绍

黄少鹏 中国油画学会学术委员会委员、广西美术家协会油画艺委会主任、漓江画派促进会副会长、国家一级美术师、硕士生导师。

《艺圃·亭》黄少鹏　80×100cm　布面综合材料　2018灰

黄少鹏画作短评

　　如果说印象派的条件色体系关注的是物象的光色变化，少鹏在意的则是色彩的文化属性。这种属性是古迹在岁月浸润过程中残留下来的永恒色泽。少鹏崇尚魏碑的雄强古拙，这铸就了其艺术强悍的风貌，具有表现主义的性质，又因为书法运笔入画而兼有写意的蕴含。油画讲究画面的结构性和层次感，中国画则以骨法用笔见长。他汲取两者所长，兼具表现主义的强烈情感表达和中国传统写意画的文人内蕴，呈现出一种既粗犷又含蓄温润的个人风格。

——汪鹏飞（油画家）

图书在版编目（CIP）数据

昙花现：2023中国年度短篇小说 / 中国作协《小说
选刊》选编 .-- 桂林：漓江出版社，2024.1
ISBN 978-7-5407-9701-0

Ⅰ.①昙… Ⅱ.①中… Ⅲ.①短篇小说—小说集—中
国—当代 Ⅳ.① I247.7

中国国家版本馆 CIP 数据核字（2023）第 254890 号

TANHUA XIAN：2023 ZHONGGUO NIANDU DUANPIAN XIAOSHUO

昙花现：2023中国年度短篇小说
中国作协《小说选刊》 选编

出版人：刘迪才
责任编辑：刘红果
书籍设计：石绍康
责任监印：张璐

出版发行：漓江出版社有限公司
社址：广西桂林市南环路 22 号　邮编：541002
发行电话：010-85891290　0773-2582200
邮购热线：0773-2582200
网址：www.lijiangbooks.com
微信公众号：lijiangpress
印制：北京中科印刷有限公司
[北京市通州区宋庄工业区 1 号楼 101 号　邮编：101118]
开本：690mm×1000mm　1/16
印张：19.75　字数：278 千字
版次：2024 年 1 月第 1 版
印次：2024 年 1 月第 1 次印刷
书号：ISBN 978-7-5407-9701-0
定价：50.00 元

漓江版图书：版权所有，侵权必究
漓江版图书：如有印装问题，请与当地图书销售部门联系调换